Einaudi. Stile libero Big

Carlo Lucarelli

Storie di bande criminali, di mafie e di persone oneste

Dai *Misteri d'Italia* di *Blu notte*

Einaudi

© 2008 Giulio Einaudi editore s.p.a., Torino

www.einaudi.it

I libri di Carlo Lucarelli sono stampati su carta ecosostenibile CyclusOffset, prodotta
dalla cartiera danese Dalum Papir A/S con fibre riciclate e sbiancate senza uso di cloro.
Nel caso si verifichino problemi o ritardi nelle forniture, si utilizzano comunque carte
approvate dal Forest Stewardship Council, non ottenute dalla distruzione di foreste primarie.
Per maggiori informazioni: www.greenpeace.it/scrittori

ISBN 978-88-06-19502-1

Lo strano paradosso è che molte delle storie contenute in questo libro possono apparire molto vecchie o molto nuove. Possono apparire datate, mancanti di eventi e verità piú recenti, oppure sconosciute, misteriose, vere e proprie scoperte anche per chi quegli eventi recenti li conosce e li sta seguendo.

Il fatto è che la storia della metà oscura della nostra vita nazionale, in questo caso la storia di bande criminali, di mafie e di persone oneste che ci si sono opposte o ci hanno preso di mezzo, ha radici lontane nel tempo, molto complicate e molto oscure, spesso dimenticate perché mai abbastanza raccontate, nonostante la passione e l'impegno di tanti storici, giornalisti e scrittori. E siccome i meccanismi criminali che intessono queste storie restano sempre gli stessi – e quasi restano gli stessi anche i protagonisti – ecco che ci sembra allo stesso tempo di sapere già tutto e di non sapere niente.

Per questo credo sia giusto raccontarle ancora, queste storie, che stanno alla base di quello che sta accadendo anche oggi e servono a spiegarlo mostrandocene il meccanismo. Raccontarle come abbiamo fatto con alcune edizioni di *Blu notte*, cercando di riprodurre le suggestioni visive, il ritmo e anche le imperfezioni delle testimonianze, che proprio grazie a quelle imperfezioni riescono a essere cosí vere.

A me è servito, e mi ha fatto capire un po' di cose.

Spero che sia utile anche a voi.

Storie di bande criminali,
di mafie e di persone oneste

L'anomalia sarda

Cominciamo con un'immagine.

È un'immagine quasi rubata, vista attraverso lo spiraglio di una porta socchiusa.

Un uomo seduto su una sedia, la testa appoggiata allo schienale, gli occhi serrati.

Sembra stanchissimo.

Siamo in Sardegna, in una delle regioni piú belle e misteriose d'Italia. Siamo a Cagliari e fa caldo, molto caldo, umido e afoso, perché è agosto, l'11 agosto del 1998, e nei locali del Palazzo di Giustizia non c'è l'aria condizionata. L'uomo seduto sulla poltrona è un magistrato, che in quel momento però non sta facendo il magistrato, ma l'indagato.

Sono arrivati altri magistrati da Palermo, tanti: il procuratore capo Giancarlo Caselli, l'aggiunto Vittorio Aliquò, i sostituti procuratori Lia Sava, Antonio Ingroia e Giovanni Di Leo. Sono tutti al terzo piano nell'ufficio del procuratore aggiunto Mauro Mura.

Per ore, quattro ore almeno, hanno interrogato quel magistrato che ora sta sulla poltrona, il giudice Luigi Lombardini, uno dopo l'altro, alternandosi nella stanza in quel pomeriggio afoso di inizio agosto. Hanno cominciato alle 12,40, sono quasi le cinque del pomeriggio e non hanno ancora finito. Alle sette e tre quarti i magistrati di Palermo chiedono al giudice Lombardini di poter perquisire il suo ufficio, anzi, non glielo chiedono semplicemente, glielo notificano con un decreto di perquisizione della polizia giudiziaria.

Il giudice accetta, sereno e tranquillo, come se non avesse niente da temere, chiede soltanto di poter chiamare il suo avvocato. Lo chiama, lo aspetta e l'avvocato arriva. Allora i magistrati di Palermo gli chiedono di fargli strada perché quel palazzo di giustizia non lo conoscono. Il giudice accetta, sereno e tranquillo, come sempre.

Salgono tutti uno scalone che attraversa il palazzo dall'interno ed entrano nel corridoio che porta agli uffici della procura circondariale – «la procurina», cosí la chiamano – dove quel giudice lavora. È un corridoio stretto costeggiato da grandi armadi di metallo che lo rendono ancora piú stretto. Cosí devono camminare tutti in fila indiana col giudice davanti e i magistrati di Palermo dietro.

Arrivano all'ufficio del giudice, il giudice entra, entra il sostituto procuratore Di Leo, stanno per entrare anche gli altri, ma all'improvviso il giudice Lombardini fa una cosa strana: si mette a correre per la stanza, entra dentro un'altra porta e la chiude.

Il sostituto procuratore Di Leo ha appena il tempo di guardare il dottor Ingroia che è ancora sulla soglia, quando dietro quella porta chiusa, forte, assordante, si sente il rumore di uno sparo.

Cambiamo scena e torniamo indietro nel tempo.

Siamo nel cuore della Sardegna, in Barbagia, nel cuore di questa terra bellissima e misteriosa.

È il 26 marzo 1968, poco dopo il tramonto, e la polizia stradale sta pattugliando la zona di Orgosolo, un paese arroccato sulle montagne che i giornali descrivono come la capitale dei banditi. È tante altre cose Orgosolo, terra di pastori, di contadini, di poeti, ma quelli sono anche gli anni del banditismo e i banditi a Orgosolo ci sono. Un pattuglione della polizia sta percorrendo la strada che sale sulla montagna fino a Fonni. È un blocco volante, cosí lo chiamano, una Giulia e una Campagnola piene di poliziotti che percorrono la strada con i fari spenti nel buio della sera per non farsi vedere. Ogni volta che scorgono i fari di un'auto la Giulia si mette di traverso e la Campagnola copre quel posto di blocco improvvisato.

La Giulia e la Campagnola stanno procedendo lungo la strada quando il vicebrigadiere Fusto che comanda la pattuglia nota nello specchietto retrovisore della Giulia i fari di un'auto che sta arrivando. È un'850 che corre veloce con gli abbaglianti accesi. Il vicebrigadiere Fusto ordina il blocco, la Giulia si mette in mezzo, gli uomini della Campagnola scendono e si appostano e aspettano l'850 che arriva velocissima e frena. Una lunga frenata per non schiantarsi contro la Giulia.

Gli agenti circondano la macchina con i mitra puntati, perché siamo in Sardegna, siamo a Orgosolo, siamo in quegli anni e c'è poco da scherzare. Dal sedile del passeggero dell'850 esce un uomo non molto alto, ma agile e scattante. Si trova il mitra del vicebrigadiere Fusto puntato sulla pancia e non può fare altro che alzare le mani. Altri due uomini, quello che guidava l'850 e un altro sul sedile di dietro, sono rimasti dentro.

– Documenti!

– Mi chiamo Carta, – dice l'uomo, e lo ripete anche: – Mi chiamo Carta.

Ma non è vero.

Nelle immagini di repertorio in bianco e nero appare per un momento la scritta: «Vice-Brigadiere Fusto». In basso a sinistra, in grigio, rimane fissa un'altra scritta che informa: «27 marzo

*1968». Vediamo il microfono del cronista spuntare dal basso, e
mentre il poliziotto risponde alle domande vengono inquadrate
alcune auto che sbucano dal buio con i fari accesi. L'auto piú
in vista, che punta le luci verso la ripresa, è un'auto della polizia. Alcuni agenti sono fermi sul bordo della strada.*

*Il vicebrigadiere dice: «Abbiamo incrociato questa macchi-
na perché di solito si fanno dei pattuglioni volanti, cioè, si cammina, incontrando una macchina la si ferma».*

«Avete riconosciuto subito Mesina?»

*«No, sotto i fari non l'abbiamo riconosciuto. Comunque
avevamo già notato qualcosa di sospetto, che questo si volesse
dare alla fuga, perché ha aperto subito lo sportello. Alle mie domande, com'è che si chiamasse, ha risposto Carta e io l'ho riconosciuto subito e gli ho detto che invece di Carta lui era Mesina
Graziano».*

Quell'uomo piccolo e atletico non è il signor Carta ma è
Graziano Mesina, un bandito, anzi, il Bandito, il Re del Supramonte. Addosso ha tre pistole, sei bombe a mano e un
coltello. E diciotto fotografie, tutte di donne, Ida sull'alta-
lena, Carmen a mezzobusto, nuda. C'è anche una ciocca di
capelli. Perché piace molto alle donne Grazianeddu Mesina,
il Re del Supramonte.

Ma soprattutto ha con sé due orologi e una lettera. Sono
gli orologi di due uomini che sono tenuti nascosti da qualche parte nel Supramonte, e nella lettera uno dei due scon-
giura la sua famiglia di pagare i soldi del riscatto.

Cambiamo scena, cambiamo luogo e cambiamo anni.

Siamo alla fine di luglio del 1992 e siamo negli uffici della squadra mobile di Sassari. Nella stanza c'è il capo della mobile, il dottor Antonello Pagliei, c'è il procuratore aggiunto
Mauro Mura e c'è anche un bambino, un bambino piccolo,

di sette anni, coi capelli corti e gli occhi nerissimi, e c'è anche suo padre. Il bambino racconta quello che gli è successo e lo fa come lo fanno i bambini, con tutti i particolari che i bambini possono notare e che magari non servono ai grandi, con tutto quello che può ricordare e anche con tutto quello che non vuole ricordare.

C'era una grotta, racconta il bambino al poliziotto, dalla grotta si vedeva il mare, con due barche a vela, e davanti, «verso dritto», in mezzo, si vedevano le luci della montagna. La grotta era grande con pareti che erano come i muretti a secco che ci sono vicino a casa. Venivano due uomini, Beppe e Antonio. Antonio era piú alto e faceva tutto lui, Antonio era cattivo.

Gli avevano fatto scrivere delle lettere per suo padre, «Pregate Dio, Gesú Cristo, amen», anche se suo padre è musulmano, ma loro gli avevano detto di scrivere cosí e lui lo aveva scritto. In un'altra invece gli hanno fatto scrivere: «Mamma, papà, voglio tornare a casa presto». Poi lo hanno fatto sedere e sono arrivati con un paio di forbici. Gli hanno detto che gli avrebbero tagliato i capelli e gli hanno messo qualcosa sull'orecchio, una bottiglia che faceva *pssst*, uno spray molto freddo, e lui ha sentito pizzicare, ha sentito un po' male come quando era dal barbiere una volta e si è mosso e il barbiere gli ha fatto un taglietto sull'orecchio.

Questa volta ha sentito anche meno male però glielo hanno tagliato davvero un orecchio, un pezzo di orecchio da mettere in una busta per spedirla a suo padre e convincerlo a pagare il riscatto in fretta se non vuole che continuino a mutilare il piccolo Farouk, pezzo per pezzo.

Mauro Mura, procuratore aggiunto a Cagliari.
Dice: «Si può parlare di un'industria, proprio, perché era una fabbrica che produceva senza soluzione di continuità. Ci sono

*stati periodi come mi pare nel 1977 in cui diciassette forse era-
no i sequestrati, soltanto in Sardegna, nell'arco dell'intero anno,
ed erano diversi i sequestrati, gli ostaggi, nello stesso periodo di
tempo».*

Il primo sequestro di persona di cui si ha notizia ufficiale in Sardegna è del 1875.

Sul «Corriere di Sardegna» appare una notizia. Un uomo,
un possidente molto ricco, l'avvocato Pasquale Corbu, è andato sui suoi campi a cavallo per controllare i lavori di una
vigna. I famigliari non lo vedono tornare e allora mandano
un uomo a controllare cosa è successo. L'uomo trova soltanto il cavallo con un fogliettino attaccato alla sella. Se i famigliari vogliono rivedere l'avvocato Corbu devono pagare centomila lire. Ci sono casi piú antichi anche se non ufficiali. Un
sequestro di persona nel 1477 nella baronia di Posada, tra
Olbia e Siniscola, poi altri, il sequestro di due francesi nel
1894 a Gavoi nel cuore della Barbagia in provincia di Nuoro e tanti altri ancora.

Ma è soltanto dagli anni Sessanta che il sequestro di persona in Sardegna diventa un reato comune che sostituisce
quello praticato fino a quel momento, l'abigeato, il furto di
bestiame. C'è un detto in Sardegna: gli uomini, a differenza delle pecore, non belano.

Significa che sono piú facili da prendere, piú facili da nascondere.

Ma soprattutto rendono molto di piú.

*Un giornalista è seduto su alcune pietre bianche e intervista
un uomo accucciato poco piú in là con le braccia appoggiate alle ginocchia. Sullo sfondo si vede una bassa costruzione in pietra con un tetto in legno. L'uomo intervistato ha una barba leggera, appena spuntata sul viso, e rughe profonde ai bordi degli*

occhi. È un pastore. Appare una scritta sul documento:«20 agosto 1995 - Tg2 Dossier».

Il giornalista chiede:«Sicuramente lei non ha visto nulla, ma in questi giorni altri pastori potrebbero aver visto i sequestratori che tengono in ostaggio altre persone, perché non parlano?»

«Vogliono essere tranquilli».

«Questa è omertà».

«Eh, omertà... non è questione di omertà... è preferibile non vedere, è preferibile cambiare strada anche pur vedendoli».

Mentre la telecamera stringe la visuale sul suo volto, l'uomo rimane impassibile a guardare il suo interlocutore. Il giornalista chiede:«Ma se lei vedesse dei sequestratori con un ostaggio, che cosa farebbe?»

L'uomo rimane per pochi secondi immobile, poi senza muovere un muscolo del viso risponde:«Farei finta di non vedere».

Rimane così, fermo a guardare verso il giornalista, e a reggerne lo sguardo.

Dagli anni Sessanta alla fine degli anni Novanta i sequestri di persona compiuti in Sardegna sono tanti, tantissimi. Sono centosettantasette.

E i banditi sardi non colpiscono soltanto in Sardegna, ma anche in Lombardia, in Emilia Romagna, in Lazio, in Umbria. Soltanto in Toscana, di sequestri di persona compiuti dalla criminalità sarda, ce ne sono venti.

Sullo schermo appare la scritta:«Nanni Sircana, figlio del rapito». In alto a destra campeggia:«Tg2 Dossier». L'uomo parla al microfono di un giornalista. Dice:«Abbiamo qualche prova non recente purtroppo dello stato in vita di nostro padre».

Nelle immagini successive una scritta informa che sta parlando Gianfranco Giuliani, marito di Miria Furlanetto. Attorniato da microfoni, dice:«Chiedo a tutti voi giornalisti il silen-

zio stampa per evitare soprattutto il diffondersi di una serie di inesattezze e di notizie che sono assolutamente prive di fondamento».

In un'altra scena un uomo anziano è seduto su una sedia e alle sue spalle si intravedono delle botti di legno. Vicino all'uomo c'è un giornalista che regge il microfono con la mano destra, mentre nell'altra, appoggiati sulle ginocchia, tiene dei fogli. Una scritta dice che l'uomo anziano dai capelli corti e bianchi è Ernesto Pisanu, ex sequestrato. In alto campeggia la scritta del Tg2 Dossier. L'uomo dice: «Mi hanno trattato come... come non si tratta neanche una bestia, eh? In quella maniera».

C'è una spiaggia vicino a Olbia, allora in provincia di Sassari, che si chiama «Sa rena bianca», la sabbia bianca. È un tratto di costa bellissimo, come sempre in Sardegna, con uno dei mari piú belli d'Italia.

C'è un fuoristrada che sta scendendo verso il mare, all'altezza di San Pantaleo. È il luglio del 1979, sono le undici e mezzo di mattina e fa caldo, è il momento migliore per andare a prendere un po' di fresco sul mare. Nell'auto ci sono due donne, Luisa e Cristina, madre e figlia, sono di Milano e sono in vacanza in Sardegna.

All'improvviso alcuni uomini armati e mascherati fermano la loro auto. Luisa Scaccabarozzi e Cristina Cinque restano nelle mani dei banditi per ottanta giorni e verranno rilasciate a Nuoro, dall'altra parte della Sardegna, dopo aver pagato un riscatto di cinquecentocinquanta milioni di lire.

Il signor Giovanni Murgia, invece, viene sequestrato nell'ottobre del 1990.

Giovanni Murgia, ex sequestrato.
Dice: «Io non posso dimenticare niente, ogni singolo episodio è perfettamente impresso a fuoco, non solo nella memoria

*ma anche nella carne. Quel giorno, il 20 ottobre del 1990, io
mi trovavo in una casupola in campagna con la mia ragazza. Vidi due persone in lontananza dall'ingresso, dalla casupola, che
subito si precipitarono verso di me ed erano... fecero una mossa, un atteggiamento un po' strano».*

Il signor Murgia pensa che siano due barracelli, due guardie campestri, sono vestiti come i barracelli, con le mimeti-
che militari. Solo che non sono guardie campestri, sono banditi.

Puntano di corsa sulla casa di campagna del signor Murgia, che è fermo sulla soglia, con la saracinesca aperta, e ha
capito benissimo quello che sta succedendo.

Giovanni Murgia, ex sequestrato.
*Dice:«Capii subito di che cosa si trattava. Perché lo capii su-
bito? Perché giorni prima, circa due settimane prima, ero stato
avvertito dalla caserma, dai carabinieri di Dolianova, di stare attento ché secondo loro io ero un possibile sequestrabile. E capito questo tornai indietro, arretrai il più possibile e nel frattempo
uno di questi, sprovveduto, allungò troppo la gamba e d'istinto
io afferrai quella specie di mitraglietta che aveva in mano e lo
scaraventai contro la parete. Però, è inutile dilungarsi su queste
cose, fui logicamente sopraffatto e legato. Dopo che sono stato
legato, il tizio che avevo scaraventato sulla parete, forse gli ho
fatto troppo male, e allora si è vendicato e mi ha completamente massacrato col calcio del fucile. Mi ha spaccato il cranio, mi
ha cavato i denti, ero, presumo, una maschera totale di sangue».*

Il signor Murgia e Antonella, la sua fidanzata, vengono
sequestrati il 20 ottobre 1990, attorno alle nove di sera, a
Dolianova, in provincia di Cagliari.

Lei la rilasciano quasi subito, poco più tardi. Lui lo passano da una macchina a un'altra. È svenuto, il signor Murgia, ma si riprende appena l'aria fresca della sera lo colpisce sulla faccia imbrattata di sangue. Lo caricano su un'altra macchina e partono. Sono armati, hanno due pistole, due mitragliette e hanno anche delle bombe a mano. Se incontrano un posto di blocco della polizia, hanno detto, speronano l'auto e poi la fanno saltare con le bombe.

Quando arrivano portano il signor Murgia a un buco scavato in terra. Al signor Murgia sembra una grotta, e invece è un buco scavato in una scarpata e per mettercelo dentro devono calarlo con una corda.

Giovanni Murgia, ex sequestrato.
Dice: «Ho passato praticamente tre mesi della mia prigionia in un buio pressoché assoluto, cioè, lí c'era buio veramente, perché noi per buio intendiamo poca luce, ma lí era buio, buio al punto tale che non vedevi la mano, cioè, la mano la guardavi, non la vedevi, e un silenzio, un silenzio terrificante. Ho avuto la fortuna di capire subito che se cercavo di far funzionare il cervello sarei sicuramente impazzito e allora ho cercato di fare una specie di autocondizionamento e sono andato, se si può usare il termine di una radio, in stand-by».

Il signor Murgia viene rilasciato l'11 gennaio 1991, alle due di notte, nelle campagne vicino a Teti, in provincia di Nuoro, dopo aver pagato un riscatto di seicento milioni.

Guido Freddi, invece, viene sequestrato in Umbria.

Guido Freddi, ex sequestrato.
Dice: «Il 28 agosto 1979, tornando una sera da casa di amici, vivevamo in campagna in Umbria, ci siamo trovati a essere circondati da un gruppo di persone mascherate, pensavamo fosse uno scherzo. Ero nella macchina con mia madre. Mio padre

*era in un'altra automobile con i due fratellini piú piccoli. E...
non era uno scherzo».*

Gli uomini che circondano la macchina di Guido e dei
suoi genitori sono armati. Fanno scendere tutti, li fanno stendere per terra e li legano, e lui se lo portano via.

È un viaggio lungo. Se lo portano via intorno a mezzanotte e all'alba stanno ancora viaggiando.

Si fermano in un posto dove ci stanno per un giorno, poi
però ci sono dei bracconieri che passano troppo vicino e allora se ne vanno. Dove? Guido non lo sa. Un posto all'interno.

Quando viene sequestrato Guido è soltanto un ragazzino. Quando viene sequestrato quella notte del 19 agosto
1979, ha solo tredici anni.

Guido Freddi, ex sequestrato.
*Dice: «Il posto nella mia testa rimane chiarissimo visualmen-
te, ma assolutamente misterioso in rapporto al resto dell'universo».*

Il posto è una nicchia scavata tra i roveti, scavata per terra, e coperta con una tela cerata. Dentro c'è un materasso
che non è un vero materasso, è un giaciglio, un mucchio di
felci schiacciate, appoggiate sul fango che ristagna sul fondo
della buca.

Lí dentro Guido ci resta ventotto giorni.

Guido Freddi, ex sequestrato.
*Dice: «Per ventotto giorni mi ritrovo sempre sdraiato nella
stessa posizione, sul fianco sinistro, dando le spalle praticamente all'ingresso, in modo che se fossero entrati all'improvviso non
avrei potuto guardarli. Quindi avevo davanti al mio naso un pic-*

*colissimo universo. Dormivo su questo... dormivo, ero sveglio...
cioè, su questo letto di felci, e quindi avevo questi minuziosissi-
mi dettagli pazzeschi del bordo delle felci per esempio, di un ragnetto per esempio, grandissima amicizia di questo ragnetto che
aveva deciso di costruire una... una sua retina, insomma in un
angolino che potevo vedere, il rumore costante di quest'acqua
che sgocciolava sotto le felci su cui ero sdraiato, l'odore! Quello non lo dimenticherò mai. Era quasi piacevole devo dire, nel
senso che in fondo quello era diventato il mio piccolo mondo e
in un certo modo sapevo che se avessi evitato di fare sciocchezze, tipo alzarmi, muovermi, agitarmi, cercare di uscire dalla ca-
panna, eccetera... lí sarei rimasto al sicuro».*

Attorno a lui si muovono sei persone, due soprattutto.
Vanno e vengono e lui non sa perché. A volte sono nervosi,
a volte sono allegri, a volte si arrabbiano con lui, e lui non
sa perché. A volte lo legano soltanto per un piede, altre volte invece lo legano come un salame, e lui non sa perché.

Gli portano da mangiare, carne in scatola, pesce in scatola, formaggio sardo, acqua della fonte che scorre lí vicino.
Una volta gli chiedono se vuole qualcosa di particolare da
mangiare. Guido dice la Nutella.

È un ragazzino Guido, non dimentichiamocelo.

Ha tredici anni.

Guido Freddi, ex sequestrato.
*Dice: «Il momento piú drammatico era quello delle letterine
da mandare a casa, perché a quel punto loro mi chiedevano per
esempio di scrivere nelle letterine menzogne per mettere piú ansia ai miei genitori. Questa era la sostanza, per cui dovevo dire
che stavo male, che ero trattato male o cose del genere, soprattutto che stavo male fisicamente, che non era vero, io stavo bene fisicamente. E per me era terribile quindi dicevo no, non lo*

*voglio fare, perché mi sembrava di essere quasi colpevole di do-
vere mettere un'ansia in piú a una situazione cosí catastrofica.
Quando mi ribellavo a scrivere arrivavano con pistole o coltelli
e chiaramente te li piazzavano sulla gola o alla tempia e là erano delle scosse di adrenalina che ovviamente non ho mai piú avuto, e quelli sono i momenti in cui ho pianto, sicuramente i piú
duri in assoluto di questo rapimento perché piegavano l'unico
pezzettino di libertà che avevo. Quando finalmente è arrivato il
giorno della liberazione, io non ci volevo credere perché quello
che è successo in quel periodo è che ogni sera, ogni mattina, prima di dormire e subito dopo essermi svegliato pensavo: adesso,
oggi è il giorno che mi ammazzano, o è la notte che mi ammaz-
zeranno nel sonno; e quindi loro non mi spiegavano chiaramente perché dovevo o meno fare una cosa. Quella mattina mi dis-
sero: andiamo. Per me "andiamo" era… io ho creato quella nicchia, quel posto che era, tra virgolette, sicuro dentro la mia testa.
"Andiamo" voleva dire rischiare che forse si andava a morire, insomma. Nel momento poi, a un certo punto avevo capito che
stavamo completamente uscendo da questo nascondiglio, quando abbiamo iniziato ad attraversare i primi prati che non vedevo ma sentivo l'erba sulle gambe, ho iniziato a camminare a una
velocità tale che il carceriere, che direttamente mi teneva con sé,
non riusciva a starmi appresso. Tra l'altro doveva essere asmati-
co, perché sentivo ansimare pesantemente e mi chiedeva di andare piú piano. E io andavo alla cieca, nel senso letterale perché
non vedevo, però andavo e ho capito, anche se non me l'hanno
veramente detto, che ero libero».*

Guido Freddi viene rilasciato in un parcheggio dell'autostrada del Sole nei pressi di Magliano Sabina.

A Benetutti, invece, in provincia di Sassari, vengono rilasciate le due vittime piú famose di un sequestro di persona in Sardegna.

Fabrizio De André e Dori Ghezzi sono seduti su un divano blu. Lui sta parlando con qualcuno al di là dell'inquadratura mentre lei lo guarda e ha una mano appoggiata sulla sua gamba. A un certo punto lei dice qualcosa e lui la guarda in viso. Lei alza un dito come per indicare un oggetto lontano e fa scivolare la mano dalla gamba di lui al cuscino del divano. Lui continua a guardarla fisso.

In un'altra immagine, tra il verde degli alberi e dei prati, la telecamera si sposta a inquadrare dall'alto una costruzione rustica di tre piani con un'ampia e lunga tettoia su un lato. Altre costruzioni piú basse sono sparse nel grande cortile sterrato che si estende attorno all'edificio in mattoni. La ripresa ci mostra una delle pareti della costruzione interamente coperte di vegetazione rampicante, un gatto si muove velocemente attraversando il lastricato. Un'altra parete dell'abitazione ha le porte e le finestre spalancate. Al lato dell'entrata è appoggiato contro il muro un portapacchi per automobile. Sotto il porticato della casa si muovono delle persone e una Dyane è parcheggiata lí vicino. La telecamera si muove velocemente inquadrando per un attimo l'entrata all'agriturismo e si ferma a filmare un cartello verde che indica verso l'ingresso. Sul cartello è scritto: L'AGNATA.

Fabrizio De André e Dori Ghezzi hanno una fattoria a Tempio Pausania, in provincia di Sassari. Una tenuta di centocinquanta ettari che hanno trasformato in un agriturismo e dove lui, Fabrizio De André, ha investito quasi tutti i soldi fatti con i dischi e le canzoni che l'hanno reso uno dei cantautori piú amati in Italia e all'estero. Si chiama l'Agnata, De André e Dori Ghezzi ci vivono da tre anni, da soli, completamente isolati tra le foreste di sughere, a quindici chilometri dal primo centro abitato.

È lí che il 27 agosto 1979, verso mezzanotte, arrivano i

banditi. La casa è sempre aperta, perché una cosa del genere, Fabrizio De André e Dori Ghezzi, non se l'immaginano neanche.

La giornalista intervista il padre di Dori Ghezzi sotto il porticato dell'agriturismo. L'uomo ha i capelli corti brizzolati e gli occhi chiari, dice: «Ma lui era coraggioso, sentiva, leggeva i giornali, tutti i vari rapimenti, però non aveva mai immaginato che potesse...»

«E sua figlia?»

«Eh, mia figlia lo stesso, non so cos'altro dire, non saprei cosa dire».

«Anche dopo gli ultimi rapimenti non hanno avuto paura?»

«No, no, no, niente, non hanno avuto paura. Non c'era neanche un movente per dire che fosse una rapina perché di soldi non ne hanno, che cosa devono pagare? Quello che hanno, hanno investito qui tutto. Non hanno niente».

«Avete avuto contatti finora?»

«No, no, niente, non si sa niente».

I banditi lasciano la macchina usata per il sequestro a Olbia, sul molo da cui partono i traghetti per Civitavecchia.

Ma è una finta. Fabrizio De André e Dori Ghezzi sono a Monte Lerno, a Pattada, in provincia di Sassari. Li tengono all'aperto, coperti da una tenda, incappucciati e incatenati.

È l'*Hotel Supramonte* di cui parlerà Fabrizio De André in una canzone che proprio cosí si intitola. Restano lí centosette giorni, poi li liberano, prima lei, alle undici di sera, nel buio della campagna, e il giorno dopo, alle due di notte, anche lui. Hanno pagato un riscatto di cinquecentocinquanta milioni.

Dori Ghezzi ha lo sguardo abbassato verso il lato sinistro, poi alza la testa e la gira verso destra. Si sente la voce di Fabrizio De André che, intervistato da un giornalista, dice: «Fondamentalmente i veri prigionieri continuano a essere i sequestratori, no? Tant'è vero che noi siamo usciti e loro sono ancora dentro, e credo che se dovessero uscire lo faranno per prendersi una pallottola». La telecamera allarga il campo e inquadra il giornalista, tra Dori Ghezzi e Fabrizio De André, che porge il microfono verso il cantautore.

Fabrizio De André e Dori Ghezzi tornano a casa.

Torna a casa anche il signor Vinci, che fa il commerciante a Macomer, in provincia di Nuoro. Nel dicembre del '94 viene bloccato in macchina al bivio di Borore, vicino a Oristano, mentre torna a casa dal lavoro. Resta nelle mani dei banditi per quasi un anno, fino a ottobre, quando viene pagato per lui un riscatto di quattro miliardi.

Torna a casa anche la signora Miria Furlanetto, che è la moglie di un notaio e vive in una palazzina di due piani nel centro di Olbia, protetta da un cancello telecomandato, da un citofono con la telecamera e da un sistema di allarme.

Una mattina, verso mezzogiorno e mezzo, suonano alla porta. La signora guarda nel citofono e vede tre carabinieri che chiedono di parlare col marito. La signora apre, ma quelli non sono carabinieri, sono banditi. Legano e imbavagliano la signora Furlanetto, la domestica e la figlia, e aspettano con loro per piú di un'ora. Aspettano che arrivi il notaio, e quando arriva legano e imbavagliano anche lui, per ritardare il piú possibile l'allarme. Poi caricano la signora Furlanetto nel baule della macchina, se la portano via e se la tengono per tutta l'estate, fino a novembre.

Gianfranco Giuliani, marito di Miria Furlanetto, è contro una parete sulla quale campeggiano un paio di quadri. È letteralmente assediato da alcuni giornalisti che tendono i microfoni verso di lui. Dice:«È stato pagato piú di un miliardo, piú di un miliardo, lascio alla vostra immaginazione quello che può essere stato».

Ma ci sono anche quelli che non tornano.

Trentatre, sono trentatre gli ostaggi finiti nelle mani dei banditi e mai piú tornati a casa.

Come Gina Manconi, rapita in pieno centro a Nuoro nel novembre dell'83, o come Vanna Licheri, rapita ad Abbasanta nel maggio 1995 e che dopo quattro mesi di sequestro si ammala per le condizioni in cui viene tenuta e muore.

A volte va male fin dall'inizio, fin dal tentativo di sequestro, perché succede qualcosa o le vittime reagiscono.

A Lanusei, in provincia di Nuoro, nell'agosto del '72, sei banditi entrano nella villa del dottor Vincenzo Loddo. La prima a vederli è la moglie, che si spaventa e si mette a urlare. Anche i banditi si spaventano, perdono la testa e cominciano a sparare all'impazzata. Muoiono il dottore, il fratello del dottore, un nipote, la moglie del dottore e anche uno dei banditi.

Il dottor Loddo era un medico, la signora Manconi una farmacista, il signor Murgia è un imprenditore e il marito della signora Furlanetto un notaio. Le vittime dei sequestri sono persone benestanti che appartengono a una cerchia di «sequestrabili» che in quegli anni vivono nel terrore e nella psicosi del sequestro, ma a volte sono anche persone non benestanti, sulle cui possibilità economiche i banditi si sono sbagliati, come per la signora Caterina Saragat, che la rapiscono credendola parente del presidente della Repubblica

Giuseppe Saragat, ma non è vero, e sono anche costretti a rilasciarla subito, perché alla signora Caterina è venuto un infarto e rischia di morire.

Giovanni Murgia, ex sequestrato.
Dice: «*Tutti i sequestri in Sardegna, son tutti anomali, tutti sbagliati. Un sequestro non si fa per seicento milioni, uno che organizza una macchina del genere lo fa per incassare molto di piú, perché seicento milioni, secondo quante persone ci operano, non c'è manco il tanto di una misera giornata. Però se noi andiamo ad analizzare tutti i sequestri di persona prima del mio, allora sono stati tutti veramente anomali perché eccetto tre, quattro sequestri, il mio è uno dei piú alti con seicento milioni. Sono sequestri di trecento milioni, quattrocento milioni, cinquecento milioni, seicento milioni. Il sequestro in Sardegna, prima della legge sequestro dei beni, si è sempre fatto per quella cifra, per cinque-seicento milioni*».

Dove finiscono i soldi dei sequestri? Fino all'inizio degli anni Settanta vengono impiegati per comprare greggi di pecore, oppure case, bar e negozi. Dopo essere stati riciclati, naturalmente, ma allora era molto piú facile. Ci sono anche alcune case, in certe zone della Sardegna, che vengono chiamate col nome del sequestrato che ha pagato i soldi per acquistarle. E ci sono bar in cui alcuni sequestrati non vanno a prendere il caffè, perché, dicono, di soldi al barista gliene hanno già dati abbastanza, perché il bar, letteralmente, glielo hanno comprato loro, col riscatto.

La ripresa ci mostra i tetti delle case di un paese e la copertura verde di una chiesa, poi scende a riprendere le vie. Si vedono dei bambini che corrono lungo un vicolo, i muri sbrecciati dei caseggiati, alcune persone che passeggiano per la strada. Tra que-

ste si muove una donna anziana con un tipico copricapo sardo
in testa, una stoffa nera ripiegata e a forma quadrata, in cima.
La donna scende dal marciapiede come se fosse disturbata dalla
telecamera ma non fa una mossa di piú e continua a cammina-
re per il suo percorso. Anche un signore che le cammina vicino
a un certo punto scende dal gradino e guarda incuriosito verso
l'operatore.

Dalla metà degli anni Settanta però le cose cambiano, i
soldi dei riscatti prendono un'altra strada. È piú difficile ri-
ciclarli, e con la legge che prevede il sequestro dei beni non
sono sicure neanche le case e le attività commerciali in cui sono stati investiti. Allora i soldi dei riscatti passano a finanzia-
re direttamente altre attività criminali.
Come il traffico di droga.

Sul piattino di una bilancia c'è un mucchietto di polvere
bianca. Alcuni sacchetti trasparenti che mostrano il contenuto
farinoso hanno un'etichetta sulla quale si riesce a leggere un nu-
mero: 492. Sulla busta è scritto col pennarello rosso: EROINA. La
telecamera si sposta verso l'alto e su un altro sacchetto si legge:
COCAINA.

Ma chi li fa i sequestri?
In Sicilia è Cosa nostra. In Calabria è la 'Ndrangheta. E
in Sardegna? In Sardegna è l'Anonima sarda, ma non è una
vera mafia. L'hanno chiamata in tanti modi: Anonima sarda, Anonima gallurese, Superanonima. Ma tecnicamente, come entità unica, non esiste.

Mauro Mura, procuratore aggiunto a Cagliari.
Dice: «Io penso che ci sia al fondo un problema di gerarchia.
Indubbiamente la criminalità sarda ha il controllo del territorio,

questo è fuori discussione. Però ha un controllo del territorio che è, secondo me, diffuso. Non c'è un rapporto gerarchico».

C'è una parola, in sardo, che non ha un vero e proprio equivalente in italiano. Ce ne sono molte, perché il sardo nelle sue varie forme non è un dialetto, ma una vera e propria lingua. La parola *balentía*, però, ha un significato molto particolare. Mette assieme ardimento fisico, temerarietà, vigore e baldanza nell'affrontare le avversità, ma è anche qualche cosa di piú. È una specie di condizione spirituale che viene percepita dalla tradizione come una sorta di magia.

Chi la pratica è un *ballente*, e *ballentes* sono per esempio i cavalieri che galoppano nelle corse sfrenate come la Sartiglia di Oristano o l'Ardía di Sedilo.

In un filmato in bianco e nero si vedono dei cavalieri al galoppo. Indossano una camicia bianca e dei pantaloni neri. Siamo per le vie terrose di un paese, il gruppo gira attorno a un muro sbrecciato e in rovina. Tutt'intorno c'è folla che guarda attenta la corsa, stando ai lati della strada. Da un muretto sul quale si sono assembrati diversi spettatori in piedi, un uomo con la macchina fotografica in mano e una borsa a tracolla salta giú per seguire i cavalli in movimento.

Ma i *ballentes* piú famosi non sono quelli. Per tutti, soprattutto fuori dalla Sardegna, i *ballentes* piú famosi sono i latitanti, sono i banditi.

Tra questi, il piú noto è sicuramente Graziano Mesina. Il Re del Supramonte.

Anche questo filmato è in bianco e nero e mostra un uomo dai capelli corti e neri che indossa una giacca su una maglia nera a collo alto. Cammina tenuto sottobraccio da due uomini che stanno al suo fianco, e ha un aspetto austero. Muove gli occhi scuri come a voler ferire l'ambiente attorno a sé. I tre sono seguiti da un gruppo di persone che si stringono lungo l'angusto passaggio del corridoio.

Graziano Mesina finisce in galera per la prima volta nel 1960, all'età di diciott'anni. Ci sono alcuni amici che stanno partendo per la leva e gli altri, quelli che restano, li festeggiano. Li festeggiano un po' rumorosamente, ma siamo in quegli anni, siamo a Orgosolo, e come dirà lo stesso Graziano Mesina, «a Orgosolo la sera c'è sempre qualche sparo». Mesina spara a un lampione, ma lí vicino c'è una caserma dei carabinieri, che arrivano, lo prendono, lo trovano con un'automatica calibro 7,65 e lo portano dentro.

Quella notte stessa Graziano Mesina fa a pezzi la branda, ne piega una gamba fino a farne una specie di piede di porco, scardina la porta della camera di sicurezza e se ne va. È la sua prima vera evasione, la prima delle nove riuscite sulle venti che tenterà nella sua carriera di bandito.

Antonello Zappadu, giornalista.
Dice: «Graziano Mesina è sicuramente l'ultimo bandito romantico. In assoluto è quello che ha pagato piú di tutti, quarantuno anni di galera. Credo che in Europa non ci sia nessuno che abbia pagato talmente tanto. Era un uomo che aveva dei principî e un suo codice, il cosiddetto codice barbaricino, non sequestrava donne, non sequestrava bambini, e quando è successo li ha liberati immediatamente».

Graziano Mesina diventa un vero bandito qualche anno dopo l'evasione, e lo diventa grazie a una faida, una serie di vendette che per uno sgarbo o un'offesa personale mettono una famiglia contro un'altra, e che lí, in Sardegna, in Barba-

gia, a Orgosolo, accadono spesso e si trascinano per generazioni, lasciandosi dietro una lunga scia di sangue e di morti
ammazzati.

*Un ragazzo è seduto sulle radici di un grosso albero e gioca
con un rametto. Parla con il giornalista, che non vediamo, e
che lo sta intervistando. Sulle immagini passa la scritta: «Mario Bassu-Pastore di Orgosolo-20 agosto 1995». In alto a sinistra c'è una scritta bianca: «Tg2 Dossier». Il ragazzo indossa una maglia verde oliva, ha i capelli tagliati corti e un pizzetto leggermente accennato. Parla con un forte accento sardo. Il
cronista gli chiede: «Suo padre è stato assassinato, perché è stato ucciso?»*

*«Eh, buh? Io non lo so, me lo chiedo anch'io ancora oggi.
Non l'ho mai saputo per quale motivo è stato assassinato. Era
un uomo tranquillo come ce ne sono molti qua in paese... è successo, e per lui come per la mia famiglia, che gli sia sceso un ful-
mine, no?»*

È il codice barbaricino, una serie di norme tradizionali,
non scritte, tramandate di generazione in generazione, e rimaste immutabili nei secoli, che regolano in ogni punto e in
ogni suo aspetto la «cultura della vendetta».

«L'offesa deve essere vendicata. Non è un uomo d'onore chi si sottrae al dovere della vendetta».

Luigi Concas, avvocato.
*Dice: «In queste vicende un grosso ruolo hanno le donne. Le
donne stimolano la vendetta. Io ho un documento estremamente interessante, una conversazione tra la donna e il fratello, cui
la donna segnala come in un certo paese della Sardegna sia stato
consumato un triplice omicidio dei loro nipoti, e dice al fratello: ma noi non abbiamo ancora reagito? Non abbiamo ancora*

fatto niente? Che figura facciamo di fronte alla collettività? E allora comincia a elencare i personaggi che a suo avviso debbono essere sacrificati, con altrettanti omicidi, per reagire in termini di vendetta ai fatti commessi in danno alla sua famiglia. Il ruolo della donna secondo me è molto importante anche perché i valori vengono trasmessi dalla donna nella società barbaricina».

Tra le offese che possono e devono essere vendicate c'è per esempio il furto di bestiame, se a compierlo è stato un nemico, un compagno d'ovile o un confinante, se è stata rubata la capra che dava il latte a tutta la famiglia, o se è stata sgarrettata – cioè azzoppata – la vacca che era stata promessa in dono alla sposa. Sono offese le diffamazioni, le calunnie, la rottura dei patti e le delazioni a scopo di lucro. Sono tanti gli articoli del codice barbaricino, e c'è uno studioso, Antonio Pigliaru, che li ha raccolti e li ha analizzati. Sono ventitre.

Antonello Zappadu, giornalista.
Dice: «Il codice barbaricino è un codice che si tramanda ormai da secoli. È chiaro che oggi non è rispettato minimamente. Nel senso che… non si sequestrava la donna, non si sequestrava il bambino. Oggi invece è cambiato totalmente, è un codice che chiaramente va contro la legge italiana».

Nell'estate del 1960, a Orgosolo, succede qualcosa che riguarda la famiglia di Graziano Mesina.
Nel luglio c'era stato il sequestro di un ricco agricoltore, Pietrino Crasta, prelevato da quattro uomini incappucciati. È un brutto sequestro, perché Pietrino Crasta era un uomo molto noto in paese perché aveva dato molto lavoro a tutti. Inoltre a Orgosolo era stata decisa una tregua nei sequestri, da almeno sette anni, decisa dagli anziani del paese durante

un banchetto pubblico. In piú è un brutto sequestro anche perché finisce male.

Il 12 luglio 1960 il corpo di Pietrino Crasta viene trovato sotto il muretto a secco di un podere, sepolto da sassi e frasche. Lo hanno ammazzato a sassate. Il podere è quello dei Mesina, e vengono arrestati Pietro, Giovanni e Nicola, fratelli di Graziano, che in quei giorni è in carcere per il fatto del lampione. Viene ricercato anche un altro dei fratelli Mesina, Antonio, che si è dato alla macchia e ha cominciato un'indagine personale per capire che cosa è successo. Viene aiutato anche da Graziano, che nel frattempo è uscito dal carcere. Che cosa è successo?

Secondo Antonio e Graziano è successo che i loro confinanti, le famiglie Mereu e Muscau, hanno buttato il corpo del povero Crasta nel loro podere. Perché sono stati loro a sequestrarlo e ucciderlo e a lasciarlo ai Mesina per scaricargli addosso la colpa. Il magistrato crede a questa versione e fa scarcerare i fratelli Mesina. Ma ce n'è abbastanza anche per il codice barbaricino. Che al punto numero 21 dice espressamente che le offese possono essere lavate con il sangue.

La vigilia di Natale del 1961 a Orgosolo fa un freddo cane e la gente è tutta nelle case o nei bar per ripararsi dal vento gelido del Supramonte che spazza le strade. Nel bar di Canavedda c'è un sacco di gente, e c'è un uomo, un servo pastore che si chiama Luigi Mereu, e che da tempo si sta dando da fare per demolire le accuse dei Mesina. Fantasie, le chiama, sciocchezze, e ci ride anche sopra.

Quella sera del 24 dicembre, Luigi Mereu è nel bar che sta bevendo con gli amici quando si sente chiamare per nome. Sulla porta c'è un ragazzo che indossa un vecchio cappotto militare e ha un pezzo di stoffa che gli maschera parte del viso. In mano il ragazzo ha una pistola. Spara e Luigi Mereu cade a terra fra i tavoli, gravemente ferito.

Tre giorni dopo i carabinieri arrestano Graziano Mesina. Addosso gli trovano la pistola .7,65 che ha ferito Luigi Mereu. Finisce in carcere e viene condannato a sedici anni per tentato omicidio.

Da quel momento Graziano Mesina diventa un bandito.

Peppedda Mesina è la sorella di Graziano. Ha i capelli neri striati abbondantemente di grigio e tirati indietro sulla nuca. È intervistata da un giornalista, dice:«Eeeh, che cosa ricordo della gioventú di Graziano... era un orfano. Il padre quand'è morto aveva dodici anni, mi sembra, Graziano, era piccolo».

Il primo novembre 1962 succede un'altra cosa che riguarda la famiglia Mesina. Giovanni, uno dei fratelli di Graziano, viene ritrovato su un prato ai margini del Supramonte. Lo hanno ammazzato a colpi di pistola, ma prima lo hanno torturato. Per i Mesina sono stati i Mereu, per quell'inchiesta privata che li aveva incastrati per il sequestro Crasta.

Graziano dovrebbe essere in carcere a Nuoro, a scontare i sedici anni per il tentato omicidio di Luigi Mereu. E invece no, non c'è. Dov'è?

Qualche giorno prima era stato ricoverato all'ospedale di Nuoro perché continuava a sanguinargli il naso. Terzo piano, in corsia. Graziano aspetta che tutti vadano a dormire, poi sale sul davanzale, scivola lungo la grondaia per tredici metri e si nasconde dentro un tubo che un'impresa di costruzioni ha lasciato lí per rifare le fognature all'ospedale. Ci resta due giorni e due notti, poi va a nascondersi nel Supramonte, latitante. Ma non ci resta molto.

La scena è ancora quella del caffè di Canavedda. Andrea Muscau, uno di quelli della famiglia nemica dei Mesina, di solito va al caffè al tramonto e resta lí a giocare a carte con gli amici fino all'alba. Succede cosí anche quel 15 novembre

1962. Muscau è al solito tavolo e sta giocando a carte, quando arriva Graziano Mesina con il mitra imbracciato. Grida: «Guardate come finisce un Muscau. Fratello per fratello», e spara.

Andrea Muscau cade a terra, ma Graziano non si è accorto che un altro dei suoi nemici, Giovanni Mereu, gli è scivolato alle spalle e lo colpisce con una bottigliata. Arrivano i carabinieri. Graziano finisce di nuovo dentro e questa volta si prende venticinque anni per omicidio.

La carriera criminale di Graziano Mesina, *ballente* di Orgosolo, bandito per vendetta, sembrerebbe finita qui.

Invece no. È proprio adesso che comincia il suo mito.

La ripresa è in bianco e nero e ci mostra una bambina vestita di bianco. È seduta e appoggia le braccia su un piano, ha i capelli lunghi e scuri con la riga in mezzo. Parla guardando qualcuno verso l'alto dell'inquadratura, dice: «Graziano era un bandito che mi piaceva molto per il suo coraggio, specialmente perché per fuggire di prigione ci vuole molto coraggio, e poi era un bandito moderno e mi piaceva, ecco. Però è stato anche un bene per la popolazione orgolese che Graziano sia stato catturato così e che la sua leggenda sia finita, perché ci libera da quell'incubo».

Dal carcere di Nuoro lo trasferiscono a quello più sicuro di Sassari. In treno, durante il trasferimento, approfitta di una salita che fa rallentare il convoglio, apre una porta e salta giù.

Lo riprendono e lo rimettono dentro. Lo spostano in continuazione: Sassari, Porto Azzurro, Volterra, Spoleto. Da Spoleto non è mai scappato nessuno. Graziano ci prova, tramortisce una guardia, scappa, poi però ha il dubbio di averla colpita troppo forte e sarebbe un guaio, e allora torna indietro. Lo spediscono di nuovo a Sassari.

Lí Graziano incontra un altro bandito. È uno spagnolo, si chiama Miguel Asencio Prados, detto Atienza, ed è un disertore della Legione straniera, finito dentro in Sardegna per un furto d'auto.

L'11 settembre 1966 è una domenica, è appena terminata la messa e tutti i detenuti del carcere di San Sebastiano di Sassari sono fuori in cortile per l'ora d'aria. A fargli da guardia c'è soltanto un agente. Graziano dice all'agente che è stato chiamato dentro, l'agente ci crede, si allontana, e allora Graziano e Miguel Atienza prendono la rincorsa, scalano il muretto di cinta e saltano dall'altra parte, sette metri piú sotto. Poi vanno in piazza a prendere un taxi per farsi portare fuori città. Passano davanti al carcere di San Sebastiano, dove c'è una gran confusione, auto che vanno e vengono a sirene spiegate, e ci sono ancora degli agenti che sparano.

Si vedono un paio di manifesti che notificano la taglia sui banditi. Ci sono le foto in bianco e nero dei due.
Leggiamo: «RICERCATO - MESINA GRAZIANO *fu Pasquale, na-*
to a Orgosolo il 4-4-1942. TAGLIA DIECI MILIONI - IL MINISTE-
RO DELL'INTERNO CORRISPONDERÀ A CHIUNQUE NE AGEVOLERÀ
LA CATTURA». *Nel manifesto successivo è scritto:* «TAGLIA CIN-
QUE MILIONI - IL MINISTERO DELL'INTERNO CORRISPONDERÀ A
CHIUNQUE NE AGEVOLERÀ LA CATTURA».

Con Miguel Atienza Graziano Mesina si rifugia in Barbagia, nel Supramonte, e mette assieme una banda che si occupa, tra l'altro, anche di sequestri di persona.

Alcune foto ci mostrano Mesina giovane e con i capelli un po' lunghi mentre guarda lontano con un binocolo. In un'altra scena è in un bosco e sta lanciando delle pietre.
Poi lo vediamo seduto su un grosso sasso mentre guarda qual-

cosa che ha in mano, forse un pettine, visto che ha i capelli tira-
ti indietro come se fossero stati appena lisciati. Un uomo di fron-
te a lui, con il passamontagna marrone e gli occhiali scuri, gli tie-
ne fermo uno specchietto.

Nell'ultima foto sta spruzzando qualcosa da una bomboletta su un'arma che regge tra le mani.

Graziano Mesina è bravo ad alimentare il proprio mito con interviste alla stampa e gesti eclatanti da «bandito romantico» che sfida la legge rispettando le regole della tradizione. Come quando, da latitante, dà appuntamento al suo avvocato al secondo piano della Rinascente di Cagliari, e l'avvocato lo trova a scherzare con le commesse. O come quando rapisce il signor Pedretto, che è assieme al figlio, e Graziano rilascia subito il bambino regalandogli anche mille lire.

Ma anche se lo chiamano «il Robin Hood della Barbagia», Graziano Mesina è sempre un bandito, e quando lui e i suoi incontrano i «baschi blu» del Corpo per la repressione del banditismo e si mettono a sparare, i morti sono morti.

Il pomeriggio del 17 giugno 1967 un gruppo di carabinieri è appostato nel Supramonte vicino a Osposidda, e tiene d'occhio una sorgente alla quale vanno i latitanti per rifornirsi d'acqua. E infatti, ecco che arrivano quattro uomini armati che appena si accorgono dei carabinieri cominciano a sparare. I banditi riescono a sganciarsi, ma lasciano tracce di sangue, segno che qualcuno è rimasto ferito. Intanto cala il buio. Arrivano altri baschi blu che riagganciano la banda, e c'è un altro conflitto a fuoco nel quale restano uccisi due baschi blu di vent'anni, Pietro Ciavola e Antonio Grassia.

Coprendosi la fuga a raffiche di mitra e bombe a mano, i banditi riescono a scappare. Ce n'è uno che si porta sulle spalle il corpo di un compagno. È Graziano Mesina, che sta trascinando via Miguel Atienza, ferito mortalmente nel primo conflitto a fuoco.

Il filmato è in bianco e nero e porta in basso a sinistra la scritta: «26 marzo 1968». Mostra un giornalista seduto alla scrivania che parla alla telecamera davanti a un microfono e legge la notizia su alcuni fogli bianchi posati davanti a sé. Dice: «Le forze dell'ordine in Sardegna hanno arrestato un individuo che ha dichiarato di chiamarsi Graziano Mesina. Se la notizia fosse vera, si tratterebbe di una brillante operazione di polizia e di un duro colpo al banditismo sardo».

Lo ha preso quel blocco volante della polizia stradale, sulla strada che da Orgosolo va a Fonni, e lui si è presentato come il signor Carta ma il vicebrigadiere Fusto non gli ha creduto, perché l'ha riconosciuto, sa benissimo chi è. È Mesina Graziano, il bandito.

Sul documento dell'epoca appare la scritta: «22 agosto 1976». Vediamo Mesina su una sedia con dietro di sé diverse persone. Una di queste ha le mani appoggiate sullo schienale dietro le spalle del bandito. Mesina è impassibile, e mentre parla fissa con sguardo fermo il suo interlocutore. Il giornalista si sporge verso di lui e gli pone delle domande.

«Tu sai benissimo, e cioè lo hai scoperto con la tua esperienza, sulla tua pelle, che non avevi altre alternative: o la costituzione o la cattura o morire in conflitto».

«Sí...»

«Sei convinto di questo?»

«Sí, di questo sono convinto».

«Cioè terminare...»

«Questo lo sapevo da prima».

«Lo sapevi da prima».

«Sì».

«Ora tu hai fatto la tua esperienza. Sei qui e mi pare che vai incontro a una punizione. Al carcere?»

«E sono rassegnato a questa punizione».

«Ecco, se tu ti dovessi rivolgere a quelli che oggi sequestrano... Campus, Moralis, a quelli di ventisei, trentacinque anni, ai giovani tuoi coetanei che oggi battono la macchia, tu che parole diresti?»

«Be', di fare un mestiere differente, di non prendere, di non rischiare a fare queste cose».

Ma non è vero.

Neanche Mesina crede a quello che dice. La corte lo assolve per l'omicidio dei due baschi blu perché la dinamica del conflitto a fuoco non è per niente chiara, però lo condanna all'ergastolo per il cumulo delle pene. Continuano a spostarlo di carcere in carcere e lui continua a cercare di evadere.

Ci riesce nel 1976, quando scappa dal carcere di Lecce.

Mentre, dal basso, vediamo un elicottero dei carabinieri volare su un bosco, una voce fuori campo dice: «Fatto nuovo nelle ricerche dell'ergastolano Mesina e dei suoi compagni d'evasione. Oggi pomeriggio è stata ritrovata la Fiat 128 verde che è servita ai detenuti per la fuga dal penitenziario». Durante la notizia, il documento ci mostra un fotografo davanti a un cespuglio. La visuale si sposta e scopre, nascosta tra la vegetazione, un'automobile di cui si riesce a leggere la targa: LE 149641.

Lo riprendono in un appartamento vicino a Trento, dove tiene tre mitra, otto pistole, dieci bombe a mano, un fucile automatico, duemila cartucce e cariche di esplosivo al plastico.

Lo mandano a Porto Azzurro, dove fa il detenuto mo-
dello fino al 1985. Quando esce per un permesso e non torna piú.

Il documento ora è a colori e mostra Mesina ormai stempia-
to e stretto fra due carabinieri. Sull'immagine appare la scritta
«Vigevano». La telecamera allarga la visuale e vediamo che il
bandito ha le mani serrate dalle manette ed è accerchiato da un
gruppo di agenti che posano per la ripresa.
Nel filmato successivo, Mesina scende da un furgone dei ca-
rabinieri. Ha le braccia incrociate sul petto e legate da un cate-
nella.

Lo trovano a Vigevano con una ragazza che aveva cominciato a scrivergli in carcere e che poi aveva conosciuto a un
processo, e lo rimettono dentro. Graziano Mesina ha qua-
rantatre anni, ne ha passati piú della metà in carcere e dovrà
restarci per il resto della vita, salvo licenze e semilibertà.
Nel frattempo però succede qualcosa.

La telecamera segue un carabiniere che passa veloce in mez-
zo a un gruppo di giornalisti – qualcuno di questi ha una penna
e un taccuino in mano – per dirigersi oltre un cancello rosso se-
miaperto. In alto sul documento appare la scritta: «Il bambino
sequestrato - Tg2». Vediamo in seguito un elicottero della poli-
zia volare in un cielo limpido, e una villa bianca a piú piani e
molto estesa affacciarsi sul mare spuntando da una fitta vegeta-
zione. La voce fuori campo del giornalista dice: «Ancora nessun
indizio utile per gli inquirenti nella difficile ricerca del piccolo
Farouk Kassam, il bambino di sette anni rapito ieri sera nella
villa di Porto Cervo, dove cenava con la sorellina di cinque an-
ni, il padre e la madre».

Fateh Kassam è un francese di origine egiziana proprietario di un albergo che vive in una villa a Pantogia, nei pressi di Porto Rotondo, assieme alla moglie e al figlio Farouk, che ha sette anni.

È il 15 gennaio 1992 ed è sera tardi quando quattro uomini armati e mascherati fanno irruzione nella villa. Incontrano Fateh, che dice di essere soltanto un amico di famiglia. Allora salgono di sopra, dove c'è il piccolo Farouk che dorme, lo strappano dal letto cosí com'è, in pigiama, e se lo portano via.

Lo portano nel Supramonte, e lo spostano in continuazione, sempre dentro grotte scavate nella roccia, rinforzate con muretti a secco e coperte di terra. Due sequestratori, due latitanti, forse tre, uno piú basso e gentile, Beppe, e l'altro piú alto e cattivo, Antonio.

Ce lo tengono per centosettantasette giorni, fino a luglio, senza mai cambiarlo e senza mai lavarlo, e a un certo punto, per convincere i genitori a pagare il riscatto che hanno stabilito, gli tagliano un pezzo di orecchio.

È una vicenda che colpisce tutta l'Italia quella del sequestro del piccolo Farouk. Sua madre va in Barbagia, a Orgosolo, e durante la messa di Pasqua rivolge un appello a tutte le mamme della Barbagia, «da mamma a mamma», perché suo figlio venga liberato.

Dallo studio di un notiziario il giornalista Fabio Massimo Rocchi (appare la scritta sovrimpressa sul filmato) dice: «Buonasera. Farouk Kassam è a Parigi, libero con i suoi genitori e i suoi parenti, accompagnato dall'emozione e dalla gioia di tutti gli italiani e lontano fortunatamente dalle polemiche che le modalità della sua liberazione hanno suscitato e continuano a suscitare».

Alle dieci e un quarto di sera del 10 luglio 1992, la polizia trova il piccolo Farouk vicino a un muretto a secco a Iriai,
una località tra Orgosolo e Dorgali. A parte quella cicatrice
bianca che gli segna un orecchio, il piccolo Farouk sta bene.
Si aggira tra i poliziotti che lo stanno riportando al padre e
a tutti chiede: «Lo sai che mi hanno rubato?»
    È un bambino il piccolo Farouk, ha sette anni.
    Ma con tutto questo, con il sequestro del piccolo Farouk,
Graziano Mesina cosa c'entra?

Antonello Zappadu, giornalista.
    *Dice: «Mesina nel sequestro di Kassam è stato determinan-
te, nel senso che ha agito unicamente per l'interesse del sequestrato. Posso confermare che si è impegnato totalmente per la liberazione del bambino, ha portato avanti le trattative lui».*

Graziano Mesina è in carcere ad Asti quando riceve da
qualcuno la richiesta di interessarsi al sequestro del piccolo
Farouk, fare da intermediario fra i sequestratori e la famiglia. Graziano Mesina accetta e ottiene di poter tornare in
Sardegna in licenza, per partecipare al matrimonio di una nipote, cosí c'è scritto sul permesso del giudice di sorveglianza. A Orgosolo, Graziano Mesina dice di aver incontrato un
uomo incappucciato e di aver trattato il riscatto, che sarebbe stato pagato con due miliardi. Una parte l'avrebbe rac-
colta lui, e l'altra ce l'avrebbe messa lo Stato.

Antonello Zappadu, giornalista.
    *Dice: «È risultato in tutte le fasi del processo che il sequestro
Kassam non è stato pagato. Io posso affermare invece con certezza che il sequestro è stato pagato per un totale di cinque miliardi e trecento milioni».*

Mauro Mura, procuratore aggiunto a Cagliari.

Dice: «Io so quello che è emerso dal dibattimento, e cioè il dibattimento non ha detto né che sia stato pagato il riscatto né che non sia stato pagato».

Un giornalista e Mesina sono seduti a un tavolo nel tinello di un'abitazione. Dietro di loro intravediamo la stanza della cucina. Sul documento appare la scritta: «20 agosto 1995». Il giornalista chiede: «Lei non ha informato i magistrati... ma ha informato noi, il Tg1. Perché l'ha fatto?»

«Mi ha ispirato cosí, non so per cosa, simpatia o cosa, di informare quelli del Tg1, ma quando io li ho informati il bambino era già libero sul posto».

«Se la sente di rivelare i particolari?»

«No. Non dò nessun particolare. Ho anche già detto troppo con questo».

La storia del bandito Graziano Mesina si chiude il 29 luglio 1993, quando polizia e carabinieri fanno irruzione ad Asti, in un appartamento in cui Mesina si trova in soggiorno obbligato, e gli trovano un fucile mitragliatore kalashnikov e due pistole Smith and Wesson. Mesina protesta: quelle armi gliele ha messe la polizia per incastrarlo perché ha parlato troppo sul sequestro di Farouk Kassam.

Il tribunale non gli crede e lo rimanda in galera al carcere di massima sicurezza di Voghera, da cui esce il 24 novembre del 2004. Questa volta non con una fuga, ma con una domanda di grazia inoltrata al presidente della Repubblica Carlo Azeglio Ciampi, che l'accetta.

Mesina esce da un grosso cancello a sbarre e viene subito attorniato da diversi giornalisti. Infila una sacca dentro il bagagliaio di un'automobile rossa e poi lo vediamo parlare ai microfoni. Indossa un cappellino di lana calcato in testa e un giub-

botto chiuso fin sul collo. Ha lo sguardo lucido e la faccia ar-
rossata. Sorride e stringe le mani a diverse persone, qualcuno lo
abbraccia commosso. La voce fuori campo del giornalista dice:
«È passata da poco l'una quando Graziano Mesina esce dal car-
cere di Voghera, due borse caricate sull'auto del fratello, i pri-
mi abbracci degli amici che lo hanno atteso, poi l'emozione che
affiora dalle sue prime dichiarazioni di uomo libero».

I giornalisti si fanno attorno a lui sorridendo. Porgendogli i
microfoni gli chiedono: «Ha dormito?»

«Nooo, è tre, quattro notti che non dormo, ma non per quel-
lo che dovevo uscire... perché... raffreddato».

Sono tanti i banditi che sono diventati famosi, alcuni sono stati arrestati, altri sono morti e altri sono ancora latitanti. Hanno nomi come Pasquale Stochino, Giovanni Farina,
Attilio Cubeddu. Tra i banditi che sono diventati famosi di
sicuro c'è Matteo Boe. Anche lui, come Graziano Mesina, è
un personaggio da romanzo, ma da romanzo «nero».

Matteo Boe nasce a Lula nel 1957.

Lula è un paesino della Barbagia, un paese di millesette-
cento abitanti arroccato sulle montagne del nuorese. È un
paese particolare, Lula, è tante cose, come tutti i paesi, tante cose belle, ma è anche un simbolo, come lo è diventato Orgosolo, di quello che in Sardegna non va, di una certa mentalità che rifiuta lo Stato e che a questo preferisce le regole
della tradizione, come quelle del codice barbaricino.

A Lula, per esempio, gli spazi per i manifesti elettorali rimangono bianchi e per quasi dieci anni non è stato possibile eleggere il sindaco.

Una giornalista si avvicina ad alcuni anziani seduti su una
panchina addossata a un muretto. Indossano quasi tutti il ba-
schetto e hanno l'aria seria e scocciata. La scritta che appare so-

*vrimpressa al documento recita:«Dal Tg3 del 5/06/1993». La
giornalista chiede:«Come mai non si vota qua domenica?»*
     *Uno degli uomini risponde scocciato senza nemmeno alzare
la testa:«Non si vota».*
     «Ma perché?» incalza la giornalista.
     «Perché non si vota, basta!»
     «Cioè, perché non verranno presentate le liste?»
     «Non si vota, basta cosí!»
     *Una donna risponde a una domanda della stessa giornalista.
Ha i capelli spettinati dal vento e porta gli occhiali, dice:«Hanno buttato questa bomba a mano, di quelle bombe che usano i
militari, bombe dimostrative che però hanno fatto il loro danno, diciamo».*
     *Un uomo dai capelli scuri e i baffi neri parla allo stesso mi-
crofono, indossa una polo rosa e ha le braccia conserte. È una
bella giornata e siamo in collina, anche se tira un forte vento che
scompiglia i capelli della giornalista che vediamo di spalle. L'uomo dice:«Son comparse delle scritte sui muri di Gairo con i nostri nomi, il mio e quello del vicesindaco, sulla croce. Un brutto presagio insomma».*

     Matteo Boe se ne va da Lula e dalla Sardegna dopo aver
preso il diploma in agraria e va a studiare all'università a Bologna. Là conosce una ragazza di Castelvetro, vicino a Modena, Laura Manfredi, che fa l'università anche lei, sempre
a Bologna, al Dams. Ma Matteo Boe non frequenta solo il
giro degli studenti fuori sede di Bologna. Frequenta anche
il giro della malavita di origine sarda che è molto attivo in
quegli anni in Emilia Romagna e in Toscana, soprattutto con
i sequestri di persona.

     Salvatore Mulas, questore di Nuoro.
     Dice:«L'ascesa criminale del Boe inizia con un sequestro

eclatante, quello di Sara Niccoli, prelevata dalla sua abitazione nel 1983».

Matteo Boe ha un nome di battaglia: Carlos, come il terrorista inafferrabile di cui si sente parlare in quegli anni. È cosí che lo conosce Sara Niccoli, che ha diciassette anni quando viene sequestrata. Carlos è gentile, le regala dei libri per passare il tempo durante la prigionia, *L'idiota* di Dostoevskij, e i racconti di Kafka.

Sara torna a casa dopo novantanove giorni, nel luglio del 1993, dopo che è stato pagato per lei un riscatto di tre miliardi.

Sul documento appare la scritta:«Dal Tg1 del 29/10/1983». Siamo in un salottino e un cameriere sta versando dello spumante in alcuni calici che si riempiono di schiuma. Dietro questo dettaglio vediamo una ragazza vestita di rosso con in testa una bombetta dello stesso colore. Sorride. È seduta su un divano e al suo fianco ci sono una donna e un uomo. La donna le stringe il braccio commossa e la tira a sé affettuosamente per poi poggiarle la testa sulla spalla. La voce del cronista dice:«Brindisi a colazione stamani in casa Niccoli a Pistoia. Sara è tornata sotto il suo cappellino rosso. Un po' di vanità, ci ha detto dopo quasi quattro mesi in un bosco incatenata sotto una tenda. Ha sopportato tranquilla l'assalto dei giornalisti».

Nel 1984 uno dei sequestratori viene arrestato a Torino con quattrocento milioni che fanno parte del riscatto. Da lui gli investigatori risalgono al resto della banda e arrivano fino a Matteo Boe, che viene arrestato a Bologna e si prende sedici anni di carcere.

Finisce nel supercarcere dell'Asinara, una fortezza al centro di un'isola, a nord della Sardegna, sopra Stintino, una specie di Alcatraz da cui non è mai fuggito nessuno.

Quasi nessuno.

Il 1° settembre 1986, approfittando del fatto che è stato assegnato ai lavori all'aperto, Matteo Boe aggredisce una guardia, la tramortisce e scappa verso la riva assieme a un altro detenuto. Là, nascosto in una caletta, c'è un gommone ad attenderlo, nel quale, dicono, ci sarebbe stata anche Laura Manfredi, la fidanzata di Modena, che sarebbe venuta a prenderselo e a portarselo via.

L'altro detenuto lo riprendono.

Matteo Boe no. Matteo Boe resta latitante.

A fare il bandito.

Alcune immagini ritraggono Boe mentre è seduto su una pietra in una radura e sta lavorando a qualcosa. Lo vediamo poi dentro una grotta con un enorme spiedo retto con due mani. C'è infilzato un arrosto. Boe è seduto e guarda verso l'obiettivo, calza dei grossi stivali e al suo fianco si nota la fondina della pistola con l'arma infilata dentro.

Nell'ultima foto Boe è in piedi con un fucile a tracolla e un baschetto in testa. Guarda verso l'orizzonte con le mani congiunte sul petto. Indossa un giubbetto di pelle marrone e degli stivali alti nei quali sono infilati dei pantaloni neri.

Matteo Boe è sospettato di essere la mente di molti sequestri di persona, compiuti sia in continente sia in Sardegna, come quello di Giulio De Angelis, quello di Marzio Perrini, o quello del piccolo Farouk. Brutti sequestri, molto duri, in cui i sequestrati sono stati tenuti in pessime condizioni e hanno subìto violenze come il taglio dell'orecchio.

Laura Manfredi, la fidanzata di Modena, che nel frattempo è andata a vivere a Lula e che con Matteo Boe, per quanto latitante, ha fatto tre figli, nega. Per lui, dice, vale quello che una volta disse Graziano Mesina.

Un latitante è un coperchio per molte pentole.

Siamo all'ingresso di una villetta a due piani. Appare la scritta: «Laura Manfredi». La donna è seduta su una sedia di plastica bianca. È senza trucco e ha i capelli tirati dietro la nuca. Indossa una giacca di jeans e una gonna. Di fronte a lei è seduto un giornalista che le porge il microfono. Lei dice: «Matteo Boe è una persona che ha commesso un sequestro di persona diversi anni fa in Toscana, è una persona che poco tempo dopo è evasa per il semplice fatto che c'è riuscito, voglio dire, sicuramente tanti altri...»

«Evaso dall'Asinara, l'unico evaso dall'Asinara».

«Ma sí, è l'unico evaso dall'Asinara ma voglio dire, c'è sempre una prima volta, tutti i carceri credo che prima o poi verranno violati insomma, è normale».

Alla fine lo prendono.

Nell'ottobre del 1992 una pattuglia che sta passando davanti alla casa di Laura Manfredi nota qualcosa di strano. La signora sta stendendo il bucato, ma tra le cose che stende ci sono anche degli abiti maschili. Vuoi vedere, pensa la polizia, che c'è Matteo Boe in giro, proprio qui e proprio in questi giorni?

Da quel momento Laura Manfredi non viene piú mollata. Viene seguita giorno e notte finché una pattuglia della polizia di frontiera non la segnala all'imbarco dei traghetti per la Corsica. E infatti sbarca a Bonifacio e con una piccola auto blu va a Porto Vecchio, un borghetto marinaro, dove viene subito messa sotto controllo dalla polizia francese e dai funzionari delle squadre mobili di Nuoro e di Sassari che l'hanno seguita.

All'improvviso, dall'albergo messo sotto controllo dalla polizia escono Laura Manfredi e i due figli – il terzo lo sta aspettando proprio in quei giorni – e un uomo alto, dai capelli scuri.

Matteo Boe.

Che si fa? I poliziotti francesi sono solo in due e quelli italiani, essendo all'estero, sono disarmati. Allora seguono la famiglia Boe finché non ritorna in albergo. Poi arrivano i rinforzi, che si appostano. La mattina dopo intervengono. Quando Matteo Boe esce assieme ai figli e alla moglie, gli saltano addosso e gli mettono le manette.

Nelle immagini si vedono alcune pagine di quotidiani corsi. Ci sono alcune foto di Matteo Boe con la barba folta. Su una pagina è scritto: «Le roi du rapte tombe à Porto-Vecchio».

Viene mostrata una scheda con diverse foto formato tessera del bandito attaccate una vicina all'altra. Lo ritraggono in vari aspetti, completamente calvo e con la barba lunga, con i capelli corti senza barba, con il pizzetto, in piedi, di profilo.

In un corridoio vediamo di spalle una donna con i capelli lunghi legati dietro la testa e un bambino in braccio. Infine vediamo Matteo Boe dietro delle sbarre, ha i capelli corti e la barba non molto folta e si muove nervoso dentro la gabbia dell'aula di un tribunale.

In tasca Matteo Boe ha alcune fotografie, delle immagini di una grotta sul Montalbo, vicino a Lula, in cui il piccolo Farouk riconoscerà il luogo della sua prigionia.

Un bambino cammina lungo una strada sterrata accompagnato da alcuni agenti. Il gruppetto lascia la stradina per inerpicarsi su un sentiero che si inoltra nella vegetazione. Attorno al gruppo si assembrano dei giornalisti e dei fotografi, qualcuno im-

braccia una cinepresa. Il bambino indossa una maglietta rossa,
un giubbino blu e un cappellino con la scritta «Polizia».

Matteo Boe viene processato e condannato per i sequestri di De Angelis, di Perrini e del piccolo Farouk. Finisce
in galera e là resta.

Salvatore Mulas, questore di Nuoro.
Dice: «Matteo Boe secondo il mio modestissimo parere è un
normale bandito che ha fatto solo ed esclusivamente sequestri di
persona. Tenete conto che a vedere Boe mano per la mano con
i bimbi, sembra un buon padre di famiglia, un padre tranquillo
e sereno, mentre poi invece... Qualche mese prima aveva rele-
gato in una grotta buia e maleodorante un ragazzino di appena
otto anni al quale poi era stato tagliato l'orecchio. Quindi Mat-
teo Boe come molti altri soggetti che in quel periodo si sono am-
mantati di un qualche cosa di politico, poi alla fine dei conti non
è altro che un soggetto che ha fatto solo ed esclusivamente se-
questri di persona».

Laura Manfredi continua a vivere assieme ai tre figli a
Lula, dove nel novembre del 2003 succede qualcosa di strano. Qualcuno va sotto casa dei Boe e spara contro il terrazzo una scarica di pallettoni che uccidono Luisa, una figlia,
che aveva quindici anni.

La ripresa notturna mostra una scena saturata da luci rosse.
Appare la scritta: «Dal Tg3 del 25/11/2003». La telecamera ri-
prende in dettaglio un paio di poliziotti che parlano vicino a una
macchina posteggiata sotto una palazzina.
L'immagine successiva ci mostra diversi buchi di proiettile
prodotti all'angolo di una parete. Come l'immagine allarga la
visuale, scopriamo che si tratta del soffitto di un balcone. La te-

lecamera ci mostra anche una camionetta e una macchina dei carabinieri parcheggiate sotto la casa colpita. La voce del cronista dice: «Si era affacciata al balcone della sua casa in un vicolo al centro di Lula, richiamata da un rumore o da una voce. La fucilata a pallettoni l'ha colpita da sotto in su, a otto metri di distanza».

Perché? Una vendetta per qualcosa? Una faida? Un errore? Le indagini sono ancora in corso.

L'omicidio di Luisa Boe resta un mistero.

Una signora anziana cammina per la strada affianco al cancello chiuso di uno spiazzo di erba alta. Ha la testa coperta da un fazzoletto nero. Un giornalista le porge il microfono e lei continua a camminare, dice: «Questi fatti sono gravi per tutti, per il paese e per tutta la gente. Basta. Io non dico altra cosa perché a me non mi interessa».

Durante un processo Matteo Boe aveva detto qualcosa di molto particolare. Aveva detto: «Non sono ipocrita. Non mi viene da piangere quando vengono rapiti i miliardari».

Quello del rapporto tra sequestri di persona, banditismo e politica in Sardegna è un problema molto complesso. Si basa sul presupposto che alla base dei sequestri di persona ci siano le condizioni di povertà e di arretratezza di parte della regione.

Presupposto che molti negano decisamente.

Laura Manfredi è seduta nell'androne di una villetta, intervistata da un giornalista. Si intravedono la porta d'ingresso e un passeggino chiuso e poggiato contro il muro. Si sentono grida di bambini che giocano. Dice: «C'è qui la tendenza a volere smantellare la struttura economica pastorale, in questo caso cercan-

do di dire che sono... che la cultura pastorale produce sequestra-
tori di persona. In realtà non c'è affatto questo automatismo. Se
certi tipi di reato nascono in queste zone interne, sicuramente ci
sono delle altre ragioni. Arrivano delle persone con dei grossi ca-
pitali da fuori che evidentemente non conviene investire in una
attività che per loro evidentemente non è redditizia, vogliono in-
vestire altrove, e allora bisogna che i sardi si trasformino in ca-
merieri».

Al di là di tutto questo, un tentativo di dare motivazioni
politiche alla criminalità sarda e ai sequestri di persona c'è
stato. Alla fine degli anni Settanta in Sardegna opera un'organizzazione di estrema sinistra che si chiama Barbagia rossa. Barbagia rossa esordisce nel 1978 con un attentato incen-
diario contro un cellulare per il trasporto dei detenuti, poi
continua l'anno successivo con una campagna contro la «mi-
litarizzazione del territorio», compiendo attentati contro ca-
serme dell'esercito e dei carabinieri.

La ripresa ci mostra la parte anteriore di una jeep dei carabi-
nieri. Un ufficiale ci passa davanti frapponendosi tra la telecame-
ra e il parabrezza. Intravediamo, riflessi sul finestrino laterale, al-
cuni fotografi che puntano i loro obiettivi. L'immagine stringe
la visuale ed evidenzia un foro di proiettile che ha incrinato il pa-
rabrezza della vettura.

Con l'inizio degli anni Ottanta alzano il tiro, uccidendo
Santo Lanzafame, un appuntato dei carabinieri di Nuoro, e
Nicolino Zidda, di Orune, che non c'entra niente, si trova
soltanto troppo vicino a un carabiniere che è il vero bersa-
glio dell'attentato.
A Barbagia rossa cercano di ricollegarsi le Brigate rosse.
I brigatisti Antonio Savasta ed Emilia Lìbera vengono man-

dati a Cagliari con l'incarico di organizzare la colonna sarda delle Br, con due obiettivi: trasferire l'arsenale in Sardegna e organizzare un'evasione in massa di brigatisti dal supercarcere dell'Asinara.

Un'auto della polizia è ferma in una piazza. Un agente sta parlando con qualcuno all'interno dell'abitacolo sporgendosi dal lato del passeggero, che ha la portiera aperta. La telecamera cambia l'inquadratura e vediamo un autobus passare e alcune macchine e pullman parcheggiati. Un uomo in borghese tiene con una mano un mitra mentre parla con altre persone. La telecamera inquadra un assembramento di gente davanti a una Fiat 500 bianca. Un uomo con gli occhiali in giacca e cravatta grigia fa cenno all'operatore di avvicinarsi al fanale dell'autovettura. Prima che l'operatore si avvicini all'uomo, un altro picchietta col dito sopra il parabrezza della macchina segnalando il foro di un proiettile. In seguito la telecamera ci mostra il vetro posteriore della vettura incrinato e con un buco al centro.

Il 15 ottobre 1980 sono riconosciuti da una pattuglia della polizia durante un controllo di routine. Nasce una sparatoria, e i due brigatisti riescono a scappare.

Vengono arrestati nel 1982 a Padova, durante la liberazione del generale Dozier, e collaborano con la giustizia. Seguono una serie di arresti in tutta la Sardegna e il ritrovamento dell'arsenale che le Br avevano affidato a Barbagia rossa, che definitivamente scompare.

Barbagia rossa, Brigate rosse. E poi ci sono naturalmente le organizzazioni legate al separatismo, come nella Sicilia degli anni Cinquanta, come in Corsica, anche adesso.

Mario Marchetti, sostituto procuratore a Cagliari.
Dice: «Separatismo sardo che naturalmente matura la sua

*storia in tempi molto lontani ma che ha avuto momenti impor-
tanti soprattutto verso la fine degli anni Settanta, all'inizio degli anni Ottanta, quando un gruppo di personaggi aveva deciso,
come dire, di intervenire in modo tale da staccare la Sardegna
dalla madrepatria. Il centro di quei fatti era la serie di attentati
che si svilupparono soprattutto contro tralicci oppure centraline
telefoniche, e in particolare un attentato di un certo rilievo fu
quello nei confronti della sede della Tirrenia».*

C'è anche un gruppo eversivo che si occupa espressamente di sequestri di persona. Si fa chiamare Mas, Movimento
armato sardo, e firma alcuni sequestri, tra cui quello di Anna Bulgari Calissoni e del figlio Giorgio, rapiti ad Aprilia, in
continente, e rilasciati solo dopo il pagamento di un riscatto di quattro miliardi e il taglio dell'orecchio del ragazzo.

*Sull'immagine appare una scritta in sovrimpressione: «Gior-
gio Calissoni». È un giovane che veste un completo grigio su una
camicia rosa. Ha gli occhi arrossati e al posto dell'orecchio c'è
una serie di cerotti quadrati e bianchi posizionati uno sull'altro
che arrivano fin sui capelli, sopra la tempia. La voce fuori campo della giornalista pone la domanda: «Lei ha temuto di morire in quei giorni?»*
*Il ragazzo muove leggermente la testa in segno di assenso e ri-
sponde al microfono che gli viene porto: «Sí, parecchie volte».*

Oltre ai sequestri il Mas firma anche alcuni omicidi contro testimoni che avevano visto troppo e avevano deciso di
collaborare con le forze dell'ordine, e contro banditi che avevano deciso di parlare. «Campagna Peci» la chiamano, rife-
rendosi a Roberto Peci – il fratello Patrizio era uno dei piú
importanti pentiti delle Brigate rosse –, ucciso dalle Br come vendetta trasversale.

Mario Marchetti, sostituto procuratore a Cagliari.
Dice: «*Prima di quei fatti certamente l'editore Giangiaco-*
mo Feltrinelli si interessò di questi problemi e naturalmente ave-
va l'idea di realizzare in Sardegna la Cuba del Mediterraneo».

Giangiacomo Feltrinelli, grande editore, fondatore dell'o-
monima casa editrice, ma anche dei Gap, Gruppi di azione
partigiana, una formazione di estrema sinistra che nei primi
anni Settanta teorizza la lotta armata, è una delle figure piú
complesse e interessanti di quegli anni. Prima di morire nel-
l'esplosione di una bomba in quello che viene ritenuto un attentato a un traliccio dell'alta tensione, a Segrate, in provincia di Milano, Giangiacomo Feltrinelli incontra Graziano
Mesina e gli propone di politicizzarsi, di portare l'eversione
in Sardegna e di farne una specie di piccola Cuba del Mediterraneo. Graziano Mesina rifiuta e con lui molti altri banditi, quindi il legame tra eversione e banditismo, in Sardegna, rimane lento, affidato unicamente alle convinzioni in-
dividuali di ognuno.

Marcello Fois, scrittore.
Dice: «*Anche i separatisti in Sardegna sono stati un fenome-*
no quasi folclorico, addirittura un salotto direi, sotto molti aspet-
ti, perché la verità è che un vero separatismo in Sardegna non c'è
stato mai, di fatto. Semmai c'è stato il contrario, cioè l'idea di
adattarsi, piú di quanto invece da parte di Roma, come si dice-
va, ci sia stata idea di essere adatti».

Come in Sicilia, anche in Sardegna gli anni di piombo
hanno avuto uno sviluppo diverso che nel resto d'Italia. Perché? Perché la Sardegna è troppo piccola? Perché in Sardegna non c'è stata la connessione tra banditismo ed eversio-

ne? O perché la Sardegna occupa un posto troppo importante dal punto di vista strategico e geopolitico?

In Sardegna le basi militari della Nato coprono duemila chilometri di costa e centocinquantamila ettari di terreno. Un decimo della Sardegna è sottoposto a servitù militare. C'è la base di Capo Teulada, quella di Capo Malfatano. E c'era anche la base sull'isola della Maddalena, che nel corso degli anni era diventata il punto di appoggio logistico più importante per i sommergibili nucleari della Nato.

Sul muro di una casa è dipinto un murale. Leggiamo: A FORA SOS AMERICANOS. *La telecamera si sposta e ci mostra i disegni. Si tratta di un paio di donne col fazzoletto in testa che parlano tra loro. Sulle loro teste è disegnato un baloon dentro il quale è scritto:* MA È QUESTO IL PIANO DI RINASCITA? *Dietro, alle loro spalle, si vedono le ciminiere di una fabbrica e un grosso missile rosso. Su tutto campeggia la scritta in corsivo: «A fora sas bases militares dae sa Sardigna».*

Ma non ci sono soltanto le basi militari della Nato, in Sardegna. C'era anche Capo Marrargiu, centro di addestramento dei guastatori di Gladio e base strategica per tutta l'operazione *Stay-behind.*

Dall'alto vediamo un porto di mare, la telecamera si sposta mostrando una fitta vegetazione fino a individuare una costruzione in cemento inserita nel paesaggio.

Nella scena successiva si vede un'autovettura chiara procedere lungo una strada non asfaltata e bianca di polvere. La macchina si muove verso l'operatore. Poi si ferma di colpo e si aprono tutte e quattro le portiere. Ne escono all'improvviso degli uomini in divisa mimetica e passamontagna nero. Uno di loro, dalla parte sinistra, si butta a terra puntando una pistola che stringe fra le mani. Lo segue l'uomo che esce dalla portiera anteriore del passeggero. Un altro si scherma dietro la carrozzeria dell'autovettura e prende la mira con l'arma spianata sopra il cofano, il quarto rimane fermo dentro il mezzo. A un certo punto l'uomo dietro il cofano alza una mano per fare un cenno. La ripresa si sposta a inquadrare uno di loro mentre segnala i fori dei proiettili che hanno trapassato la sagoma di legno di un soldato con l'elmetto, tenuta in piedi contro le rocce.

È importante la Sardegna. Per la sua posizione, sia dal punto di vista strategico che politico. Molto importante.

Marcello Fois, scrittore.
Dice: «Noi per trentadue anni abbiamo, come dire, offerto territori, abbiamo offerto spazi, abbiamo dato la disponibilità. Le basi Nato sono un territorio dentro il nostro territorio, un extraterritorio, non si capisce bene cosa sono. Lo Stato italiano ha considerato la Sardegna per molti versi una colonia, e la Sardegna ha cercato per molti versi di meritarsi in qualche modo di essere in Italia. Dentro questo livello strano di rapporto risiede poi tutta la problematica del rapporto tra i sardi e lo Stato».

C'è una frase che si sentiva spesso nei film e nei romanzi italiani quando compariva un uomo delle forze dell'ordine, sia nei film di Alberto Sordi che nei romanzi di Giorgio Scerbanenco: «Ti sbatto in Sardegna». Era una punizione, una minaccia, una degradazione per chi si era comportato male o non era stato alle regole del gioco.

«Ti sbatto in Sardegna».

È una frase che in parte riassume il rapporto tra le forze dell'ordine, lo Stato e la Sardegna. Da un lato testimonia la difficoltà di operare nel teatro sardo: i conflitti a fuoco con i banditi, l'omertà, la difficoltà di fare le indagini. Dall'altro, anche una certa mentalità che vede la Sardegna come una zona di frontiera, un Far West lontano e pericoloso, una colonia in cui inviare poliziotti, carabinieri e militari.

La Barbagia in quegli anni diventa una delle zone piú militarizzate d'Italia.

Un elicottero dei carabinieri si è posato su una radura. Le eliche sono ancora in funzione, si apre il portellone ed escono dei militari che corrono verso la destra del filmato, chinandosi per evitare il vento delle pale.

L'immagine successiva li inquadra da sotto mentre si arrampicano su alcune rocce oltre le quali spunta un altro elicottero in volo. I militari dai berretti rossi si appostano dietro dei grossi massi, puntano le armi o si spostano velocemente saltando da uno spuntone di roccia all'altro.

Sul versante delle indagini polizia, carabinieri e magistratura non restano con le mani in mano. E dagli anni Ottanta, con le leggi sugli sconti di pena per i collaboratori di giustizia, si apre la stagione dei pentiti anche per l'Anonima sarda.

Rintracciati all'estero, arrestati ed estradati, molti autori di omicidi e di sequestri di persona parlano. Come Luciano Gregoriani, che nel '79 parla e in cambio ottiene un passaporto per andarsene in Venezuela. O come Salvatore Contini, che fa arrestare e processare i protagonisti di quella che viene chiamata l'Anonima gallurese.

Agostino Murgia, giornalista.
Dice: «La collaborazione dei pentiti o collaboratori di giustizia, come vogliamo chiamarla, fu determinante nelle inchieste sui sequestri, praticamente '78, '79, la grande ondata inquadrata nella cosiddetta Anonima gregoriana e Anonima gallure-

se che portò praticamente all'arresto di quasi tutti quei componenti delle due bande. Il contributo fu notevole. Da qui appunto l'odio viscerale nei confronti di questi collaboratori di giustizia... appunto Balia è stato raggiunto sino in Francia e ucciso».

Ci sono reazioni, naturalmente, alla maniera del codice barbaricino. Decine e decine di informatori e di pentiti vengono uccisi, come Alberto Balia, che si rifugia a Marsiglia, ma viene trovato e fatto saltare per aria con una carica di tritolo sotto la macchina.

Ma non c'è soltanto questo, in Sardegna. Non c'è soltanto violenza e silenzio omertoso. Assieme all'azione di magistrati, poliziotti e carabinieri c'è anche quella della gente, di quella parte della Sardegna che al gioco dei banditi non ci sta e reagisce e chiede allo Stato un'azione piú incisiva.

Una bandierina di carta bianca con una scritta rossa sventola nell'aria. C'è scritto LIBERATELI. *Vediamo poi un grosso striscione arancione con una scritta di tutti i colori. Lo striscione è legato sulla parete di un palazzo, tirato con delle corde tra alcune finestre. La scritta recita:* SHARON E MARCELLINO SIAMO TUTTI CON VOI L'INCUBO FINIRÀ! *Un lenzuolo è legato sulla ringhiera di un piccolo balcone, sopra vi è scritto con uno spray rosso:* SOLIDARIETÀ A GIUSEPPE VINCI.

L'immagine cambia e vediamo una processione notturna di persone che reggono delle fiaccole colorate, sfilano davanti a un negozio sul quale campeggia un'insegna bianca con una scritta blu: MARKET VINCI. *Alcuni ragazzi portano un lungo striscione sul quale si legge:* L'UOMO È NATO LIBERO E LIBERO DEVE RESTARE.

E ci sono anche reazioni violente da parte della gente ad alcuni sequestri.

Come la battaglia di Osposidda.

Il 17 gennaio del 1985 viene sequestrato a Oliena, in provincia di Nuoro, l'imprenditore Tonino Caggiari. I banditi riescono a tenerselo per un giorno solo, perché fino da subito si scatena un'enorme caccia all'uomo alla quale partecipano, oltre alle forze dell'ordine, anche centinaia di compaesani di Caggiari, che battono tutto il Supramonte palmo a palmo, nonostante faccia freddo, sia buio e nevichi anche. I banditi vengono agganciati il giorno dopo, a Osposidda, sulla strada tra Orgosolo e Oliena. Il sequestrato viene liberato sano e salvo.

Il conflitto a fuoco inizia attorno alle due e mezzo del pomeriggio e continua per almeno tre ore, a colpi di fucile, pistola, bombe a mano e mitra. I banditi non si arrendono e le forze dell'ordine non mollano. Nascosti tra i cespugli di mirto, in mezzo alla neve, i banditi sparano, le forze dell'ordine rispondono e per tre ore a Osposidda c'è la guerra. Si arriva quasi fino a sera, con il buio che cala e le munizioni che stanno finendo. I banditi non si arrendono, individuati e stanati saltano fuori sparando e si fanno ammazzare. Alla fine restano sul terreno il vicebrigadiere di polizia Vincenzo Marongiu e quattro banditi, tutti latitanti.

Macchine e camionette della polizia sono ferme lungo una strada sterrata che scende a curva. Un agente si muove a passo veloce lungo il percorso subito seguito da un altro paio di militari. In seguito vediamo un gruppo di persone che parlano tra loro passandosi delle foto. In mezzo a dei cespugli folti e verdi, la telecamera inquadra un uomo con dei fogli sottobraccio che guarda verso un altro gruppo di persone. Dietro di lui si intravedono dei militari: hanno srotolato una lunga fettuccia bianca per prendere delle misure lungo uno stretto sentiero che si snoda nella boscaglia. Il cadavere di un uomo è riverso, quasi nascosto,

*nell'erba alta. Vicino c'è un militare in piedi. Altri militari so-
no poco piú in basso e gli parlano gesticolando. La telecamera
si sposta e ci mostra un gruppo di persone ferme a guardare. Tra
loro ci sono alcuni agenti.*

Ma non bastano l'azione delle forze dell'ordine e la reazione della gente. Per combattere la criminalità in Sardegna,
per combattere i sequestri di persona, ci vogliono le leggi. Ci
vuole una diversa mentalità nei confronti del sequestro di
persona.

Mauro Mura, procuratore aggiunto a Cagliari.
*Dice: «Il sequestro di persona, prima della legge del '91, fun-
zionava facendo perno sulle famiglie. La famiglia aveva il compito di gestire la trattativa magari anche con la consulenza, chia-
miamola cosí, delle forze di polizia. Però la famiglia si serviva
soprattutto di alcuni intermediari, e cosí aprivano dei canali di
trattativa».*

Con il 1991 le cose cambiano. Il pubblico ministero può
chiedere al giudice di far mettere sotto sequestro i beni del
rapito, della sua famiglia e di chi potrebbe prestare i soldi per
pagare il riscatto. Chiunque si adoperi in qualunque modo
per far pagare il riscatto o far arrivare i soldi ai sequestratori può essere punito penalmente. Pagare, dice lo Stato, è un
incentivo ai sequestri. Coi sequestratori non si tratta.
Ma per le famiglie di chi è stato rapito è piú difficile ragionare in questa maniera. Assume una diversa importanza la figura del mediatore, di chi può fare da tramite tra le
famiglie dei sequestrati e i sequestratori, di chi può avere le
conoscenze negli ambienti giusti, come un avvocato, o un
prete.

Antonello Zappadu, giornalista.
Dice:«Liberare la madre di un bambino, liberare un bambi-
no, liberare un povero ragazzo... è chiaro che qualcuno deve,
tra virgolette, sporcarsi le mani, e questo lo possono fare soltan-
to persone che hanno contatti con persone del mondo barbarici-
no. Comunque dell'entroterra sardo. Io col mestiere che faccio
ho questi contatti, ho questi contatti per cui è piú facile a me av-
vicinarli perché mi muovo molto facilmente in quel territorio
ed evidentemente si fidano di me».

L'hanno chiamata «la zona grigia», quello spazio indistin-
to e difficilmente definibile tra quello che si può fare, per legge, e quello che davvero si fa, anche se non è del tutto legale, anche se è ai margini del consentito. Da parte dei privati, dei cittadini, ma anche da parte dello Stato.
È in questa zona grigia che va inserita la storia del giudice Lombardini.
Per raccontare la storia del giudice Luigi Lombardini bisogna prima raccontare la storia di un altro sequestro.
Il sequestro di Silvia Melis.

Una donna dai capelli bruni legati dietro la nuca sorride e si
copre le spalle con una giacca marrone. Indossa un abito rosso e
regge in mano una cartellina rossa a grossi fiori bianchi.
In un'altra scena ha i capelli sciolti castano chiari e sorride
annuendo con il capo. Dietro di lei si muovono delle persone.

Silvia Melis è una giovane donna di Tortolí, in provincia
di Nuoro, figlia di un imprenditore. Il 19 febbraio 1997, verso le nove di sera, Silvia telefona col cellulare agli amici che
deve vedere a cena. Ha appena ripreso il bambino dalla baby-
sitter, tarderà una mezz'ora, poi sarà a casa, e potranno ve-

dersi lí. Gli amici vanno a casa di Silvia ma non la trovano. Allora vanno a casa del padre, il signor Tito, ma non è neanche lí. Tornano a casa di Silvia, suonano, ma Silvia non risponde.

Però qualcosa di strano c'è.

C'è l'auto di Silvia giú dallo scivolo del garage. Vanno a vedere e trovano la macchina con le portiere aperte, il cellulare sul pavimento e il piccolo Luca, il figlio di Silvia, che ha quattro anni, addormentato sul sedile di dietro.

A questo punto è tutto chiaro.

Si tratta di un rapimento.

Vediamo lo sportello di un'auto della polizia. Poi la ripresa allarga la visuale e ci fa vedere che la vettura è ferma con i fari accesi davanti a un cancello chiuso. È notte, un fotografo si sporge oltre il cancello per fotografare qualcosa all'interno dell'ingresso. La telecamera gira attorno alla macchina e vediamo un paio di poliziotti e diverse persone che parlano tra loro. Si sente la voce fuori campo del cronista mentre appare la foto di Silvia Melis, con i lunghi capelli legati dietro la testa, che indossa una maglietta bianca. La voce dice: «Da ieri la Sardegna vive l'incubo di un nuovo sequestro di persona. L'Anonima ha colpito nel nuorese, a Tortolí, ha scelto un bersaglio facile, una ragazza di ventisette anni, Silvia Melis, figlia di un noto ingegnere, madre di un bimbo di quattro anni».

Per la famiglia di Silvia Melis, per suo padre Tito, inizia il calvario che ha accompagnato tutte le famiglie dei sequestrati.

Si vedono dei manifestanti portare uno striscione blu con una scritta bianca: SILVIA LIBERA. Il padre di Silvia è seduto su un divano e parla a un giornalista. In alto a destra appare la scritta ros-

sa «Tv7». L'uomo ha l'aria stanca e dice: «È un'attesa che io definirei senza fine. Questo è il pensiero dominante della giornata ma soprattutto della notte, perché la notte, quando uno è con se stesso, che non ha nessun motivo di distrazione, e non fa altro che vedere la realtà cosí come essa è... ed è tragica, mi creda».

Silvia Melis resta nelle mani dei rapitori per duecentosessantacinque giorni. Nove mesi, è il sequestro piú lungo che abbia avuto come vittima una donna da parte dell'Anonima sarda.

La telecamera riprende le notizie riportate da un giornale. La pagina è tenuta da qualcuno, si vedono le mani che la reggono per leggerla. In alto è scritto OGGI, poi c'è la foto di Silvia Melis all'interno di una cornice al centro pagina. Si legge: «Silvia Melis è in ostaggio da 90 giorni. LIBERATELA». Il titolo dell'articolo recita: «Accerchiati i Melis. Fra microspie e ragion di Stato».

L'11 novembre, poco prima delle sei di sera, due agenti in borghese che sono di pattuglia su un'auto civetta del commissariato di Orgosolo notano una donna che cammina da sola sul ciglio della strada, tra il bivio di Galanoli e il ponte di Bad'e Carros, in Barbagia. È Silvia Melis, che racconta di essere stata lasciata sola dai rapitori e di essersi liberata.
Gli agenti la fanno salire in macchina e la portano a casa.

All'interno di una grossa macchina rossa si intravedono i volti di Silvia e di suo padre, alla guida. Dietro di loro c'è un agente della polizia, in piedi, mentre sul lato sinistro si vede un altro poliziotto che sta aprendo la portiera dell'autovettura di servizio, parcheggiata di fianco all'automobile dei Melis. L'auto rossa si muove e scattano dei flash, Silvia abbassa la testa per farsi vedere, sorridendo agita una mano in segno di saluto e lan-

cia un bacio. In un'altra scena la vediamo scendere delle scale accompagnata da diverse persone. Davanti alla telecamera appare un altro operatore di spalle che cerca di riprendere anche lui la scena.

Come ha fatto Silvia Melis a scappare? Di solito i sequestratori le chiudevano le catene con un certo numero di maglie, perché le stringessero i polsi e non potesse liberarsi. Quel giorno il carceriere si è sbagliato e gliele ha chiuse con una maglia in piú. Silvia dice che era già successo anche il giorno prima, ma che non aveva avuto il coraggio di scappare. Quel giorno invece il coraggio lo trova, si libera e scappa.

Va bene. Ma la domanda, soprattutto per i giornalisti, è un'altra. Il riscatto per la sua liberazione, comunque sia avvenuta, è stato pagato oppure no? E se fosse stato pagato, chi ha fatto da mediatore?

Antonello Zappadu, giornalista.
Dice: «Per il sequestro Silvia Melis ho svolto un ruolo molto piú preciso, nel senso che non mi stavo interessando in modo giornalistico perché era un sequestro che era troppo lontano dalla mia zona. Alla fine un amico, un carissimo amico, col quale non ho potuto dire di no, mi chiedeva di portare dei segnali precisi in certi ambienti barbaricini, in particolare a Orgosolo. Avevano individuato loro che il sequestro di Silvia Melis si svolgeva, la regia era a Orgosolo, avendo amicizie orgolesi ho cominciato a spargere la voce che c'era la possibilità di trattare con canali diciamo diversi da quelli che si erano instaurati in quel momento. La risposta è stata positiva, nel senso che hanno accettato questa intermediazione. Siamo andati avanti. Questo per i primi giorni di luglio del '97 sino a quando ho raggiunto un certo accordo. La notte in cui sarebbe avvenuto lo scambio, emissario e soldi, le forze dell'ordine, non si capisce quale fosse il mo-

*tivo, avevano circondato la zona in modo molto visibile per cui
i sequestratori, non fidandosi di quello che stava avvenendo, hanno preferito tirarsi indietro. Da quel momento in poi ho preferito anch'io tirarmi indietro, lasciar stare».*

Secondo la polizia, secondo la famiglia Melis, non è stato pagato nessun riscatto e Silvia si è liberata da sola.

Ma il 19 novembre esce sul «Corriere della Sera» un'intervista all'editore sardo Niki Grauso che dice una cosa diversa. Il riscatto è stato pagato. Niki Grauso dice di aver con-
segnato lui, ai banditi, un miliardo e quattrocento milioni.

Niki Grauso è un personaggio molto noto, e non solo in
Sardegna. Finanziere, imprenditore d'assalto, editore di tv
private e giornali locali, fondatore di movimenti politici.
Grauso costruisce un piccolo impero economico passando attraverso imprese pionieristiche e di sicuro intuito, come l'invenzione di Video on Line, uno dei primi esempi di Internet
in Italia, e anche attraverso imprese stravaganti, come quando nell'aprile del 2000 sfida l'embargo degli Stati Uniti at-
terrando a Baghdad con un piccolo aereo assieme a Vittorio
Sgarbi.

Niki Grauso, già editore del «Giornale di Sardegna».
*Dice: «Contatto Luigi Lombardini, contatto alcune altre per-
sone che ritenevo giuste, per la mia esperienza nel mondo del-
l'informazione. Queste cose noi in Sardegna tutti le sappiamo,
avvocati, giornalisti, editori, forze dell'ordine, sono i segreti di
Pulcinella... Contatto tra gli altri Luigi Lombardini e gli dico:
io voglio risolvere il sequestro Melis. Risposta iniziale di Lombardini: lei è completamente matto. Anche perché io pongo come opportunità la mia disponibilità a integrare, anticipare le
somme che si dovessero rendere necessarie per chiudere in tempi brevissimi questo sequestro».*

In Sardegna, in quella zona, dicono che ci siano due persone in grado di risolvere un sequestro facendo da mediato-
ri. Uno è un avvocato di Nuoro. L'altro invece è un giudice, un giudice di Cagliari. Si chiama Luigi Lombardini.

Luigi Concas, avvocato.
*Dice: «Era un giudice istruttore, ma certo conduceva le in-
dagini non nel rigoroso rispetto delle regole processuali».*

Anche Luigi Lombardini è un personaggio molto particolare. Fino al 1989 era stato «giudice unico» per i sequestri
di persona in Sardegna. Tutti i reati relativi al sequestro di
persona compiuti sull'isola erano sotto la sua giurisdizione.
Un incarico importante, che gli conferiva sicuramente molto potere e molta libertà d'azione e che il giudice esercitava
in maniera poco formale e molto decisionista, spesso critica-
ta dai suoi colleghi.
    Lo chiamano «il giudice sceriffo». Gira sempre con una
pistola, una .357 magnum.
    Il giudice Lombardini ha idee molto particolari su come
condurre le indagini sulla criminalità sarda. Una di queste è
che per eliminare il sequestro di persona in Sardegna bisogna prima eliminare i latitanti. Eliminando i latitanti svani-
sce il nucleo operativo più importante del sequestro di persona.
    Eliminare i latitanti significa trovarli, prenderli, arrestar-
li, oppure convincerli a costituirsi. Come? Pagando, dan-
dogli dei soldi, per loro e per il sostentamento delle loro famiglie. E sempre pagando si possono ottenere informazioni
sui sequestri. E ancora pagando si può ottenere la liberazione dei sequestrati. Pagando.
    Ma con che soldi? Ci sono quelli dello Stato e ci sono an-

che quelli degli imprenditori, ai quali Lombardini chiede una specie di colletta per le situazioni di emergenza.

Un uomo anziano è seduto su un divano e viene intervistato da una giornalista. Indossa una giacca e una cravatta scura a righe chiare sulla quale è appuntato un piccolo microfono. Gli occhiali luccicano ogni tanto alla luce dei riflettori. Ha la pelle un po' macchiata dall'età ed è completamente calvo.

Dice: «Lombardini è l'unico contatto che io ebbi perché poi i successivi contatti li ebbi con un collaboratore. Mostrò subito il suo pessimo carattere, un carattere difficile, un carattere... dicendo: io posso tutelarvi, nel senso che quando ho delle richieste io, a un gruppo di imprenditori interessati a un eventuale rapimento, chiedo dei fondi che io impiego a maniera mia, senza renderne conto a nessuno. Se lei ci sta è così, se non ci sta vada pure per conto suo. Noi avevamo grande interesse perché rimanevamo in stabilimento anche fino a notte fonda con dei guardiani che però proteggevano il perimetro, ma la possibilità di sequestro esisteva certamente».

«Quanto versò lei, ingegnere, complessivamente?»

«Quante persone?»

«Quanto versò, lei, complessivamente?»

«Be', vede, è difficile dirlo, precisarlo, perché con Lombardini il sistema era molto razionale, molto logico. Chiedeva delle somme al momento del bisogno, le restituiva in tutto o in parte quando il pericolo era passato».

«Lei ebbe bisogno?»

«Noi fummo avvisati in un certo momento e quindi versammo alcune centinaia di milioni che però in parte poi ci vennero rimborsati».

Alla fine degli anni Ottanta il giudice Lombardini viene destinato a un altro incarico. Niente piú sequestri di persona, niente piú caccia ai latitanti. Il giudice Lombardini va a dirigere la pretura circondariale di Cagliari, «la procurina», come viene chiamata.

Non è un incarico che gli piaccia. Fa domanda per la procura nazionale antimafia, ma viene respinta. Fa domanda per la procura di Palermo, ma viene respinta anche quella. Intanto, però, continua a occuparsi di sequestri. Si interessa del sequestro del piccolo Farouk, di quello della signora Furlanetto, di Silvia Melis.

Il problema è che non potrebbe, non è compito suo ed è anche illegale. Il giudice Lombardini viene indagato piú volte per presunte intromissioni in indagini che non lo riguardano. Poi, il 23 luglio 1998 arriva da Palermo un avviso di garanzia per un avvocato, l'avvocato Antonio Piras, per Niki Grauso e per il giudice Lombardini.

Niki Grauso, già editore del «Giornale di Sardegna».
Dice: «Mi ritrovo sotto processo a Palermo con l'accusa di aver sottratto un miliardo a Tito Melis, il miliardo destinato al pagamento del riscatto di Silvia Melis, che poi effettivamente io pagai aggiungendo un altro miliardo e seicentocinquanta milioni di tasca mia e l'accusa che mi viene rivolta dai giudici di Palermo, che sono competenti per il fatto che insieme con me era imputato il giudice Lombardini, e quindi ciò ha fatto sí che la competenza del processo venisse spostata da Cagliari a Palermo con l'accusa, infamante direi, non di aver pagato, liberato Silvia Melis e concorso a liberare Silvia Melis, ma con l'accusa di essermi appropriato io, insieme con altre cinque persone, di un miliardo, quindi poco meno di duecento milioni a testa, e col corollario evidente che Silvia Melis non fu liberata ma fuggí».

Le accuse sono quelle di estorsione e tentata estorsione. Secondo l'ipotesi dell'inchiesta, il giudice Lombardini, con

la complicità di Niki Grauso e dell'avvocato Piras, avrebbe
incontrato Tito Melis di notte in campagna, vicino all'aeroporto di Elmas, dopo il sequestro della figlia. Sempre secondo l'ipotesi, il giudice Lombardini avrebbe avuto il volto coperto da un passamontagna e avrebbe minacciato Tito Melis per fargli pagare il riscatto, il miliardo richiesto dai rapitori
e anche un altro, in aggiunta.

Le accuse dei magistrati di Palermo si basano su alcune
intercettazioni e sulla testimonianza del signor Melis, che
avrebbe riconosciuto il giudice Lombardini.

Gli accusati negano, decisamente. Nega l'avvocato Piras,
nega Niki Grauso, che anzi dice di avercelo messo lui il primo miliardo e di non sapere niente del secondo.

E nega il giudice Lombardini. Ma le indagini si concentrano su di lui. Sul suo modo «non autorizzato» di fare le cose e sulla sua rete di imprenditori, latitanti e informatori.

«La rete Lombardini», la chiamano.

Giovanni Murgia, ex sequestrato.
Dice: «Se vogliamo parlare di rete parallela di Lombardini…
io direi: prima facciamo una ricerca storica, vediamo come fun-
zionavano le cose prima. Nel 1800 e rotti, per esempio, fu lo
stesso Giolitti che intervenne in un sequestro di persona quan-
do furono sequestrati, prelevati due francesi. Per evitare un ca-
so politico pressò le autorità locali sarde a risolverlo in qualun-
que modo, a qualunque costo, a qualunque prezzo. Tant'è che
fu cercato il latitante piú famoso di allora, un certo Corbedo,
per risolvere a qualunque condizione questo sequestro. Il Cor-
bedo lo risolse, non volle una lira. Cioè, strano, fece piú bella fi-
gura il delinquente patentato, schedato, delle istituzioni atte a
proteggerci. Questo è l'andazzo del sequestro di persona in Sar-
degna».

Di qualunque cosa si tratti, c'è materia su cui indagare.
L'11 agosto 1998, il procuratore di Palermo Giancarlo Caselli va a Cagliari assieme ad altri cinque magistrati per interrogare il giudice Lombardini. Quattro ore, da mezzogiorno e mezzo fino quasi alle cinque. Poi salgono tutti nell'ufficio del giudice per una perquisizione, lui davanti, gli altri
dietro, in fila indiana.

Ma appena entra nell'anticamera del suo ufficio il giudice
Lombardini scatta, corre dentro lo studio, chiude a chiave la
porta, tira fuori la sua .357 magnum e si spara. Agli agenti
della squadra mobile, che arrivano, non resta altro da fare che
buttare giú la porta e trovarlo in un lago di sangue.

È una vicenda complessa quella del giudice Lombardini,
«il giudice sceriffo», che sicuramente ha fatto quello che ha
fatto ma non per soldi, perché, come ammettono tutti, non
si è mai messo in tasca una lira.

Quello di Silvia Melis è il penultimo sequestro di persona in Sardegna. L'ultimo avviene l'anno dopo, nell'ottobre
del 1998, quando due uomini sequestrano un ricco allevato-
re di Olbia, Mauro Mura, e lo infilano nel bagagliaio della
macchina. Ma il signor Mura ha con sé un coltellino, taglia
le corde, apre il bagagliaio e scappa fino a una casa vicina.

Ottobre 1998: è l'ultimo. Dopo quello, di sequestri di
persona in Sardegna non ce ne sono piú.

L'Anonima sarda, qualunque cosa fosse, sembra non esistere piú.

Mario Marchetti, sostituto procuratore a Cagliari.
Dice: «La criminalità organizzata sarda si dedica ormai ad
altro. L'obiettivo è fondamentalmente il traffico di droga, l'o-
biettivo sono le rapine a portavalori dove la quantità di denaro

*che si riesce a racimolare attraverso questo tipo di attività delin-
quenziale è notevolmente superiore a quella che si otterrebbe
nell'ipotesi che si facesse il sequestro di persona».*

Antonello Zappadu, giornalista.

*Dice: «La stagione dei sequestri di persona in Sardegna è fi-
nita perché dicono che il sequestro non paga. Io sono convinto
che il sequestro di persona sia nel Dna dei sardi, per cui è soltanto una pausa».*

No.

Un posto come quello, come la Sardegna, non si merita
le violenze dei sequestri di persona, non si merita le violenze dei banditi di oggi e neanche quelle di chi, da fuori, la considera soltanto un posto da sfruttare e depredare.

Gli unici misteri e gli unici segreti che dovrebbe tollera-
re sono solo quelli della sua tradizione e della sua antica cultura.

*Vediamo un bambino uscire correndo da una porta aperta su
un lastricato. Il muro della costruzione è coperto da rampicanti
verdi. Si sente la voce fuori campo di un giornalista che chiede:
«La Sardegna per te rimane bella?»*

*La telecamera ci mostra Fabrizio De André seduto al fianco
del giornalista. Sorride e risponde: «Eh, tant'è vero che ci sono
rimasto e penso di rimanerci ancora a lungo, il più a lungo possibile».*

Questa è la storia di una città, una città che cambia e con i suoi cambiamenti anticipa quelli di tutta l'Italia, perché è una città che corre, che ha fretta e brucia sempre tutto nel bene e nel male. Non è una città normale, e neanche la nostra è una storia normale, fatta di piazze, di vie e di monumenti come sono le storie delle città.

Questa è una storia fatta di sorprese e di misteri, di guardie e di ladri, di faccendieri, di imprenditori, di politici, e di mafiosi.

Questa è la storia della capitale morale ed economica d'Italia vista attraverso la storia della sua malavita.

Questa è la storia della metà oscura di Milano.

La nostra storia inizia di giovedí, giorno lavorativo. Giovedí 27 febbraio 1958, sono le nove e Milano è già sveglia da un pezzo, già corre, è già al lavoro. Per le strade si muovono seicentottantasei tram, duecentoundici autobus e centonovantaquattro filobus. Oltre ai mezzi privati: le biciclette, le moto, i camion, le auto, i furgoncini.

Ce n'è uno, un furgoncino, che è partito dalla sede centrale della Banca popolare e sta passando tutte le trenta filiali della banca a Milano, una dopo l'altra, a ritirare i soldi. Alle nove di quel giovedí sta andando verso l'agenzia di via Rubens, che è un po' fuori, quasi in Fiera, quasi in periferia, ha appena svoltato dall'angolo di piazzale Brescia e ha imboc-

cato via Osoppo, che è una strada grande, a due corsie, se-
parate da uno spartitraffico erboso.

Dentro il furgoncino ci sono tre uomini, l'autista, un funzionario della banca e un poliziotto. Sono tutti e tre armati,
il poliziotto anche col mitra.

È tutto tranquillo, come sempre, è Milano, è giovedí, un
giorno lavorativo e sono le nove di mattina, ma quando arrivano all'altezza di via Caccialepori, da dietro arriva una Fiat
1400 che scarta sulla strada, monta sul marciapiede e va a
sbattere contro il muro di un palazzo. È un errore, non è un
diversivo né un piano congegnato, l'autista si è soltanto sbagliato a frenare, ma non importa.

All'improvviso un camioncino, un Leoncino, parte, si
stacca dal bordo della strada e va a sbattere contro il furgoncino della banca, bloccandolo. Dalla 1400, dal Leoncino, da
un altro furgone, da un'altra macchina escono alcuni uomini in tuta blu con il volto coperto da un passamontagna, sono in sette e velocissimi si avvicinano al furgone della banca. Uno di questi ha in mano un martello e con quello colpisce il vetro laterale del furgone, poi trascina fuori l'agente
di polizia e afferra tutti i soldi che si trovano dentro il furgone. Intanto gli altri puntano le armi sui funzionari di banca e sui passanti, che si sono bloccati, sorpresi da quello che
sta succedendo, dalla velocità con cui sta succedendo. C'è
anche una signora anziana che si è avvicinata credendo che
si tratti di un incidente, poi vede che non è un incidente, è
una rapina, e allora colpisce uno degli uomini in tuta blu con
la borsetta, gridando: «Perché fate queste cose, andate a lavorare!»

E c'è anche un uomo, all'ottavo piano di un palazzone di
via Osoppo, che comincia a tirare bottiglie sugli uomini in
tuta. Uno di questi punta il mitra sui palazzi, ma non spara,
nessuno spara un colpo, fa solo «ta-ta-ta» con la bocca. Poi

gli uomini in tuta montano sulla macchina e sul furgoncino
che li aspettava e scappano.

Tre minuti. È durato in tutto tre minuti.

Non era mai successo prima, non si era mai vista una cosa del genere a Milano. Sembra un film, sembra *La rapina
del secolo*, con Tony Curtis e Sal Mineo. Arriva la polizia che
si fa largo tra la folla, arriva il dottor Zamparelli, che dirige
la squadra mobile, che comincia a interrogare i testimoni.
Tra la gente ci sono due facce che gli sembra di conoscere,
e infatti le conosce; sono due pregiudicati, Arnaldo Gesmundo, detto Jess il bandito, e Luciano De Maria. Si avvicinano al dottor Zamparelli e gli dicono: «Non crederà mica che
siamo stati noi, non saremmo ancora qui!»

*Il documento in bianco e nero riprende dall'alto il furgone
portavalori fermo vicino al camioncino. Intorno ai due mezzi e
infilate tra l'uno e l'altro si sono accalcate molte persone, soprattutto vicino all'abitacolo del furgone portavalori dal quale esce
una guardia che si sporge oltre la portiera aperta e gesticola verso qualcuno. All'improvviso arriva un'auto della polizia, si ferma poco distante e ne escono correndo alcuni agenti. Uno di loro urla: «Largo!» Si avvicinano in fretta al furgone.*

E invece sono stati loro, Gesmundo e De Maria, che sono tornati sul luogo della rapina in tram per costruirsi un alibi, cosí come un altro bandito è andato dal dentista e un altro ancora ha decine di persone pronte a giurare che in quel
momento si trovava in un bar.

Perché sono dei professionisti e formano una banda, una
banda specializzata nelle «dure» o nelle «rape», come allora
si chiamavano le rapine nel gergo della malavita milanese.

Sono quelli delle tute blu.

Il cervello della banda si chiama Enrico Cesaroni, ha una

drogheria in Porta Ticinese e la polizia lo conosce, anche se non è mai riuscita a incastrarlo. Il suo braccio destro si chiama Ugo Ciappina. Ciappina è un pregiudicato, già sospettato di una serie di «dure» con un'altra banda, la «Banda Dovunque». È un ex partigiano, che durante la guerra è stato arrestato dalle SS e torturato per quaranta giorni a San Vittore, come nella canzone di Giorgio Strehler, *Ma mí*, che parla di uno che passa «quaranta dí e quaranta nott» a San Vittore, viene pestato, ma non parla.

Nella banda dalle tute blu c'è anche Eros Castiglioni. Castiglioni fa lo sparring partner per i pugili professionisti delle palestre di periferia. E poi c'è Arnaldo Bolognini, ex partigiano, incensurato, e Ferdinando Russo, il palo, detto Nando il Terrone, perché viene da Bari.

Sono loro quelli delle tute blu. Senza sparare un colpo, senza ferire nessuno, solo spaccando un vetro con un martello, hanno rapinato centoquattordici milioni in contanti e piú di mezzo miliardo in assegni. Sono un sacco di soldi. Siamo alla fine degli anni Cinquanta, un paio di scarpe costava cinquemila lire. È un colpo che finisce subito sulle prime pagine dei giornali, fino dalle edizioni straordinarie del pomeriggio.

In un'immagine dell'epoca il quotidiano «La Notte» titola la prima pagina Milano: rapina e sparatoria.

Alla fine li prendono. Poco piú di un mese dopo.

Il dottor Zamparelli sospetta di Cesaroni. È convinto che sia lui l'uomo in grado di architettare un piano del genere. Lo fa arrestare per guida senza patente e lo tiene a San Vittore per sette giorni, ma Cesaroni non parla.

Poi c'è un colpo di fortuna. Uno stracciaio che sta battendo il greto del fiume Olona in cerca di rifiuti da riciclare trova un pacco. Dentro ci sono sei tute blu e una pistola, la pistola dell'agente che stava sul furgoncino della banca. Lo stracciaio consegna tutto alla polizia, che fa un'indagine sulle tute. Scopre che sono state rubate a una ditta di Castel San Giovanni, in Emilia. Scopre i ladri che le hanno rubate, e si fa dire a chi le hanno vendute: Luciano De Maria.

Intanto arriva una soffiata su dove sono nascoste le armi, e poi ci sono De Maria, Gesmundo e Bolognini che stanno facendo il giro dei night spendendo un sacco di soldi. La polizia perquisisce le case della banda e trova i soldi, nascosti sotto lo zerbino davanti alla porta, sotto un lavandino, dentro un armadio.

Finiscono dentro tutti, Enrico Cesaroni è scappato in Venezuela ma viene arrestato anche lui. Processo e condanna per tutti, dai diciassette ai vent'anni.

Piero Colaprico, giornalista.
Dice: «*Milano ha sempre avuto questa caratteristica rispetto ad altre città, quella di essere una specie di università del crimine. Così la ritengono sia i criminali, sia le forze dell'ordine. Le forze dell'ordine dicono che siccome a Milano non c'è solo la Mafia, ci sono tutte le organizzazioni criminali, dove ci si uccide per gelosia, ma si uccide anche per business malavitoso, uno che impara a fare la Omicidi a Milano, impara a fare l'Anticrimine a Milano, la impara a fare nel posto migliore d'Italia. E gli stessi criminali dicono: essendo questo un posto dove si intrecciano tutte le varie comunità criminali, dal gangsterismo normale, dal ragazzo che vuole diventare il padrone del suo quartiere, a Cosa nostra che era, soprattutto negli anni Ottanta e anni Novanta, al vertice della criminalità nazionale, forse anche internazionale, allora Milano fornisce un grande banco di prova per uno che nel crimine vuole diventare qualcuno*».

A Milano, allora, c'era ancora la nebbia.

Quella dei libri di Giorgio Scerbanenco, come appunto *Milano calibro 9*. La nebbia degli aneddoti e delle barzellette, quella che arriva la mattina presto, bianca e densa come un mare di panna, e non fa vedere piú niente, neanche la facciata del Duomo, neanche chi ti sta parlando davanti.

Qui, in questa Milano che si alza presto la mattina e ha subito fretta di muoversi, il dopoguerra è già finito da un pezzo, prima ancora che nel resto d'Italia, ed è cominciato il boom, il boom economico.

Le immagini ci mostrano il Duomo di Milano visto dall'alto, delle gru e delle betoniere nei pressi di un palazzo in costruzione. In un cantiere alcuni operai si passano dei mattoni lanciandoseli a distanza. Vediamo poi il cortile di un palazzo fatiscente. Da alcune corde tirate da una ringhiera all'altra pendono delle lenzuola bianche. Davanti ad alcune vetrine ci sono delle persone che guardano i prodotti esposti, e macchine in coda lungo l'autostrada. All'improvviso davanti alla cinepresa passa il vassoio sul quale sono rimaste solo le briciole di una torta e in un ristorante vediamo un cameriere che si affretta a portare una bottiglia di spumante a gente vestita a festa che mangia seduta, donne con le ciglia finte, i fiori in testa, che sorridono, e uomini ben vestiti.

Le riprese tornano poi a farci vedere delle case rovinate dal tempo. Su un balcone una donna tira fuori da un secchio dei panni da stendere. Bidoni dell'immondizia sono in fila davanti all'ingresso di alcune abitazioni a pianoterra, le pareti scrostate, i panni stesi contro il muro, appesi su dei fili tirati da un chiodo all'altro. Dalle ringhiere si affacciano tanti bambini e ci sono panni stesi ad asciugare un po' dappertutto.

Si costruisce dovunque, casermoni nelle periferie, gratta-
cieli che convivono ancora con le vecchie case a ringhiera,
quelle con gli ingressi degli appartamenti sui ballatoi di ogni
piano che si aprono su un grande cortile interno. La gente sfi-
la davanti ai primi banconi dei supermercati e fa la coda in
autostrada per i primi fine settimana al mare. I valori diventano quelli del consumismo, la gente, soprattutto qui, soprattutto a Milano, crede nel «potere d'acquisto», nella «grana».

C'è benessere, ma non per tutti. È in questo periodo che
nascono le periferie, che subito si riempiono di immigrati
che fanno fatica a integrarsi e anche ad arrivare alla fine del
mese.

I soldi però ci sono, girano, e sembra che basti allungare
una mano per prenderli, a volte anche con la forza. Nella Milano dei primi anni Sessanta agiscono le bande, la Banda Dovunque, perché sembra davvero che colpisca dovunque, la
Banda del Lunedí, che colpisce soprattutto in quel giorno,
la Banda Lutring, di Luciano Lutring.

Luciano Lutring ha i capelli crespi bagnati dalla brillantina
e due baffi che scendono sulle labbra, fino al mento.
Dice: «Una volta per esempio mi è capitato di andare in un
posto a fare un lavoro... era già passata un'altra banda! Il cas-
siere tutto sprovveduto mi fa: "Ancora qua?" "Come ancora qua,
arriviamo adesso, scusa, dài, abbiam bloccato tutto..." "È ap-
pena andata via la polizia, siamo stati rapinati stamattina". Poi
era la Banda del Lunedí, quella lí, che loro venivano giú il lu-
nedí, quando il lunedí i commercianti andavano a versare i sol-
di in banca, i cinema versavano i soldi in banca, lunedí c'era piú
lavoro. Allora loro passavano verso mezzogiorno, facevano la
rapina. Noi passando piú tardi restavamo... Il cassiere: "Anco-
ra qui? Cosa vuol fare, siamo stati appena rapinati cosa vuoi por-

*tarmi via, la moneta?" "Passeremo un'altra volta". Lo abbiamo
salutato e siamo usciti a mani vuote».*

Negli anni Sessanta Luciano Lutring ha vent'anni. Sua
madre vorrebbe che studiasse musica, che studiasse il violino, ma lui è sempre stato un giovane inquieto, gli piacciono
le belle donne e la bella vita. Preferisce ascoltare i racconti
della gente di malavita che frequenta il bar che la sua famiglia ha in via Novara.

Luciano Lutring.
*Dice:«Ho cominciato un po' a frequentare la malavita, che
tra l'altro l'avevo in casa la malavita, perché i miei genitori avevano un bar qui a Milano in via Novara, una latteria che la chiamavano all'epoca* Crimen Bar *perché era frequentato da dopo
partigiani, guerra, dopoguerra... tutti ragazzi che io vedevo come star, sai... tutti... io invece con mia madre, quando ero un
po' più giovane, mi faceva sempre suonare 'sto violino, ero con-
dizionato. Allora uno di questi ragazzi mi aveva venduto una pistola Smith and Wesson della polizia canadese ma senza pallottole, che le pallottole non si trovavano quelle grosse, poi il calibro fuori misura... e un giorno mia zia Vittoria, perché mi aveva
dato la mancia, sai, queste cose... mi ha detto: vammi a pagare
la luce in posta, e in effetti vado a pagare la luce. Parcheggiato la
macchina, entro all'ufficio postale. Il cassiere tutto affaccenda-
to a scartabellare le sue carte, a fare conti, conteggi, non mi prestava attenzione. Un minuto, due minuti, tre minuti... mi sono
un po' innervosito, ci ho dato una manata sul banco e ho detto:
e allora si muove o no? Sa, perché io ci ho premura. In quello,
spostando la giacca, è apparsa quella grossa pistola, grosso calibro... questo qui ha sbarrato gli occhi, fa: Sí sí sí sí. Come sí sí
sí sí? Si gira, mi mette lí sul banco i fogli di grosso taglio, i mille, i cinquemila, i diecimila lire che all'epoca c'erano dei fogli*

che sembravano delle lenzuola. M'ha messo lí due milioni, due milioni e mezzo, adesso non mi ricordo piú esattamente, m'ha lasciato lí questi soldi e ci ho detto: "Cosa vuole? Cosa fa?" "Tenga, prenda tutto, tutto quello che ci ho, prenda prenda". E io ero lí tutto sbigottito perché non sapevo, non riuscivo ad afferrare il concetto. Alla fin fine ho preso tutto e sono uscito».

Nel gergo della Ligera, la malavita milanese, i derubati si chiamano «i dannati». I «dannati» sono tutti i clienti e i funzionari di banca rapinati durante le «dure». Allora non c'erano tanti sistemi di sicurezza, non c'erano le bussole con il metal detector e non c'erano neanche i vetri blindati. Si entrava in banca con le armi nascoste sotto il soprabito, si tirava fuori il mitra, si saltava oltre il bancone e si arraffava tutto quello che c'era.

Un giorno Luciano Lutring entra in una banca con un mitra nascosto dentro la custodia di un violino. Uno dei cassieri lo scambia per un musicista ambulante e gli dice di andare via, e allora lui apre la custodia e tira fuori il mitra, come nei film su Al Capone. La cronaca nera, allora, ha un grande spazio sui giornali e le rapine suscitano sempre un certo clamore. Un particolare come quello è perfetto per un titolo di cronaca nera, e Franco Di Bella, allora soltanto capocronista del «Corriere della Sera», non se lo lascia scappare.

Luciano Lutring diventa «il solista del mitra».

È un personaggio da romanzo, Luciano Lutring. La sua vita sembra uscita dalle copertine dei gialli di allora, quelle con i gangster e le bionde platinate inguainate in vestiti attillatissimi. La sua donna si chiama Yvonne, è una straniera, ed è molto bella, molto appariscente. L'ha conosciuta come «dannata», come vittima di un furto. Appena arrivata in Italia, lui e i suoi amici le hanno rubato le valigie. Poi lui ha fatto finta di ritrovargliele per poterla conoscere.

Luciano Lutring.

Dice: «Yvonne non sapeva che io ero un malvivente, mi pensava un figlio di buona famiglia e la vigilia di Natale siamo andati a messa in Duomo qui che c'era il cardinal Montini che è diventato papa, papa Paolo VI. Siamo andati a messa. Quando siamo usciti verso l'una e mezzo, le due, siamo andati al Carminati qui al Biffi, che all'epoca c'era il Biffi, la tradizione milanese di mangiare la fettina di panettone con la coppettina di spumantino. Poi intanto che ci incamminavamo sotto le gallerie a braccetto, è capitato, c'era una pellicceria con un manichino, un ermellino bianco tutto appariscente. Yvonne, era mannequin, ha detto: "Che sogno, che bello, che meraviglia..." Io cosa dovevo dirgli la vigilia di Natale... gli ho detto: "Tesoro, vai a casa... che siccome conosco il padrone, casomai se riesco a trovarlo... perché frequenta un bar qui vicino... se riesco a trovarlo me la faccio dare. Poi, ci lascio un acconto e lunedí dopo le feste natalizie gli porterò il resto". E invece io pensavo già di portarla via. Lei ha preso un taxi, io ho rubato una Giulietta, ho preso la mia macchina, l'ho appartata in un posto tranquillo, ho rubato una Giulietta 1300, Giulietta dell'epoca, mi sono presentato lí in piazza Duomo e ho aspettato. La gente non andava a dormire, era sempre lí, buonanotte, buon Natale, ci vediamo domani, saluti, e poi in un momento di tranquillità... BOM! Ho sfondato la vetrina e questa pelliccia era tutta puntata con gli aghetti per dargli le sue giuste pieghe, tutta puntellata. Per non rovinarla... per far presto, non potendo spogliare il manichino, ci ho dato una calcagnata giú e ho caricato in macchina anche il manichino».

La Banda Lutring non spara mai.

Fanno ancora le rapine cosí, con le armi in pugno, ma non sparano, non feriscono e non uccidono nessuno. Sono colpi audaci, che fanno scalpore, come quando nel '64 rubano tutti i gioielli delle ragazze che devono sfilare per Miss Italia a Salsomaggiore.

Quando l'aria si fa troppo calda a Milano, se ne vanno in Francia. In Francia Lutring mette su una banda a Marsiglia con un ex soldato della Legione straniera e un tunisino. Aprono anche un bar, come base per le loro operazioni.

Poi arriva un emissario del clan dei Marsigliesi che controlla la città e gli dice che è meglio che se ne vadano. Fanno troppo scalpore con le loro rapine e Marsiglia deve rimanere una città tranquilla. Così Lutring e i suoi si spostano e vanno a Parigi.

Luciano Lutring.
Dice: «In Francia so' stato tre anni, tre anni e mezzo di latitanza. Purtroppo la latitanza costava tanto, perché per nascondersi bisogna, sai, ungere le ruote. Allora dovendo ungere le ruote, dovevo continuamente, sai, e mangiavano tutti con me, sai».

La Banda Lutring non spara mai.

Per le rapine hanno metodi ingegnosi, metodi da film. In una riscaldano un vetro blindato con una fiamma ossidrica, poi, con una peretta da clistere per cavalli ci spruzzano sopra dell'acqua ghiacciata e il vetro si rompe. La stampa li chiama subito «la Banda del Clistere».

Non spara mai, Luciano Lutring, il solista del mitra, quasi mai, perché è un rapinatore, non un violinista, e quando porti le armi, prima o poi, ti può capitare di usarle.

Succede a Pigalle, il 1° settembre 1965. Un colpo va male e per sfuggire alla gendarmeria francese Lutring e i suoi si mettono a sparare. Un poliziotto resta ferito gravemente, spara anche la gendarmeria francese e Lutring viene colpito alla schiena. Resta tra la vita e la morte per un po' di tempo, poi si salva e finisce in galera, condannato a vent'anni.

*Nel filmato che ci mostra l'arresto del bandito, Lutring è ir-
riconoscibile. Si è tagliato cortissimi i capelli e non ha piú i baffi, inoltre porta gli occhiali. Sembra un impiegato di banca. Cammina tra due guardie e sale su una camionetta della polizia. La
cinepresa si avvicina con l'obiettivo nell'oscurità dell'interno
del furgoncino, a strappare un'ultima immagine di Lutring prima che chiudano lo sportello. Si intravede appena il volto, si è
levato gli occhiali.*

Ne fa dieci e viene estradato in Italia, dove gliene spet-
tano altri ventidue. Resta dentro fino al 1977, quando il presidente Giovanni Leone gli concede la grazia, perché nel frattempo Luciano Lutring è cambiato.

*Luciano Lutring ora ha di nuovo i capelli folti e ricci e i baf-
fi sin quasi al mento. Porta un paio di occhiali da sole, una giacca a quadri su una camicia dal collo largo. Si vede un dipinto a
grosse pennellate scure che ritrae alcuni ragazzi uno vicino al-
l'altro. Siamo di fronte al portone del carcere e c'è una guardia
poco distante. Alcune persone salutano Lutring, e lui scambia
qualche bacio di saluto e sorride.*

Non è piú il solista del mitra, ma un pittore e un musicista e un padre di famiglia, e con il crimine, con la Ligera, con
la mala, non ha piú niente a che fare.

La Banda Lutring non spara mai, la Banda delle Tute Blu
rapina un furgone blindato con un semplice colpo di martello. Ma non è sempre cosí.

La Banda Cavallero, per esempio, spara.

Era già successo nel gennaio del 1967, a Ciriè, in Piemonte. Durante un assalto a una banca avevano sparato e aveva-

no ucciso il medico condotto del paese, il dottor Giuseppe
Gaiottino.

*Pietro Cavallero è seduto al banco di un tribunale, e abbas-
sa la testa pensieroso. La cinepresa scorre verso destra a inquadrare un complice che guarda dritto dentro l'obiettivo, poi di-
stoglie lo sguardo per un attimo, ma per tornare subito a guardare nella macchina da presa, a lungo, come a sostenere fiero uno
sguardo. La carrellata prosegue a inquadrare un uomo che fissa
la cinepresa, sulla tempia sinistra ha una riga che divide i capelli ben pettinati. Da lí i capelli partono a coprire la calvizie. L'ultimo personaggio è un ragazzo e ha la testa abbassata e le braccia appoggiate sulle ginocchia.*

La Banda Cavallero è formata da Pietro Cavallero, un ex
operaio del quartiere torinese Barriera di Milano, un intel-
lettuale, il capo. Poi ci sono Sante Notarnicola, di Castella-
neta, in provincia di Taranto, il suo braccio destro, Adriano
Rovoletto, ex cantante nelle balere, l'autista della banda, e
Donato Lopez, che è ancora minorenne.

Vengono da Torino, sono giovani e sono arrabbiati, parlano di comunismo e di rivoluzione. Subito dopo la guerra
hanno visto alcuni arricchirsi moltissimo e altri restare poveri, e allora, dicono, «andiamo a prendere alla fonte ciò che
la società del benessere non distribuisce».

Si spostano su Milano, e inventano la «tripletta»: tre rapine nello stesso giorno, cosí la polizia è costretta a correre
da una parte all'altra della città. Sono altri tempi, la polizia
si sposta sulle camionette, le jeep della volante, o sulle Giu-
liette 1100, e non ci sono i telefoni cellulari. Il numero per
chiamare la polizia è il 777 e c'è una canzone della mala, *Porta Romana*, che dice: «7-7-7 fanno 21, arriva la volante e non
c'è nessuno».

Tre banche in quaranta minuti, per un totale, una volta, di trentotto milioni, un sacco di soldi per allora. E quando colpiscono fanno finta di parlare francese, per scaricare la responsabilità sul clan dei Marsigliesi.

A Milano e dintorni in cinque anni la Banda Cavallero fa diciassette rapine. Non li prendono perché non fanno vita di malavita. Colpiscono, rapinano, scappano e poi tornano in famiglia, dalle rispettive mogli e conviventi.

Fino alla rapina al Banco di Napoli.

La piazza è piena di gente, ci sono anche delle auto, se ne vede una dei carabinieri e si vede un camion carico di materiale edilizio. Un dito indica all'operatore un foro di proiettile in una portiera, poi si vede una Citroën dal parabrezza incrinato. Dalla parte del guidatore però c'è un'apertura nel vetro. Si sente una voce da una radiotrasmittente che dice: «Provvedere in merito, provvedere in merito, passo!» La ripresa si sposta all'interno dell'auto e rivediamo il buco nel parabrezza ma dall'abitacolo vuoto, un paio di volti curiosi si affacciano dal foro nel vetro con lo sguardo. Dalla radio arriva un'altra voce che dice: «Ricevuto, ricevuto, passo!» Vediamo poi un poliziotto e un altro foro di proiettile. Sulla parete della banca leggiamo BANCO DI NAPOLI *e sulla vetrina* AGENZIA N. I.

È il 25 settembre 1967 ed è un lunedí, giorno lavorativo. Sono le 15,30 e Adriano Rovoletto sta aspettando dentro una 1100 che ha rubato in un parcheggio vicino. Aspetta gli altri, che sono dentro l'agenzia del Banco di Napoli di largo Zandonai, vicino alla Fiera. È la seconda banca quel giorno e sta andando tutto bene. Armi in pugno, salto dietro il bancone e fuori i soldi. Ma qualcuno, un negoziante, ha notato qualcosa di strano e ha chiamato la polizia.

Inizia un inseguimento con la polizia che spara e i banditi che rispondono sparando dalle macchine.

In mezzo alla strada, davanti a un gruppo di persone che si spingono tra loro per vedere meglio, c'è un uomo che gesticola, sta mimando l'inseguimento avvenuto tra la polizia e i malviventi. Indossa solo la camicia con una cravatta sottile e nera che gli pende sul petto mentre parla agitato. Un cronista gli porge il microfono, deve spostarlo qualche volta per seguire la voce dell'uomo che nel racconto si muove spesso.

L'intervistato dice: «Vedo una 1100 scura che va sulle rotaie del tram. Tutt'a un tratto vedo la 2600 Alfa e un'altra Giulia dietro. La 2006...»

«Era la polizia?»

«La polizia, la polizia, sí. A un tratto i banditi lateralmente tiran fuori due pistole e sparano all'impazzata».

Un altro uomo dietro il camion, indossa una camicia bianca con la cravatta scura, descrive: «E ho visto a un certo momento un mitra fuori della macchina che sparava. Allora mi sono abbassato e ho fatto a tempo di squagliarmela, di...»

Stavolta di fianco alla cabina di un camion parla un ragazzo: «E poi mi ha sorpassato prima la macchina dei ladri, non so di chi sia, poi della polizia. Ma prima che arrivasse la polizia, è arrivato questo colpo qui». Con una mano indica un punto sulla portiera del camion.

I banditi davanti e le auto della polizia dietro, come nei film. Da largo Zandonai a viale Pisa, da lí a piazza Sei febbraio e poi a piazza Firenze, fino all'Arco della pace e poi su, fino a piazza Gramsci. Sempre di corsa e sempre sparando, per tutta la città, tra le auto che si bloccano all'improvviso e i passanti che scappano da tutte le parti. Sembra un inseguimento di quelli che si vedono nei film, ma i proiettili che fischiano, quelli, sono veri.

Un uomo con una maglietta chiara e gli occhiali indica oltre la cinepresa e dice: «Guardi, mi trovavo dentro quel caffè là, ho sentito questa sparatoria, son corso fuori subito, le macchine stavano passando ma non le ho intraviste. Ho soccorso il ragazzo lí ma ho visto che non c'era niente da fare... l'ho assistito finché è arrivata l'autolettiga, aveva preso, aveva preso un colpo alla testa».

Restano a terra quattro morti e trentaquattro feriti, tra passanti e poliziotti. Un'auto della polizia sperona quella dei banditi che va a schiantarsi contro un platano. Gli altri riescono a scappare, ma Adriano Rovoletto resta indietro, ferito, e a momenti viene linciato dalla folla. Gli altri si nascondono, ma la loro latitanza dura poco. Donato Lopez è tornato a casa dai genitori, ed è lí che la polizia lo va a prendere.

Uno dei banditi è stato preso e la polizia lo mostra ai giornalisti. Si vedono le luci dei flash illuminare la scena piú volte. Uno degli agenti, in borghese, cerca di tenere fermo il mento dell'arrestato, che muove continuamente la testa per non farsi riprendere o fotografare.

Cavallero e Notarnicola si sono nascosti in una cascina vicino a Valenza Po. La loro latitanza dura otto giorni.

La cinepresa ci mostra un recinto in cemento, di quelli che si trovano ancora adesso in qualche tratto ferroviario. Oltre il recinto vediamo la porta aperta di una casetta a due piani. Un carabiniere viene intervistato.

In sovrimpressione appare la scritta: «Maresciallo Maggiore Nicola Sganga». Il maresciallo dice: «Ci siamo fermati con la macchina nelle vicinanze del passaggio a livello, e mentre i militari aspettavano vicino alla macchina io sono andato vicino al casello ferroviario, ho visto che era abbandonato e dall'erba calpestata davanti alla porta del casello stesso ho pensato che ci fosse della gente nell'interno e naturalmente i banditi».

Mentre parla la telecamera ci mostra l'interno della casetta. Sul pavimento spoglio si vedono delle bottiglie posate in terra. La casa è vuota. Poi vediamo Cavallero in manette che appare affiancato da due agenti dell'Arma. Scattano diversi flash prima che sparisca all'interno di un'auto. La scena cambia e vediamo uno dei suoi complici scortato da altri agenti.

In otto mesi il processo alla Banda Cavallero viene istruito e concluso. È un processo che assume subito risvolti politici, con Cavallero che prende posizioni anarchiche e parla di lotta al capitale. Ma i fatti sono chiari, ci sono quelle diciassette rapine e ci sono quei quattro morti di quel 25 settembre.

L'8 luglio 1968 Pietro Cavallero, Sante Notarnicola e Adriano Rovoletto vengono condannati all'ergastolo. Donato Lopez, che è minorenne, si prende dodici anni e sette mesi. Al momento della lettura della sentenza, Cavallero e gli altri si alzano in piedi con il pugno chiuso e cantano *Figli dell'Officina.*

Piero Colaprico, giornalista.

Dice: «Questa cosa per tutta l'Italia diventò il segno che la malavita stava cambiando strategia, che la malavita non era più la figura romantica, tipo Luciano Lutring che faceva le rapine senza sparare un colpo, ma diventava una malavita in grado di uccidere e di scaricare violenza a ogni passo».

Fino adesso la Milano nera sembra ancora quella dei romanzi di Giorgio Scerbanenco, quella di *I milanesi ammazzano al sabato* perché gli altri giorni lavorano. Ma Milano è una città che cambia, una città che ha fretta, che anticipa tutto. È lí che nascono le cose importanti ed è lí che devi essere per contare qualcosa. Tutte le aziende, tutte le società devono aprire una filiale a Milano, avere almeno una vetrina nella capitale economica d'Italia.

Fra le tante aziende che sbarcano a Milano ce n'è una molto particolare, ma sempre molto attenta a curare bene i suoi affari.

C'è la Mafia.

Via Albricci è una via nel centro di Milano, a poche centinaia di metri dal Duomo. Al numero 7 c'è un palazzo e lí nel 1958 va a stabilirsi un signore distinto, alto, magro, dai capelli bianchi, assieme ai suoi due maggiordomi. Solo che non sono maggiordomi, sono guardie del corpo, perché non è un pensionato quel signore.

Si chiama Giuseppe Doto, ma gli amici, soprattutto gli amici degli amici, lo chiamano Joe Adonis. Joe Adonis è uno dei capi della Mafia italoamericana, il braccio destro di un boss come Frank Costello, e quando la commissione per il crimine organizzato lo espelle dagli Stati Uniti, Joe Adonis sceglie di venire in Italia, e proprio a Milano.

Che cosa fa Adonis a Milano? Si diverte. Frequenta gli ippodromi e i night-club, ma soprattutto lavora, come si fa sempre a Milano. Apre una società immobiliare e una serie di supermercati, ma in realtà cura gli interessi di Cosa nostra nel Nord Italia e coordina il traffico di stupefacenti tra gli Stati Uniti e il Nord Europa con l'aiuto dei suoi due luogotenenti, i fratelli Alfredo e Pippo Bono.

Non c'è soltanto Joe Adonis, in quegli anni, a Milano. C'è anche Gerlando Alberti, detto «'u paccare'», che ha una casa in via Generale Govone. Ci sono anche quelli del clan dei Fidanzati, che a Palermo controllano il quartiere dell'Acquasanta. Vengono a trovarli anche altri boss, nomi grossi, del calibro di Totuccio Contorno, Tommaso Buscetta e Totò Riina. Parlano, si incontrano, progettano affari.

Achille Serra, già prefetto di Roma.
Dice: «Era una mafia che non... la Mafia milanese, non dava fastidi, era impercettibile, non doveva creare fastidi tra le forze dell'ordine per non richiamare l'attenzione delle forze dell'ordine sul problema. I conti si regolavano in altre zone, in altre regioni, si regolavano in Sicilia, ma l'attenzione doveva essere lontana da quella che per loro era la sede dell'investimento economico. Guai a richiamare troppa attenzione sul problema, gli affari non sarebbero andati a buon fine».

La città non se ne accorge. Non è che non facciano niente, ogni tanto sparano, come nel maggio del 1963, quando cercano di uccidere il boss Angelo La Barbera, in viale Regina Giovanna, nella zona di Porta Venezia. Oppure quando ammazzano picciotti che hanno sgarrato, a Como, a Varese e a Milano, in piazzale Corvetto. Ma è ancora una presenza discreta.

Fino al 16 maggio del 1974, quando succede qualcosa. Qualcosa che ha a che fare con una moda che si era già affermata a Milano, in anticipo sul resto d'Italia come al solito. La moda dei sequestri di persona.

Achille Serra, già prefetto di Roma.
Dice: «Decine e decine di sequestri di persona che misero in ginocchio Milano. Furono gli anni delle grandi rapine, nessuno

*piú andava in un ristorante, nessuno piú andava al cinema e fu-
rono gli anni dei body-guard, gli anni in cui ciascun imprenditore non usciva di casa se non era con due guardie del corpo».*

Il primo sequestro a scopo di estorsione nel Nord Italia
avviene proprio a Milano. Un industriale delle scarpe di Vigevano, Pietro Torrielli, viene rapito il 18 dicembre del 1972.
Sta tornando a casa quando un'auto si mette di traverso sulla sua strada, due uomini escono, spaccano il vetro del finestrino di destra, tirano fuori Torrielli, lo trascinano sulla loro macchina e partono.

Pietro Torrielli viene rilasciato dopo cinquantadue giorni, dietro il pagamento di un riscatto enorme per allora, un
miliardo e duecentocinquanta milioni, tutti in banconote da
diecimila lire stipate in due valigie grandi e quattro piú pic-
cole.

È soltanto il primo di una lunga serie di sequestri di persona che nel 1977 diventeranno trentaquattro, soltanto in
un anno e soltanto nel milanese, per un totale di centotre in
meno di dieci anni. Almeno quarantacinque miliardi prendono la strada delle banche svizzere.

La borghesia milanese ha paura, si arma, manda i figli a
studiare all'estero, fa sparire i nomi dagli elenchi telefonici e
le targhette dai citofoni. Nascono gli «avvocati da sequestro», specializzati nelle trattative. Alcune delle famiglie piú
ricche assumono come dipendenti persone che poi risulteran-
no far parte della criminalità organizzata, e in certi casi può
sembrare una sorta di assicurazione, di contratto di intocca-
bilità, che però a volte può essere il primo punto di contatto
tra malavita organizzata e imprenditoria milanese.

I sequestri di persona fanno paura. Molte delle vittime non
tornano a casa, almeno una ventina, secondo le stime della
Criminalpol.

Ed è proprio durante le indagini sul sequestro Torrielli che succede qualcosa di strano.

Giuliano Turone, magistrato.
Dice: «Le trattative per il pagamento del riscatto si erano svolte attraverso l'utilizzo, diciamo cosí, la designazione da parte dei sequestrati di un giovanotto che era il fidanzato della figlia dei portinai di Villa Torrielli».

Il giovanotto si chiama Michele Guzzardi, ma c'è qualcosa di strano in lui, qualcosa che non torna. Lui, i suoi fratelli, i suoi amici... i carabinieri fanno un'indagine e scoprono che sono legati ad alcuni mafiosi che stanno a Trezzano sul Naviglio, e che a loro volta sono legati nientemeno che al boss Gaetano Badalamenti.

Vengono messi tutti sotto controllo, pedinati e intercettati. A uno di questi vengono trovate due banconote da diecimila che fanno parte del riscatto Torrielli. L'uomo possiede alcune cascine, tra cui una a Treviglio.

È là che il 14 marzo 1974 va il dottor Turone assieme agli uomini della guardia di finanza, che ha avuto il compito di seguire il percorso delle banconote da diecimila lire.

Giuliano Turone, magistrato.
Dice: «Facciamo due o tre tentativi di ricerca di questo locale sotterraneo e soltanto al terzo tentativo riusciamo a trovarlo ripulendo completamente la stalla dagli escrementi delle mucche. Noi ci eravamo predisposti addirittura a usare dei martelli pneumatici per cercare questo locale sotterraneo, ma non è stato necessario perché, una volta rimosso il letame dal pavimento della stalla, si è presentata una botola. Questa botola è stata aperta e siamo entrati in questo cunicolo sotterraneo. In

fondo al cunicolo sotterraneo si notava uno sportellino di legno che era chiuso, al di là dello sportellino di legno si notava un filo di luce…»

In quello stanzino sotto la concimaia c'è un uomo. È terrorizzato, non vuole parlare, non vuole neanche voltarsi, sta con la faccia contro il muro e non si gira.

Giuliano Turone, magistrato.
Dice: «Rossi di Montelera per un certo tratto di tempo non crede che noi siamo un magistrato con delle forze dell'ordine. Non ci crede e continua a sostenere, restando voltato verso il muro, che è un tranello per vagliare la sua correttezza nei confronti dei sequestratori, che se lui si volta per guardarci noi lo uccidiamo perché siamo sicuramente anche noi parte dell'organizzazione che l'ha sequestrato, e per convincere il Rossi che le cose non stavano in questi termini c'è voluta una certa opera di convinzione. A un certo punto lui per vagliare se fossimo… perché io gli ho fatto vedere il mio tesserino, ricordo, tesserino di magistrato. Lui l'ha guardato e l'ha restituito dicendo: potrebbe essere falso. E a quel punto io stavo cercando altri argomenti quando lui mi ha fatto una domanda e mi ha chiesto: "Se lei è un giudice, mi dica cosa dicono gli articoli 304 bis, ter e quater del Codice di procedura penale", e io, che fra l'altro ero emozionatissimo anch'io in questa situazione, balbettando gli ho recitato i tre articoli del Codice di procedura penale e lui a quel punto si è voltato indietro e finalmente ci siamo guardati in faccia e si è convinto che era libero».

Credevano di trovare una stanza vuota, la cella del sequestro Torrielli, e invece liberano un altro sequestrato, Luigi Rossi di Montelera, rapito quattro mesi prima.

Le immagini in bianco e nero ci mostrano un uomo alto e sorridente con un soprabito lungo e degli occhiali dalla montatura scura. Parla ai giornalisti. Al suo fianco c'è un altro uomo vestito di scuro che sorride, ma a bocca stretta, e abbassa la testa. Dietro di loro qualche carabiniere. Vediamo l'esterno di una costruzione bassa di cui non si riesce a vedere la parete per quanto materiale vi è accatastato contro: reti da letto, bidoni, cassette di legno... Vediamo un buco nel pavimento nel quale si infila a malapena una scaletta stretta e lunga che scende giú fino a un altro piano. La telecamera passa all'interno dello scantinato a riprendere la scaletta piolo per piolo, come a dare la sensazione allo spettatore di scendere giú, oltre la scaletta si vede un fotografo che si appoggia contro un angolo per fare una foto. Infine vediamo una stanza stretta dal pavimento sterrato e mura alte e grezze.

Nella cascina oltre ad alcuni documenti vengono trovate quattro bottiglie di vino, quattro bottiglie di champagne del '66 importate da un'enoteca di viale Umbria. Ci sono anche delle telefonate tra la cascina e l'enoteca.

Siamo negli anni Settanta, i tabulati telefonici non sono quelli di adesso, ma c'è traccia delle telefonate perché quelli dell'enoteca si sono lamentati e la Sip ha fatto un controllo.

I telefoni dell'enoteca vengono intercettati e si sente qualcuno che parla. Lo chiamano «zio Antonio» e sembra molto importante. Parla da un appartamento in via Ripamonti numero 166. I carabinieri salgono al sesto piano e trovano un uomo dall'aria distinta, coi capelli lunghi e i baffi. Secondo le carte dovrebbe chiamarsi Antonio Ferruggia, ma il colonnello Visicchio che comanda la perquisizione lo riconosce.

«Lei è...» gli dice.

«Sí, sono», risponde zio Antonio.

Perché zio Antonio non si chiama Antonio Ferruggia, si chiama Luciano Leggio, detto Liggio, ed è il capo della Mafia di Corleone.

Un agente aspetta fuori con la portiera dell'auto di servizio aperta. Dall'edificio esce un uomo basso con i baffetti neri, senza manette. Prima di entrare nell'auto si tira leggermente su i pantaloni per non creare la piega all'altezza del ginocchio quando si siederà, e guarda verso la telecamera sorridendo e dicendo qualcosa. Quando cominciano a scattare i flash, l'uomo solleva le mani e saluta con i palmi aperti, continua a sorridere e poi si appoggia alla portiera dell'auto mentre dall'edificio esce un altro agente che si mette a parlare col primo.

Dalla porta si affaccia poi un uomo in borghese che sorride alla telecamera. Liggio fa per chiudere la portiera e dirigersi verso i fotografi sempre col sorriso in faccia. Un agente gli mette la mano su un braccio ma Liggio prosegue e alza le braccia procedendo verso i fotografi che si avvicinano e scattano sempre piú foto. La guardia prende di nuovo per il braccio Liggio, che poggia le mani sulle anche e gli si mette al fianco.

Ora c'è una vera e propria ressa di fotografi, sono tantissimi, si avvicinano all'arrestato scattando foto, sollevando le macchine al disopra delle teste dei colleghi piú vicini al soggetto da immortalare.

Non è un nome da poco quello di Luciano Liggio, accusato di decine di omicidi tra cui quelli del sindacalista Placido Rizzotto e del boss mafioso Michele Navarra. A dettare legge a Corleone è lui, e basterebbero i nomi dei suoi due luogotenenti a far capire chi è dal punto di vista criminale. Sono quelli di Salvatore Riina, detto Totò, e Bernardo Provenzano.

Lucianeddu Liggio ha lasciato Corleone e si è nascosto a

Milano, dove ha continuato a curare i suoi affari, e anche alcuni sequestri che sono avvenuti in Lombardia.

Luciano Liggio nel cuore di Milano.

È una notizia che comincia a far capire alla città come la Mafia sia arrivata anche lí, sotto il Duomo.

Achille Serra, già prefetto di Roma..
Dice: «Negli anni Settanta Milano toccò con mano il fenomeno mafioso. Gerlando Alberti, Luciano Liggio... nascevano finanziarie come funghi in quegli anni, su cui si lavorò molto. Molte di queste risultarono legate a cosche mafiose. Ma quello che piú colpí la gente negli anni Settanta furono alcune bande locali o quasi locali. Penso a Renato Vallanzasca e alla Banda della Comasina...»

Anche se la Mafia resta nascosta, e a parte l'arresto di Luciano Liggio e alcuni sequestri preferisce condurre i suoi affari all'ombra delle finanziarie e delle società immobiliari, ci sono altre bande che sembrano trasformare Milano in una specie di Chicago degli anni Trenta.

Una di queste è la Banda della Comasina, di Renato Vallanzasca.

Renato Vallanzasca viene dalla Ligera, la malavita, del Giambellino, un quartiere popolare a sudovest di Milano, quello del Cerutti Gino della canzone di Giorgio Gaber.

Vallanzasca inizia la sua carriera negli anni Sessanta. Ha solo quindici anni ma già possiede tre pistole, una .38, una .7,65 e una vecchia Luger della guerra. Entra ed esce dal Beccaria, il carcere minorile di Milano, e a diciassette anni fa la sua prima evasione ma lo riprendono subito dopo, quando si presenta a scuola per dare gli esami di riparazione a ragioneria. Allora si mette con altri ragazzi e inizia con i furti in appartamento e nelle autorimesse.

Nel '69 fa la sua prima rapina a un portavalori. All'inizio degli anni Settanta ha già la sua banda, la Banda della Comasina. Nell'ottobre del 1976 viene fermato dalla polizia a un posto di blocco per un normale controllo. Ha una patente intestata a Renato Gatti, milanese, ma non è sua, è di uno degli uomini della sua banda, e infatti la fotografia non gli somiglia per niente. L'appuntato Lucchesi fa un controllo via radio, poi gli chiede di scendere dalla macchina e di seguirlo alla centrale. Vallanzasca lo fa, scende, ma poi tira fuori una pistola e spara sull'appuntato. Un colpo solo. È il suo primo omicidio.

Achille Serra, già prefetto di Roma.
Dice: «Renato Vallanzasca era certamente un criminale, un criminale che tolse la vita a tanta gente... con le sue mani, attraverso la sua organizzazione. Ma era contemporaneamente un uomo intelligente, coraggioso... un leader. Io ebbi il primo contatto con lui nel 1972, se non ricordo male. Lo sospettammo di una rapina, andammo a casa ma non trovammo assolutamente nulla che potesse provare questa rapina nel supermercato. E allora lui, già allora molto spavaldo, si tolse il Rolex d'oro, sfidò il giovane funzionario che ero io e, mettendolo sul tavolo, disse: è tuo se riesci a incastrarmi. Be', proprio in quel momento una colonna della squadra mobile di Milano di allora che era il maresciallo Scuri, trovò in cucina dei pezzetti di carta che raggruppati e messi in ordine costituivano l'elenco delle buste paga del supermercato di via Monte Rosa. Questa era la prova provata che lui aveva commesso la rapina».

Anche Renato Vallanzasca è un personaggio da romanzo. Lo chiamano «il bandito dagli occhi di ghiaccio», «il bel René», per il suo aspetto e perché veste sempre alla moda. Frequenta i night e le bische e piace moltissimo alle donne.

Ha un tenore di vita altissimo e quando i soldi delle rapine non bastano piú passa ai sequestri di persona. Ma i suoi sono sequestri speciali: i sequestrati li tratta benissimo, a volte anche troppo, con champagne, donne e cocaina. Quando li prende gli fa un discorso chiaro: «Puoi stare da Dio o appeso per i piedi come un prosciutto, scegli tu».

Con le donne è gentilissimo. Quando sequestra Emanuela Trapani, figlia del rappresentante di una multinazionale di cosmetici, le regala un albero per Natale e la porta in giro per Milano a fare shopping.

Nel documento visivo il giornalista e l'intervistata sono seduti sul divano di un salotto elegante. Dietro il divano ci sono molte piante e una tenda lunga che copre la finestra. In primo piano sul tavolino ci sono vari oggetti tra cui un posacenere di vetro, alcune cartelle con dei fogli e dei documenti, probabilmente del giornalista, e un vaso da fiori vuoto, bianco e decorato. Il giornalista è voltato verso la ragazza, ha le gambe accavallate sulle quali stanno dei fogli e una cartellina, e tiene una penna in mano. La ragazza ha le braccia incrociate e indossa stivali neri di pelle, una gonna e una maglia dal collo a V sulla quale spuntano due ali larghe del colletto della camicia bianca. La ragazza ha i capelli neri e lunghi. Sulle immagini scorre una scritta bianca in sovrimpressione: «Testimonianza di Emanuela Trapani dopo la liberazione».

Il giornalista chiede: «Che tipo è Vallanzasca?»

«Be'... tipo... ma io lo ritengo anche un incosciente, un duro, una persona che non ha paura di nessuno, come dice lui, poi per me, non so se è vero o no, comunque lui sostiene che non ha paura di nessuno».

Renato Vallanzasca non è soltanto un personaggio da romanzo. È uno dei protagonisti della mala milanese di allora, che a differenza della Banda delle Tute Blu, spara e uccide spesso e senza nessun problema. Nelle zone di influenza della banda, in piazza Gobetti o a Lambrate, Vallanzasca fa mettere dei veri e propri posti di blocco con i suoi uomini, che sono loro a fermare le volanti della polizia e a disarmarli e a volte anche a portargli via le auto e le divise.

E a sparare.

Come a piazza Vetra nel '76 durante una rapina, oppure al casello di Dalmine, in provincia di Bergamo, sull'autostrada, il 6 febbraio del 1977. Vallanzasca e due dei suoi stanno andando a fare un sopralluogo per un altro sequestro, hanno fretta, cominciano a muoversi a zig zag tra le auto in coda e vengono notati da una pattuglia della polizia. Al casello trova altre tre pattuglie, pronte ad aspettarli. Si avvicina un brigadiere: «Documenti». Vallanzasca estrae la pistola e lo uccide. Sparano tutti, e a terra resta un altro poliziotto e uno della banda.

La ripresa ci mostra la fiancata di un'automobile della polizia in fondo alla quale, dietro la ruota anteriore, spuntano le gambe di un uomo in divisa. È steso per terra e non si muove, poco piú in là c'è un altro corpo sull'asfalto. Si vedono la strada e dei cartelli segnaletici, segnalano un limite di quaranta chilometri orari, un divieto di sorpasso e un divieto d'accesso. Ci sono altri agenti in piedi e delle persone ferme che guardano. La telecamera si muove verso i corpi e scopriamo che dietro l'agente steso a terra c'è un altro corpo. È un agente morto con a fianco un fucile. Piú avanti, vicino al corpo supino del bandito con l'impermeabile aperto sul corpo ormai privo di vita, c'è una pistola.

Vallanzasca è ferito. Assieme all'altro suo compagno ferma una macchina, fa scendere una donna con un bambino e

va a nascondersi in uno dei suoi covi a Milano, dove viene
operato da un medico della mala. Come in un film, un film
di gangster.

Lo prendono poco tempo dopo a Roma, il giorno di San
Valentino. Quel 14 febbraio sono le cinque e mezzo del mattino quando Vallanzasca riceve una telefonata. È qualcuno
che gli dice di scappare, perché le scale sono piene di sbirri.
Non fa in tempo.

*Vallanzasca è sul ballatoio di una gradinata sostenuto per le
braccia da un paio di guardie. Si vede che si appoggia male a terra con la gamba. Sotto questo pianerottolo, come se il bandito
fosse affacciato a un balcone, ci sono i fotografi e i giornalisti.
Si sentono degli scatti di foto e si vedono dei bagliori di flash.
Un giornalista alza il tono della voce per fare le domande e Vallanzasca sorride quando dà le risposte.*

«Mi dici perché sei venuto a Roma?»

*«Mi piace la città. Non mi credi? Sono innamoratissimo di
Roma».*

«La ragazza chi è? La ragazza che stava con te…»

«C'era una ragazza? Non me n'ero accorto».

Ma Renato Vallanzasca è famoso anche per le evasioni.
Era già scappato una volta dal carcere di San Vittore dopo
essersi fatto trasferire in una casa di cura per un'epatite che
si era procurato mangiando uova marce e facendosi iniezio-
ni di urina. Dieci anni dopo l'arresto a Roma, deve essere
trasferito dal carcere di Cuneo a quello di Nuoro. Il 18 luglio 1987 viene imbarcato su una nave a Genova, ma fanno
l'errore di chiuderlo in una cabina con un oblò che dà sul
ponte. Vallanzasca lo apre, si cala giú e si allontana lungo il
molo prima che la nave parta.

Si vedono degli agenti che guardano verso l'alto. C'è una nave di fronte a loro, e come la cinepresa sale si scorge un oblò in alto. La ripresa passa all'interno di una cabina e ci mostra le case che si vedono attraverso l'oblò.

Se la fa a piedi da Genova a Milano, camminando lungo i binari della ferrovia. E a Milano, come ultimo atto di sfida, rilascia un'intervista a una radio privata, Radio Popolare.

Siamo all'interno dell'emittente, sulla parete è scritto «Radio Popolare». Si sente una voce registrata con la tonalità nasale di chi parla attraverso un telefono. È la voce di Vallanzasca. La voce dell'intervistatore è piú pulita. Sulle immagini passano dei sottotitoli per meglio comprendere cosa dice Renato Vallanzasca, visto che la registrazione fa perdere la comprensione di alcune sillabe.
Il radio operatore risponde: «*Pronto?*»
«*Pronto?*»
«*Come si chiama?*»
«*Vallanzasca Renato*».
«*Quanti anni ha?*»
«*Ventisette*».
«*La sua banda sta incutendo terrore nella città di Milano, la gente ha paura e dice che siete una banda di drogati. Ma è vero che lei può girare impunemente per Milano?*»
«*Mah, diciamo che se sono dovuto, cioè se ho qualcosa da fare che mi sembra che urga la mia presenza... entro in Milano e riesco con facilità*».
«*Si sente isolato?*»
«*No, nonostante tutto quello che si dica, cioè, mi sento... sento che la gente magari se non mi dice quello che pensa è so-*

lamente perché ha paura, è solo questo che mi dà fastidio, per il resto... no, diciamo che posso contare su parecchi amici».

Durante l'ascolto dell'intervista la telecamera ci mostra gli studi dell'emittente: una stanza con una ragazza seduta a una scrivania che sistema delle cose, su un banco ci sono il mixer, un microfono e un grande posacenere con delle cicche di sigaretta. Alla fine viene mostrata una foto di Vallanzasca che guarda l'obiettivo. Ha una sigaretta in bocca e i capelli arruffati, dei baffi che formano un paio di esse sulle labbra e svirgolano fin sotto la piega della bocca, gli occhi chiari e la barba di qualche giorno.

Non resta fuori molto. Ormai è stanco, piegato da dieci anni di carcere duro. Lo arrestano per l'ultima volta il 7 agosto e la sua storia di criminale per le strade di Milano finisce lí.

Dietro le sbarre della gabbia di un'aula di tribunale si vede arrivare Vallanzasca accompagnato da due guardie. L'arrestato indossa una camicia a scacchi celesti e bianchi, penzolante fuori dai pantaloni e aperta su una maglietta bianca, non ha la barba e mostra due occhiaie profonde. Guarda per un attimo verso la telecamera, poi si passa leggermente il dito tra il naso e la guancia e guarda da un'altra parte.

Ma non c'è soltanto la Banda della Comasina di Renato Vallanzasca, c'è anche la banda di Francis Turatello.

Achille Serra, già prefetto di Roma.
Dice: «Turatello lo avvicino a Vallanzasca, anche se ritengo che sia di uno spessore intellettivo superiore e soprattutto un capo a livello piú ampio rispetto all'organizzazione locale come può essere quella della Comasina. È un leader, Turatello è un leader che viene dal contatto con le grandi famiglie crimina-

*li, è uno che ha impostato per anni e ha imposto per anni la sua
legge».*

Di Turatello si dice che sia il figlio naturale del boss della Mafia italoamericana Frank Coppola, detto Frankie tre
dita. Vive in periferia nella zona del parco Lambro e lo chiamano Ciccio Banana, per il ciuffo alla teddy-boy. Ma non è
il caso di prenderlo in giro, e il suo soprannome cambia presto in Faccia d'angelo.

Inizia come pugile ma non è la carriera per lui, e allora passa ai furti sotto la guida di un maestro come Otello Onofri,
detto Manina d'oro. Non bastano neanche i furti e allora passa alle rapine, e quando la polizia lo arresta per la prima volta, nel '65, gli trova un mitra, quattro pistole e una bomba a
mano sul comodino. Intanto mette su un giro di prostituzione che gli frutta dieci milioni a sera.

C'è un aneddoto. Una notte una delle sue donne incontra il cliente sbagliato. Ferita e malmenata, si rifugia in un
bar, ma i clienti e il padrone la mandano via. La sera dopo
Francis Turatello va in quel bar, da solo, e picchia tutti quelli che incontra, gestori e clienti.

Dalla prostituzione Turatello passa alle bische e ai night-
club. Ci sono molti gangster metropolitani, ragazzi di malavita che vorrebbero lavorare con lui. Ce n'è uno particolarmente in gamba, particolarmente bravo.

Si chiama Angelo Epaminonda, detto il Tebano.

Piercamillo Davigo, magistrato.
*Dice: «L'impressione che io ebbi dallo studio delle dichia-
razioni di Epaminonda, dai suoi racconti, era di una persona
molto intelligente che si era fatta avanti diciamo essenzialmente per meriti, meriti ovviamente in quel contesto particolare che
ha il mondo criminale, per meriti propri, cioè non era il rappre-*

sentante di una organizzazione criminale. Aveva un senso anche delle strategie della sua attività notevole».

Angelo Epaminonda è il capo della Banda dei Cursoti, come vengono chiamati quelli che ruotano attorno a 'u Cursu, la zona della via Antico Corso di Catania. È un tipo freddo, Epaminonda, dai nervi d'acciaio.

Una notte del gennaio del '79, in una bisca di via Panizza, si trova al tavolo con altri gangster e Alfredo Bono, uno degli uomini di Liggio. Giocano a chemin de fer e in una sola sera Epaminonda vince un miliardo e ottocento milioni.

Nella notte tra il 27 e il 28 ottobre del 1976, Francis Turatello, Angelo Epaminonda e Graziano Mesina, il bandito di origine sarda, rapinano una bisca a Brera, il *Beach Club*. Si sono fatti aprire da un cliente, che hanno minacciato di annegare nel Naviglio se non li aiuta, sono entrati e hanno rapinato tutti, lasciando soltanto alle donne i soldi per il taxi. Poi Francis Turatello lascia nel locale il biglietto da visita di una delle sue bische, dicendo che da lui certe cose non succedono.

Un'altra volta ancora Francis Turatello entra in un'altra bisca di Milano, lascia sul tappeto verde una bomba a mano e dice «banco», come se fosse una puntata. Significa che da quel momento la bisca è sua. Rapine, sfruttamento della prostituzione, gioco d'azzardo, recupero credito per conto dei «cambisti», quegli usurai che prestano i soldi ai clienti che hanno perso tutto, ma credono che la fortuna sia ancora dalla loro parte. E se la fortuna non c'è, alla fine sono costretti a onorare il debito, per evitare di farsi picchiare e sparare nelle gambe. Vallanzasca, ma soprattutto Francis Turatello e Angelo Epaminonda, sono gangster metropolitani, una razza speciale, che in quegli anni cresce e prospera soltanto a Milano.

Attenzione alle bische, sono molto importanti. Nella Milano di allora ce ne sono tante, ma quelle di élite sono circa una decina e si nascondono dietro nomi come Circolo amici della pittura o Circolo degli scacchi. Stanno in via Panizza, in corso Sempione, o alla stazione Centrale. Aprono alle otto di sera e chiudono alle otto del mattino, e dentro ci si gioca di tutto.

Attenzione alle bische. Sono molto importanti per la nostra storia. Se vogliamo raccontare la metà oscura di una città dobbiamo raccontarla tutta e non soltanto la parte nerissima della malavita, dei gangster e dei mafiosi.

Nella metà oscura di una città c'è anche una zona grigia.

Piero Colaprico, giornalista.
Dice:«In Italia c'è una legge che permette che i casinò siano solo in alcune città e Milano è da sempre la città più ricca d'Italia, è una città che ha una vocazione particolare al divertimento. Adesso questo divertimento si è dirottato nelle discoteche, in club privati aperti sino a tarda notte. Allora, parlo degli anni Settanta, degli anni Ottanta, c'erano le bische. Cioè l'imprenditore non ha il tempo di andare a Sanremo o di andare a Saint Vincent o di andare a Montecarlo, a volte ha voglia di chiudere l'azienda, chiudere il negozio oppure mangiare in famiglia e andare subito in una bisca. È qui che la malavita, quindi la zona nera di Milano, e la zona bianca, quella dei soldi, confluiscono per formare la zona grigia, e sono gli anni Settanta, è qui che la malavita entra in contatto con alcuni politici, che entra in contatto con alcuni imprenditori e getterà le basi di quello che sarà il grande riciclaggio degli anni Novanta e degli anni Ottanta».

Già aveva cominciato Cosa nostra, in silenzio, lentamente, senza che se ne accorgesse nessuno. Società immobiliari, attività commerciali, supermercati. Si possono acquisire di-

rettamente oppure mettersi in società con giovani imprenditori senza scrupoli, fare la loro improvvisa fortuna e intanto riciclare il denaro sporco. Milano è la città della finanza,
una finanza che quando vuole sa essere spregiudicata, come
dimostrano i casi di Michele Sindona e Roberto Calvi.

Lo aveva già capito Cosa nostra, lo capiscono anche Francis Turatello e Angelo Epaminonda. A Milano i soldi ci sono, e per metterci le mani sopra non sempre serve una pistola.

Piercamillo Davigo, magistrato.
*Dice: «Epaminonda riferí un episodio di un imprenditore che
a suo dire faceva, emetteva fatture per operazioni inesistenti e
che guadagnava abbastanza bene con questa attività e allora gli
si presentò e gli disse che voleva diventare suo socio. Siccome
questo rifiutò venne ucciso, e al funerale fu avvicinato il socio
che questo aveva dicendo: "Non vorremmo anche dover venire
al tuo di funerale", e che ovviamente accettò di diventare socio
di questi personaggi».*

Ma non ci soltanto la prostituzione, le bische e i rapimenti ad arricchire i gangster metropolitani. C'è anche la droga.

Milano negli anni Settanta conosce il boom dello spaccio
degli stupefacenti. L'eroina arriva dalla Turchia, viene raffinata in Sicilia e passa attraverso Milano per andare verso
l'Europa del Nord. Molta, moltissima, si ferma in città. In
quartieri periferici come il Giambellino, Lorenteggio, Quarto Oggiaro ci sono strade in cui si spaccia liberamente, all'a-
perto. A Milano e nei comuni dell'hinterland i morti di over-
dose salgono a centocinquanta all'anno.

E non c'è soltanto l'eroina. C'è anche un'altra droga, piú
costosa ma non meno redditizia e devastante, che contribui-
sce anche a costruire quella «zona grigia», ad allargarne i

confini e a renderla piú intensa nella metà oscura della città
di Milano.

La cocaina.

Piercamillo Davigo, magistrato.
*Dice: «Era un periodo di transizione quello dell'inizio degli
anni Ottanta, in cui di fronte ancora a una diffusissima attività
di spaccio di eroina cominciava ad affacciarsi massicciamente
anche lo spaccio di cocaina. Questi... almeno i primi consumatori di cocaina, erano soggetti appartenenti o al mondo del crimine o comunque appartenenti a un mondo non criminale ma
dove il denaro già ce l'avevano. Il collegamento passava anche
attraverso le bische, nel senso che alcuni dei frequentatori delle
bische erano anche consumatori di cocaina. Ovviamente questo
conferiva alle organizzazioni criminali un notevole potere di ri-
catto e la possibilità di avvicinare anche persone altolocate, e
non era un qualcosa che fosse isolato in determinate fasce sociali impermeabili al resto della società. Si diffondeva e permette-
va di entrare in contatto, in collegamento, per esempio, col mondo dell'imprenditoria, dell'economia, qualche volta della politica».*

Milano è una città ricca, la piú ricca d'Italia. I soldi che
girano sono tanti e la torta da spartirsi è grande, ma come
succede sempre in questi casi, non basta mai. Vallanzasca,
Turatello, Epaminonda, cominciano a farsi la guerra. È una
guerra che si combatte per le strade di Milano.

Vallanzasca risponde ai giornalisti.
Gli chiedono: «I tuoi rapporti con Francesco Turatello».
*Vallanzasca risponde: «Non sono dei migliori». E sorride
mentre un flash gli illumina per un momento il volto.*

È guerra tra Vallanzasca e Turatello. Come quando Vallanzasca fa irruzione in una delle bische di Faccia d'Angelo e scrive sul muro: «Francis comprati el paltò de legn», e il paltò di legno, è facile capirlo, è la bara.

Ma soprattutto è guerra fra Turatello ed Epaminonda. Si ammazza per niente. Si ammazza perché la persona con cui stai parlando ha un ciuffo che ti innervosisce, come succede a uno dei killer della Comasina. Oppure perché tutti si sono convinti che quello là ha la faccia da spia.

Poi succede il fatto del ristorante *Le Streghe*.

Le Streghe è un ristorante di via Moncucco che allora veniva chiamato la Fogna, non perché ci si mangiasse male, ma perché dietro ci scorreva un canale di scolo. *Le Streghe* è di proprietà di Antonio Prudente, un indipendente legato al clan di Turatello, e la mattina del 3 novembre 1979 suo fratello Michele va al ristorante a vedere perché Antonio non si è ancora presentato a un appuntamento. Fuori del ristorante c'è la Golf di Antonio, ma il portone è chiuso, così Michele passa dal retro e poi corre subito a chiamare aiuto, perché la scena che ha visto è degna di un romanzo noir di James Ellroy.

In cucina, dove si apre la porta sul retro, c'è Maria, la donna di Antonio Prudente. È stesa a terra ed è morta, le hanno sparato un colpo alla nuca. Nel salone è un macello.

Antonio Prudente è steso a terra a braccia aperte, vicino al pianoforte. Il suo amico Luigi è a tavola con la faccia riversa in un piatto di tagliatelle e accanto c'è Giuseppina, la sua donna, morta anche lei. All'ingresso ce ne sono altri tre, Ricardo, Hector e William, tutti stranieri. E nel bar c'è anche Teresa, la cuoca.

Sono stati quelli di una banda emergente, che non c'entra niente con la guerra tra Epaminonda e Turatello ma che partecipa della violenza di quei giorni. Sono entrati per uccidere Antonio Prudente e hanno ammazzato anche tutti quegli altri, finendoli con un colpo alla nuca. Otto morti. È la strage di malavita piú grossa mai avvenuta in Italia, neanche in Sicilia, neanche a Palermo.

Francis Turatello lo arrestano nell'aprile 1977. Ma dal carcere continua a comandare lo stesso. Il 17 maggio del 1981 è nel carcere di Bad'e Carros, in Sardegna. È lí che arriva un messaggio della squadra di killer delle carceri capeggiata da Pasquale Barra, detto 'o Animale, uno dei luogotenenti di Raffaele Cutolo, camorristi insomma. «Il Sommo ha deciso che lo zio del Nord si sposi al piú presto con Maranca».

Il Sommo è Raffaele Cutolo, lo zio del Nord è Francis Turatello e Maranca è un camorrista ucciso. Il messaggio è chiaro. Francis Turatello deve essere spedito nell'aldilà. Dopo averlo ucciso, Pasquale Barra gli addenterà addirittura le viscere.

Achille Serra, già prefetto di Roma.
Dice:«Io non l'ho mai... non l'ho mai capito se fu uno sgarro in carcere, se fu un conto da regolare della malavita milanese... il modo in cui fu ucciso fu di una brutalità autentica, perché Pasquale Barra, se non erro detto 'o Animale, dopo averlo squartato gli mangiò le budella, e questo è un atto di sfregio che non si fa nel codice... non è previsto nel codice della malavita, se non per uno sgarro di forte spessore. Quale fosse, non l'ho mai capito».

Epaminonda, invece, lo arrestano il 29 settembre 1984. Sta nascosto in un palazzo in zona Fiera, al quinto piano, chiuso in un appartamento con otto chili di cocaina e una pistola col colpo in canna. Ma non fa neanche in tempo a prenderla che i poliziotti gli puntano i mitra in faccia.

Vediamo un uomo in manette muoversi tra alcune persone verso la portiera aperta di un'auto che lo aspetta. Prima che entri si vede per un attimo la testa, ma sul volto c'è un cerchio che appanna la visuale e non si riescono a vedere i lineamenti.

Angelo Epaminonda detto il Tebano parla. Collabora con la giustizia e davanti al sostituto procuratore Francesco Di Maggio riempie centinaia di pagine di verbali facendo luce su almeno sessanta omicidi.

Il filmato a colori ci mostra Epaminonda seduto davanti alla corte in un'aula di tribunale, ma tiene il capo abbassato e i capelli lunghi ne nascondono il volto. Quando si porta la mano verso il viso, vediamo che porta degli occhiali.

Il processo che si tiene nel febbraio del 1988 condanna novantatre persone e distribuisce cinquanta ergastoli e milletrecentoquindici anni di carcere. E anche Angelo Epaminonda esce di scena.

In un'aula di tribunale viene pronunciato il verdetto: «Epaminonda Angelo... appena espiato, sia sottoposto alla libertà vigilata di anni tre».
Alcuni imputati chiusi dentro le gabbie cominciano a urlare, mentre una donna in piedi tra il pubblico sviene e prima di cadere a terra qualcuno cerca di sorreggerla. La telecamera si avvicina verso una gabbia e si sente in maniera distinta quello che sta urlando uno degli imputati agitandosi dietro le sbarre. Dice: «... perché sto parlando nel nome del popolo italiano, perché si è a un passo di tutte le calunnie che ha fatto il signor Epaminonda, questo vi dico io, calunniatori!»

Con l'uscita di scena di Angelo Epaminonda si conclude la stagione dei gangster metropolitani, dei Turatello e dei Vallanzasca, dei gangster che vivono nella metà oscura della Milano da bere, come l'ha chiamata una fortunata pubblicità.

Milano che ha fretta, fretta di produrre, di lavorare, di fare carriera, di divertirsi. La Milano degli anni Ottanta, dei socialisti, di Bettino Craxi e del sindaco Pillitteri.

Luciano Liggio e i siciliani di Cosa nostra, i gangster metropolitani come Vallanzasca, Epaminonda e Turatello... Ma non ci sono soltanto loro nella metà oscura della Milano di allora. Ci sono anche altri personaggi, personaggi sconosciuti, tanto che li hanno chiamati «i Fantasmi». Sono i calabresi della 'Ndrangheta.

I calabresi della 'Ndrangheta arrivano a Milano negli anni del boom economico, come tanta gente del Sud che cerca soltanto un posto in cui vivere e lavorare onestamente.

Loro, come i siciliani di Cosa nostra, no. Ma a differenza degli altri, i calabresi della 'Ndrangheta non si fanno notare, vivono tra di loro riproducendo i clan di Platí e di San Luca. Piano piano, in sordina, sostituiscono le altre organizzazioni quando vengono eliminate. Quando viene arrestato Liggio ereditano da Cosa nostra gran parte del ramo dei sequestri.

«Quando i siciliani hanno cominciato con i sequestri di persona, – dirà Saverio Morabito, uno dei boss della 'Ndrangheta, – è stato come assistere allo sbarco sulla Luna. Una novità assoluta. Gli siamo andati dietro in tanti, come una moda». Sequestri come quelli di Cristina Mazzotti, Emanuele Riboli, Andrea Cortellezzi, tutti uccisi, o come Cesare Casella, che rimarrà nelle mani dei rapitori per due anni e dodici giorni prima di essere liberato.

Dopo lo smantellamento delle organizzazioni di Turatello e di Epaminonda, i calabresi della 'Ndrangheta si prendono anche il traffico di droga, che acquistano dai turchi che
arrivano in Italia con i camion e spesso spariscono assieme a
tutto il carico.

*Un filmato ci mostra due persone che camminano in un vi-
coletto affianco a una casa. Uno di loro indossa un giubbino celeste e un paio di jeans, ha un giornale in mano. Si volta verso la
telecamera urlando qualcosa e portandosi la mano alla bocca per
farsi schermo. L'altro, con il giubbino scuro, si china, portandosi le mani al sedere in segno di sfregio. Il primo dei due sparisce
un momento dietro l'angolo per riapparire subito e lanciare una
pietra verso l'operatore che sta filmando.*
*Vediamo un ragazzino correre a tutta velocità su un motori-
no. Cambia di nuovo scena e vediamo i due uomini di prima un
po' più vicini alla telecamera. Quello con il giornale in mano
cerca di trattenere il compagno che corre verso la telecamera e
agita le mani in segno di sfida, come a dire: «Fatevi avanti se avete il coraggio, venite qua». Come l'uomo si avvicina alla telecamera, si allarga il campo visivo e si vedono dei poliziotti in strada, si muovono lenti verso l'uomo che corre per cercare di frenare la sua foga.*

Nelle zone del Giambellino, di Lorenteggio, di Quarto
Oggiaro, ci sono strade in cui si spaccia all'aperto, senza problemi, alla luce del sole. Come in via Odazio, nei giardinet-
ti tra i palazzoni, dove gli spacciatori controllano il territorio e le sentinelle avvisano quando arriva la polizia.

Sono fantasmi, i calabresi della 'Ndrangheta, nessuno li
vede, nessuno li conosce, ma per ammazzare ammazzano anche loro come tutti gli altri. Forse anche di più.

Alberto Nobili, magistrato.

Dice: «L'omicidio in quegli anni era diventato un sistema normale di tutela delle organizzazioni criminali. Bastava un semplice contrasto, un diverbio, bastava un sospetto. Era sufficiente essere sospettati di essere un confidente, un infame, come si dice in quell'ambiente, per essere immediatamente eliminati. Nessuno poteva correre il rischio di scontare anni di carcere per non avere agito in via di prevenzione, cioè eliminando possibili fonti di conoscenza per gli inquirenti, per gli investigatori».

Ci sono guerre continue, tra i calabresi delle varie organizzazioni criminali, tra questi e i siciliani di Cosa nostra e i napoletani della Camorra. Come quella per il controllo dei quartieri della Comasina e di Bruzzano, a nord della città. Da una parte il clan di Giuseppe Flachi, detto Pepé, un ex alleato di Vallanzasca poi messosi in proprio, dall'altra prima il clan dei fratelli Pompeo, eredi diretti di Angelo Epaminonda, poi il clan dei fratelli Batti, camorristi.

Piero Colaprico, giornalista.

Dice: «Milano è una città crocifissa da regolamenti di conto. Ci sono... forse in ogni strada ci può essere una lapide alla memoria di un criminale».

Muoiono i soldati dei clan rivali, fatti sparire dentro le auto pressate dagli sfasciacarrozze. Muoiono gli avvocati difensori, accusati di non far bene il loro mestiere, e muoiono anche innocenti cittadini, come Pietro Carpita e Luigi Recalcati, due cittadini di Bresso, falciati da due uomini che sparano da una macchina nel tentativo di colpire alcuni soldati di un clan rivale.

Si vedono le notizie che appaiono in quei giorni sui quotidia-
ni. I titoli sono: «Un minuto di terrore, due morti innocenti. Il
portinaio colpito mentre la moglie guarda dalla finestra, il poli-
ziotto crolla in bicicletta», «Sparatoria a Bresso, uccisi due pas-
santi. Tutti illesi i banditi delle gang rivali».

La cinepresa si avvicina verso una foto riportata dal giornale
che mostra un'auto dal cofano aperto e contorto e il retro tutto
ammaccato.

Molti omicidi avvengono da un'altra parte, a Napoli o in
Calabria, ma è proprio lí, a Milano, che sono nati. Come quello di Roberto Cutolo, il figlio di Raffaele Cutolo, il capo della Nuova camorra organizzata. Un omicidio nato da uno
scambio di favori, un uomo per un uomo, un morto ammazzato per un morto ammazzato. Roberto Cutolo, infatti, viene ucciso a Tradate, in provincia di Varese, il 19 dicembre
1990, in cambio dell'omicidio a Napoli di Salvatore Batti,
uno dei capi dei clan nemici dei calabresi della 'Ndrangheta.

Ma se la parte piú nera della metà oscura emerge ogni tanto in occasione di arresti e di omicidi, la zona grigia, quella
di imprenditori e politici senza scrupoli, resta in gran parte
nascosta.

Milano e gli inquirenti della procura e delle forze dell'ordine si accorgono che potrebbe esserci qualcosa di strano nella zona grigia soprattutto in tre occasioni.

La prima. Seguendo una serie di indagini e di intercettazioni, la polizia arriva ad alcuni mafiosi di un certo calibro
che sembrano intrattenere rapporti con imprenditori e finanzieri. La «Mafia Srl», l'hanno chiamata, la Mafia dei colletti bianchi. Il 14 febbraio 1983 parte un'operazione, il blitz
di San Valentino, che fa scattare le manette ai polsi di tren-
tasette persone.

L'inchiesta si allarga, si intreccia con la Pizza Connection, l'inchiesta condotta da Giovanni Falcone tra la Sicilia e gli Stati Uniti. A Milano arriva anche la commissione antimafia, a vedere cosa succede. Ma i processi nati dal blitz di San Valentino non porteranno a molto e quasi tutti gli imputati saranno assolti. Il blitz di San Valentino è la prima volta.

La seconda. Seguendo alcune indagini sulle possibili collusioni tra criminalità organizzata e politica nel controllo di casinò come Sanremo e Campione d'Italia, le forze dell'ordine operano una quarantina di arresti, il blitz di San Martino lo hanno chiamato, perché avviene l'11 novembre 1983. Ma anche in questo caso, a parte alcune condanne, le collusioni tra politica e criminalità organizzata non emergeranno.

La terza però è diversa. La terza è la Duomo Connection.

Piero Colaprico, giornalista.
Dice: «A Milano ci fu un'inchiesta politica chiamata Duomo Connection in cui per la prima volta alcuni mafiosi sostennero di aver pagato un assessore, di avere dei contatti con il sindaco o di pagare i funzionari comunali. Fece un grosso clamore perché alcune parti di questa inchiesta, soprattutto quelle che riguardavano il traffico di droga, portavano direttamente i siciliani, i vertici della cupola siciliana, dentro Milano. Si cominciò a capire meglio come funzionava il riciclaggio, vennero trovati addirittura dei bar della 'Ndrangheta nella galleria Vittorio Emanuele, che è il cuore della città. Quindi questo creò una grossa attenzione e cominciarono una serie di indagini che riguardavano i funzionari comunali».

A Cesano Boscone c'è un bar che si chiama *Nat & Johnny*. È un bar frequentato dalla malavita, da gente legata a Cosa nostra, e cosí i carabinieri del capitano Ultimo lo tengono sotto controllo. Un giorno vedono arrivare una persona, un uomo che si chiama Gaetano La Rosa, detto Taninello, un killer di Cosa nostra che un giorno, a Torino, per sfuggire all'arresto, si è messo a sparare su un autobus uccidendo tre carabinieri.

Si vedono un camion e un'automobile procedere lungo una strada. La telecamera si sposta verso un'auto dei carabinieri davanti a un pullman fermo in mezzo a una corsia, sulla fiancata leggiamo: CAVOURESE. La telecamera ne riprende l'interno e mostra una serie di scatole messe sui sedili anteriori dell'autobus, poi una guardia in piedi che osserva i sedili in fondo al pullman sui quali sono accasciati i corpi di due passeggeri, morti.

Siamo nel gennaio del 1989. Gli uomini del capitano Ultimo seguono Taninello e arrivano a suo zio, Antonino Zacco, detto il Sommelier perché dirigeva una raffineria di droga ad Alcamo, in Sicilia. Antonino Zacco è un boss di Cosa nostra. I carabinieri del capitano Ultimo seguono anche lui, lo pedinano, lo filmano, lo ascoltano a distanza, con circospezione, con cautela, senza farsi scoprire, e cosí, attraverso lui, arrivano a un altro boss di Cosa nostra che si chiama Tony Carollo. Tony Carollo è figlio di Gaetano Carollo, uno dei boss mafiosi della prima ora, stabilitosi a Trezzano sul Naviglio, fino dai primi anni Settanta. Tony Carollo ha un'impresa edile a Lainate, a nord di Milano.

Generale Umberto Massolo, allora comandante del nucleo operativo di Milano.
Dice: «Alcune funzionavano come società edili a tutti gli effetti. Avevano, predisponevano dei cantieri. Si lavorava, c'erano degli operai, dei muratori che portavano avanti, erano anche realtà edili regolarmente autorizzate dalla commissione edilizia del comune quindi erano di perfetta copertura, in pratica. Alcu-

ne invece erano semplicemente collocate sul territorio, ma non avevano ovviamente nessuna attività immobiliare o edilizia, ma alcune erano decisamente realtà edilizia, quindi non davano nell'occhio, assolutamente».

C'è una novità nelle indagini di quegli anni. È entrato in vigore il nuovo codice e si possono utilizzare le microspie. Il capitano Ultimo e i suoi ne imbottiscono i locali dell'immobiliare di Carollo. Usano un furgone blindato con vetri speciali che permettono di guardare fuori senza essere visti e scritte di fantasia sulle fiancate, per non dare nell'occhio. Osservano, ascoltano e registrano. Operazione Violino, la chiamano i carabinieri del capitano Ultimo.

Generale Umberto Massolo, allora comandante del nucleo Operativo di Milano.
Dice: «Oltre ad ascoltare discorsi legati al mondo della droga e al mondo della Mafia, si sono anche ascoltati degli spezzoni di discorsi fra i vari elementi che frequentavano questa struttura in cui si parlava di condizionamenti locali e soprattutto di aiuti da parte di politici locali».

Nelle intercettazioni Tony Carollo dice di aver pagato politici locali, dice di aver versato duecento milioni per una licenza edilizia del comune di Milano, dice: «Ho chiesto e ho ottenuto protezione politica».

Lungo un corridoio procedono alcune persone. Tra queste c'è Gherardo Colombo che sta fumando la pipa e Ilda Boccassini con una borsa in mano e i capelli rossi e ricci, fluenti. Alcune notizie sul giornale hanno i seguenti titoli: «Il provvedimento giudiziario nei confronti dell'assessore e le voci su un coinvolgimento del sindaco provocano tensione e molte incertezze.

*Palazzo Marino vacilla sotto il colpo. Coda folgorante della Duo-
mo Connection», «Palazzo Marino, rimpasto o bufera. Giunta:
cosa c'è dietro l'angolo. Promossi e bocciati a Palazzo», «Av-
visi di garanzia ad amministratori e tecnici di Bollate e Cesano
Boscone. Altri politici nel mirino dei giudici. Raffica di controlli nell'hinterland».*

Si apre un'inchiesta coordinata dal sostituto procuratore
Ilda Boccassini. Scoppia lo scandalo della Duomo Connection, come la chiameranno subito i giornali, ed è uno scandalo politico che chiama in causa il comune fino ai suoi mas-
simi vertici.

Il 29 ottobre 1990 la commissione parlamentare antimafia torna a Milano per la terza volta ed è lo stesso comune a
varare un comitato cittadino antimafia. Soprattutto Milano
e l'Italia si accorgono di quanto sia forte la presenza della criminalità organizzata in Lombardia, e anche di quanto possano essere pericolose eventuali collusioni tra la criminalità organizzata, il potere politico e imprenditoriale per mettere le
mani sugli affari della città.

La Milano da bere degli anni Ottanta, all'improvviso, è
diventata la Milano da mangiare.

Che la zona grigia del riciclaggio, della finanza criminale, degli affari sporchi, esistesse a Milano lo si era già capito. A Milano c'erano già stati omicidi legati all'economia come quello di Giorgio Ambrosoli, il liquidatore della Banca
d'Italia di Michele Sindona, che Sindona fa uccidere da un
killer della Mafia italoamericana, Joseph Aricò. E lo fa uccidere perché il povero Ambrosoli, da brava persona, da persona perbene, sta facendo il suo dovere e non vuole cedere
ai suoi ricatti. E c'è già stato anche Roberto Calvi con il crack
del Banco ambrosiano e strani affari che arrivano a coinvolgere la Mafia, la P2 e la banca vaticana.

Dopo l'inchiesta sulla Duomo Connection c'è un'altra inchiesta che ha a che fare con l'economia e che dimostra quanto quella zona grigia si sia allargata, quanto i suoi confini si siano estesi con usi che sono diventati quotidiani, «ambientali» addirittura, anche senza il concorso della criminalità organizzata.

Siamo arrivati al 1992. Il 17 febbraio 1992, Mario Chiesa, amministratore del Pio albergo Trivulzio, viene arrestato. Inizia l'inchiesta Mani pulite su Tangentopoli.

Ma questa è un'altra storia.

Forse.

Nando Dalla Chiesa, fondatore dell'Omicron, Osservatorio milanese criminalità organizzata al Nord.

Dice: «Milano non è che sia ospitale nei confronti della Mafia. È vero che Ambrosoli di fronte a Sindona trova delle difficoltà enormi, ma è vero anche che Ambrosoli è un simbolo della Milano capitale morale, che la stessa Milano ha preso a cuore come propria memoria. Non possiamo dire che le complicità e le zone grigie siano la storia di Milano. Da un certo punto in poi, ecco, diventano storia anche di gruppi dirigenti e io, se dovessi fare una datazione, direi dalla metà degli anni Ottanta, che gruppi dirigenti nella politica milanese chiudono un occhio, e a volte li chiudono tutti e due, sulla presenza di queste organizzazioni. Ripeto, il sindaco che diceva a Milano: "La Mafia non esiste", ingannava i milanesi, e dopo pochi anni ne sarebbero stati arrestati circa tremila nel giro di tre anni, quindi… e parliamo di uomini, di affiliati a organizzazioni mafiose, quindi di gente con la pistola in mano».

Secondo la commissione parlamentare antimafia e secondo le forze dell'ordine, a Milano e nel resto della Lombardia in quegli anni ci sarebbero cinquantuno famiglie mafio-

se divise in tre fasce: una interna alla città, con particolare
concentrazione nelle periferie, un'altra nell'hinterland, a
Trezzano sul Naviglio, a Cesano Boscone, a Buccinasco, e
un'altra nel resto della Lombardia, a Varese, a Como e nella Brianza. La Lombardia diventa la quarta regione d'Italia
per concentrazione mafiosa.

Nel '91 anche a Milano nasce una Direzione distrettuale
antimafia.

Arrivano i pentiti, che parlano per sfuggire alla galera,
parlano per sfuggire alle vendette delle varie guerre che si
combattono in quegli anni, e parlano anche sulla suggestio-
ne di quello che sta succedendo per Mani pulite, dove la gente parla ed esce di galera.

Tra i vari pentiti c'è anche uno dei killer piú feroci e spie-
tati della 'Ndrangheta, Saverio Morabito, che confessa quattordici omicidi e per la sua importanza come collaboratore
di giustizia viene chiamato il Buscetta di Milano.

Piercamillo Davigo, magistrato.
Dice: «Le prime collaborazioni nel settore crimine organiz-
zato furono dovute essenzialmente alla alta conflittualità inter-
na. Il numero degli omicidi perpetrati all'interno delle bande po-
neva chiunque di loro, una volta associato al carcere, alle ven-
dette della fazione rivale, e quindi si sentivano estremamente
vulnerabili una volta arrestati. Per questo alcuni di loro decise-
ro di collaborare, perché ritennero fosse l'unico modo per avere
salva la vita, per non essere associati al carcere, perché, per quan-
te precauzioni si potessero prendere all'interno di un carcere, c'e-
ra la difficoltà di garantire l'incolumità tra soggetti appartenen-
ti a fazioni diverse. Il piú delle volte l'ostilità fra le fazioni non
era nota all'autorità di polizia o all'autorità giudiziaria, e que-
sto rendeva tutto molto difficile».

Alle confessioni dei pentiti fanno seguito blitz delle forze dell'ordine con arresti e mandati di cattura che arrivano fino alla cifra incredibile di tremila. Dopo la Duomo Connection ci sono molte altre inchieste, operazioni che hanno come oggetto la criminalità organizzata come l'operazione Wall Street, l'operazione Fine. Oppure come l'operazione Nord-Sud e l'operazione Fior di Loto, che portano all'arresto di duecentocinquanta persone e mettono in luce la potenza e la ferocia dei calabresi della 'Ndrangheta.

Poi a un certo punto basta.

Dalla metà degli anni Novanta, a Milano come nel resto d'Italia si smette di parlare di Mafia, e la Mafia smette di colpire con tanta evidenza.

La Mafia, nel Nord come nel Sud, come in Sicilia, sembra essere diventata invisibile.

A Milano però continuano a succedere cose strane. Per esempio, si scoprono imprenditori che per ripianare i bilanci delle aziende si improvvisano spacciatori di droga. Basta andare in Sud America, comprare un chilo di cocaina a quindici milioni di lire, riuscire a portarlo in Italia e poi rivenderlo a settanta milioni. Un'operazione da fare giusto le volte che serve a mettere a posto il bilancio dell'azienda e poi basta, secondo una mentalità piú da imprenditore che da spacciatore.

Succede a Milano, e non una volta sola.

Ma il fantasma che spaventa Milano agli inizi del 2000 è la criminalità comune. Sono i tossicodipendenti che rapinano e uccidono. Sono i nove omicidi in nove giorni.

Vediamo un susseguirsi di notizie date dai telegiornali. La telecamera riprende l'interno di un bar attraverso una vetrina sulla quale è attaccato un foglio. Sopra vi è scritto: «DOMENICA INTER-VENEZIA ore 14,30». Nel bar si muovono dei poliziotti e la voce del cronista dice: «È la nona vittima della criminalità che dall'inizio dell'anno imperversa per le vie di Milano».

Poi si vede una giornalista con dei fogli in mano che parla mentre dietro di lei, sulla strada ancora bagnata dalla pioggia, passano della auto. Dice: «Nove omicidi in soli nove giorni, le strade di Milano in questo inizio d'anno davvero somigliano sempre più a sentieri del Far West».

Infine il cronista del Tg1 esclama: «Le strade di Milano sono state particolarmente sorvegliate questa notte dopo gli episodi criminali, gli omicidi e le rapine dei giorni scorsi».

Il primo avviene proprio il 1° gennaio 1999 in piazzale Dateo, in pieno centro, a Milano. Sparano da un'auto scura, tre persone si trovano sulla traiettoria dei colpi e rimangono uccise. L'ultimo di questa serie, i nove in nove giorni, è quello del 9 gennaio 1999, quando viene ucciso Ottavio Capalbo, un tabaccaio di via Derna che aveva cercato di reagire a una rapina afferrando uno sgabello. Sono delitti che sconvolgono l'opinione pubblica e provocano reazioni durissime.

Per la strada un giornalista porge il microfono ad alcune persone che dicono: «Non ne possiamo più, qui non si può più andare in giro, la sera non si esce più...»

«Il rischio in questo momento a Milano è che se non ci sono interventi di questa natura ci possano essere episodi gravi anche di violenza, di reazione, per i cittadini che sono esasperati».

Nel mirino di alcune forze politiche ci sono gli extracomunitari, gli slavi, gli albanesi, ma almeno nel caso di via Derna non è così. A uccidere il signor Capalbo, il tabaccaio, sono stati due pregiudicati milanesi che fanno parte di una banda del quartiere.

Lo si scoprirà sette mesi dopo, in occasione di un altro

omicidio. C'è un membro della banda, un olandese esperto di informatica che ha il nome curioso di David Money Penny. Money Penny è il nome della segretaria di James Bond. David Money Penny perde un carico di cinque chili e mezzo di hashish durante un trasporto. Per rifarsi dei soldi perduti, due amici dell'olandese organizzano una rapina a un gioielliere che sta in via Padova, a poche decine di metri da via Derna, dove si trova la tabaccheria del signor Capalbo.

Due uomini sui trent'anni entrano nella gioielleria, la rapinano e cercano di scappare. Ma la doppia porta si inceppa, loro perdono la testa, sparano e uccidono il gioielliere, il signor Ezio Bartocci. Ma non stava affatto cercando di reagire, il signor Bartocci, stava solo cercando di aiutare a sbloccare la doppia porta, perché se ne andassero via in fretta senza far male a nessuno.

Li prendono subito, un agente fuori servizio che passa di lí dà un calcio al loro motorino mentre stanno scappando e li manda a sbattere contro un muro. Confessano sia l'omicidio del signor Bartocci, il gioielliere, che quello del signor Capalbo, il tabaccaio, commesso sette mesi prima. Prendono tutt'e due l'ergastolo.

Sembra di essere tornati all'inizio della nostra storia. Rapine che finiscono male, bande di quartiere, gente di malavita che perde la testa e uccide, e intanto, forse, sotto, una criminalità organizzata che se ne sta nascosta, ma che compie affari piú complessi e sicuramente non meno pericolosi.

Mafia italiana ma anche una criminalità straniera che anche lei, come la Mafia una volta, vuole aprire un'agenzia in città, vuole una vetrina a Milano.

Alberto Nobili, magistrato.
Dice: «La realtà milanese di oggi, sotto il profilo della presenza di organizzazioni criminali, direi che è una delle piú dif-

*ficili da interpretare, nel senso che la grossa novità, che tutti san-
no, è l'afflusso di criminalità straniera. Ormai oggi si ruota in
una serie di alleanze tra gruppi criminali di etnie diverse, di origini diverse con gruppi misti di italiani, con albanesi, con gruppi slavi, con gruppi provenienti dal Nord Africa, e dire quale sia
oggi la situazione è arduo anche perché si è perso in parte il contributo conoscitivo che veniva fornito dai collaboratori di giustizia. Si è perso in parte anche un po' il controllo del territorio,
non si ha più il polso della situazione, se vogliamo. Una volta si
intuiva o si capiva quali erano i gruppi, il problema era trovare
le prove per contrastarli. Oggi devo dire che spesso si naviga un
po' a vista».*

Oggi a Milano, a parte qualche giorno, la nebbia praticamente non c'è più. Non è più la Milano del boom economico della fine degli anni Sessanta, non è più neanche la Milano degli anni Ottanta, la Milano da bere dei socialisti, ma è
sempre una città che corre, che ha fretta, che anticipa tutto,
nel bene e nel male.

Della sua metà chiara, delle cose belle che questa città ha
fatto e che ci succedono, non c'è bisogno di parlarne. Appartengono alla sua storia, alla storia di Milano, ed è una storia
che tutti conoscono.

Della parte più nera, della sua metà oscura, ogni tanto ce
ne accorgiamo, e anche questa è una storia che un po', almeno un po', cominciamo a conoscere.

Quella della zona grigia, del riciclaggio, della finanza criminale, dei possibili rapporti tra criminalità organizzata e
potere politico, quella invece, forse, è una storia ancora tutta da raccontare.

La Banda della Magliana

Questa è una storia di banditi, una storia di gangster come quelle che si vedono nei film con Al Capone o John Dillinger, il nemico pubblico numero uno.

Solo che qui non siamo a Chicago negli anni Trenta ma siamo a Roma, a cavallo tra gli anni Settanta e Ottanta, e i protagonisti della nostra storia non si chiamano Albert Anastasia o Machine Gun Kelly, ma Franco Giuseppucci detto er Negro, Gianfranco er Pantera, o Franchino er Criminale.

Attenzione però, non lasciamoci ingannare dai nomi nostrani e dall'ambientazione famigliare. Anche se la nostra storia si svolge al Testaccio, a Trastevere o a Ostia, questa è una storia di omicidi, di droga e di soldi, è una storia di vendette, di tradimenti e di pentimenti, e non solo, questo è un mistero italiano, e come tutti i misteri italiani nasconde sempre qualcosa di piú.

Qualcosa che ci riguarda tutti, e che fa paura.

Questo è un romanzo, un *Romanzo criminale*, come lo ha chiamato un bel libro di Giancarlo De Cataldo.

Questa è la storia della Banda della Magliana.

La nostra storia inizia con un aereo.

Un aereo che parte da Caracas, in Venezuela, e arriva a Roma, all'aeroporto di Fiumicino. Su quell'aereo c'è un passeggero speciale. Il suo volo è stato seguito con ansia da tanta gente, a Roma, gente abituata a entrare e uscire dalla ga-

lera, a correre su grosse moto, a portare braccialetti e catene d'oro e pistole di grosso calibro infilate nella cintura, a
maneggiare droga e bustine di cocaina e di eroina.

Gangster insomma, che però adesso hanno paura, e hanno paura di quell'uomo.

Anche lui ha paura, e molta.

Quegli uomini vogliono ammazzarlo, come hanno fatto
con suo fratello Roberto, due anni prima. Roberto esce da
casa sua verso mezzogiorno di una domenica. «Torno subito», dice ai suoi, e invece non torna. Lo prendono, lo portano in una casa isolata, lo chiudono in una stanza e cominciano a torturarlo con un coltello. Trenta tagli, trenta ferite,
e alla fine un colpo mortale al petto. Un pescatore lo troverà
otto giorni dopo, sulle rive del Tevere.

Sono pericolosi quei gangster, molto pericolosi.

Ma adesso quell'uomo, quel passeggero speciale, torna in
Italia. Ha fatto tutto il viaggio in aereo con le manette ai polsi in mezzo a due agenti della squadra mobile di Roma, e appena sbarca all'aeroporto trova un'auto della polizia che lo
carica e se lo porta via.

*Le immagini sono sgranate e a colori. Vediamo un uomo dai
capelli brizzolati e corti scendere le scale accompagnato da alcuni poliziotti. Siamo all'uscita di un aeroporto, l'uomo indossa
una camicia rosa sopra una maglietta chiara, guarda in basso le
scale e a un certo punto solleva il braccio portandoselo alla fronte per non essere ripreso. Una poliziotta, che lo precede nello
scendere le scale, lo tiene per il braccio all'altezza del polso.*

*Successivamente vediamo lo stesso uomo ripreso da dietro in
un'aula di tribunale. Indossa una giacca grigia ed è seduto, con
una mano sta reggendo il microfono fissato a una barra di metallo mentre parla alla corte che gli sta davanti.*

Sarebbe normale, perché quell'uomo è Maurizio Abbatino, detto Crispino per i capelli crespi, ed è anche lui un gangster, un membro importante della malavita romana.

Lo hanno già arrestato altre volte, ma quest'ultima volta è speciale. Maurizio Abbatino ha deciso di collaborare con la giustizia.

Di vuotare il sacco e di parlare.

4 ottobre 1992. Crispino parla.

Racconta la storia della Banda della Magliana.

Una storia di gangster è soprattutto una storia di uomini, di personaggi, ed è proprio questa la storia che Crispino racconta. Una storia di gangster che sembra davvero un film. Il primo personaggio che incontriamo nella nostra storia si chiama Franco Giuseppucci.

Franco Giuseppucci ha trent'anni anni ed è cresciuto a Trastevere, nella zona di piazza San Cosimato. Lo chiamano il Fornaretto, perché suo padre ha un forno, ma a fare il fornaio Franco Giuseppucci proprio non ci pensa. Ha la mania del gioco, e per quello ci vogliono soldi, poi frequenta strane compagnie, che a Trastevere, in quegli anni, è facile incontrare. C'è anche un detto: «A Regina Cœli, – il carcere di Roma, – c'è uno scalino, chi non lo sale non è romano, non è trasteverino». Esagerazioni, naturalmente, folclore, che però, ogni tanto, si avvera.

Siamo nel 1976. All'inizio della nostra storia il Fornaretto non è un gran criminale. Custodisce le armi, le «regge», come si dice nel gergo della malavita romana, le tiene per conto di altri, soprattutto rapinatori. È in quell'anno, il 1976, che Giuseppucci viene arrestato per la prima volta dai carabinieri.

Quelli della compagnia di Trastevere scoprono una rou-

lotte, parcheggiata al Gianicolo. È sua, è piena di armi, e
cosí l'arrestano. Ma c'è qualcosa, la roulotte ha un vetro
rotto.

Giuseppucci dice che lui di quelle armi non ne sa niente,
che ce le ha messe qualcuno e proprio attraverso quel vetro
rotto. Non si può provare che non sia cosí e quindi bisogna
lasciarlo andare.

Non sarà un gran criminale all'inizio, il Fornaretto, ma è
furbo. La roulotte non va piú bene. Giuseppucci ha bisogno
di un altro sistema per nascondere le armi e allora usa la sua
Volkswagen. Le porta avanti e indietro con sé, un borsone
pieno di fucili e di pistole nel baule del suo Maggiolone, poi
un giorno si ferma al bar davanti al cinema *Vittoria*, al quartiere Testaccio.

Lascia la macchina incustodita, Giuseppucci è Giuseppucci, il Fornaretto non sarà un gran criminale ma è conosciuto.
E invece no, c'è qualcuno che non lo conosce, perché mentre il Fornaretto è al bar a bere qualcosa, un ladro gli ruba la
macchina. È un guaio, perché nel borsone ci sono anche le
armi di un amico di Giuseppucci, Enrico De Pediis, detto
Renatino.

Ecco, Renatino De Pediis è il secondo personaggio importante della nostra storia. Anche lui ha bisogno di soldi,
perché gli piace la bella vita e gli piacciono i bei vestiti, ma
non ha molta voglia di lavorare, cosí cerca di procurarseli in
un altro modo, con le rapine.

Giuseppucci individua il ladro che gli ha rubato la macchina, ma le armi sono state già vendute. Allora il Fornaretto si fa dire chi le ha. È un gruppo di rapinatori che si muove in una zona nuova, una zona che si sta costruendo in quegli anni.

Una zona che ruota attorno a via della Magliana.

Luca Villoresi, giornalista.

Dice:«*Negli anni Sessanta la Magliana non esiste. Si può vedere qualcosa, per esempio... Uccellacci Uccellini, la scena in cui Totò cammina su questo grande viadotto, sta camminando di fronte alla Magliana. La Magliana è una zona che sta sotto il livello del Tevere, e l'unica cosa presente, l'unico monumento, l'unico pezzo di storia è una chiesetta che si chiama la chiesetta di Santa Passera. Santa Passera non è mai esistita, è una chiesetta che segna un approdo sul Tevere, per il resto sono canneti e niente. E lí viene costruito* ex novo *un intero quartiere*».

Tra quelli della Magliana c'è Antonio Mancini, detto l'Accattone perché sembra appena uscito da un film di Pasolini, e poi c'è anche lui, Maurizio Abbatino.

Crispino allora ha poco piú di vent'anni, ma è già un criminale piuttosto noto. È un rapinatore, ed è famoso perché durante i colpi non perde mai la testa ma resta sempre freddo, freddo come il ghiaccio.

Va bene, le armi le hanno quelli della Magliana. E allora cosa bisogna fare? Lasciargliele? Franco Giuseppucci va a parlare con quella gente. E va a parlargli proprio a casa loro, alla Magliana: spende il nome di Renatino, che è un criminale di tutto rispetto – in fondo le armi sono sue – ma soprattutto, e soprattutto a Maurizio Abbatino, che sembra quello piú disposto ad ascoltarlo, dice una cosa.

Non sarà un gran criminale, all'inizio, Franco Giuseppucci detto il Fornaretto, ma ha un'idea.

Mettersi assieme.

Lui, Franco Giuseppucci, il suo amico Renatino De Pediis, e loro, quelli della Magliana, con Maurizio Abbatino. Per fare cosa?

Una batteria.

Giancarlo De Cataldo, magistrato e scrittore.

Dice: «La cosiddetta batteria, cioè una struttura agile composta da due, quattro, un numero limitato di personaggi che si associano per un delitto, per un paio di delitti, dividono i proventi e poi si sciolgono e passano ad altre imprese».

Un gruppo di criminali che si mettono assieme, mettono le armi in comune, si specializzano nello stesso tipo di reato, le rapine per esempio, e poi si dividono i soldi, tutti, anche con quelli che non hanno partecipato al colpo. «Stecca para» si chiama in gergo, la stessa quota di bottino per ogni membro della banda, indipendentemente da quello che ha fatto.

Ma Franco Giuseppucci non vuole fare soltanto una batteria. Il Fornaretto ha un'altra idea.

«Perché non facciamo come i napoletani?» dice.

Ci sono i napoletani della Nuova camorra organizzata di Raffaele Cutolo che si stanno unendo. Ci sono i siciliani di Cosa nostra che stanno dettando legge dappertutto. Perché non facciamo come loro, dice il Fornaretto.

Un'organizzazione tutta di romani. Una banda, un'organizzazione piú complessa che compie diversi crimini, rapina, spaccia, ruba, controlla il territorio.

Franco Giuseppucci prende contatto anche con altri criminali, come Marcello Colafigli, detto Marcellone, come Edoardo Toscano, detto l'Operaietto, perché è uno che si industria sempre, o come Claudio Sicilia, detto il Vesuviano perché viene dalla provincia di Napoli.

Giuseppucci vuole fare una banda. Perché ha in mente qualcosa di piú complesso, vuole fare un salto di qualità nel mondo del crimine. Un sequestro di persona.

Il 7 ottobre 1977 è un lunedí e sono le sei e mezzo di sera. Luigi Nanni è un contadino, è il fattore del duca Massimiliano Grazioli Lante della Rovere e con la sua 126 sta seguendo la Bmw del duca nella sua tenuta alle Torrette, a nord di Roma.

Il signor Nanni perde il duca per un attimo dietro una curva e quando arriva vede che l'auto del duca è stata bloccata da un'altra macchina e ci sono due uomini che lo trascinano via. Il signor Nanni sta per scendere, ma ci sono altri due uomini incappucciati che gli puntano addosso un mitra e gli ordinano di buttarsi nel fossato.

Il signor Nanni obbedisce, e quella è l'ultima volta che vede il duca.

Un sequestro di persona in quegli anni non è una novità. Nel 1977 ce ne sono stati sessantasei, e otto soltanto a Roma e soltanto dall'inizio dell'anno. Quello però è un sequestro che finisce male. La banda del Fornaretto non è in grado di gestire il sequestro da sola, e cosí si fa aiutare da un'altra banda, quella di Montespaccato, a nord di Roma.

Intanto telefonano alla famiglia, mandano fotografie del duca sequestrato. Chiedono il riscatto, dieci miliardi, trattano, arrivano a uno e mezzo e riescono a farselo consegnare.

Nel frattempo, però, il duca è già morto.

Ha visto in faccia uno dei carcerieri, uno di quelli di Montespaccato, e cosí l'hanno ucciso e sepolto da qualche parte.

Un miliardo e mezzo in banconote da centomila lire, meno il dodici per cento per trasformarli in franchi svizzeri puliti, tutto diviso in due parti, metà a quelli di Montespaccato e metà a quelli di Giuseppucci, che da un po' di tempo non si fa piú chiamare il Fornaretto ma er Negro, per la carnagione scura.

Franco Giuseppucci, detto er Negro, ha ancora un'altra

idea. Invece di dividersi tutti i soldi e basta, si può tratte-
nerne una parte e reinvestirla in altre attività criminali, in
altri traffici. Quelli della Magliana ci stanno.

Ci sta anche un altro gruppo che si muove nel quartiere
del Tufello, e di cui fa parte Gianfranco Urbani, detto er
Pantera, che in carcere si è fatto molti amici tra i calabresi
della 'Ndrangheta.

E ci sta anche un altro gruppo che si muove nelle borgate nuove tra Ostia e Acilia, e di cui fa parte Nicolino Selis.
Una storia di gangster, lo abbiamo detto, è una storia di uomini, di personaggi, e Nicolino Selis è uno di questi.

Nicolino è di origine sarda, ha solo ventiquattro anni ma
è già il capo del gruppo di Acilia e Ostia. È finito in carcere
per la prima volta a vent'anni, accusato di «tentato omicidio plurimo, furto e altro».

In carcere ha conosciuto il boss della Nuova camorra organizzata, Raffaele Cutolo, e porta in dote alla Magliana proprio quello, i legami con la camorra.

Aggiungiamo un altro personaggio alla nostra storia, anche lui un personaggio da film. Danilo Abbruciati, detto er
Camaleonte.

Il Camaleonte ha poco piú di trent'anni ed è entrato nella banda da subito, con un gruppo che ruota attorno al quartiere Testaccio, i Testaccini, li chiamano appunto. Il Camaleonte è figlio di un pugile, ha fatto anche lui il pugile per un
po', poi ha mollato e ha cominciato a frequentare i bar e le
bische del giro della mala, prima quella dei Marsigliesi, poi
quella della Magliana.

Il Negro, Renatino, Crispino, Marcellone, il Vesuviano,
l'Operaietto, er Camaleonte, er Pantera… la Banda della
Magliana diventa una realtà. Una realtà anomala nel panorama della criminalità romana.

Nicola Cavaliere, Questore di Roma.
Dice: «Io ho sempre sostenuto che Roma in quegli anni era
un po' una terra di conquista. In che senso? Nel senso che l'at-
tività criminale romana era molto variegata. Operavano i mar-
sigliesi, operavano i grossi gruppi provenienti da altre regioni d'I-
talia, avevamo sequestri di persona della malavita sarda e soprat-
tutto c'era ancora il terrorismo».

Una storia di gangster non è soltanto una storia di uomini, è anche la storia di una città, nella realtà come nei film e
nei romanzi. Non si può raccontare la storia di Al Capone
senza la Chicago degli anni Trenta, e non si può raccontare
Il padrino senza New York.
La nostra città, qui, la città della Banda della Magliana,
è Roma.

Il filmato in bianco e nero ci mostra alcuni bambini che gio-
cano vicino alle baracche sulla riva di un fiume. La telecamera
allarga la visuale e vediamo uno spazio aperto di terreno fango-
so che si estende fino a un rialzo della superficie che costeggia il
corso d'acqua, come se fosse stato appositamente spianato. In-
fatti ci sono alcuni mucchi di terra raggruppati in fila, e oltre ve-
diamo una serie di case di una decina di piani di altezza.
La scena cambia e ci viene mostrata un'automobile che cor-
re all'interno di un sottopassaggio, lo sguardo la segue nell'inter-
mittenza del suo muoversi al di là di alcuni piloni di cemento.

Ai ragazzi della Magliana interessa la Roma dei soldi. E
quegli anni, quelli che vanno dai Settanta agli Ottanta, se
dal punto di vista politico sono gli anni di piombo, da quello economico, per Roma, sono gli anni d'oro.

Il filmato ci mostra un uomo sorridente che passeggia nel traf-fico notturno di automobili e fari accesi. Una serie di neon e in-segne ci invitano alla vita notturna: EMBASSY NIGHT-CLUB, FLOOR SHOW, ROYAL NIGHT-CLUB, NIGHT-CLUB CARROUSEL, CAFÉ DE PARIS. *Un portiere d'albergo in divisa fa per aprire lo sportello di un'automobile di lusso e subito vediamo l'occhio di un fotografo scomparire dietro una macchina fotografica per immortalare l'attimo mondano. Vediamo l'ingresso dell'hotel Excelsior e alcune persone uscire da una porta girevole con gran-di vetri.*

Ci sono i dipendenti dei ministeri, dei grandi enti stata-li, ci sono gli industriali della Tiburtina Valley, come viene chiamata, e ci sono i palazzinari. Si ricostruisce la stazione Termini e si ricostruisce l'aeroporto di Fiumicino.

Da alcune impalcature un ragazzo si cala aggrappandosi ai vari tubi di sostegno. Ha i capelli folti e ricci e indossa una ca-micia chiara. Lo vediamo di spalle in un filmato in bianco e ne-ro. La cinepresa continua a mostrarci una serie di impalcature addossate alle pareti di alcune case. Un camion ribaltabile rove-scia il suo carico di terra lungo una scarpata vicino al fiume. Sul cartello in cima a un palazzo in costruzione è scritto: VENDON-SI APPARTAMENTI. *In basso ci sono delle baracche.*

La ripresa successiva ci mostra dei bambini che guardano l'obiettivo e ridono. Stanno giocando in una stradina fangosa che scivola tra alcune baracche, sotto una serie di panni stesi ad asciugare su delle corde tese tra pali di legno. Due bambine si fermano vicino a una fontana che sta al bordo di una strada per bere dell'acqua, che scorre abbondante all'interno di un gros-so catino.

Si ricostruisce il centro storico, i prezzi delle case salgono alle stelle, la gente le vende e si trasferisce in periferia, dove si costruiscono le borgate.

Ci sono i soldi nella Roma di quegli anni, legali e illegali, e i soldi alla Banda della Magliana interessano.

Roma è terra di conquista. Ci sono tante attività su cui mettere le mani. Una di queste è il giro delle scommesse clandestine, che ruota attorno agli ippodromi di Tor di Valle e Capannelle.

Però c'è un ostacolo, c'è Franchino er Criminale.

La sera è quella del 25 luglio 1978. Franco Nicolini, detto Franchino il Criminale, è nel parcheggio dell'ippodromo di Tor di Valle e sta andando a prendere la sua macchina.

Lo chiamano Franchino, Franco Nicolini, perché è piccolo di statura, e lo chiamano il Criminale perché è stato in galera per rapina e associazione a delinquere. È antipatico a molti, Franchino il Criminale, perché è uno che si arrabbia facilmente e prende a schiaffi la gente, soprattutto quando scommette sui cavalli. Tra quelli che ha preso a schiaffi c'è Nicolino Selis, quando erano in galera assieme a Regina Cœli. E poi Franchino il Criminale dà fastidio con i suoi affari all'ippodromo di Tor di Valle a questi nuovi, a quelli della Magliana.

La sera del 25 luglio, è mezzanotte, è caldo, e nel parcheggio di Tor di Valle c'è tanta gente. Ma quando Franchino il Criminale si trova tutti quegli uomini attorno capisce subito cosa sta per succedere. Cerca di scappare, ma gli sparano nella schiena, lui continua a correre, ma un'auto gli taglia la strada e lo blocca, quelli lo raggiungono e lo finiscono, lasciandolo nel parcheggio dell'ippodromo in un lago di sangue.

A inseguirlo erano in sette, ma ce n'era un altro, l'ottavo, ad aspettare all'interno dell'ippodromo. Franco Giuseppucci, detto il Negro.

Ma a Roma non ci sono soltanto le rapine e le corse dei cavalli. Siamo negli anni Settanta. Per la malavita c'è l'affare del secolo.

C'è la droga.

Giancarlo De Cataldo, magistrato e scrittore.
Dice:«Il controllo del mercato di stupefacenti, dalla fine degli anni Settanta e per tutti gli anni Ottanta in mano alla Banda della Magliana a Roma, presuppone da un lato una ferrea gestione del territorio. La città viene suddivisa in quartieri. Ai quartieri vengono preposti alcuni aderenti alla banda o semplicemente alcuni spacciatori di medio rango, cavalli per intenderci, che ruotano intorno a una specie di anello esterno della banda. L'eroina che affluisce dai vari canali ai capi della banda viene redistribuita, viene venduta agli spacciatori, per cui l'introito è comunque garantito e gli spacciatori poi a loro volta la rivendono e la rimettono sul mercato».

La droga arriva a quelli della Magliana attraverso vari canali, dalla Sicilia, dalla Calabria, dal Cile, direttamente dalla Cina, anche dal carcere.

In questo quelli della Magliana si sono specializzati. C'è er Pantera, Gianfranco Urbani, che attraverso un detenuto usato dai magistrati come interprete negli interrogatori prende contatto con gli spacciatori stranieri che non sanno come gestire la droga che arriva mentre loro sono dietro le sbarre. Non c'è problema, la prende la Magliana e la gestisce lei.

La droga arriva a Roma e si diffonde attraverso gli spacciatori dei quartieri, coordinati da una specie di controllore, Fulvio Lucioli, detto il Sorcio.

I metodi della Magliana sono sbrigativi. Per sapere se la roba è buona la si fa provare a un tossicodipendente. Se muore è tagliata male. Se sopravvive allora va tutto bene. Anche per trovare gli spacciatori non c'è problema: o prendono la droga dalla Magliana, o finiscono ammazzati. Stesso sistema per i rivali in affari.

Giancarlo De Cataldo, magistrato e scrittore.
Dice: «Gli omicidi sono gli strumenti più chiari e diretti di comunicazione di un gruppo criminale che intenda affermarsi su un territorio. Servono da un lato a sbarazzare il campo da pericolosi rivali, dall'altro a garantire una specie di ricambio generazionale, perché fece anche questo la Banda della Magliana liberandosi dei vecchi boss, e dall'altro lato creano un effetto intimidatorio. Diceva uno dei pentiti più autorevoli di questa banda: su Roma nessuno osava opporsi a noi perché eravamo gli unici che sparavano in quegli anni».

Franco Giuseppucci, Maurizio Abbatino, Renatino De Pediis, Nicolino Selis, Danilo Abbruciati, i ragazzi della Magliana sono cresciuti. Non sono più criminali di quartiere, sono una vera e propria banda. Il sogno del Negro, di fare con i romani a Roma come i napoletani e i siciliani a Napoli o a Palermo, si sta avverando. Ma non è una cosa facile.
Per riuscirci bisogna sparare.
Per esempio c'è un tale che si chiama Sergio Carrozzi e ha una boutique a Ostia. È un duro, Sergio Carrozzi, ha precedenti penali anche lui, e quando questi della Magliana gli chiedono il pizzo per la boutique, dieci milioni, lui rifiuta e li denuncia anche.
Il 29 agosto 1978 sta giocando a carte su un tavolino all'aperto di un bar vicino alla boutique, quando Edoardo Toscano, l'Operaietto, gli arriva alle spalle e senza dire una pa-

rola gli spara tre colpi di pistola alla nuca. Poi salta dietro una moto e scappa.

Per esempio c'è un tale che si chiama Amleto Fabiani, detto er Vòto, nel senso di vuoto, che è stato in galera per sequestro di persona, furto, associazione a delinquere e un po' di altre cose. In galera ha preso a schiaffi Renatino De Pediis. Fuori Fabiani ha litigato anche con Marcellone Colafigli, gli ha dato una bottigliata in testa in un bar della Garbatella. Troppo.

Il 15 aprile 1980 quelli della Magliana lo convocano per un lavoro. Er Vòto ci casca. Amleto Fabiani va all'appuntamento in un deposito di autobus e lí viene ucciso al volante della sua macchina da quattro colpi di pistola.

Claudio Vannicola, invece, è un concorrente. Lo chiamano la Scimmia, anche se si veste elegante, camicia di seta su misura, scarpe di camoscio, foulard di marca. Precedenti penali per associazione a delinquere, diffide come individuo «socialmente pericoloso», in attesa di giudizio per sequestro di persona.

Il 23 febbraio 1982, alle sei e tre quarti di sera, Claudio Vannicola sta giocando a poker in una saletta riservata nel dopolavoro Enal di via Capraia, al quartiere Tufello, quando arrivano tre uomini mascherati. È normale, è martedí grasso, è Carnevale, ma loro, uno con la maschera da Paperino e due con quella da Diavolo, puntano direttamente verso la saletta riservata. Paperino tira fuori un fucile a canne mozze, i Diavoli una pistola e tutti e tre sparano a Vannicola, inchiodandolo contro il muro.

Perché? Perché la Scimmia spacciava droga nel quartiere e faceva concorrenza. Stessa cosa per Mario Loria, che spaccia sulla piazza di Ostia a prezzi concorrenziali.

Il 18 settembre 1983 un passante vede una macchina ferma davanti a un bar, vicino a Ostia. C'è un rivolo rossastro che cola sottile dal bagagliaio, e sembra proprio sangue. Arrivano i carabinieri e trovano Mario Loria nel bagagliaio, incaprettato e ucciso con un colpo alla testa.

Ma ci sono anche altri omicidi compiuti dalla Banda della Magliana che insanguinano Roma in quegli anni, e che non riguardano solamente i rivali della banda.

Giancarlo De Cataldo, magistrato e scrittore.
Dice: «Uccidere un amico quando sei dentro una logica criminale può non essere cosí pesante, può essere obbligato. Se ti fermi a riflettere riconosci l'amico, se sei lo strumento di una logica a te superiore, come accade per Cosa nostra per esempio, quello non è piú un amico, è un'entità da cancellare e nient'altro in quel momento».

Angelo De Angelis, detto er Catena, fa parte della banda. È entrato nella Magliana assieme a er Pantera e a quelli del Tufello, e tiene i contatti con uno spacciatore cileno. Però non si comporta bene, taglia la cocaina e se ne tiene un po' per sé, sottraendola alla banda.

Il 10 febbraio 1983, er Catena va a una riunione con gli altri. Parcheggia la macchina nel cortile di una villa e appena entra si trova Maurizo Abbatino che gli punta la pistola alla testa e spara.

Ma la pistola si inceppa. «Ti ho fatto paura, eh?» gli dice Crispino per prendere tempo, e intanto arriva l'Operaietto, che gli punta addosso la sua .38 e spara anche lui. Questa volta la pistola funziona. Er Catena finisce nel bagagliaio della sua Panda, che viene abbandonata vicino a Grottaferrata e incendiata.

Questa è una storia di gangster, i morti ci sono e non importa se si chiamano Claudio la Scimmia o Angelo er Catena. I morti ci sono, a Chicago come alla Magliana.

Ha avuto una bella idea Franco Giuseppucci detto il Negro. Ha messo insieme una bella banda, una cosa inedita per la storia della criminalità romana. Una cosa che non si era mai vista prima. Perché la storia della criminalità romana è molto lunga, ma tutto sommato piuttosto semplice.

Luca Villoresi, giornalista.
Dice: «A Roma fino al 1870 la popolazione è abbastanza scarsa... se ben ricordo saranno circa duecentomila persone al massimo. Però in questa città cosí piccola si verifica almeno un ammazzamento al giorno. Come dice Belli: ci fu un tantin d'ammazzamento... C'è almeno un morto ammazzato al giorno».

La malavita romana è ancora una mala di coltello in cui il criminale rappresenta soltanto se stesso: è soltanto «er piú», il piú svelto, il piú forte, il piú furbo. I morti ammazzati ci sono perché a far saltare la mosca al naso ai romani non ci vuole molto, e la sera all'osteria basta una parola di troppo e finisce a coltellate.
Anche dopo la guerra, nonostante il diverso clima psicologico, nonostante gli sfollati o la nascita delle borgate, la malavita romana resta piú o meno la stessa: individualista, spontaneista, non organizzata. Di armi ce ne sono poche, a parte qualche episodio, come la Banda del Gobbo del Quarticciolo, Giuseppe Albano, che spara con il mitra sui carabinieri.

Luca Villoresi, giornalista.
Dice: «Una delle specializzazioni principali della malavita romana, anzi, una specializzazione nella quale nessuno arriverà mai alla perfezione dei romani, è quella dei colpi ai caveau delle banche. Si chiamano i cassettari, perché appunto vanno a scas-

sinare le cassette di sicurezza dentro le banche raggiungendo que-
sti caveau dal basso».

Da una malavita di quartiere e di coltello alla Banda della Magliana. Franco Giuseppucci c'è riuscito, il suo sogno si
è avverato. Il Negro, Crispino, Renatino, Nicolino, er Camaleonte controllano la città. A tenerli assieme sono i soldi, ma non ci sono soltanto quelli.
C'è l'orgoglio, essere i primi romani ad aver fatto tutto
questo.
Quelli della Magliana mettono parte dei soldi in comune.
Ogni gruppo preleva la sua quota, la cosiddetta «stecca», il
resto serve alle esigenze dell'organizzazione. I ragazzi della
Magliana finiscono dentro spesso e allora si deve provvedere ai bisogni di quelli che sono in carcere, pagare gli avvocati, mantenere le famiglie che sono senza lavoro. Altri soldi
vengono reinvestiti in armi e in droga, servono a pagare gli
spacciatori che stanno sul territorio, a pagare gli informatori della banda.
E non soltanto quelli.

Giancarlo De Cataldo, magistrato e scrittore.
Dice: «Sempre per merito di Giuseppucci, che è il primo ad
avere di queste intuizioni, la Banda della Magliana diventa una
banda moderna – diciamo il termine tra virgolette – perché pas-
sando dal tradizionale atteggiamento di antagonismo fiero del
bandito individuale e solitario nei confronti della società, diven-
ta una banda che mette a libro paga rappresentanti e personaggi
delle istituzioni a basso, medio, alto livello che possono in qual-
che modo agevolare sia la vita carceraria che la libertà di questi
personaggi. Dagli atti processuali sono emersi spaccati veramen-
te impressionanti di rapporti e relazioni con poliziotti... infede-
li, diciamo».

La Banda della Magliana compra i poliziotti dei commissariati e i carabinieri delle stazioni perché passino informazioni sulle indagini in corso, e compra gli uscieri dei tribunali e i periti perché falsifichino i documenti. Pagano con stipendi mensili, Rolex, auto, pellicce. E forniture di cocaina.

E a volte arriva anche più in alto di semplici uscieri e poliziotti.

Soprattutto comprano false perizie sulle loro condizioni di salute. Renatino De Pediis, per esempio, riesce a ottenere la libertà provvisoria perché gli viene diagnosticato un cancro in una forma molto avanzata. Ma Renatino sta benissimo, come sta benissimo anche Crispino, che viene trasferito dal carcere a una clinica privata perché è talmente grave che deve vivere su una sedia a rotelle. In realtà Maurizio Abbatino sulla sedia ci vive pochissimo, giusto il tempo di farsi vedere dagli ispettori che vengono a controllarlo, perché anche lui sta benone.

Soldi per le armi e per la droga, soldi per quelli che stanno dentro, soldi per comprare carabinieri, poliziotti e periti. Sono tanti soldi, ma quelli della Magliana ne fanno sempre di più, e la stecca che si dividono è sempre più grossa.

Alcuni di loro cominciano a investirla più seriamente. Soprattutto Danilo Abbruciati, Renatino De Pediis e il gruppo dei Testaccini. Settore immobiliare, il mattone, come la gente comune. Comprano palazzi, boutique, hotel, locali notturni. Quelli della Magliana sono gangster e il sogno di un gangster è sempre stato quello di allontanarsi dalla strada. Maneggiare denaro è sempre meglio che maneggiare pistole. E di denaro quelli della Magliana ne maneggiano tanto.

Giancarlo De Cataldo, magistrato e scrittore.
Dice: «Ricordo che quando avevamo a disposizione la ban-

ca dati e avevamo bisogno di avere una cronologia dei fatti di sangue, omicidi e rapine in particolare, bastava nel software digitare la parola ROLEX e ci uscivano tutti, perché nessuno sarebbe mai stato arrestato, sarebbe morto, senza indossare il suo Rolex al polso sinistro. Immagino che i concessionari di Rolex e di Ferrari e di Kawasaki siano diventati molto, molto ricchi in quegli anni, anche grazie alla Banda della Magliana».

Quelli della Magliana sanno godersi la vita, e qui davvero la nostra storia sembra un film, sembra *Godfellas, Quei bravi ragazzi*, di Martin Scorsese, con Roma sullo sfondo, la Roma dei locali notturni di quegli anni.

In una serie di filmati dell'epoca vediamo un cameriere che, con una mano appoggiata alla spalliera di una sedia e l'altra sul fianco, si dondola con il corpo allungando la testa come a voler scorgere qualcuno da lontano. È tra alcuni tavolini sistemati all'esterno di un locale. La gente è seduta e mangia parlando tranquillamente tra le luci dei lampadari a sfera che emanano un alone giallo. Una donna, in primo piano e al rallentatore, sta ballando. In una scena molto scura, notturna, vediamo risplendere un'insegna rettangolare che recita: RISTORANTE LA GRATICOLA. Piú in basso, a sinistra, inscritto in uno spicchio di luce, si legge JACKIE O'. Una donna si dondola con le spalle come se si muovesse al ritmo di una musica che non sentiamo. È seduta a un tavolo e stringe fra le mani un bicchiere posato sul tavolo. Al suo fianco siede un uomo con la barba rossiccia. Si può vedere, quando la telecamera allarga la ripresa, che sono seduti a un tavolo di un locale elegante. Vediamo poi una balconata al disopra dell'entrata di un ristorante. Sulla tenda rossa che decora l'ingresso leggiamo HOSTARIA DELL'ORSO. Un barista in giacca bianca, dietro il bancone, versa generosamente e con movimenti eleganti il ghiaccio in uno shaker e sorride. Una donna dai capelli neri e

*fluenti fuma una sigaretta con atteggiamento signorile, mentre
dietro di lei alcune donne dai capelli ricci e chiari sorridono di-
vertite dalla compagnia. La ripresa mostra poi dei ragazzi che bal-
lano. Li vediamo oltre un mixer e una tastiera sulla quale qualcuno posa uno spartito, illuminato da un po' di luce che proviene dal basso.*

Anche se la dolce vita di Federico Fellini e dei paparazzi
è finita da un pezzo, la gente che vuole divertirsi sa dove andare. C'è il *Jackie O'* nella zona di via Veneto, c'è l'*Open
Gate*, c'è l'*Hostaria dell'Orso* dietro piazza Navona, dove si
entra solo se si hanno i soldi e le conoscenze giuste. Ai Pa-
rioli c'è il *Bella Blu*, e c'è sempre il *Piper* in via Tagliamento.
E d'estate tutti al mare, a Fregene, dove ci sono altri locali.

Renatino De Pediis, Danilo Abbruciati, Crispino, Nicolino Selis si possono trovare tutti lí, ad ascoltare i concerti
di Franco Califano, per il quale hanno una vera e propria ve-
nerazione. E ogni tanto si possono vedere anche a Trastevere, nel bar di piazza San Cosimato, oppure nelle sale da biliardo del Quartiere africano o di San Lorenzo.

Camicie di seta aperte sul petto, catenoni d'oro al collo,
braccialetti d'oro ai polsi e cannucce d'oro per tirare la cocaina. Stivaletti di pelle di coccodrillo e cinturoni di serpen-
te. E pistole.

Quelli della Magliana sanno godersi la vita e in questo
senso Danilo Abbruciati è un esempio. Er Camaleonte porta un paio di baffoni, pantaloni a zampa d'elefante, stivaletti col tacco e l'immancabile Rolex al polso, e si muove rom-
bando su una moto di grossa cilindrata.

Anche gli altri usano auto e moto di grossa cilindrata, che
si comprano a mano a mano che salgono nella scala sociale,
come veri e propri status symbol. Crispino, per esempio, ha
una Bmw 316, una Golf Gt decapottabile, una Mercedes

200 rossa e due moto Kawasaki 1300, una rossa e una nera. Ma a chi gli chiede cosa faccia per vivere risponde che è disoccupato e si guadagna da vivere vendendo oggetti religiosi e con la pensione da invalido civile. Anche se ha una villa all'Axa, sulla strada che va al mare, che si è fatto costruire apposta.

Bravi ragazzi, quelli della Banda della Magliana, *godfellas*. Auto, case, night, cocaina, e donne. Ce ne sono tante che girano attorno ai ragazzi della Banda della Magliana.

Ci sono le mogli e le sorelle, che rimangono a casa, che ricevono le telefonate della questura quando gli uomini vengono arrestati o uccisi, e dicono di non sapere quello che gli uomini fanno, sanno soltanto che non hanno mai avuto nessun problema e nessun nemico.

Come la signora Patrizia, la moglie di Franco Giuseppucci. «Che mestiere fa il Negro?» «Per quanto ne so, – risponde, – lavorava presso il forno del padre».

Ma non è vero, molte lo sanno, perché alcune collaborano con loro. Come la signora Carla, la moglie di Maurizio Abbatino, che va a raccogliere la stecca quando lui si trova in carcere, oppure come Maria Antonietta, la convivente di Nicolino Selis, che va a prendere i proventi delle bische che lui controlla.

Poi ci sono le amanti, le altre fidanzate. Come Claudiana Bernacchia, la donna di Claudio Sicilia, il Vesuviano. Lui la chiama Casco d'oro, perché somiglia a Simone Signoret in un vecchio film degli anni Cinquanta. Claudiana aiuta il Vesuviano, porta in giro le sue armi, taglia l'eroina che lui fa spacciare. Poi il Vesuviano viene arrestato, e Claudiana si sente in pericolo, è sola e sa troppe cose. Ma Claudiana è in gamba, riesce a cavarsela e si mette con un altro boss della Magliana.

O come Fabiola Moretti. Fabiola è una bella ragazza, mi-

nuta, con grandi occhi neri. Spaccia eroina a Campo de' Fiori e sta con un altro malavitoso che chiamano il Ciambello-
ne, e quando incontra Danilo Abbruciati se ne innamora.
Fabiola lavora per Danilo Abbruciati, spaccia la sua droga,
e quando sgarra lui la punisce duramente. Ma è anche la sua
donna. «L'ho amato come nel nostro ambiente si sa amare,
– dirà molto piú avanti. – Se si potesse riesumare il corpo
del povero Danilo gli si troverebbero ancora i segni delle coltellate che gli ho inferto. Ma io l'ho amato e lui mi ha amata...»

Le mogli lo sanno che gli uomini della Magliana hanno
altre donne, altre amanti, altre fidanzate. La signora Carla
lo sa che Crispino ha anche Roberta, giovanissima e di buona famiglia, che fa la commessa in un negozio. «Mio marito può anche prendersi degli spuntini fuori, – dicono le mogli degli uomini della Magliana, – ma torna sempre a mangiare a casa».

Giancarlo De Cataldo, *magistrato e scrittore.*
*Dice: «La sorpresa, quando si studiano gli atti della Banda
della Magliana, è vedere che: a) non c'è una preponderanza o
grande presenza tra i capi fondatori e ideatori della banda del
sottoproletariato metropolitano, dei poveri che vengono dai
quartieri; b) che si tratta di soggetti in gran parte tra il proleta-
riato e la piccola borghesia. Non ci sono dinasty di banditi nei
capi della Banda della Magliana e non ci sono nemmeno i figli
del Riccetto di Pasolini o i ragazzi di Donna Olimpia, quelli
vengono inesorabilmente spazzati via. C'è un gruppo di giovani criminali che in qualche modo hanno studiato, hanno frequentato delle scuole, e alcuni di loro, che si avvicinano alla fase successiva della Banda della Magliana, sono ideologizzati soprattutto, anzi quasi esclusivamente, a destra».*

«Ragazzi di malavita», come li ha chiamati Giovanni Bianconi in un bel libro che ricostruisce storicamente le vicende della Magliana e che proprio cosí si intitola. Ma questa non è solo una storia di malavita, non è soltanto una storia di gangster. I ragazzi della Magliana non sono soltanto personaggi pittoreschi che colpiscono perché invece di chiamarsi Frank o Sonny si chiamano er Camaleonte, er Pantera o l'Accattone. I bravi ragazzi della Magliana fanno paura perché sono criminali e sparano, ma anche perché forse non sono soltanto questo.

Perché questa non è solo una storia di gangster.

Questo è un mistero italiano.

La Banda della Magliana allarga presto la sua rete di conoscenze e si trova implicata in giri e traffici che non riguardano soltanto Roma.

Intanto ci sono i rapporti con la destra. Quelli sono gli anni che stanno a cavallo tra la fine dei Settanta e l'inizio degli Ottanta.

In un filmato in bianco e nero dell'epoca vediamo una strada larga sulla quale è ferma una camionetta della polizia e alcune macchine sembrano parcheggiate in maniera confusa. La telecamera allarga la visuale e vediamo che sull'asfalto ci sono dei detriti sparsi ma numerosi. Lungo un marciapiede procedono a passo sostenuto diversi poliziotti che indossano degli elmetti. C'è un cambio scena e per un momento le immagini sono sfocate. La telecamera ci mostra, tra una luce biancastra di fumi, agenti che corrono al di là di un cartellone pubblicitario allontanandosi dal posto dell'operatore. La ripresa sbalza e si sposta verso il lato destro giusto in tempo per scorgere un ragazzo sporgersi da dietro un muro per tirare un sanpietrino. Subito dietro di lui si intravedono in un attimo quattro dimostranti intenti a lanciare oggetti, uno di loro indossa un passamontagna. In un primo pia-

*no vediamo la visiera del casco di un poliziotto sparire sotto la
telecamera. Subito dietro di lui, tra gli alberi, appaiono dei ragazzi che lanciano degli oggetti verso la schiena di un agente che
corre via. Gli aggressori lo inseguono finché non scompare dalla visuale della ripresa.*

Sono gli anni di piombo, anche a Roma, gli anni degli
scontri ai cortei in cui si spara e si muore, come lo studen-
te di estrema destra Mikis Mantakas, come l'agente di polizia Settimio Passamonti o come la manifestante Giorgia-
na Masi.

Sono anni di vendette e di esecuzioni di militanti, come
Roberto Scialabba, simpatizzante di sinistra, ucciso da Giuseppe Valerio Fioravanti, o come Sergio Ramelli, militante
del Fronte della gioventú, ucciso a colpi di chiave inglese da
estremisti di sinistra.

Sono gli anni della strategia della tensione, non solo a Roma, in tutta Italia, a Milano, a Brescia, sui treni, davanti alle questure, a Bologna, alla stazione.

Alcuni dei ragazzi della Magliana sono simpatizzanti di
estrema destra. Franco Giuseppucci, il Negro, per esempio,
ha un'ammirazione per Mussolini, di cui tiene il busto in salotto.

Giancarlo De Cataldo, magistrato e scrittore.
*Dice: «Al di là della fede personale di Giuseppucci, il pro-
cesso ha dimostrato l'esistenza di accertati rapporti della Banda
della Magliana e il mondo del terrorismo ed eversione di destra.
A un certo punto, secondo alcuni verbali, e alcuni di questi non
provengono neanche da pentiti, vi furono una serie di riunioni.
In particolare coinvolgevano il professor Semerari, emerito professore, grande padre della psichiatria italiana, però indagato varie volte per rapporti con il terrorismo di destra e poi ucciso da*

camorristi napoletani in circostanze cruente a metà degli anni Ottanta».

Il professor Aldo Semerari è il leader di un gruppo di estrema destra che si chiama Costruiamo l'azione. Nell'estate del 1978, nella sua villa a Rieti, tra bandiere naziste e cani dobermann tiene seminari politici a cui invita giovani e vecchi neofascisti e alcuni malavitosi della Magliana vicini alla sua ideologia. Come Franco Giuseppucci, Maurizio Abbatino e Alessandro D'Ortenzi, detto Zanzarone.

Giancarlo De Cataldo, magistrato e scrittore.
Dice: «Si è parlato in questi verbali del tentativo di coinvolgere in operazioni eversive gli esponenti della Banda della Magliana. È un invito che viene prontamente rispedito al mittente nel senso che, quando sentono parlare di politica, i malavitosi seri, e quelli della Banda della Magliana erano dei malavitosi serissimi, i più seri che giravano su Roma, in genere cercano di capire se c'è una convenienza immediata e allora possono anche accettare delle alleanze, degli accordi momentanei, oppure se si tratta di qualcosa di troppo vago, di troppo fumoso. Non essendo persone con una coscienza politica particolarmente sviluppata lasciarono cadere immediatamente questo tipo di offerta».

Il professore nero, come lo chiama qualcuno, vorrebbe utilizzare quelli della Banda della Magliana come un gruppo di fuoco per alimentare la strategia della tensione, ma la politicizzazione della Magliana non riesce. L'accordo è piú pratico che politico, quelli della Magliana possono fare qualche favore al professore, possono passargli qualche stecca sui proventi delle rapine e dei traffici illeciti, e in cambio possono utilizzare i servizi del professore.

Perché non è un professore qualunque, il professor Aldo

Semerari. Il professor Semerari è un criminologo, uno psichiatra che fa perizie per il tribunale. Uno cosí può farti avere l'infermità mentale, può farti avere la «totale», come si dice in gergo, che ti fa uscire di galera e ti fa mandare in un manicomio criminale, da cui è piú facile avere le licenze e al limite scappare.

In questo il professor Semerari è un esperto, perché non lo fa soltanto per la Banda della Magliana, lo fa anche per la camorra, per la Nuova camorra organizzata di Raffaele Cutolo. Solo che non lo fa soltanto per loro, lo fa anche per i rivali di Cutolo, per la Nuova famiglia di Umberto Ammaturo.

È un doppio gioco che finisce male.

La telecamera si avvicina alla parte anteriore di un'automobile rossa dalla portiera aperta, gira attorno allo sportello e mentre lo fa vediamo che anche l'altra portiera, quella del guidatore, è spalancata. I sedili sono rivestiti da una stoffa a quadretti arancioni e bianchi. La ripresa continua a voltare attorno al finestrino e infine stringe il campo in basso, su una bacinella rossa posizionata ai piedi del sedile del passeggero, infilata sotto il cruscotto. Nel catino si intravede un liquido rosso scuro. La visuale si stringe fino al dettaglio inquietante della macchia densa.

Il 1° aprile 1982 il professor Semerari viene trovato in una strada del centro di Ottaviano, in provincia di Napoli. Il corpo chiuso nel baule e la testa in una bacinella, sul sedile davanti. Era soltanto questo, il professor Semerari, un nostalgico neofascista con brutte amicizie nella malavita, o c'è qualcosa di piú dietro?

Il professor Giuseppe De Lutiis, ex coordinatore consulenti, commissione parlamentare stragi.

Dice:«Semerari era anche esponente della P2. Però dobbiamo dire che il rapporto in quel periodo era triangolare, nel senso che il rapporto era con settori piduisti dei servizi segreti, che dominavano in quel periodo il Sismi soprattutto, uomini della P2 e la Banda della Magliana. C'è quindi un rapporto circolare tra strutture dello Stato, logge riservate e questa banda criminale».

Qualunque cosa sia, la Banda della Magliana non ha soltanto i rapporti con i vecchi neofascisti considerati vicini ai servizi segreti, i cosiddetti «tramoni», come li chiamano i giovani. Li ha anche con i giovani neofascisti dei Nar. I protagonisti dello spontaneismo armato come Cristiano e Valerio Fioravanti, Walter Sordi o Alessandro Alibrandi, che sembrano stare a metà tra criminalità comune e terrorismo.

Massimo Carminati, per esempio, un tipo serio e taciturno. Carminati è uno dei membri dei Nar, i Nuclei armati rivoluzionari di cui fanno parte anche Valerio Fioravanti e Francesca Mambro. Carminati frequenta un bar della zona di ponte Marconi in cui vanno anche il Negro e Crispino. I tre diventano molto amici, tanto che Giuseppucci e Abbatino, piú vecchi, piú esperti di cose criminali, lo considerano quasi il loro pupillo. Danilo Abbruciati ne dà un giudizio che detto da uno come lui è molto illuminante.

«È un bravo ragazzo», dice.

Nasce un rapporto di simpatia tra quelli della banda e i neofascisti dei Nar, che vedono nei malavitosi della Magliana qualcosa di simile a dei rivoluzionari, a ribelli antiborghesi, con uno stile di vita simile al loro, armi, moto di grossa cilindrata, esuberanza fisica, cocaina. Ma i rapporti tra la Banda della Magliana e i giovani neofascisti dei Nar sono soprattutto rapporti di affari. I neofascisti si finanziano con le rapine, ma i soldi sono sporchi, hanno spesso i numeri di

serie segnati, e non si possono spendere cosí. Bisogna rici-
clarli.

Crispino e Giuseppucci ricevono dai neofascisti i soldi
delle rapine, li investono nei prestiti a usura e li fanno frut-
tare. In cambio quelli dei Nar fanno dei favori a quelli della Magliana. Come recuperare i crediti dei prestiti.

I neofascisti del gruppo Carminati e i ragazzi della Banda della Magliana hanno anche un deposito di armi in comune.

*Su un tavolo bianco sono esposti vari oggetti. Vediamo una
serie di mitra, delle cartucce e diversi barattoli incellofanati. Sono confezioni di passata di pomodoro e fagioli in scatola aperte
e riempite di altro materiale. Ci sono dei guanti rosa di quelli
che si usano per lavare i piatti, dei cavetti di gomma, delle pallottole. La ripresa cambia e vediamo un altro tavolo oltre il quale si scorgono le gambe di una guardia. Sul ripiano ci sono dei
proiettili ammassati in un mucchio sul quale campeggia una granata. Tutt'attorno sono messi in evidenza mitra, pistole e silen-
ziatori. L'immagine stringe in dettaglio sulla granata.*

Mitra, fucili, pistole, proiettili ed esplosivi nascosti in un
posto strano: nei sotterranei del ministero della Sanità. In
quel ripostiglio ci sono alcune cartucce di una marca particolare, Jevelot si chiama, non facilmente reperibile sul mercato.

Attenzione, perché ci sono altri quattro proiettili dello
stesso tipo, che appartengono allo stesso lotto e hanno lo stesso grado di usura del punzone che marca la punta di quelli
trovati nel ministero della Sanità.

*In un filmato dell'epoca vediamo una fototessera che ritrae
Mino Pecorelli: ha la bocca stretta e gli occhiali dalla montatu-*

ra scura e spessa. L'uomo guarda diritto verso l'obiettivo e ha i capelli corti e ben pettinati. L'immagine cambia e leggiamo: OP. SETTIMANALE DI FATTI E NOTIZIE. La ripresa allarga il campo e scopriamo che si tratta del dettaglio della copertina di una rivista. Su di essa si sovrappone la figura di un'automobile verde dai vetri frantumati. Vicino alla vettura, sull'asfalto, sono segnati due cerchietti col gesso, e poco più in là c'è una larga macchia scura che si estende per almeno un metro.

Cambia di nuovo scena e vediamo una piccola macchia rossa sull'asfalto sotto l'auto. La portiera è aperta e si vede una testa riversa oltre il sedile. Il liquido proviene da lí ed è gocciolato anche sulla carrozzeria del predellino. La telecamera allarga la visuale e si vede un corpo riverso a faccia in giú sui sedili anteriori.

Con quei proiettili il 20 marzo 1979 viene ucciso il giornalista Mino Pecorelli, direttore di un'agenzia di stampa specializzata in rivelazioni e scandali politici. Un delitto per il quale verranno accusati il senatore a vita Giulio Andreotti, il magistrato Claudio Vitalone, i boss mafiosi Michelangelo La Barbera, Pippo Calò e Gaetano Badalamenti, e Massimo Carminati. Tutti assolti dalla corte di cassazione il 30 ottobre del 2003 per non aver commesso il fatto.

Ma questa è un'altra storia.

Non è l'unico mistero in cui resta coinvolta la Banda della Magliana. Per esempio c'è un uomo che si chiama Antonio Chichiarelli, detto Tony.

Tony Chichiarelli è un falsario. È un pittore che riproduce opere d'arte contemporanea, specializzato in falsi De Chirico. Tony Chichiarelli lavora per la Banda della Magliana, ma per loro non fa quadri, nessuno ce li vedrebbe Danilo Abbruciati o Nicolino Selis con un falso De Chirico in salotto.

Tony è bravo, sa falsificare di tutto, e per i ragazzi della

Magliana fa soprattutto certificati e documenti. Ora, il 18 aprile 1978, durante il sequestro Moro, viene ritrovato un comunicato delle Brigate rosse, il comunicato numero 7.

In un filmato in bianco e nero vediamo una macchina da scrivere battere un comunicato che mostra il simbolo delle Brigate rosse, la stella a cinque punte. Due mani reggono il volantino come se l'operatore stesse leggendo quello che c'è scritto.

Nella scena successiva si vedono dei carabinieri che si muovono con molta cautela su una superficie ghiacciata, infilando i ramponi in larghe aperture di acqua scura. Pungolano nell'acqua e nel ghiaccio come se cercassero qualcosa.

Il comunicato numero 7 annuncia che il corpo del presidente della Democrazia cristiana Aldo Moro si trova nel lago della Duchessa, in provincia di Rieti. È falso quel comunicato e lo ha fatto proprio Tony Chichiarelli. Perché lo ha fatto? Chi glielo ha chiesto?

Sarebbe bello saperlo. Ma a Tony Chichiarelli non lo si può piú chiedere. Il 28 settembre 1984, sono quasi le tre di notte quando Tony sta rientrando a casa con Cristina, la sua convivente. Non fanno in tempo ad aprire la porta che un uomo gli scarica addosso una .6,35.

E allora, cosa c'entra Tony Chichiarelli? Cosa c'entra il sequestro Moro con la Banda della Magliana?

C'è anche chi ha fatto notare come il covo delle Brigate rosse di via Montalcini, dove è stato tenuto Aldo Moro, si trovi proprio nella zona della Magliana, a poche decine di metri dalle abitazioni di alcuni boss della banda. Lo sapevano, i brigatisti, o si tratta di una coincidenza?

Sulle immagini scorre la scritta «Napoli, corte d'assise: parla il boss della Nuova camorra organizzata, Raffaele Cutolo».

L'uomo è dietro le sbarre in un'aula giudiziaria e parla con il cronista che lo sta intervistando. È leggermente accalorato e gesticola con il braccio sinistro, con la mano destra stringe una delle sbarre. «Uno dei capi della Banda della Magliana, un certo Nicolino Selis», Cutolo segna con un dito una distanza ipotetica tra due luoghi: qui è la Magliana, qui c'era via Montalcini. E prosegue: «Non volendo, aveva saputo Moro dove stava. Dice: Raffae', a te ti interessa salvare Moro? Ho detto: fammi domandare. Ho chiesto a un avvocato, ha domandato a Roma, non mi hanno voluto incontrare. Quando l'hanno saputo dei politici di fama nazionale hanno mandato a Enzo Casillo, un mio carissimo amico che è stato fedele fino alla morte. Questo Enzo Casillo, cosa strana, è morto col tesserino dei servizi segreti, vicino ai servizi segreti a Roma, e non diciamo solo i servizi segreti sempre deviati... servizi segreti! Diciamo sempre deviati, i servizi segreti italiani, comunque. Quindi, potevo salvare Moro non volendo, mi hanno mandato a dire: fatevi i fatti vostri. Stavano preoccupati che volevo salvare Moro. E allora devo fare un'amara riflessione...»

Ma anche questa è un'altra storia.

Restiamo ai fatti e torniamo alla Banda della Magliana, al Negro, a Crispino, al Camaleonte, a Renatino, a Nicolino, ai «bravi ragazzi» che sembrano usciti da un film di gangster. Volevano fare come i napoletani della Camorra o come i siciliani di Cosa nostra, volevano uscire dal quartiere e dominare la città. Ci sono riusciti, lo abbiamo visto.

Ma per farlo, e per continuare a farlo, ci vogliono buone amicizie e buoni contatti. Non si può fare come Cosa nostra senza l'appoggio e l'aiuto di Cosa nostra.

A fare da tramite tra la Mafia siciliana e la Banda della Magliana è Danilo Abbruciati. L'occasione del contatto è lo spaccio della droga, l'eroina che viene raffinata in Sicilia, arriva in continente e viene smerciata sulla piazza di Roma.

All'inizio i rapporti di Danilo Abbruciati sono con il boss dei boss, Stefano Bontate, che Danilo Abbruciati va a trovare di persona, a Palermo. Poi inizia la guerra tra le famiglie fedeli a Stefano Bontate e quelle fedeli ai Corleonesi di Totò Riina, vincono i Corleonesi, Stefano Bontate viene ammazzato ma le cose non cambiano. Gli affari sono affari e chi smercia la droga a Roma sono sempre quelli della Magliana.

Il professor Giuseppe De Lutiis, ex coordinatore consulenti, commissione parlamentare stragi.
Dice: «Il rapporto tra la Banda della Magliana e la Mafia passa soprattutto attraverso Pippo Calò, il cassiere della Mafia. Un uomo venuto dalla Sicilia dov'era super-ricercato, che però da quando vive a Roma tutti conoscono il suo recapito. Pippo Calò era certamente un uomo addentro a vicende finanziarie di alto livello ed è da presumere che quindi i rapporti con la Mafia fossero a livello finanziario».

Una «decina» è un gruppo di mafiosi in trasferta fuori dalla Sicilia. La decina di Roma è in mano a Giuseppe Calò, Pippo Calò, il cassiere della Mafia, ed è una decina molto importante, perché Roma è la capitale e Pippo Calò è come una specie di ambasciatore di Cosa nostra.

Pippo Calò, infatti, non spaccia soltanto droga. Il cassiere della Mafia ricicla i soldi, investe il denaro negli appalti immobiliari, lavora con la criminalità dei colletti bianchi, la malavita economica che non usa le pistole ma le finanziarie e le ditte off-shore. Danilo Abbruciati entra in questo giro.

Lui e Pippo Calò hanno un amico in comune, Domenico Balducci, detto Memmo.

Giancarlo De Cataldo, magistrato e scrittore.
Dice: «Balducci aveva un negozio in cui c'era il cartello SI
VENDONO SOLDI, *era un negozio a Campo de' Fiori, nel senso*
che, come da tradizione della malavita romana, faceva l'usuraio.
Era quello che a Roma si dice un cravattaro. Godeva di stima
universale di tutta la malavita romana. Non era un uomo della
Banda della Magliana, ma era un autorevole amico di tutti quel-
li che operavano nel settore dell'investimento del denaro».

Memmo Balducci è l'usuraio più noto di Campo de' Fiori. Il suo negozio di elettrodomestici è una specie di sportello bancario, dove si possono avere prestiti non solo sotto forma di soldi, ma anche di pellicce, tappeti, gioielli che vengono dal vicino banco dei pegni. Non è soltanto un usuraio, il
sor Memmo, è anche una specie di lavanderia che ripulisce
e ricicla i soldi. E li reinveste.

Ha un sacco di attività il sor Memmo, costruisce in Sardegna a Porto Rotondo, con Flavio Carboni ed Ernesto Dio-
tallevi, fonda società finanziate dal Banco ambrosiano di Roberto Calvi e viaggia avanti e indietro, il sor Memmo, con
gli aerei della Cai, la compagnia privata dei servizi segreti.
Intanto è anche latitante, perché lo cercano per reati finanziari. È a lui che Danilo Abbruciati affida la stecca sua e dei
Testaccini, che così diventano sempre più ricchi.
Memmo Balducci è molto amico di Calò, ma a un certo
punto, come a volte succede in questi rapporti, l'amicizia si
rompe. E quando si rompe l'amicizia con uno come Pippo
Calò, succede sempre qualcosa di brutto.
Il 17 ottobre 1981, sotto casa del sor Memmo ci sono
alcune persone. Lo hanno aspettato davanti alla sua villa,
all'Aventino, dove il sor Memmo se ne stava tranquilla-

mente pur essendo latitante, gli hanno sparato e poi sono
scappati arrampicandosi con una corda per superare il muro
di un parco.

Secondo Maurizio Abbatino, Crispino, a far uccidere Domenico Balducci sarebbe stato Danilo Abbruciati per fare
un favore a Pippo Calò, che aveva litigato col sor Memmo.
Per questo delitto la corte d'assise d'appello di Roma nel
1999 ha assolto Pippo Calò e tutti gli altri imputati dell'o-
micidio.

Ma per Crispino e gli altri membri della banda Abbruciati sta facendo affari con Cosa nostra senza metterne al corrente il resto della Banda. E questo non va bene. Anche perché nel frattempo è successo qualcosa.

Il 13 settembre 1980 hanno ammazzato il Negro.

Dicono che quando si sta per morire tutta la vita passi davanti agli occhi in un momento. Chissà che cosa passa davanti agli occhi di Franco Giuseppucci, detto il Negro: quando
era bambino a Trastevere, la moglie Patrizia, il primo arresto nel 1974, l'omicidio di Franchino er Criminale, il bambino di due anni... Franco Giuseppucci, detto il Negro, arriva al pronto soccorso dell'ospedale Nuovo Regina Margherita alle otto di sera. Alle otto e cinque è già in sala operatoria,
ma non ce la fa.

Gli hanno sparato a Trastevere, in piazza San Cosimato,
all'uscita di una sala da biliardo di un bar. Franco il Negro
entra in macchina e sta per accendere il motore quando arriva un ragazzo con un paio di occhiali scuri che gli spara un
colpo di pistola col silenziatore, attraverso il finestrino.

Franco Giuseppucci viene colpito a un fianco, riesce a
mettere in moto, parte e arriva in ospedale. E lí, sala operatoria, la vita davanti agli occhi e muore.

È un colpo per la banda. Non si può parlare di un vero e
proprio capo, per la Banda della Magliana, però sicuramen-

te fra tutti il membro piú carismatico, quello che dà consigli e tiene unito tutto il gruppo è proprio lui, Franco Giuseppucci detto il Negro, ammazzato a Trastevere con un colpo di pistola.

Ma chi è stato?

La storia della malavita romana, lo abbiamo visto, è una storia fatta di rivalità, di sgarri pagati con vendette sanguinose.

Otello Lupacchini, magistrato.

Dice: «Esistono delle sacche, possiamo dire, di resistenza a questa presa di potere criminale da parte della Banda della Magliana. Cioè, mentre vi era una serie di personaggi che, armi e bagagli, si spostano dall'organizzazione preesistente alla nuova organizzazione dominante, questo specialmente nel campo di chi gestisce le attività di riciclaggio e di reinvestimento dei capitali, dall'altra vi è qualcuno che resta fedele alla vecchia organizzazione in quanto si rende conto che nella nuova poco o nulla finirebbe per contare, ed è questo il caso dei Proietti».

C'è un'altra banda a Roma, che si muove attorno alla famiglia Proietti. Li chiamano i Pesciaroli, perché hanno fatto i primi affari con un banco del pesce al mercato rionale di Monteverde, poi sono passati alle scommesse clandestine e al gioco d'azzardo. I Pesciaroli sono sempre stati amici di Franchino il Criminale prima che la Banda della Magliana lo ammazzasse, e questa cosa non gli è mai andata giú. Sono una schiera di cugini e di fratelli, i Pesciaroli: Fernando il Pugile, Maurizio il Pescetto, Mario Palle d'oro, Enrico er Cane. Secondo la Banda della Magliana, a uccidere Franco Giuseppucci sarebbero stati er Pugile e Palle d'oro.

È una cosa che quelli della Magliana non possono lasciar correre.

Inizia la guerra. Inizia la strage dei Proietti.

Giancarlo De Cataldo, magistrato e scrittore.
Dice: «Dentro questa vendetta ci sono ovviamente le ragioni di prestigio criminale: sono una banda che ha affermato la sua egemonia su Roma e non posso sopportare che il mio capo venga ucciso senza correre ai ripari, altrimenti chiunque si sentirà autorizzato a intervenire contro di me. Però giocano anche degli elementi di autentica solidarietà criminale umana, cioè di amicizia, di affetto. Un po' una specie di parricidio per il gruppo questa morte di Giuseppucci».

Il primo atto di vendetta è un errore.
Quelli della Magliana sono appostati davanti a una villa in cui pensano che ci sia Enrico er Cane, quando vedono uscire una macchina con due persone a bordo. La bloccano e cominciano a sparare. Dalla macchina esce un uomo che riesce a scappare, mentre dentro c'è una donna che resta ferita. Non c'entrano niente, sono due fidanzati, lui è un avvocato e lei la sua ragazza.
Passa un mese e quelli della Magliana ci riprovano.
Sorprendono er Cane vicino a casa sua e gli sparano mentre sta facendo la spesa con sua moglie. Lui riesce a nascondersi tra due macchine, a terra, e si salva.
Lo sanno tutti che sono stati quelli della Magliana, c'era anche Maurizio Abbatino, ma nessuno dice niente. Mario Proietti detto Palle d'oro viene ferito in un altro attentato, ma interrogato dalla polizia dice di non conoscere «i motivi dell'insano gesto degli sconosciuti».
È fortunato Mario Proietti. Quelli della Magliana cercano di ucciderlo un'altra volta mentre si trova assieme a suo fratello Maurizio detto il Pescetto. Li sorprendono assieme alle mogli e ai figli mentre stanno entrando nell'androne di

un condominio in cui si sono rifugiati come in una specie di bunker, e si mettono tutti a sparare. Maurizio rimane ucciso, Mario invece se la cava anche questa volta.

È un film la storia della Banda della Magliana, un romanzo, e quello che succede dopo la sparatoria in quel palazzo di via di Donna Olimpia sembra uscito direttamente da un film di Quentin Tarantino. Quelli della Magliana sono Marcellone Colafigli e l'Accattone. Prendono in ostaggio Daniele, uno dei figli dei Proietti, perché nel frattempo è arrivata la polizia. Lo lasciano qualche piano più sopra, scappano e vanno a chiudersi in un appartamento. Da lí chiamano il bar in via Chiabrera in cui si trovano quelli della banda per avvertirli che sono nei guai. «Lo sappiamo già, – gli dicono quelli del bar, – vi stiamo vedendo alla televisione, al telegiornale».

Quando la polizia li arresta, fa fatica a sottrarli al linciaggio.

Il Pescetto ucciso, Palle d'oro ferito. Poi è la volta del Pugile, appena uscito di galera. Uno di quelli della Magliana lo vede mentre sta passando per viale Marconi e corre al bar ad avvertire gli altri, che saltano subito sulle moto e corrono sul posto. Edoardo Toscano, detto l'Operaietto, vede il Pugile, gli si avvicina e gli scarica addosso la sua .38.

Non scampano neppure gli amici dei Proietti, quelli che stanno vicino alla banda. Ce n'è uno che si chiama Orazio Benedetti, detto Orazietto, che sta nel giro delle scommesse clandestine. Orazietto è seduto su una poltroncina della sala corse di via Rubicone ad aspettare l'esito della scommessa, quando un tipo con un impermeabile gli si para davanti, lo guarda bene per riconoscerlo, poi fa qualche passo indietro e gli spara addosso.

«Non so proprio chi possa aver ucciso mio marito e non credo che avesse dei nemici», dirà la moglie alla polizia.

Nella strage resta coinvolto anche chi sembra non c'entrare niente con queste cose, come Daniele Caruso, uno spacciatore che aveva ucciso uno dei figli del Cane, per motivi suoi.

Otello Lupacchini, magistrato.
Dice: «Per esempio l'omicidio di Daniele Caruso che viene commesso dalla banda perché il Caruso, per ragioni che nulla hanno a che vedere con la vendetta che la banda ha in corso nei confronti dei Proietti, uccide un Proietti a Ostia proprio per ragioni legate al traffico degli stupefacenti. A questo punto la banda rischierebbe dall'azione insensata del Caruso di essere coinvolta in una vicenda, appunto questo omicidio, che non è stato dalla banda stessa organizzato, premeditato e realizzato ma è stato organizzato al di fuori di quelli che sono gli interessi della banda. Per cui il Caruso viene egli stesso ucciso».

Non è che la polizia se ne stia con le mani in mano in quegli anni. Se non riesce a reagire con immediatezza di fronte a questa nuova ondata di violenza è perché si trova di fronte a un'anomalia nella storia della mala romana, e ci sono fenomeni più impegnativi e comprensibili come il terrorismo.

E poi ci sono anche delle interferenze, delle deviazioni.

La polizia indaga, seguendo i metodi tradizionali. Pedina, intercetta, ascolta le soffiate dei confidenti. Quelli della Magliana entrano ed escono di galera, come hanno sempre fatto, ma non è facile incastrarli.

Sembrano i più forti e invece non è vero. Perché comincia a succedere qualcosa. Cominciano a esserci delle divergenze, dei contrasti.

Poi comincia a succedere anche qualcosa di peggio.

Quelli della Banda della Magliana iniziano ad ammazzarsi tra di loro.

Giancarlo De Cataldo, magistrato e scrittore.

Dice: «*Quando comincia ad arrivare quest'enorme flusso di capitali del traffico di eroina, i malavitosi, che sono stati sino alla morte di Giuseppucci, cioè al settembre del 1980, molto solidali e molto legati all'organizzazione, in qualche modo si ricordano di essere malavitosi, cioè cominciano anche a pensare ai propri interessi più che agli interessi del gruppo. Finché c'era da mettere sotto controllo la città sono stati veramente molto uniti, una volta finita la fase di accumulazione selvaggia del capitale, potremmo dire, hanno cominciato a dilaniarsi tra loro*».

I malavitosi si ricordano di essere malavitosi.

Hanno già cominciato a fare affari ognuno per conto proprio e tra di loro c'è chi è stato più bravo, come Renatino De Pediis e Danilo Abbruciati – i Testaccini insomma, che sono diventati enormemente ricchi – e chi lo è stato meno, come Nicolino Selis e Crispino, e invidia le fortune degli altri, li accusa di farsi soltanto gli affari loro. Forse, nonostante il tentativo di Giuseppucci, nonostante il tentativo di fare come Cosa nostra e la Camorra, la malavita romana resta quella di una volta, incapace di organizzarsi e insofferente a un capo unico, come Roma ai tempi di Giulio Cesare.

Dopo la morte del Negro, l'unico capace di tenerli tutti assieme, nessuno vuole riconoscere la supremazia dell'altro e chi ci prova se li trova tutti contro.

Il primo è Nicolino Selis.

Dopo la morte di Giuseppucci si è messo in testa di essere lui il capo della Banda della Magliana. Ma non ne ha né il carisma né la forza, ed è anche in carcere. Da lí pretende la stecca doppia: per ogni chilo di droga che arriva alla Magliana, lui ne vuole due per sé e per i suoi. È un «gargarozzone», come dicono loro, un ingordo, e questo non va bene.

Inoltre si sta anche rafforzando troppo perché si è alleato ai napoletani della Camorra e anche questo non va bene. Ci vuole un chiarimento.

La mattina del 3 febbraio 1981, Nicolino Selis è fuori dal carcere per un permesso di cinque giorni. Incontra gli altri della Banda della Magliana, si parlano e sembra che vada tutto bene. Nicolino va sempre in giro con suo cognato, Antonio Leccese, che gli fa da guardaspalle. Dopo l'incontro, Leccese va al commissariato a firmare, perché è un sorvegliato speciale. Quando ha finito, Leccese monta in macchina e a quel punto uno della Magliana si avvicina e gli spara due colpi. Leccese riesce a uscire dalla macchina, ma c'è Abbruciati, che lo finisce con la sua .357 magnum.

Intanto Nicolino Selis è andato in una villa ad Acilia assieme a Edoardo Toscano e Maurizio Abbatino. Nicolino e l'Operaietto entrano in casa. Abbatino dice di aver dimenticato qualcosa in macchina e torna indietro. Prende una pistola che aveva nascosto sotto il sedile. In casa c'è un'altra pistola, nascosta in una scatola di cioccolatini. Appena Abbatino arriva, tira fuori la pistola, la appoggia alla tempia di Nicolino e spara. Poi l'Operaietto tira fuori la pistola dalla scatola di cioccolatini e spara anche lui.

Il corpo di Nicolino sparisce, sepolto da qualche parte. Sua sorella lo va a cercare per ospedali e obitori, chiamata dalla questura tutte le volte che salta fuori un corpo simile a quello del fratello. Ma non è mai lui. Grazia Selis lo riconoscerebbe dai tatuaggi. Nicolino ha un tatuaggio sul braccio con su scritto «Ti voglio bene mamma».

Grazia va anche a cercarlo dai suoi amici, quelli che lo hanno ucciso, lei lo sa che sono stati loro, gli chiede dove sia finito il fratello. Ma loro le dicono che non l'hanno mai visto.

Le varie componenti della Banda della Magliana sembrano sempre di piú andare ognuna per conto proprio.

Il 27 aprile del 1982, per esempio, è un martedí e sono le otto di mattina. Roberto Rosone è vicepresidente del Banco ambrosiano, quello di Roberto Calvi, quello che è al centro di uno scandalo finanziario e politico di enormi proporzioni.

Roberto Rosone sta uscendo dall'agenzia della banca di via Odescalchi, a Milano. Si ferma per un attimo a parlare con la portinaia, poi si avvia verso la sua auto blindata, dove lo attende l'autista. In quel momento gli si avvicina un uomo con il volto coperto da una sciarpa e una pistola in mano. L'uomo spara un colpo a Rosone, ma la pistola si inceppa e allora, con rapidità e freddezza, riattiva la pistola e spara di nuovo, colpendo Rosone alle gambe. Ferisce anche l'autista che aveva cercato di difenderlo.

C'è un complice che lo sta aspettando su una moto, l'uomo con la sciarpa lo raggiunge, ci sale sopra e stanno per scappare, ma a quel punto interviene la guardia giurata che con tre colpi della sua .357 magnum strappa l'uomo con la sciarpa dalla moto e lo sbatte a terra uccidendolo sul colpo.

Una sparatoria nel pieno centro di Milano. Ma non è questa la cosa strana. La sorpresa, per la polizia e per gli altri, è proprio quell'uomo con la sciarpa. Perché non è semplicemente un ragazzo svelto con la pistola mandato a «gambizzare» un personaggio scomodo, e non è neanche un killer professionista.

È Danilo Abbruciati, il capo dei Testaccini, uno dei membri piú influenti della Banda della Magliana, che tra l'altro era uscito di prigione solo da pochi giorni.

Perché c'è andato proprio lui a ferire il vicepresidente del Banco ambrosiano? Allora ci sono davvero dei legami tra parte della Banda della Magliana e gli affari di Roberto Calvi che coinvolgono la P2, il Vaticano e la Mafia e che porteranno all'omicidio del finanziere trovato impiccato sotto il ponte dei Frati neri, a Londra?

È una domanda che si fanno in molti, allora, ma che rimane senza risposta. Se la fanno anche quelli della Banda della Magliana, perché sia dell'omicidio di Balducci che del ferimento di Rosone non ne sapevano niente.

Allora, davvero i Testaccini stanno andando per conto loro.

Giancarlo De Cataldo, magistrato e scrittore.
Dice: «Perché Abbruciati va a Milano a sparare a Rosoni?
Be', sicuramente Abbruciati aveva dei contatti, era un ragazzo
dalle molteplici attività e dalla svelta intelligenza, quindi aveva
contatti con esponenti dei servizi segreti, che vanno a trovarlo in
carcere pochi giorni prima che venga scarcerato e poi vada in mis-
sione a Milano, e poi l'omicidio Balducci precedente di qualche
mese aveva lanciato il sospetto che i Testaccini avessero interes-
si collaterali slegati da quelli della banda. La morte di Abbru-
ciati a Milano in un'azione della quale la gran parte della Ban-
da della Magliana non ha mai sentito parlare e non ha la piú pal-
lida idea, è la prova provata che esistono ormai due percorsi
distinti e che vanno allontanandosi sempre di piú. Uno è quel-
lo di una banda che ha guadagnato il controllo su Roma, gesti-
sce le proprie attività di traffico di stupefacenti sul territorio, rein-
veste i suoi utili, in parte per interessi personali e in parte per il
prosieguo dell'attività della banda e sta già pensando ad allon-
tanarsi dalle attività criminali in senso proprio, a passare poi ai
videogiochi e altro tipo di attività. L'altro, quello del gruppo di-
ciamo di Testaccio che ha evidentemente legami e collegamen-
ti che sfuggono alla logica di un gruppo malavitoso seppure for-
te, e che conducono in ben altre direzioni. E quello è un mo-
mento in cui la presa di coscienza di questa situazione, di fatto

sancisce la morte della Banda della Magliana come gruppo criminale».

Le cose non sono piú le stesse, nella Magliana.

C'è chi comincia a entrare in crisi e per paura di essere ammazzato decide di parlare. Uno cosí la malavita lo chiama «infame», la stampa lo chiama «pentito» e la legge, piú propriamente, lo chiama «collaboratore di giustizia».

Il primo «collaboratore di giustizia» della Banda della Magliana è Fulvio Luccioli, detto il Sorcio, uno dei controllori degli spacciatori. Il 15 ottobre 1983 il Sorcio parla. Continua per settimane, racconta di omicidi, di rapine, di traffici di droga, di racket... dà per la prima volta agli inquirenti un quadro di quello che è la Banda della Magliana.

Il Sorcio parla.

Fa almeno un centinaio di nomi.

Non succede molto dopo il pentimento del Sorcio. I processi non riescono a provare gli omicidi, molti degli imputati vengono assolti e comunque nel 1988 la prima sezione della corte di cassazione annulla tutto.

Per la cassazione quella della Magliana non è una vera e propria banda.

Giancarlo De Cataldo, magistrato e scrittore.
Dice: «Un'altra sentenza nella quale si nega che sia mai esistita una banda per il solo fatto che, a differenza che in Sicilia o in Calabria, non c'erano i giuramenti rituali, non si pungevano, non avevano una formula sacrale di riconoscimento e si riunivano in un bar. Be', ma certo, era una banda romana, non siamo a Corleone».

Il Sorcio è il primo pentito. Il secondo è Claudio Sicilia, detto il Vesuviano. È in galera anche lui, perché l'hanno sorpreso in un appartamento della Garbatella con armi e droga. Alle nove di sera del 16 ottobre 1986, davanti al magistrato, il Vesuviano parla. È uno dei pezzi grossi della banda e racconta gli affari che la banda ha su Roma, ma anche i rapporti che ha con la Camorra, il rapimento dell'assessore Ciro Cirillo e altri misteri italiani.

Il Vesuviano parla.

Partono novantuno ordini di cattura.

Ma il tribunale della libertà non ci crede e fa scarcerare almeno la metà degli imputati.

Il Vesuviano esce di galera per passare agli arresti domiciliari. La sera di lunedí 18 novembre 1991, attorno alle otto e mezzo, il Vesuviano esce dal negozio di un amico. È ancora sulla soglia, la mano sulla porta, quando un uomo gli spara quattro colpi di pistola, ammazzandolo sul colpo.

La Banda della Magliana è cambiata. Si ammazzano tra di loro e ognuno si fa gli affari propri, soprattutto i Testaccini. Se è cosí, sono rivali, sono concorrenti, sono un pericolo. Il capo dei Testaccini, adesso che Danilo Abbruciati è stato ammazzato, è Enrico De Pediis, detto Renatino.

Giancarlo De Cataldo, magistrato e scrittore.
Dice: «De Pediis ha traghettato da un lato gli investimenti degli enormi flussi di denaro che arrivavano a lui e al suo gruppo verso attività di riciclaggio, di reinvestimento, di acquisizione di beni immobiliari. Si creò un vero e proprio patrimonio immobiliare nella Banda della Magliana. E dall'altro lato verso un progressivo distacco dalle attività della strada, dalle sparatorie, dallo stesso traffico di droga e verso l'avvicinamento ad attività ancora una volta piú moderne, il gioco d'azzardo, le bische, i videopoker. Verso la fine della sua vita De Pediis era diventato un raffinato intenditore d'arte, un uomo elegante, rispettato e temuto».

Renatino è venuto a sapere che Edoardo Toscano l'Operaietto e Marcellone Colafigli ce l'hanno con lui. Vogliono ammazzarlo. Renatino gioca d'anticipo.

C'è un uomo che «regge» i soldi dell'Operaietto, glieli tiene finché lui è in carcere. L'Operaietto è uscito da poco e vuole recuperarli, sono cinquanta milioni. Renatino lo sa, perché si è messo d'accordo con l'uomo, cosí quando l'Operaietto è fermo sul marciapiede, il 16 marzo 1989, uno degli uomini di Renatino gli arriva alle spalle e gli spara tre colpi.

De Pediis è tranquillo, ha ammazzato l'Operaietto e Marcellone Colafigli è sparito. Ma a questo punto c'è un altro uomo che dà appuntamento a Renatino in un negozio per concludere un affare.

Sul filmato scorre una scritta bianca che dice: «1 marzo 1996 - Corte d'assise di Roma - Deposizione di Antonio Mancini sull'omicidio De Pediis». Siamo in un'aula giudiziaria e vediamo un avvocato che sfoglia dei documenti seduto al suo banco. La voce fuori campo è di un pentito che parla con accento fortemente romano. È interrogato dal giudice che qualche volta interviene.

L'uomo dice: «Angelotti era quello, ripeto, che doveva portare, come si suol dire nell'ambiente, a dama il De Pediis».

«Che cosa vuol dire a dama?»

«Che vor di'?»

«Sí».

«Venga a prende' il caffè da noi e poi...»

«E riuscí a portarlo a dama?»

«Eh sí, eh...»

L'avvocato che sfogliava gli incartamenti alza la testa e sembra sorridere.

Quel 2 febbraio 1990 è un venerdí, e Renatino De Pediis
è appena uscito dal negozio di gioielli di via del Pellegrino a
pochi passi da Campo de' Fiori, in cui quell'uomo gli ha dato un appuntamento. De Pediis monta sul motorino, mette
in moto, e un uomo gli spara addosso due colpi. Il motorino
procede a zig zag ancora per un centinaio di metri, ma non
lo guida nessuno, perché Renatino De Pediis è già morto.

Franco Giuseppucci, Nicolino Selis, Danilo Abbruciati,
Edoardo Toscano, Renatino De Pediis, i vecchi della Magliana si stanno decimando e nella maggior parte dei casi si
sono ammazzati tra di loro.

Però ne restano altri, e soprattutto resta lui, Maurizio Abbatino.

Crispino in questo momento è in galera. Lo ha fregato
una donna, senza volerlo. Roberta, la ragazza di buona famiglia che faceva la commessa in un negozio. La polizia ha
scoperto che Roberta è l'amante di Crispino, la segue e arriva a un residence sulla Laurentina. I poliziotti fanno saltare
la porta con un colpo di fucile a pompa, entrano nell'appartamento e arrestano Crispino.

In galera, nel carcere vero e proprio, Abbatino ci resta
poco. Grazie al solito sistema delle perizie mediche riesce a
farsi diagnosticare un tumore, finge di essere bloccato su una
sedia a rotelle e viene spedito in una clinica all'Eur.

Abbatino, però, è solo, gli amici della Banda della Magliana non gli passano piú la «stecca», e anche i processi stanno andando male. Crispino lo immagina che prima o poi potrebbe finire ammazzato anche lui in questa guerra, cosí prima del Natale del 1986 lega un lenzuolo alla finestra, si cala
di sotto e scappa dalla clinica. È tutto organizzato. Da lí va
in Svizzera e poi passa in Sud America, in Venezuela, a Caracas.

Lo cercano tutti, lo cercano gli amici della Magliana, per toglierlo di mezzo, e lo cerca la polizia.

Nicola Cavaliere, questore di Roma.
Dice:«Fu mandato a Caracas personale che conosceva fisicamente il personaggio, con molta pazienza frequentarono alcuni territori, alcune zone frequentate dalla malavita sudamericana fino a che individuarono l'Abbatino. Ci fu un paio di giorni di osservazione, e una mattina che sembrava che il latitante potesse andare via da questo residence dov'era stato localizzato, demmo il via all'operazione...»

Non è piú la stessa persona, Maurizio Abbatino. Non è piú quel giovane gangster che nel 1986 segue Franco Giuseppucci nella sua idea di fare a Roma quello che hanno fatto i napoletani della Camorra e i siciliani della Mafia, di creare il primo gruppo organizzato nella storia della malavita romana, di fondare la Banda della Magliana.

Quando lo arrestano il 25 gennaio del 1992, Maurizio Abbatino detto Crispino è un uomo in fuga che non ne può piú e non vede l'ora di uscire da tutta quella storia.

Nicola Cavaliere, questore di Roma.
Dice:«Ma lui ormai era in una fase di abbandono del territorio romano, quindi era, come dire, forse deluso da molti personaggi su cui lui aveva puntato. Molti suoi amici erano stati uccisi, quindi un programma criminale degli anni Ottanta era crollato e quindi lui, che si sentiva un leader, sicuramente, un capo, non avendo gregari importanti, decise proprio di abbandonare il territorio. Quindi credo che Abbatino avesse raggiunto il Sud America non tanto per nascondersi ma proprio per dare un taglio netto alla sua esistenza»:

Due anni prima gli hanno anche ammazzato il fratello Roberto. È uscito di casa verso mezzogiorno una domenica e poi non l'ha piú visto nessuno, finché l'hanno trovato nel Tevere, torturato e ucciso a colpi di coltello.

Crispino è a Caracas, in galera. A Roma, gli amici della Banda della Magliana sono preoccupati. E se si mette a parlare? Improvvisamente si dànno da fare per la famiglia di Crispino, raccolgono soldi, ricominciano a passargli la stecca.

Il 4 ottobre del 1992, Crispino viene espulso dal Venezuela. Due ispettori della squadra mobile di Roma lo prendono in consegna e lo caricano su un aereo per l'Italia.

Accerchiato da alcuni poliziotti e uomini in borghese c'è un uomo che indossa una camicia rosa su una maglietta bianca. Si nasconde il volto con il braccio sinistro sollevato sulla fronte. La telecamera cerca di rubare qualche immagine e intravediamo i capelli brizzolati dell'uomo e qualche volta i suoi lineamenti. Scattano dei flash. Un uomo in borghese alza un braccio per allontanare delle persone e vediamo che stringe in mano una ricetrasmittente. I poliziotti voltano davanti alla telecamera e coprono la visuale.

C'è un cambio di scena, ora siamo all'esterno di un edificio e l'uomo dai capelli brizzolati procede, accerchiato dagli agenti che lo scortano, verso la telecamera. L'uomo continua a coprirsi il viso, e sebbene l'obiettivo cerchi di avvicinarsi il piú possibile, riesce a far vedere solo la spalla dell'uomo e la sua nuca tra le divise blu degli agenti che si muovono attorno a lui per accompagnarlo fin dentro l'automobile. Una volta che l'uomo è dentro l'abitacolo, un poliziotto gli passa la borsa sportiva e si siede al suo fianco, mentre dall'altro lato dell'automobile sale una poliziotta.

All'arrivo all'aeroporto di Fiumicino, Danilo Abbruciati viene caricato su un'auto e portato in carcere, lontano da Roma, a Belluno.

Gli amici della Magliana sono preoccupati. Che fa Maurizio, parla? E i sentimenti di solidarietà verso la banda? I legami di amicizia? Tutte le cose che hanno fatto assieme?

Ma la Banda della Magliana non è piú la stessa, Crispino non è piú lo stesso. Lo dice anche ai magistrati: «Non è per un sentimento di vendetta nei confronti dei miei compagni... semplicemente sono caduti dei sentimenti che prima avevo».

Crispino parla. E dopo di lui parlano anche altri, come Fabiola Moretti o Antonio Mancini detto l'Accattone.

Raccontano la storia della Banda della Magliana.

L'ultimo processo alla Banda della Magliana si è tenuto il 6 ottobre del 2000. La corte d'assise d'appello di Roma ha confermato la maggior parte delle condanne che gli altri processi avevano inflitto a molti degli uomini della Banda della Magliana sopravvissuti. Alcuni, infatti, erano nel frattempo deceduti. Ha però completamente negato alla banda ogni carattere di associazione mafiosa.

E allora cos'è la Banda della Magliana? È un tentativo di creare anche a Roma un'associazione come la Camorra o Cosa nostra? È una specie di Mafia, la Banda della Magliana?

Otello Lupacchini, magistrato.
Dice: «Quello che ormai possiamo dare è un giudizio storico e non piú un giudizio giuridico, perché questo è stato dato nelle sedi opportune. Ma il discorso è questo: abbiamo una serie di omicidi i quali dimostrano questa esigenza di assumere la supremazia mettendo a tacere ogni voce di dissenso anche nell'ambiente criminale. Omicidio emblematico è quello di Angelo De Angelis, il quale, pur rappresentando un soggetto impor-

*tante per l'organizzazione, nel momento in cui si ha il sospetto
o la certezza, poco importa, che faccia la cresta sulla cocaina
che gli viene affidata, viene ucciso senza pietà perché in sostanza la banda non può permettersi questo tipo di tradimento, questo tradire la fiducia dei consociati. Ora, tutto questo, a mio avviso, è un modo per imporre violentemente il proprio potere e
quindi può essere ricondotto a un concetto di mafiosità che non
è necessariamente quello del Codice penale, quello dell'articolo 416 bis».*

Oppure no, non è niente di tutto questo. È criminalità
comune, anche se un po' speciale. Un gruppo di gangster tenuti assieme dall'intuizione e dal carisma di Franco Giuseppucci detto il Negro.

Nicola Cavaliere, questore di Roma.
*Dice: «Il gruppo che si verrà a individuare negli anni Ottan-
ta, in particolare '82-'83 fino all'85, la cosiddetta Banda della
Magliana, a mio modesto parere, non è mai stata una banda clas-
sica. Era un gruppo di gangster che agivano, ora in correità di criminalità siciliana ora napoletana. Praticamente erano un po' al
servizio dei vari modelli criminali anche stranieri. Era un'impresa dove facevano capo determinate persone che di volta in
volta decidevano l'affare da fare».*

Oppure no, non è neanche questo. È una holding criminale, una banda utilizzata e protetta da persone che stanno
molto in alto e che l'hanno usata per i loro scopi occulti, per
i depistaggi, per gli omicidi eccellenti, per la strategia della
tensione.

*Il professor Giuseppe De Lutiis, ex coordinatore consulenti,
commissione parlamentare stragi.*

Dice: «*Io penso che sia riduttivo considerarla solo un'agenzia del crimine. A mio avviso era una stanza di compensazione tra poteri occulti e poteri criminali che allora in Italia avevano molta forza: servizi segreti deviati, loggia P2, criminalità comune, Mafia, Camorra e anche ambienti finanziari interni e internazionali».*

Qui finisce la nostra storia di malavita. Una storia cosí ricca di colpi di scena, di grandi eventi e di personaggi incredibili da sembrare davvero un romanzo, un *Romanzo criminale*.

Questo però non è un romanzo, e non solo perché le cose sono accadute davvero.

Nei romanzi, soprattutto nei romanzi gialli, quando le storie finiscono, tutte le domande hanno piú o meno una risposta.

Qui no. Questo è un mistero italiano, e cosa sia veramente la Banda della Magliana e dove finiscano tutte le piste che lo attraversano, il nostro mistero, questo ancora non lo sappiamo.

La storia della Camorra

Questa è la storia di un problema.

Ma non un problema semplice, di quelli che si risolvono con qualche calcolo e una formula giusta. È un problema difficile, di quelli fatti di variabili impazzite, di vecchi conti che non tornano e che affondano le loro radici molto indietro nel tempo, e siccome questa non è una storia di matematica, ma è una storia criminale, questo problema non è fatto di numeri, ma di omicidi, di violenze e di terrore.

Questa è la storia di un problema antico e di una città bellissima che questo problema proprio non se lo merita.

Questa è la storia di Napoli e della Camorra.

C'è un uomo seduto che dà la schiena alla telecamera. Indossa una camicia chiara ed è ripreso in controluce, su uno sfondo rosso intenso. Non gli si vede il volto anche se mentre parla, ogni tanto, sposta leggermente la testa e si indovina che porta gli occhiali. In sovrimpressione appare la scritta: «Collaboratore di giustizia».

Dice: «Prima sono entrato così… per esempio, mi ha presentato un mio amico, poi dopo un po' di tempo sono diventato camorrista e ho iniziato a fare il reato per la Nuova camorra organizzata. In principio facevo rapina, estorsione, poi ho cominciato a fare gli omicidi».

Attenzione però, perché questa non è soltanto una storia di Camorra. È anche la storia di qualcos'altro.

C'è un prete, per esempio, che si chiama don Giuseppe, don Peppino per tutti. Don Peppino si è alzato presto, verso le sette di mattina, ed è andato al bar vicino alla chiesa, a Casal di Principe, dove lo aspettano i suoi amici, per festeggiare il suo onomastico.

Anche Silvia si è alzata presto. Silvia è una donna di trentanove anni e ha due bambini che devono andare a scuola. Alessandra ha dieci anni e fa la quinta elementare alla Quadrati, zona stadio Collana, al Vomero, non tanto lontano da casa. Francesco invece di anni ne ha cinque e va ancora all'asilo. C'è anche una festa, all'asilo di Francesco, si festeggia l'ultimo giorno di lezione, e Silvia si è preparata per portare qualcosa anche lei.

Giancarlo, invece, ha venticinque anni, e anche lui si è alzato presto per andare a lavorare. Fa il giornalista, o meglio, non lo è ancora, è un «abusivo», come si dice, un collaboratore non regolarmente assunto, che scrive i pezzi da Torre Annunziata per «Il Mattino di Napoli». È un giovane impegnato Giancarlo, ha fatto parte del movimento del '77 e adesso è vicino ai gruppi non violenti.

Si vedono un paio di foto in bianco e nero che ritraggono Giancarlo. In una di queste il giornalista ha disegnato sulla guancia il simbolo della pace. E sorride.

È un tipo allegro, Giancarlo, cordiale e tranquillo. E come giornalista è anche molto bravo.

Ecco, fermiamoci qui, lasciamoli tutti e tre la mattina presto di un giorno qualunque e torniamo alla nostra storia di Camorra.

Abbiamo detto che questa non è una storia di matematica ma una storia criminale. Quindi, per cominciare a raccontarla con una scena iniziale, come in un romanzo o in un film, non prenderemo un'aula universitaria gremita di professori, ma il salone sotterraneo di una villa, una tavernetta in una masseria, nella tenuta di Poggio Vallesana, a Marano, vicino a Napoli.

Siamo nell'estate del 1981 e in quella masseria ci sono almeno un centinaio di persone. Sono camorristi: da una parte quelli della Nuova camorra organizzata di Raffaele Cutolo, come suo fratello Pasquale, Vincenzo Casillo o Davide Sorrentino; dall'altra quelli della Nuova famiglia, i Bardellino, gli Alfieri, gli Zaza, i Maisto, i Gionta. E Lorenzo Nuvoletta, perché quella masseria è sua.

Ognuno, ogni boss, si è portato dietro quattro o cinque uomini, sono arrivati con le auto, hanno lasciato le mitragliette nei bauli, hanno tenuto le pistole, hanno messo alcuni uomini armati di fucile sul terrazzo che si allarga sul tetto della masseria e si sono incontrati lí, nella tavernetta.

E non sono soli, non ci sono soltanto i capi della Camorra in quella masseria a Vallesana. Poco lontano, in una casetta che si trova sulla stradina che dalla masseria porta al castagneto, ci sono anche i capi della Mafia siciliana, i Corleonesi di Cosa nostra, ci sono Totò Riina e Leoluca Bagarella.

Nel salone sotterraneo della masseria i boss delle principali famiglie della Camorra parlano. Parlano i Cutoliani, parlano i Casalesi, parlano tutti, e ogni tanto Lorenzo Nuvoletta esce e va a sentire che cosa ne pensano quelli della Mafia, Bagarella e Riina. Parlano tutti e cercano di mettersi d'accordo.

Perché in quei giorni, a Napoli, c'è la guerra.

Tra le famiglie legate alla Nuova camorra organizzata di Raffaele Cutolo e quelle della Nuova famiglia c'è una guerra che dura da qualche tempo e che a Napoli, per le vie, nei vicoli, nelle piazze, in campagna, ha già fatto settecento morti in meno di due anni. Settecento morti. È davvero il bilancio di una guerra.

In una foto in bianco e nero si vede un uomo steso a terra a faccia in giú, le braccia ripiegate sotto il corpo. Il piede destro è rimasto incastrato nell'abitacolo di un'auto chiara, la gamba sinistra è infilata sotto il telaio della macchina che ha la portiera aperta. All'altezza della testa si vede una macchia scura che si è allargata. Ritagliate nella luce, a ricoprire il corpo senza vita, ci sono le ombre scure di alcune persone. Come si allarga la visuale, si vedono un poliziotto che gesticola e un'altra persona dietro la portiera dell'auto.

In un'altra foto il corpo di un uomo ha le braccia alzate sulla testa e una gamba sollevata. Potrebbe sembrare per assurdo che stia sdraiato a prendere il sole, se non fosse che si trova steso sull'asfalto dietro un'automobile, e che la scena è ripresa di notte. Qualcuno che ha sotto il braccio destro un'agenda si sporge su di lui come a indicare qualcosa con l'altra mano libera. Lí vicino c'è un poliziotto che regge una torcia elettrica per illuminare la scena del delitto.

Seguono altre foto che ritraggono corpi nascosti da lenzuola macchiate di scuro, uno è steso vicino al bancone di un negozio, un altro è vicino a un'automobile.

Adesso le immagini diventano a colori e si vede un elicottero che sorvola Napoli e la sua baia. La telecamera stringe su un lenzuolo bianco buttato a coprire qualcosa, sopra una moto rovesciata a terra contro il retro di un'automobile. Tenuti a distanza da un nastro teso ci sono curiosi e fotografi.

In un'altra scena la telecamera sembra entrare nell'abitaco-

lo di un'auto che ha i vetri in frantumi per riprendere in dettaglio una grossa macchia scura che inzuppa lo schienale di un sedile. Si intravedono diversi fori neri che bucano l'imbottitura. Al di là di una Vespa, c'è un altro corpo a terra. E ancora dietro lo sportello aperto di un'auto, la telecamera si infila attraverso lo spazio lasciato vuoto dal finestrino distrutto per filmare un altro corpo. Oltrepassando uno sportello aperto con sopra scritto SERVIZIO GRATUITO, *la telecamera arriva a intrufolarsi fra le gambe di alcune persone per riprendere l'ennesimo corpo steso a terra. Stavolta indossa solo delle grosse mutande bianche e mostra la propria pelle chiara e carnosa ai curiosi, mentre il volto è schiacciato a terra in una macchia rossastra.*

E non finisce lí, ce ne saranno ancora di morti anche dopo, anche oggi, e fossero soltanto i morti il problema. Come è successo? Come siamo arrivati a questo punto?

Per cercare di capirlo, dobbiamo tornare indietro, dobbiamo cominciare dall'inizio.

Isaia Sales, sociologo.
Dice:«Pare che la parola Camorra derivi da capo della morra, cioè da un uomo che controllava il gioco della morra, che era un gioco di strada nel quale molti soggetti operavano. E dunque il capo della morra era colui che regolava il gioco e impediva che questo gioco degenerasse in violenza».

Qualunque sia l'origine del termine, la Camorra c'è da tanto, e a Napoli, in quegli anni, all'inizio del 1800, indica un certo tipo di persone, che fa un certe tipo di cose. Cose diverse. I criminali, i delinquenti, per esempio, ci sono sempre stati, in tutte le città, anche nella Napoli di quegli anni. Lí li chiamano guappi, che viene dalla parola *guapo*, che in spagnolo significa «coraggioso». Ma il guappo è soltanto un delinquente di quartiere, è isolato. È temuto e rispettato, ma è isolato.

Il camorrista invece è un'altra cosa. E lo fa vedere.

Isaia Sales, sociologo.

Dice: *«La Camorra ha questa caratteristica, quella di mostrarsi, quella di esibirsi, quella di non rinnegarsi. Mentre è difficile che un mafioso si dichiari mafioso, un camorrista si dichiara camorrista. Perché il camorrista aveva questo bisogno di farsi riconoscere? Perché essendo Napoli una città sovraffollata, se tu per strada facevi un'ingiuria o senza accorgertene avevi un rapporto con un camorrista di un certo tipo, lui per affermare il suo valore doveva ammazzarti, doveva ferirti e dunque se invece tu conoscevi il camorrista, lo riconoscevi, ti impedivi di averci rapporti e dunque impedivi a lui di usarti la violenza».*

Il camorrista si fa vedere. Lo dipingono anche nelle cartoline e nei quadri che raffigurano la Napoli di quegli anni, come un elemento del paesaggio.

È una stampa d'epoca. In campagna, tra rocce e alberi, si vede un uomo ficcare con slancio il coltello nel petto dell'avversario che non fa in tempo a estrarre la propria arma dal fodero. Il duellante colpito rovescia il capo all'indietro e nell'atto gli cade la bombetta dalla testa.

L'altra è una fotografia. Si vedono alcune persone che indossano panciotti e cappelli alla marinara o baschetti. Uno di loro fa per avventarsi furioso con il coltello sguainato verso il suo avversario mentre alcuni suoi compari cercano di trattenerlo stringendogli una spalla o circondandogli la vita con un braccio. L'uomo che riceve l'attacco rimane fermo a guardarlo con i suoi amici poco distanti che mostrano una certa sicurezza e spavalderia. Uno di loro mantiene aperta la giacca con le mani infila-

te nei taschini del panciotto, l'altro ha il cappello spostato in alto sulla fronte, mentre lo sfidato fa un gesto con la mano.

Vestito in modo appariscente, con calzoni larghi e una giacchetta corta, addirittura una fascia rossa in vita. Anelli, catene o oggetti d'oro addosso. Il cappello portato storto, il bastone che ruota, i tatuaggi, un gergo speciale, che pochi capiscono. Il camorrista ha anche un modo particolare di camminare, con le mani allacciate dietro la schiena e il pollice agganciato alla falda della giacca. Uomini come Michele Aitollo, detto Michele 'a nubiltà, col corpo coperto di tatuaggi di ispirazione sacra, o come Aniello Ausiello, detto il Virtuoso della zumpata, il duello a coltello tra camorristi, come Ciccillo Tagliarella, col volto sfregiato tre volte, o come Ciccio Cappuccio, che diceva di essere invulnerabile perché sotto la camicia portava una maglia di ferro per difendersi dalle coltellate.

Uno cosí lo si vede subito che è un camorrista. E cosa fa il camorrista nella Napoli di inizio Ottocento? Tante cose, ma una soprattutto, e lo dice lui stesso: «Trova l'oro dai pidocchi».

La Camorra riscuote la tangente dai «ricottari», gli sfruttatori della prostituzione, riscuote il «barattolo», la tangente sul gioco d'azzardo, riscuote lo «sbruffo», la tangente sulle attività commerciali, recupera i crediti a usura. I soldi vengono divisi in parti uguali dal «contaiuolo», una specie di ragioniere. Un po' di piú per i capi e un po' anche per quelli che sono finiti in carcere, «sotto chiave» si dice.

È potente la Camorra a Napoli, anche nell'Ottocento. Un'organizzazione cosí lo Stato può combatterla e cercare di annientarla.

Oppure, se serve, può tenersela.

Dove sono don Peppino, Silvia e Giancarlo? Non dimenti-chiamoceli, non perdiamoli di vista. Andiamo a riprenderli da dove li abbiamo lasciati.

Don Peppino è al bar, assieme agli amici, a festeggiare l'onomastico con una colazione abbondante, caffè e brioche alla crema. Ne ha tanti di amici, don Peppino. È un prete speciale, molto impegnato, molto presente, molto attivo, soprattutto nel movimento anticamorra.

E Silvia? Silvia è a far la spesa. Ha accompagnato i bambini a scuola, ha sbrigato una serie di faccende, è tornata a casa e poi, attorno alle undici e mezzo, è andata a prendere Alessandra e l'ha lasciata a casa di una vicina.

Giancarlo, invece, è al giornale. Non sarà ancora un giornalista con un contratto e una scrivania fissa, ma è bravo e le sue corrispondenze da Torre Annunziata raccontano sempre qualcosa di nuovo. E dietro quegli articoli si sente la passione di chi vorrebbe che certe cose non succedessero. Un giovane cronista che concepisce il mestiere del giornalista come il mestiere della verità. Scoprire, controllare, raccontare. È al giornale, Giancarlo. Siede alla scrivania che occupa da abusivo, ed è preoccupato. Molto preoccupato. Giancarlo chiama qualcuno. Chiama un suo amico, il direttore del bollettino «Osservatorio sulla Camorra».

Alt, torniamo a noi.

Torniamo alla nostra storia della Camorra.

Nell'immediato dopoguerra Napoli è una città di piú di un milione di abitanti che sembra essere tornata al tempo del regno dei Borboni.

Sono riprese d'epoca, in bianco e nero. Sono gli americani che sbarcano in Italia durante la Seconda guerra mondiale. La cine-

presa ha degli sbalzi e si sposta veloce strisciando le immagini, e ci sono alcuni soldati pronti a scendere dall'imbarcazione, dei cannoni che sparano, altri soldati già con l'acqua alle ginocchia mentre cercano di procedere tra le onde tremolanti del mare. La cinepresa sussulta convulsamente e l'imbarcazione tocca terra. I soldati saltano sulla spiaggia mentre si vedono colpi di cannone far saltare in aria sbuffi d'acqua dal mare.

Le centinaia di bombardamenti che la città ha subito durante la guerra hanno distrutto tutto, tutte le fabbriche, tutte le attività produttive. La gente sta di nuovo per le strade, nelle rovine dei palazzi monumentali, e per vivere fa il contrabbando, la borsa nera, traffica in generi alimentari, medicinali, indumenti venduti sottobanco.

Ci sono dei ragazzi e una signora che posano davanti alla cinepresa, sorridendo. Mostrano all'operatore dei piccoli meloni e dei foglietti di carta che sembrano denaro. Sono vestiti in maniera trasandata, la signora ha un anello al dito e la cintura di un ragazzo è fatta con un semplice laccio nero stretto con un nodo. Tra loro c'è anche un soldato americano con l'elmetto slacciato sulla testa.

Un soldato è seduto su un marciapiede con atteggiamento rilassato e il fucile tenuto in piedi tra le gambe. Un paio di bambine vicino a lui parlottano tra loro. Una mangia qualcosa mentre l'altra cerca di attirare la sua attenzione strattonandole un braccio.

Si vede un bambino che con una spazzola sta lustrando una scarpa al piede di qualcuno. Altri due monelli lottano vicino a una scalinata e cadono per terra. La cinepresa si sposta e ci mostra un gruppetto di bambini seduti sui gradini. Uno di loro ha in testa un cappello da marinaio e un mozzicone di sigaretta in bocca. C'è una discussione animata e si strattonano. Un paio di loro litiga con dei soldi in mano mentre il bambino con la cicca in bocca fa il gesto di voler dare un manrovescio a un altro.

A Napoli ci sono gli alleati, c'è il responsabile del governo militare Charles Poletti, ci sono le navi americane che arrivano cariche di roba, che spesso sparisce per riapparire poi nei mercati di Forcella o della Duchesca. Alcuni si arricchiscono molto, gli altri sbarcano appena il lunario e le autorità lasciano fare perché almeno cosí la gente mangia. I «mille mestieri di Napoli», li chiamano. «Se non c'era il contrabbando, – dice il ritornello di una famosa canzone, *Tammurriata nera*, – io già stavo al camposanto».

Vincenzo Scotti, ex ministro degli Interni.
Dice:«Si parte dalla tolleranza, il temperamento napoletano è un temperamento tollerante e quindi tollerante della piccola infrazione, della piccola violazione della regola e piano piano si cresce con una giustificazione collettiva dei comportamenti reciproci e con una assoluzione totale della storia. Questo è un po' il carattere della città che spiega molti fenomeni sia chiamati legali sia illegali».

Finita la guerra, finito il razionamento, tornata la vita normale, nel resto dell'Italia il contrabbando sparisce. A Napoli invece rimane, legato a un settore molto particolare: quello delle sigarette.

A Napoli c'è Lucky Luciano, uno dei boss piú importanti della Mafia italoamericana. Luciano dovrebbe essere negli Stati Uniti, nel carcere di Dannemora, e invece il servizio segreto americano l'ha liberato in premio dell'appoggio di Cosa nostra allo sbarco degli alleati in Sicilia. Nel 1947 Lucky Luciano è a Napoli ed è uno dei primi a capire l'importanza della città nel contrabbando. Posizione strategica, manovalanza pronta a tutto e tolleranza delle autorità. Cosa c'è di meglio?

A vivere come Sophia Loren in *Ieri, oggi e domani* di Vittorio De Sica, seduta su una seggiolina dietro il banchetto con le sigarette di contrabbando da far sparire quando arriva la polizia, sono piú di centomila persone.

Le immagini ci mostrano diverse retate della polizia nei confronti di venditori abusivi di sigarette. All'angolo di una strada, mentre alcune persone camminano senza interessarsi della cosa, un paio di guardie afferrano delle stecche di sigarette da un tavolino di legno, di quelli ripiegabili.

Alcune inquadrature riprendono un mercato ortofrutticolo. Un venditore sta mettendo dell'uva su una bilancia a stadera, di quelle con il piatto retto da tre catenelle e la barra per far scorrere il contrappeso, mentre una signora lo guarda. Una carrellata veloce riprende alcuni sacchi di cibo e delle cassette. Leggiamo SEMOLINO BUITONI *su un cartellino dentro un sacco aperto, e la ripresa si ferma a inquadrare un cartello con scritto* VENDO E COMPRO ZUCCHERO. *Arriva una jeep con tre carabinieri a bordo, la vettura ha scritto sotto il parabrezza* I REPARTO CELERE. *La jeep si ferma e i carabinieri saltano fuori per correre verso delle bancarelle.*

Sophia Loren, l'Adelina del film che tutte le volte che viene denunciata dalla guardia di finanza si fa mettere incinta per evitare il carcere con la maternità, è un personaggio molto pittoresco e molto umano. Dietro il contrabbando però, dietro le donne che vendono le sigarette nei vicoli, ci sono altri personaggi, molto diversi. Come i fratelli Giuliano, i boss del quartiere Forcella, come Antonio Spavone, detto 'o Malommo, o come Michele Zaza, l'ammiraglio della picco-

la flotta di scafi blu che dalle navi ferme al largo portano le
sigarette alla costa. Sono camorristi.

*Una signora guarda verso la cinepresa. È seduta a un tavoli-
no coperto da una tovaglietta, di fianco c'è una specie di espositore in legno, arrangiato con una tavoletta leggermente sollevata verso i clienti. Su questo espositore improvvisato ci sono
delle stecche di sigarette, si legge* MERIT, KIM. *Dietro il tavolino
prosegue il mercato, con una colonnina che espone occhiali da
sole. Da dietro la colonnina si sporge un uomo per guardare con
atteggiamento severo verso la cinepresa. Dal dettaglio di un ac-
cendino posato su un pacchetto stropicciato di Marlboro, la cinepresa allarga la visuale e inquadra un angolo di tavolo infi-
landosi tra le braccia di uomini che giocano a carte. Sul ripiano
ci sono delle fiches e delle carte napoletane che uno di loro sta
distribuendo agli altri. Nel cambio di inquadratura vediamo altri quattro giocatori in maglietta e canottiera che stanno giocando a carte su un banchetto di scuola. La telecamera ci mostra
subito dopo, allargando il campo, che i giocatori sono in strada
davanti alla porta aperta di una casa e sono appartati dietro delle cassette e delle scatole accatastate, il tutto alle spalle della ban-
carella di un mercato rionale sopra la quale posano molti barat-
tolini e flaconi vari. Su un barattolo si legge* LIPTON. *Mentre la
cinepresa amplia la visuale, il giocatore in canottiera guarda verso l'operatore e dice qualcosa, un ragazzo che gioca affianco a
lui si sporge per guardare verso l'obiettivo.*

Non si occupano soltanto di sigarette, i camorristi. A Napoli, in corso Novara, negli anni Cinquanta non c'è neanche
un negozio di fruttivendolo, eppure da lí passa almeno un
terzo dell'esportazione italiana di frutta e di agrumi, per un
giro di quasi trenta miliardi di lire. È una specie di borsa del
mercato ortofrutticolo, corso Novara, dove i prezzi non li

fanno le quotazioni di mercato ma il «presidente dei prezzi». Il presidente dei prezzi è un camorrista che decide quanto devono costare le patate e i pomodori e intasca una commissione sulle transazioni. Se c'è qualcosa che non va, uccide. Non piú soltanto con la «zumpata», il colpo di coltello
nei duelli, ma adesso anche con la pistola e il mitra.

Assunta Maresca è una ragazza di diciassette anni e la chiamano Pupetta, anche se con rispetto, perché la sua famiglia
è legata alla criminalità di Castellammare di Stabbia. È molto bella Pupetta, e ha sposato un uomo importante, Pasquale Simonetti, detto Pascalone 'e Nola.

È un uomo di rispetto, Pascalone, perché a metà degli anni Cinquanta è il «presidente dei prezzi» di corso Novara.
Sembra un camorrista di una volta, che distribuisce denaro
e obbliga i ragazzi ai matrimoni riparatori. E che mostra il
suo potere, come quando, un giorno all'ippodromo di Agna-
no, prende a schiaffi nientemeno che Lucky Luciano.

Ma in corso Novara c'è anche Antonio Esposito, detto
Totonno 'e Pomigliano, e anche lui vuole essere il presidente dei prezzi. È un tipo diverso Totonno 'e Pomigliano, sembra piú un mafioso che un camorrista, è riservato, una specie
di manager del crimine, e ha anche molti amici tra i politici.

Un giorno di luglio del 1955, Gaetano Orlando, un camorrista vicino a Totonno 'e Pomigliano, affronta Pascalone 'e Nola. Gaetano Orlando ha una pistola, spara a Pascalone e lo uccide.

Lui e Pupetta si erano sposati ottanta giorni prima. E lei
era incinta di un figlio. Il 4 ottobre, sempre in corso Novara, Pupetta affronta Totonno 'e Pomigliano e gli spara addosso, uccidendolo. Finisce in carcere per omicidio e ci resta quattordici anni. Ricordiamocela, Pupetta Maresca, è importante. A differenza delle donne di Mafia, le donne della
Camorra sono importanti nella storia dell'organizzazione.

Sigarette, il mercato ortofrutticolo, tangenti su tutte le attività lecite e illecite della città. C'è altro?

Vincenzo Scotti, ex ministro degli Interni.
Dice: «Il contrabbando passa da un'organizzazione molto capillare, diffusa, autonoma, indipendente, a una organizzazione centralizzata nelle mani della Camorra che utilizza poi una rete sul territorio, e che nasce dal raccordo tra la Camorra tradizionale napoletana e la Mafia siciliana e le mafie internazionali».

Sono le sette e mezzo. Don Peppino ha finito di fare colazione con gli amici e sta andando anche lui al lavoro, cioè sta andando in chiesa per la messa del mattino. Sulla porta il sagrestano lo saluta, e quando entra don Peppino vede che in chiesa ci sono già alcune donne del paese e alcune suore. Don Peppino si veste in fretta, indossa i paramenti sacri, pronto per la messa delle sette e mezzo.

Silvia, invece, è uscita per andare a prendere Francesco all'asilo. È vicinissimo a casa, l'asilo di Francesco, in via Salita Arenella, proprio in cima alla scaletta che dà su piazza dell'Immacolata. Francesco è uscito di corsa, come fanno i bambini quando escono da scuola, soprattutto se è l'ultimo giorno, e Silvia lo ha preso per mano. Lei da una parte e lui da quell'altra, col suo zainetto giallo sulle spalle.

E Giancarlo? Giancarlo è al giornale e ha parlato al telefono con l'amico dell'«Osservatorio sulla Camorra». Gli ha detto che lí, al telefono, al giornale, non può parlare, e gli ha chiesto un appuntamento per la mattina dopo. È preoccupato Giancarlo, l'amico lo sente, al telefono.

Ma torniamo indietro, torniamo alla nostra storia della Camorra.

Dove passano le sigarette passa la droga, lo aveva capito anche Lucky Luciano, e all'occorrenza passano le armi. La droga arriva a Napoli, un po' si ferma in città, il resto parte e prosegue per i mercati italiani e quelli dell'Europa e finisce poi negli Stati Uniti, soprattutto dopo che Palermo è diventata una città scomoda a causa delle attenzioni di investigatori e magistrati.

Con la droga arrivano a Napoli anche le grandi organizzazioni che si occupano dell'affare degli stupefacenti, come il clan dei Marsigliesi, cacciato dalla Costa Azzurra dall'attività della polizia francese, e soprattutto i siciliani di Cosa nostra. Alcuni ce li spedisce proprio lo Stato, che incredibilmente manda in soggiorno obbligato in Campania e a volte proprio a Napoli boss del calibro di Stefano Bontate. Altri, invece, ci vengono da soli, da latitanti, come Luciano Leggio dei Corleonesi o Michele Greco, il papa della Mafia.

La Camorra napoletana non è così potente da contrastare queste organizzazioni, e così si limita a lavorare per l'una o per l'altra, fornendo corrieri o killer. Poi il clan dei Marsigliesi scompare presto dalla circolazione e allora molti camorristi si legano alla Mafia siciliana. Boss come Alfredo Maisto, Lorenzo Nuvoletta o Michele Zaza. Alcuni di questi diventano veri e propri uomini d'onore di Cosa nostra.

È a questo punto che succede qualcosa.

Arriva Raffaele Cutolo.

La ripresa è a colori e in sovrimpressione c'è la scritta «Ottaviano 1981», che ci informa che siamo nel paese natale di Raffaele Cutolo.

Giò Marrazzo, un grande del giornalismo televisivo, porge il microfono a vari abitanti del luogo. Gli intervistati sono tutti uomini. Il primo a parlare indossa una maglia color pesca e ha

gli occhiali da sole infilati nello scollo a V. Dice:«Raffaele Cu-
tolo è un uomo sincero». Un uomo stempiato e con la maglia a
righe conferma:«È sempre stata una persona che ha aiutato tut-
ti quanti, tutti quanti, non solo di Ottaviano ma bensí di tutta
la Campania». Ora il giornalista si è spostato verso un gruppo di
persone e passa il microfono un po' a tutte. Tra loro c'è un si-
gnore con grandi occhiali da sole dalla montatura bianca che sta
fumando una sigaretta e guarda con interesse il giornalista. Il mi-
crofono passa a un uomo che dice:«È come il nostro santo pro-
tettore, siamo nati con lui e moriremo con lui». E a seguire un
altro dice:«Raffaele Cutolo è prepotente con i prepotenti, con
quelli che fanno del male». Ora il microfono tocca al signore
che sta fumando, che dice serio:«Io spero che non cadrei mala-
to, perché se io potrei cadere malato e mi occorresse il sangue io
me lo faceressi da' da lui perché è un sangue nobile e degno di
essere amato».

Agli inizi degli anni Settanta Raffaele Cutolo ha trent'anni. È già stato in galera, nel '63 ha sparato a un altro ragazzo di Ottaviano perché durante un litigio aveva fatto dei
commenti su sua sorella Rosetta. Lo ha ucciso, ha preso ventiquattro anni in appello, è ricorso in cassazione ed è uscito
per decorrenza dei termini, in attesa del processo.

Giò Marrazzo è a casa di Rosetta Cutolo, sorella di Raffae-
le. Ha i capelli neri striati di bianco e li ha legati dietro la testa.
Indossa un semplice vestito blu a fiori bianchi e colletto largo.
Marrazzo è seduto alla tavola e porge il microfono alla donna.
In un angolo una signora dai capelli bianchi guarda curiosa. È
seduta su una sedia bassa. La sorella di Raffaele Cutolo dice:
«Era nu bravo guaglione perché è stato sempre nu bravo ragaz-
zo, ha sempre lavorato mio fratello, poi è capitata 'sta disgrazia
quando aveva diciannove anni, l'hanno mis' arinte e gli hanno

dato l'ergastolo e dodici anni, da quel poco di ergastolo, e cosa
ha cominciato a... poi 'i dette 'a scadenza, è uscito co' 'a sca-
denza, co' chilla scadenza si è sparato coi carabinieri e...»

Raffaele Cutolo è un piccolo boss della Camorra, che si
occupa di sigarette e di droga, soprattutto cocaina. E ha un'i-
dea.

Lo chiamano il Professore, Raffaele Cutolo, perché porta gli occhiali. Bene, l'idea del Professore è quella di riunire
le famiglie della Camorra napoletana per farne un'organizzazione in grado di contrastare i siciliani. Una nuova Camorra, una Nuova camorra organizzata, cosí la chiama, con un
capo, lui naturalmente, un rituale di iniziazione e un giuramento segreto, un po' come la vecchia Camorra dell'inizio
dell'Ottocento.

È il 1970. La cassazione conferma la condanna per l'omicidio del ragazzo e Raffaele Cutolo si dà alla latitanza. Resta libero per un anno, nel 1971 viene arrestato dopo un conflitto a fuoco con i carabinieri, a Palma Campania, e viene
spedito a Poggioreale.

Fine? No. Il Professore ha un'altra idea.

È lí, nel carcere, che il Professore recluta la maggior parte dei suoi uomini, costruendo una specie di esercito che arriva presto a cinquemila soldati, una specie di partito dei
giovani violenti, in cui qualunque criminale che riesca a entrare non si sente piú uno sbandato, un rifiuto della società,
ma il membro di un'organizzazione in cui può fare rapida-
mente carriera. Una specie di industria del crimine ideolo-
gizzato. L'unico modo per contare qualcosa e diventare
qualcuno.

È lí, in carcere, che Cutolo arruola il suo esercito ed è lí
che detta le regole della sua Nuova camorra organizzata.

C'è quell'uomo seduto che dà la schiena alla telecamera. Indossa una camicia chiara ed è ripreso in controluce, su uno sfondo rosso intenso. Non gli si vede il volto anche se mentre parla, ogni tanto, sposta leggermente la testa e si indovina che porta gli occhiali. In sovrimpressione appare la scritta: «Collaboratore di giustizia».

Dice: «Qualsiasi lavoro, lavoro qui dentro o di attività criminale, o rapina o estorsione, dove c'era il guadagno dei soldi, dovevano andare una parte a Raffaele Cutolo. Se io facevo una rapina di cento milioni, eravamo cinque persone, una parte la toglievamo per i carcerati e una parte la dovevamo dare a Raffaele Cutolo. E Raffaele Cutolo impose allora, anche se noi tutti capozona non facevamo nessun lavoro, lavoro intendo attività criminale, ci dovevano dare cinquecentomila lire al mese».

Raffaele Cutolo si inventa un rituale iniziatico. Ogni nuovo camorrista che vuole entrare nella sua organizzazione deve giurare secondo una formula che lui stesso si è inventato: «Omertà bella come mi insegnaste, a circolo formato mi portaste, pieno di rose e fiori mi copriste». Deve farlo davanti a un tavolo attorno al quale siedono camorristi in numero dispari, in un locale battezzato con «ferro, catene, camicie di forza, fiori e rose», e poi deve succhiare una goccia di sangue dal polso di un altro camorrista. Un vero e proprio rituale iniziatico.

La Nuova camorra organizzata ha i suoi gradi, capizona, sgarristi, santisti, fuochisti, picciotti, un po' come la vecchia Camorra dell'Ottocento. Il capo assoluto è lui, Raffaele Cutolo, detto il Professore, ma anche Vangelo, Sommo, San Francesco, Principe, Monaco.

Quell'uomo seduto che dà la schiena alla telecamera. Non gli si vede il volto. In sovrimpressione appare la scritta: «Collaboratore di giustizia».

Dice: «Quando sono entrato nel carcere io mi sono messo già assieme a dei Cutoliani e vedevo che queste persone, ma anche ragazzi che ritenevo persone intelligenti, persone in gamba, no?, parlavano, non dicevano nemmeno Raffaele Cutolo, dicevano il Professore. Un giorno io ho detto Raffaele Cutolo... Dice, no... un mio amico, no? Quel mio amico mi ha detto: per cortesia, Mario, non dire Cutolo, chiamalo Professore. E ho visto che lui me l'ha detto con gentilezza, ma ho visto in quella gentilezza una presa di posizione, una autorità».

Come la vecchia Camorra dell'Ottocento, anche questa organizzazione si assume il compito di mantenere le famiglie dei camorristi finiti in carcere, di pagargli gli avvocati, di più, di far studiare i figli più promettenti delle famiglie camorriste, magari proprio per farli diventare avvocati.

Giò Marrazzo intervista Rosetta Cutolo: «Lei mi diceva pure che arrivavano spontaneamente soldi da distribuire ai carcerati?»

La sorella di Raffaele Cutolo: «No, questa cosa accà', diciamo, non è un incarico mio, è una cosa che mio fratello giustamente si rivolge... ci stanno gli amici di mio fratello, tennene nu cantiere, 'na cosa, a fine mese, tengono una cosa che ci stanno indicati... ognuno di loro adda pensa' ai carcerati, loro che tengono; questo...»

«Carcerati di Ottaviano...»

«Ottaviano, Castellammare, ognuno, mio fratello ha detto: ognuno pensate ai carcerati vostri. Quelli tenghene nu cantiere,

tengheno nu magazzino, qualsiasi cosa, però non vi scordate che ognun' 'e voi tene i carcerati, adda' pensa' ai carcerati».

Raffaele Cutolo è dietro le sbarre di un'aula giudiziaria. È giovane e sembra allegro, dice: «Ma sono uno che combatte contro le ingiustizie. Io e tutti gli amici miei».

Il giornalista Marrazzo incalza: «Un Robin Hood, diciamo».

Cutolo tossisce un attimo, poi sorride e aggiunge: «Diciamo...»

In carcere il Professore scrive poesie. Ne dedicherà una a uno dei suoi uomini, e non importa se l'ha scritta Ferdinando Russo, un poeta napoletano della fine dell'Ottocento, lui la dedica a Pasquale Barra, detto 'o Animale, che nell'agosto del 1981, nel carcere di Bad'e Carros, ucciderà Francis Turatello, boss della mala milanese, con quaranta coltellate, e dopo averlo ucciso ne prenderà a morsi le viscere.

La telecamera è dietro il giornalista Marrazzo, di cui si vedono gli occhiali, e riprende Cutolo dietro le sbarre, con due carabinieri alle spalle. Cutolo dice: «Pasquale Barra è amico mio da piccolo, siamo compari, è amico mio da sempre... comunque, è sfortunato, comunque. Però chi va sulla sua strada lo trova...»

Marrazzo incalza: «Come killer? Come lo trova?»

A questo punto Cutolo si risente un po' della provocazione e si mette a parlare veloce ma sempre sorridendo: «Queste parole io non le capisco, queste... killer... lo trova, che vuoi che fa...»

La famiglia Cutolo compra anche un castello. Un grande palazzo a Ottaviano di trecentocinquanta stanze, per una spesa di parecchi miliardi.

Il castello di Cutolo a Ottaviano diventa il quartiere generale della Nuova camorra organizzata. È da lí che vengono coordinate le attività ed è lí che i nuovi camorristi cutoliani pronunciano il giuramento di iniziazione.

Raffaele Cutolo dirige la Nuova camorra organizzata prima dal carcere di Poggioreale, poi da quello di Ascoli Piceno, dove la situazione non cambia rispetto alla precedente sistemazione. I Cutoliani hanno una propria ala e nella cella del Professore c'è la moquette e un Sironi alla parete. A rappresentare Raffaele Cutolo fuori dal carcere sono i suoi due luogotenenti, Corrado Iacolare ed Enzo Casillo, detto 'o Nirone.

E sua sorella Rosetta.

Siamo di nuovo a casa Cutolo. La ripresa ci fa vedere meglio la stanza in cui si svolge l'intervista. Sul tavolo c'è un panno verde con sopra delle fiches e un posacenere scuro, evidentemente si stava giocando a carte. C'è anche un bambino seduto al tavolo e si vede la mano di un adulto appoggiata sulla sua spalla. La cucina è arredata in maniera semplice, c'è una radiolina sul caminetto e al muro un orologio bianco. Sul caminetto c'è anche il telaio di un lavoro di ricamo. In fondo nella stanza c'è un carrello con i cestini colorati per contenere vari oggetti, si intravedono dei panni e una cassetta di legno di quelle per tenere l'attrezzatura per cucire. Marrazzo chiede: «Lei è un po' rappresentante di suo fratello?»

«So' la sorella, eh?» la donna è un po' risentita.

«Sí, ma lo rappresenta un po' nel senso che mantiene i contatti con la gente...»

«No, non contatto con nessuno, contatto... non contatto con nessuno e mio fratello l'aggio servito per venti anni e sto sempre dietro a mio fratello».

«Ma, comunque...»

«Mio fratello è abituato a fa' sempre delle cose belle e tuttora fa cose belle».

Rosetta vive nella casa di famiglia a Ottaviano con la vecchia madre di Raffaele Cutolo e con tanti parenti, e ufficialmente, di mestiere, fa la ricamatrice di professione. Ma per gli investigatori, per i magistrati e per le varie sentenze che in seguito la condanneranno, Rosetta è un vero boss della Nuova camorra organizzata, tiene i contatti con il fratello, ne trasmette gli ordini, si interessa delle faccende, lo consiglia. Sono dei veri e propri boss, le donne della Camorra, a differenza delle donne di Mafia.

Due carabinieri scortano una donna dai capelli biondi che si copre la testa con una mano. Mentre viene fatta salire, si intravede subito dietro di lei, scortata da altri due carabinieri, una persona con un cappuccio beige in testa. La donna sale dal retro del furgone dell'Arma e prima di entrare si mette a imprecare allargando un braccio verso qualcuno tra quelli che assistono all'arresto. Si vedono dei flash che illuminano la scena. Subito dopo altri carabinieri escono dallo stesso portone scortando un'altra donna dai capelli ramati che, salita sul furgone, si rivolge alla gente in strada urlando e agitando le braccia, deformando il volto arrossato in una maschera di forte emozione, tra rabbia e disperazione.

Quando ha bisogno di maggiore libertà di movimento, Raffaele Cutolo si fa trasferire al manicomio giudiziario di Aversa, dove anche lí può fare quello che vuole. È facile andare ad Aversa, basta farsi fare una perizia psichiatrica che certifica l'infermità mentale. Ed è facile avere una perizia del genere, basta avere tra gli amici uno psichiatra forense, un criminologo come Aldo Semerari. Un tipo strano, il professor Semerari, un estremista di destra, che dicono legato ai servizi segreti e vicino, come abbiamo già visto, alla Banda della Magliana, e che verrà coinvolto nelle indagini per la strage alla stazione di Bologna del 2 agosto 1980.

Cutolo è ad Aversa, e quando anche il manicomio gli va stretto e ha bisogno di piú libertà di movimento per i suoi affari, se ne va anche da lí. Il 5 febbraio del 1978 una carica di tritolo fa saltare il muro di cinta del manicomio, Cutolo scavalca le macerie, sale su un'auto che lo aspetta e se ne va.

Giò Marrazzo prosegue l'intervista a Raffaele Cutolo attraverso le sbarre della gabbia in un'aula di tribunale.

«So' diciotto anni che sto in carcere».

Marrazzo lo pungola un po': «Be', tra dentro e fuori ha fatto questa...»

Cutolo ribatte: «Qualche volta mi so' allontanato, ecco... come ad Aversa, il processo che stiamo facendo... Allontanato, no, evaso, un po' rumorosamente comunque».

Resta libero un altro anno, finché il 15 maggio 1979 i carabinieri lo trovano in un cascinale di Albanella trasformato in un bunker e lo arrestano.

Comunque non importa se è in carcere. In quegli anni, a Poggioreale, un uomo come Raffaele Cutolo può fare quello che vuole.

Nell'intervista Marrazzo prosegue con le sue domande provocatorie.

«Ma so che lei nelle carceri comanda».

«No, non comando, comanda il direttore, il maresciallo... eh eh eh... mica comando io, comunque».

«Lei riesce a fare avere permessi, a fare, organizzare...»

«Riesco soltanto a salvare il salvabile, no permessi, non è vero, sono tutte chiacchiere».

«Quando in carcere si ammazza, si fa il suo nome».

«*È normale, Cutolo sta bene a tutto*». *E sorride*.

«*L'episodio piú grave, l'assassinio del vicedirettore Salvia*».

«*Ah, ho avuto la comunicazione giudiziaria come al solito, già l'ho avuta*».

«*Be', ma lei lo aveva schiaffeggiato*».

«*Ecco, sí, perché faceva delle cose... ma è morto, è brutto parlare di un morto, comunque. Io l'ho schiaffeggiato. Ma avete sentito cosa ho detto al presidente? Non sono pazzo scemo, sono pazzo intelligente. Quindi non è che io schiaffeggio uno, lo minaccio di morte e poi lo ammazzo. Non mi vado a prendere gli ergastoli cosí*».

Il 14 aprile 1981, il vicedirettore Salvia è a bordo della sua macchina e sta facendo la tangenziale per tornare a casa. Ha appena imboccato l'uscita per Arenella quando si accorge che c'è un'auto che lo sta seguendo. Cerca di scappare, ma quell'auto lo blocca. Poi scendono due uomini che gli si avvicinano e gli sparano tre colpi alla tempia sinistra.

L'uomo che dà la schiena alla telecamera. Collaboratore di giustizia.

Dice: «Io sono andato a fare l'omicidio del vicedirettore del carcere di Poggioreale Giuseppe Salvia, io ho ucciso Salvia su mandato di Raffaele Cutolo tramite Rosetta Cutolo. Io mi ricordo che quando ho avuto l'ordine di uccidere il vicedirettore a casa di Rosetta Cutolo, Rosetta Cutolo ha detto queste parole: per Napoli e provincia si deve fermare tutto, se non si porta a termine l'omicidio del vicedirettore del carcere di Poggioreale».

Anche se si ispira ai rituali della vecchia Camorra, la Nuova camorra organizzata di Raffaele Cutolo somiglia molto di piú alla Mafia siciliana che alla vecchia criminalità napoletana. Anche nel rapporto col potere. C'è sempre stato un rapporto molto stretto fra Camorra e potere, lo abbiamo già visto.

C'è un caso che può raccontare il rapporto della Nuova camorra organizzata con il potere politico. È il caso Cirillo.

Vediamo Ciro Cirillo che cammina davanti ai giudici di un tribunale, i capelli bianchi tagliati corti, un paio di baffetti leggermente abbozzati e chiari e la testa quasi calva. Indossa una giacca blu e ha le braccia che dondolano lungo il corpo mentre procede. A un certo punto accenna un breve saluto annuendo leggermente con la testa, quasi abbozzando un inchino.

Il 27 aprile del 1981 l'assessore all'Urbanistica della regione Campania Ciro Cirillo sta rientrando a casa sua a Torre del Greco, quando un commando delle Brigate rosse fa irruzione nel suo garage. Le Brigate rosse uccidono l'autista Mario Cancello, uccidono il brigadiere Luigi Carbone, che fa da scorta, feriscono il segretario dell'assessore, Ciro Fiorillo.

Sulla scena del rapimento, alcune persone stanno prendendo le misure con un metro. Si vede una grande macchia di sangue vicino alla ruota di un'automobile. Le due porte dal lato sinistro sono spalancate e al posto del guidatore, in basso, si vedono le scarpe di un uomo che è caduto all'interno dell'abitacolo. L'uomo sparisce al disotto dei sedili e di lui si riesce a vedere solo la parte finale delle gambe fino al polpaccio, i pantaloni scuri sono leggermente tirati su a causa della caduta e scoprono un calzino celeste.

Le Brigate rosse rapiscono l'assessore Cirillo e lo tengono prigioniero per ottantanove giorni. Poi, il 24 luglio 1981, lo lasciano libero, nei pressi di Poggioreale. Lí viene ritrovato da una volante e passato poi a un'altra che invece di portarlo in questura, come ordinato, lo porta a casa sua, a Torre del Greco. I brigatisti non l'hanno ucciso come era successo con Moro soltanto tre anni prima. Perché in quegli ottantanove giorni, è successo qualcosa.

Isaia Sales, sociologo.

Dice: «È bene ricordare che Cutolo, che sta in carcere, viene visitato dai capi dei servizi segreti e forse, come da piú parti si è ritenuto, e qualche volta è stato provato, anche da uomini politici importanti, e dunque a Cutolo viene riconosciuto un ruolo importante, un ruolo fondamentale, come se si dicesse che Cutolo è il vero capo delle carceri, è lui che controlla le carceri e dunque può svolgere un ruolo che le stesse istituzioni non possono svolgere, e quindi lo Stato che deve combattere Cutolo invece gli riconosce un ruolo di dominio sulle carceri. Credo che questa sia stata la cosa piú devastante che il caso Cirillo ha creato nel rapporto con un capo criminale dell'importanza di Cutolo».

C'è stata una trattativa. Uomini dei servizi segreti, camorristi latitanti come Vincenzo Casillo, uomini politici come Giuliano Granata, il sindaco di Giuliano, e qualcuno dice anche altri esponenti politici della Democrazia cristiana molto piú in vista, sui quali però non è emerso nulla. Vanno tutti a trovare Raffaele Cutolo nel carcere di Ascoli Piceno, come se fosse davvero un viceré, l'autorità politica che controlla il territorio e a cui lo Stato, e un partito di governo come la Democrazia cristiana, si rivolgono ufficialmente.

Per la liberazione dell'assessore Cirillo è stato pagato un riscatto di un miliardo e quattrocentocinquanta milioni, parte dei quali vanno alla Camorra di Raffaele Cutolo. Non solo: secondo i magistrati, secondo il sostituto procuratore na-

zionale antimafia Roberti, ci sarebbe stato anche qualcos'altro, trattamenti di favore per i detenuti cutoliani in carceri
meno dure, perizie psichiatriche favorevoli, un occhio di riguardo negli interventi della Nuova camorra organizzata sugli appalti.

E poi forse qualcos'altro.

*Carlo Alemi, presidente della corte d'assise del tribunale di
Santa Maria Capua Vetere.*

*Dice:«In realtà si disse che Cutolo avesse detto anche:voi ci
date un elenco – sempre nell'ambito di questo scambio di favori – un elenco di giudici, di sbirri che vi dànno fastidio e ve li facciamo fuori noi, perché l'interessamento e l'intervento su Cutolo perché si desse da fare, si attivasse per la liberazione di Ciro
Cirillo, è un fatto indiscusso».*

C'è un poliziotto che si chiama Antonio Ammaturo.

Il dottor Ammaturo è il capo della squadra mobile di Napoli ed è un poliziotto esperto, uno che sa fare il suo mestiere. Il 15 luglio del 1982 il dottor Ammaturo è appena salito
nell'auto che lo aspetta sotto casa per portarlo in ufficio quando un commando delle Brigate rosse massacra a colpi di mitra e di pistola lui e l'agente Pasquale Paola, che gli fa da autista.

*Vediamo piazza Nicola Amore a Napoli ripresa dall'alto, tra
i vari spartitraffico ci sono due camionette e quattro macchine
della polizia, più un'auto dei carabinieri. Come la telecamera si
muove verso il luogo del delitto, vediamo gruppetti di persone,
poliziotti che controllano il luogo e varie altre auto di servizio.
La piazza è stata bloccata al traffico ed è piena di persone che si
sono riunite in gruppi per osservare. C'è anche una camionetta
dei carabinieri. La strada dell'agguato è bloccata da due mac-*

chine della polizia e da un paio di motociclette della stradale. Si vede poi l'auto nella quale c'era Ammaturo coperta da due lenzuoli, uno scuro e uno bianco. Con una mano appoggiata al retro dell'auto, un poliziotto guarda verso un altro gruppetto di persone che parlano con alcune guardie.

È vero che a sparare sono state le Brigate rosse, ma il dottor Ammaturo stava conducendo un'inchiesta sull'intreccio tra criminalità organizzata e politica, sulla «trattativa Cirillo», indagava sulla Camorra, e non piaceva in particolare a Raffaele Cutolo, di cui aveva arrestato il figlio nel castello di Ottaviano.

Un poliziotto abbagliato dalle luci tiene per le braccia due uomini in camicia legati insieme da un paio di manette. Hanno il braccio libero alzato per coprirsi il volto dalla luce e dallo sguardo della telecamera. Dietro di loro ci sono altri tre uomini che hanno le braccia sul volto e sono accompagnati dalle guardie.

C'era anche l'uccisione del dottor Ammaturo nel pacchetto della trattativa?
È uno strano mistero quello della trattativa Cirillo, una brutta pagina di storia.

Dell'auto caduta nell'agguato vediamo ora la parte sinistra, la vettura è sempre coperta dai due lenzuoli. Tra la gente ammassata, altre auto posteggiate e vari poliziotti che controllano la scena, si vedono due persone che tirano fuori dall'abitacolo un corpo e lo adagiano a terra su un lenzuolo.

Non è che le altre famiglie siano da meno della Nuova camorra organizzata di Raffaele Cutolo. Ce li hanno anche loro gli agganci con la politica. Soprattutto per quanto riguarda il campo degli appalti. Riunioni di giunte comunali nelle case dei capizona della Camorra, omicidi di sindaci e assessori che sembrano favorire le famiglie avversarie.

Ecco, qui il film è cambiato. Questa non è piú la Napoli pittoresca di *Ieri, oggi e domani* di De Sica, questa è la Napoli angosciata di *Le mani sulla città* di Francesco Rosi.

È nei primi anni Ottanta però che si intensifica il rapporto tra Camorra, politica e imprenditoria nel settore degli appalti pubblici e privati, sia dell'organizzazione di Cutolo sia di quella delle altre famiglie. Perché è nei primi anni Ottanta che avviene qualcosa che segna un punto di svolta nella storia della criminalità organizzata napoletana.

Un terremoto.

Nel vero senso della parola.

Il Tg1, ancora in bianco e nero. Il giornalista annuncia: «Sono centinaia le vittime accertate del disastroso terremoto che ha colpito ieri sera alle 19,35 l'Italia meridionale».

Il terremoto del 23 novembre 1980 colpisce la Campania e la Basilicata, è uno dei piú devastanti. Le scosse arrivano fino al nono grado della scala Mercalli e ci sono almeno tremila vittime. Dei cinquecentoquarantacinque comuni della Campania tutti vengono dichiarati terremotati, e non importa se qualcuno lo fa solo per accedere ai finanziamenti, quelli che sono colpiti lo sono sul serio e molto duramente.

Sono tante le cose da fare dopo il terremoto. Ci sono gli aiuti di prima necessità che vanno nelle zone devastate nei primi giorni, ci sono i soccorsi, la rimozione delle macerie, le tende, i prefabbricati. Ci sono gli stanziamenti per la ricostruzione, un fiume di soldi.

Cinquantamila miliardi.

Data la situazione di emergenza, ci sono meno controlli e piú discrezionalità da parte delle amministrazioni pubbliche nel decidere come spendere i soldi. È giusto, è una situazione necessaria, però è anche molto favorevole alla Camorra, che su tutto questo, sui primi aiuti, sugli stanziamenti, sugli appalti della ricostruzione, mette le mani.

Isaia Sales, sociologo.
Dice: «Il grande ruolo che assume con il terremoto il ciclo edilizio e il grande ruolo che assumono le istituzioni locali nel controllo del ciclo edilizio, sono fondamentali per l'ascesa della Camorra. Già nei primi aiuti che arrivano nel dopo terremoto si cominciano a intravedere ruoli di camorristi nella distribuzione di questi beni che vengono mandati in maniera solidaristica da altre parti d'Italia, e poi negli appalti successivi, nella costruzione dei prefabbricati, nell'arrivo di nuove imprese, la Camorra ha un ruolo dominante».

La Nuova camorra organizzata sembra rispondere a un istinto di arraffare tutto e subito, mentre invece le altre famiglie appaiono piú lungimiranti, sembrano avere uno spirito piú imprenditoriale, come la Mafia in Sicilia.

La Camorra non mette le mani solo sugli aiuti e sulla ricostruzione, fonda anche propri istituti di credito, proprie banche per gestire gli affari e il flusso di denaro. Con il terremoto alcune famiglie della Camorra diventano vere e proprie holding di imprese produttive in grado di controllare l'economia di tutta la regione.

Non è che cosí, con questo sistema, le cose funzionino lo stesso. Molte ditte private, molte ditte del Nord, considerano la tangente alla Camorra e alla politica soltanto un costo in piú da aggiungere agli appalti e molta gente pensa che cosí almeno le cose si faranno, ma non è vero. Una gran parte dei soldi non si spende come si dovrebbe spendere, e ancora nel 1990, a dieci anni dal terremoto, ci sono piú di diecimila famiglie che vivono nelle roulotte.

C'è qualcuno che non ci sta. Gente perbene, amministratori onesti. Il sindaco di Pagani Marcello Torre, per esempio, blocca un appalto per la rimozione delle macerie, perché c'è qualcosa che non va in quell'appalto, qualcosa che non torna. Lo ammazzano l'11 dicembre del 1980, e quell'esecuzione a pochi giorni dal terremoto sembra essere un avvertimento per tutti gli amministratori locali.

L'uomo seduto. Il collaboratore di giustizia.
Dice:«Loro ci davano quindici milioni al mese, ma noi non dovevamo fare né rapine o estorsioni, dovevamo solo stare all'appartamento e ci dovevamo dedicare solo a fare gli omicidi. Mi spiego meglio, per esempio io e altri due, come Argentato o un altro Cutoliano, dovevamo per esempio fare gli omicidi cosiddetti eccellenti».

Soldi dalle sigarette, soldi dalla droga, soldi dalle tangenti e dall'usura, soldi dal pizzo, soldi dagli appalti. Sono un sacco di soldi e la Nuova camorra organizzata li vuole. Ma li vogliono anche gli altri. E gli altri sono le vecchie famiglie del contrabbando come quella di Michele Zaza, sono i Giuliano di Forcella, sono i Casalesi, la Camorra del casertano dei Bardellino.

All'inizio si mettono d'accordo con il braccio destro di Cutolo, Vincenzo Casillo: a loro la città, Napoli, e a Cutolo la campagna. Ma Cutolo non ci sta. Allora la famiglia Zaza parla con Alfonso Rosanova, uno dei capi della Nuova camorra organizzata: «Fai ragionare 'o pazzo», gli dicono, altrimenti «ci sarà guerra grande».

Ma Cutolo non ci sta.

Vuole la tangente sulle sigarette, vuole trentamila lire a cassa.

Gli altri non ci stanno. I Giuliano di Forcella si incaricano di proteggere i contrabbandieri, non gratis, chiedono il venti per cento, ma è meglio, Cutolo chiedeva il venticinque. Nasce il primo nucleo di una nuova alleanza contro la Nuova camorra organizzata di Raffaele Cutolo. Arrivano le famiglie di Nuvoletta e Bardellino, Umberto Ammaturo, Carmine Alfieri, Michele Zaza.

Nasce la Nuova famiglia.

È la guerra.

Soltanto tra il 1980 e il 1981, i morti dei primi scontri tra Nuova camorra organizzata e Nuova famiglia sono quattrocento. E cresceranno al ritmo di duecentocinquanta morti all'anno.

Il corpo di un uomo è riverso a terra. Per coprirgli il volto gli hanno buttato addosso, senza distenderlo, un lenzuolo all'altezza delle spalle. Si vedono scatole bianche cadute a terra nelle vicinanze di una saracinesca. Alcuni poliziotti stanno parlando con delle persone.

La telecamera riprende un altro corpo coperto da un lenzuolo bianco, poi cambia scena e riprende in dettaglio un paio di stivaletti scamosciati messi ordinatamente uno accanto all'altro. Come si allarga il campo della visuale, vediamo due piedi che indossano delle calze bianche, appartengono a un corpo riverso a terra al quale hanno slacciato la cintura dei pantaloni. Una grande macchia di sangue si allarga dalla testa, sotto il volto girato verso il pavimento.

Raffaele Cutolo dirige i suoi dal carcere in cui è rinchiuso, ed è proprio lí, in carcere, che avvengono molti regolamenti di conti. C'è una squadra di killer comandata da Pasquale Barra 'o Animale, sempre pronta ad agire approfittando di ogni situazione, come il 23 novembre 1980, proprio il giorno del terremoto. Le guardie hanno aperto le celle per permettere ai detenuti di uscire in cortile e la squadra di Barra ne approfitta. Tre morti e otto feriti.

Appena qualcuno finisce in carcere, pregiudicato, innocente, camorrista, comune, politico, la domanda delle guardie che devono destinarlo a una cella è sempre la stessa: cutoliano o anticutoliano? Ogni tanto le due fazioni in guerra cercano di mettersi d'accordo. Come nell'incontro alla masseria dei Nuvoletta, nell'estate dell'81.

Poi la Nuova camorra organizzata ammazza Salvatore Alfieri e la guerra ricomincia.

Il collaboratore di giustizia.
Dice: «*Si viveva con tensione incredibile, cioè, noi uscivamo solo per uccidere le persone. Cioè io, Imperatrice, Argentato dormivamo tutti e tre assieme, cioè, non andavamo più a casa, non vedevamo più né moglie né fidanzata. Per esempio, noi andavamo a Salerno e dovevamo fare un omicidio a Salerno, andavamo a Ottaviano e dovevamo... noi ci chiamavano da tutte le parti. Dall'Ottanta si facevano tre, quattro morti al giorno. Io ho dovuto uccidere la moglie di un camorrista e non la volevo uccidere io, le ho dato un colpo di pistola nel polpaccio della coscia per farci capire che correva dei grossi rischi. Questa non se n'è andata, si è messa a fare la prostituta proprio nelle zone di Napoli dove la gente la vedevano, cioè il marito che era un personaggio dell'Nco, la Nuova camorra organizzata... all'improvviso l'ordine di uccidere quella donna è venuto proprio da Raffaele Cutolo. L'abbiamo ammazzata*».

La guerra continua.

Tra le sbarre della gabbia di un'aula di tribunale, il giornalista Giò Marrazzo intervista Raffaele Cutolo.

Il giornalista dice: «Si parla di contrapposizione tra lei e gli altri...»

Cutolo ribatte: «No, i giornalisti dicono queste cose, scrivono, dicono...»

«E i duecento morti in un anno e mezzo? Non è che sono scritti nei giornali...»

«Il terremoto... il terremoto», ride, una breve risata trattenuta come se la sua battuta l'avesse divertito molto.

«No, quelli morti ammazzati, quelli morti ammazzati».

«Qualcuno ci ha l'abbonamento alle pompe funebri... fa i morti, no?»

Numericamente i Cutoliani sono piú numerosi, ma gli altri sono militarmente meglio organizzati, e possono anche contare sull'appoggio della Mafia siciliana. Ma soprattutto, dice qualcuno, a Cutolo comincia a mancare l'appoggio dei politici, che si stanno concentrando dall'altra parte.

In questa scena Raffaele Cutolo ha i capelli bianchi e corti. Stavolta è serio, porta gli occhiali e un completo grigio elegante. Attorno a lui ci sono quattro carabinieri. È seduto davanti al giudice durante un processo e si appoggia al bracciolo della sedia come se si volesse alzare per reagire. Cutolo esclama irritato e gesticolando: «Come si permette di dire queste... questo buffone!»

Da fuori campo – non vediamo la corte – il giudice sbotta molto innervosito e perentorio: «Lei deve smetterla! Portatelo in camera di sicurezza».

Cutolo si alza e si mette le mani in tasca, dice: «E andiamo alla camera di sicurezza...» Prima di avviarsi verso l'uscita, seguito dalle guardie, esclama rivolto al giudice: «Grazie!» Poi si

*avvia lungo il corridoio e scorgiamo alcuni dei presenti in aula.
Sono tutti molto seri e fermi. Un avvocato sembra disinteressar-
si della questione ed è molto impegnato a scrivere qualcosa.*

Pupetta Maresca sta con Umberto Ammaturo, uno dei
boss della Nuova famiglia, col quale ha avuto anche due figli. Ufficialmente Pupetta gestisce una serie di negozi di moda per tutta Napoli, però è un boss anche lei. Viene arresta-
ta dopo un inseguimento sui tetti su cui ha cercato di scappare travestita da zingara.

*C'è una foto in bianco e nero che ritrae Pupetta Maresca con
grossi occhiali da sole che le nascondono parte del viso. Al suo
fianco ci sono due guardie. Quella di sinistra le tiene il braccio
ma lei ha come un gesto di stizza per liberarsene. Sopra gli occhiali si intravede la fronte corrucciata. Ha dei capelli scuri striati da molti ciuffi chiari. Indossa un vestito scuro a pallini bianchi, con una grossa cintura chiara che le fascia la vita e sulla quale campeggia centrale sul davanti una decorazione in stoffa.*

Poco tempo prima era stato arrestato anche Umberto Ammaturo, accusato di aver ordinato la morte del criminologo
Aldo Semerari. Il corpo del criminologo, l'abbiamo visto, era
stato fatto trovare in una macchina proprio a Ottaviano, la
patria di Cutolo, il corpo nel baule e la testa in una bacinella sul sedile davanti. In una guerra come quella bisogna scegliere bene da che parte stare, e sembra che il criminologo,
con le sue perizie, avesse favorito ora l'uno e ora l'altro schieramento.

Alla fine a perdere la guerra è la Nuova camorra organizzata di Raffaele Cutolo. Molti dei suoi uomini, e molti dei
suoi uomini più importanti, o vengono uccisi o passano dal-
l'altra parte.

Nel gennaio 1983, a Roma, nel quartiere di Primavalle, Vincenzo Casillo, 'o Nirone, il braccio destro di Cutolo, esce dall'appartamento in cui sta nascosto e che sta vicino a Forte Boccea, la sede dei servizi segreti. Sale sulla sua Golf assieme a un altro camorrista, Mario Cuomo, mette in moto e una carica di esplosivo fa saltare in aria la macchina. Vincenzo Casillo muore sul colpo e Mario Cuomo perde tutte e due le gambe.

Corrado Iacolare, l'altro braccio destro di Cutolo, passa con la Nuova famiglia e poi scappa in Venezuela.

Restano in circolazione un centinaio di Cutoliani, alcuni molto pericolosi, e continuano a uccidere, soprattutto in carcere, ma per la Nuova famiglia non sono un problema. Progressivamente Raffaele Cutolo perde potere. Il Professore resta in carcere, impegnato soprattutto a difendersi dai vari processi in cui è accusato.

In un'aula di tribunale. Sentiamo la voce del giudice che domanda a Raffaele Cutolo, seduto su una sedia davanti al microfono: «Lei è già stato interrogato piú volte, che cosa può dire a proposito di questo omicidio?»

Cutolo è serio e sembra veramente che non si ricordi: «Io sono stato interrogato? Perché so' tanti i processi che non mi ricordo, comunque...»

Sono le sette e mezzo, don Peppino è pronto per uscire dalla sacrestia e andare sull'altare, a dire la messa. C'è poca gente in chiesa, ma non importa, quando c'è bisogno don Peppino sa come mobilitare la gente. Come quando attacca la Camorra. Don Peppino la chiama una «dittatura armata» e lí, a Casal di Principe, la patria dei Casalesi, il feudo del clan dei Bardellino, è sicuramente cosí.

Nell'ottobre del 1991, per esempio, il paese viene occupato militarmente da auto piene di gente armata, attaccata al predellino con il mitra in mano. Sembra un film di gangster, di piú, un film di guerra, con la gente chiusa in casa, i bar serrati e i negozi con le saracinesche abbassate.

Don Peppino si dà da fare. Promuove cortei e manifestazioni, sostiene liste civiche, scrive appelli, ce n'è uno che si intitola *Per amore del mio popolo non tacerò*.

Silvia invece è quasi arrivata a casa. Ha Francesco per mano, e lassú, in cima al palazzo, a guardarli dal balcone, c'è anche Alessandra. È quella la vita di Silvia, la casa, la famiglia, i figli, i bambini piccoli, Alessandra e Francesco.

Anche Giancarlo sta tornando a casa, al Vomero. È sera, sono quasi le nove, e sta parcheggiando sotto casa dei genitori, coi quali vive, perché non è che col mestiere di giovane giornalista, per giunta abusivo, puoi permetterti di stare da solo. Non ha trovato posto in via Villa di Majo e sta parcheggiando la sua Mehari in piazza Leonardo.

Lasciamolo lí, lasciamoli tutti fermi nelle loro posizioni e torniamo alla Camorra, a Raffaele Cutolo e agli altri.

La sconfitta dei Cutoliani lascia nella mani della Nuova famiglia un territorio enorme, che da Napoli va fino a Salerno, a Pagani, Eboli, Caserta. Ma c'è un problema.

La Nuova camorra organizzata aveva una sua ideologia, quasi una religione, e un capo indiscusso. L'ideologia della Nuova famiglia è la lotta a Cutolo, ma una volta scomparso il Professore cosa resta?

I clan della Nuova famiglia cominciano a dividersi in due fazioni opposte. Da una parte ci sono i Nuvoletta di Marano, a nord di Napoli, quelli della masseria in cui si sono tenute le riunioni di pacificazione degli anni Ottanta.

Il capo della famiglia è Lorenzo Nuvoletta. Assieme a suo fratello Ciro, Lorenzo Nuvoletta possiede ditte che fabbricano il calcestruzzo, allevamenti di cavalli da corsa, ippodromi. È una famiglia molto potente quella dei Nuvoletta di Marano.

Sul filmato passa una scritta bianca in sovrimpressione. Leggiamo: «1981». Giò Marrazzo intervista il sindaco di Marano. I due sono vicino a una finestra che ha le tapparelle abbassate. Comincia il giornalista: «Questi Nuvoletta sono anche implicati in un traffico internazionale di droga».

«Noi abbiamo due famiglie Nuvoletta a Marano».

«No, dico dei Nuvoletta importanti, Lorenzo Nuvoletta implicato in quel traffico di Palermo».

«Lorenzo Nuvoletta non è implicato, non è stato... per lo meno da quanto mi risulta non è stato mai implicato in un traffico di droga, sembra un altro Nuvoletta che adesso...»

«No, no, Nuvoletta di Marano la cui foto fu trovata a Palermo...»

«Sí, anche di Marano, ma non è stato mai implicato il Lorenzo Nuvoletta, a meno che io sappia, non è stato mai implicato in traffico di droga».

«Loro sono attualmente i Nuvoletta che lei conosce, di Marano, il clan di Marano, non quelli di Napoli. Sono implicati, tant'è vero che sono latitanti, ricercati a livello internazionale».

«Ma vede, lei confonde perché a Marano ci sono due famiglie di Nuvoletta, sono...»

«No, parlo di Lorenzo Nuvoletta».

«Lei quando parla dei Nuvoletta che sembrano essere implicati o almeno furono implicati con il console del Panama...»

«No, quello è un altro ramo».

«È un altro ramo».

«Ma c'è quello di Marano che la sua foto...»

«Sí, ma è di Marano».

«La sua fotografia, Lorenzo Nuvoletta di Marano...»

«Sí... sí...»

«Il proprietario delle tenute che lei conosce, di Teano, del campo da corse...»

«Sí... sí...»

«... dell'agenzia ippica, eccetera eccetera... questo Nuvoletta, la sua fotografia fu trovata nel covo di Leoluca Bagarella a Palermo, implicato in quella famosa operazione di droga internazionale».

«Sí, io queste cose evidentemente le conosco quanto lei, forse addirittura meno di lei che fa tali indagini perché appreso dalla stampa».

Ai Nuvoletta si unisce la famiglia di Valentino Gionta, e questo è uno schieramento. Dall'altra parte ci sono i Bardellino, i Casalesi, cosí chiamati perché vengono da Casal di Principe, in provincia di Caserta.

Lucio Di Pietro, procuratore nazionale aggiunto antimafia.
Dice: «Bardellino è stato l'esponente di vertice del clan dei Casalesi degli anni Ottanta, una figura, lo dico tra virgolette, molto amata dai suoi affiliati».

Il boss dei Casalesi è Antonio Bardellino. A loro si aggiunge il clan di Carmine Alfieri. Bardellino-Alfieri da una parte, Nuvoletta-Gionta dall'altra.

Poi succede qualcosa.

Raffaele Ferrara è un boss amico di Antonio Bardellino, quasi il suo alter ego. Viene ucciso da Diego Vastarella, detto Naso 'e cane. La voce che gira è che a mettere Naso 'e cane contro Ferrara siano stati i Nuvoletta, con una «tragedia», una serie di menzogne. Poi succede la seconda cosa: Antonio Bardellino viene arrestato in Spagna. E la voce che gira è che siano stati proprio i Nuvoletta a fare la soffiata.

Appena Antonio Bardellino viene scarcerato per decorrenza dei termini, scappa dalla Spagna e va in Messico. Poi torna in Italia e prende contatto coi clan amici della sua famiglia.

E di nuovo scoppia la guerra.

Carmine Alfieri e il suo braccio destro Pasquale Galasso assaltano la masseria di Poggio Vallesana di Marano. Arrivano con le macchine fino allo spiazzo davanti al quale si apre il cancello, fanno irruzione sparando e uccidono Ciro Nuvoletta. Poi Bardellino fa arrivare ai Nuvoletta la voce che a fornire la base per l'assalto è stato proprio Vastarella, Naso 'e cane. I Nuvoletta ci credono, invitano Vastarella a pranzo, Vastarella ci va con quattro uomini, i Nuvoletta li uccidono tutti e cosí Bardellino si è vendicato anche di Naso 'e cane.

Sembra un film, sembra un film di gangster, e invece sono cose che succedono davvero. Per esempio a Torre Annunziata succede davvero una cosa incredibile come la strage dei pescatori.

Si vede l'ingresso di un locale sopra il quale c'è un'insegna con su scritto: CIRCOLO PESCATORI. Sopra la saracinesca c'è una tenda a fisarmonica con una scritta bianca: CIRCOLO. La saracinesca è stata divelta, aperta come una scatola di latta. Appoggiato al muro, di fianco all'entrata, c'è un lungo piede di porco. Allontanandosi dal luogo, la telecamera ci mostra il tetto di un'auto della polizia parcheggiata davanti al negozio e un paio di poliziotti.

Il 26 agosto 1984, giorno di sant'Alessandro, il pullman di una gita turistica è fermo vicino al Circolo dei pescatori di Torre Annunziata. È un giorno di festa, è domenica, c'è appena stato un battesimo e assieme a tanta gente che non c'entra niente nel circolo ci sono anche molti uomini del clan Gionta, e si aspetta anche lui, Valentino Gionta, il boss della famiglia, che ha fatto da padrino al battesimo. Gionta però non arriva, è in ritardo, ma gli uomini che stanno dentro il pullman non possono aspettare.

Perché non sono turisti in gita, sono Carmine Alfieri e i suoi killer, che entrano dentro il circolo e cominciano a sparare. Otto morti. Una strage.

La strage del Circolo dei pescatori.

Vediamo una lunga striscia di sangue sul pavimento del locale che si estende lungo una stanza, alcune sedie rovesciate.

Viene intervistato un uomo steso nel letto di un ospedale. Non riesce nemmeno a muovere il collo che ha coperto dal lenzuolo. Si sente la voce della giornalista che porge il microfono e chiede: «È durato molto?»

«Sí, perché io da terra sentivo sempre BUM BUM BUM, *sempre 'i sparate».*

È la seconda guerra di Camorra, dopo quella che ha opposto la Nuova camorra organizzata di Raffaele Cutolo ai clan della Nuova famiglia. Ma non ci sono soltanto i camorristi a morire in questa guerra. Non sono soltanto i soldati della Camorra le uniche vittime. Ce ne sono altre.

L'11 ottobre 1983 c'è un'auto che sta attraversando un incrocio appena fuori da una fabbrica a Maddaloni, in provincia di Caserta. Dentro ci sono due persone, un uomo e una donna, marito e moglie. Lavorano tutti e due nella fabbrica e sono andati a prendere i bambini a scuola per portarli a casa, perché sono quasi le cinque e mezzo del pomeriggio. C'è un'altra macchina parcheggiata quasi in mezzo alla strada. Per poter girare, la prima auto deve rallentare e superare l'auto parcheggiata lí, deve quasi fermarsi, e in quel momento arrivano due uomini, uno da una parte e uno dall'altra, e cominciano a sparare. L'uomo nella macchina viene ucciso con undici colpi calibro 38 e calibro 357 magnum, la donna è soltanto ferita con un colpo alla schiena: è ovvio che i killer volevano lui.

Ma chi è quell'uomo?

Lavora in fabbrica, è iscritto al Pci, fa il sindacalista, o meglio, non è proprio un sindacalista, è un attivista che si occupa di ambiente, fa parte di un'associazione che difende i siti archeologici dal diventare cave abusive. Basta per essere ucciso?

L'uomo nella macchina si chiama Francesco Imposimato. Suo fratello si chiama Ferdinando, Ferdinando Imposimato, fa il giudice istruttore e sta a Roma. Ferdinando Imposimato è un magistrato molto in vista, che si occupa di inchieste molto difficili e anche molto pericolose, tra le altre ce n'è una sull'omicidio di un usuraio legato alla Banda della Magliana, Domenico Balducci. Ecco, questa è la pista giusta, il processo Balducci. Memmo Balducci infatti fa parte di un giro di affari che coinvolge anche Pippo Calò, il cassiere della Mafia, che si trova a Roma e fa affari proprio con la Banda della Magliana.

Lucio Di Pietro, procuratore nazionale aggiunto antimafia.
Dice: «Praticamente che cosa era accaduto? Che Cosa nostra intendeva punire il giudice Imposimato. Non riuscì a raggiungere l'obiettivo e affidò il compito, quale vendetta trasversale, a esponenti della Camorra napoletana, affidò il compito di uccidere il fratello del giudice stesso».

Un'intimidazione trasversale, compiuta dai killer della famiglia di Vincenzo Lubrano, dei Casalesi, per conto di Pippo Calò, condannato nel 2000 dalla corte d'assise di Santa

Maria Capua Vetere all'ergastolo come mandante dell'omicidio. Un delitto che dimostra ancora di piú i legami tra Camorra e Mafia siciliana.

Per Giancarlo Siani, invece, è diverso.

Dov'è Giancarlo? Lo abbiamo lasciato in piazza Leonardo, al Vomero, a parcheggiare la sua Mehari. Lui non lo sa,
ma ci sono due uomini che lo stanno aspettando. Se ne stanno in disparte, neanche tanto nascosti, fumano molto, get-
tano le sigarette per terra, uno di loro orina anche contro il
muro, alla luce di un lampione. Sono tranquilli, non gli importa niente se qualcuno li nota o no. Quando Giancarlo arriva, si muovono. Lui non fa neanche in tempo a scendere
dalla macchina, quelli si avvicinano in fretta, tirano fuori le
pistole e gli sparano.

23 settembre 1985, ore 21. Cosí muore Giancarlo Siani.

Le indagini si rivolgono subito alla Camorra di Torre Annunziata, al clan di Valentino Gionta, sul quale Giancarlo
Siani aveva scritto molto, forse troppo. Ci sono arresti, scar-
cerazioni, e una vicenda giudiziaria molto lunga e complessa. Le indagini puntano sui Gionta e poi si bloccano. Nell'87
riprendono e puntano sui Giuliano di Forcella, ma si bloccano di nuovo. Nel '93 riprendono ancora, passano nelle mani del sostituto procuratore Armando D'Alterio, e lí c'è una
svolta. Alcuni pentiti parlano.

Pietro Gargano, giornalista.
*Dice:«Periodicamente riaffiora la polemica sui pentiti. Io so
una cosa soltanto, il caso Siani non sarebbe mai stato risolto se
non ci fosse stato un pentito che per primo ha parlato e per primo ha raccontato com'era maturata, per lo meno, l'idea. Poi
c'è stata una coincidenza, nella tragedia, c'è stata una coincidenza fortunata. Uno splendido poliziotto, il capo della mobi-*

le, Rinaldi, un ottimo magistrato, il pubblico ministero D'Al-
terio, e lo dico con una punta d'orgoglio, pure un giornale, il
mio, che pure se sul caso Siani aveva commesso degli errori, che
questa inchiesta affiancò facendo uno degli ultimi esempi che io
ricordi di giornalismo investigativo».

Giancarlo Siani era stato condannato a morte dal clan dei
Nuvoletta fino dall'agosto del 1985. Aveva scritto troppo, e
stava scavando sui rapporti tra politica e Camorra. Ma a con-
dannarlo era stato un articolo in particolare. Il boss Valentino Gionta era stato arrestato nel territorio dei suoi alleati, i
Nuvoletta, e Giancarlo aveva scritto che forse, erano stati
proprio loro, i Nuvoletta, a tradirlo. Un articolo che non era
piaciuto.

Pietro Gargano, giornalista.
Dice: «Non c'era scampo, la sentenza doveva essere quella,
doveva pagare, come dire, questo sgarro che in qualche modo in
una concezione mafiosa, non camorristica, della giustizia fra mil-
le virgolette, doveva riparare al torto della denuncia a carico dei
Nuvoletta».

È la prima e unica volta che la Camorra uccide un giornalista.
Il caso Siani si conclude giudiziariamente nel 2000, con
la condanna definitiva degli esecutori materiali e uno dei
mandanti, il boss di Marano Angelo Nuvoletta. Valentino
Gionta, accusato come mandante, è stato definitivamente
assolto dalla corte di cassazione il 23 giugno del 2004.

Pietro Gargano, giornalista.
Dice: «Di Giancarlo sappiamo tutto oramai, della morte di
Giancarlo, da un punto di vista processuale, da un punto crimi-

nale. Sappiamo chi l'ha ucciso, sappiamo chi ha mandato i suoi assassini. Hanno avuto sentenze di ergastolo definitive confermate dalla cassazione... è una pagina chiusa. La pagina che resta aperta e che secondo me non sarà mai riaperta è proprio quella del contesto. Cioè in quale clima può maturare l'idea di ammazzare un giovane cronista soltanto perché fa il proprio mestiere e lo fa bene».

Vittime innocenti. Come i passanti che non c'entrano niente, stanno lí per caso e non sanno di trovarsi nel posto sbagliato al momento sbagliato. Sono in tanti a morire cosí, anche i bambini, come Luigi Cangiano, che ha dieci anni, o Nunzio Pandolfi, che ne ha soltanto due, o Carmela Pannone, che ne ha cinque, soltanto per citarne qualcuno.

Le guerre però costano. Non solo in termini di vittime, che siano «soldati» dell'una o dell'altra parte, o persone innocenti, che si sono trovate a passare nel posto sbagliato al momento sbagliato. Costano in termini economici, perché si fanno meno affari, e costano in termini politici, perché attirano l'attenzione dell'opinione pubblica e provocano la reazione dello Stato.

Vediamo un corteo. Tanti ragazzi portano striscioni o hanno attaccato sul petto un grosso foglio colorato con varie scritte. Una ragazza parla al megafono. Su un foglio arancione è scritto: LA CAMORRA NON SOFFOCHERÀ LA SETE DI GIUSTIZIA ED IL CORAGGIO DEI GIOVANI. *Su un foglio rosa leggiamo:* LA CAMORRA NON PUÒ ANNIENTARCI COME HA FATTO CON GIANCARLO. *Su un cartello celeste appare:* GIANCARLO NON È MORTO INUTILMENTE. *E ancora su vari cartelli colorati ci sono le scritte:* I GIOVANI NON SI ARRENDONO ALLA CAMORRA *e* I GIOVANI DICONO BASTA ALLA DITTATURA DELLA CAMORRA...
Una signora si affaccia al balcone con un bambino in brac-

cio e guarda scorrere il corteo gremito di giovani che si tengono per mano. Un grosso striscione bianco recita: LA PACE NASCE DA UN CUORE NUOVO. Le strade di Aversa sono piene di gente.

Anche a Napoli si sviluppa un forte movimento di opinione che mobilita molta gente in attività e manifestazioni contro la criminalità organizzata. Ad Aversa nel gennaio del 1988 sfilano diecimila persone tra studenti, lavoratori e semplici cittadini. Sul palco, in rappresentanza del vescovo, c'è il suo segretario, don Giuseppe Diana.

Ricordiamocelo, don Peppe Diana.

Come succede per Cosa nostra, anche i camorristi si pentono, collaborano con la giustizia e cominciano a parlare. Non soltanto i semplici soldati, ma anche i boss piú importanti, quelli piú in vista.

Il collaboratore di giustizia.

Dice: «Quando ho fatto la scelta di collaborare non l'ho fatto per... adesso vado a collaborare con gli inquirenti, no, io me ne sono andato dalla sezione. Per andarmene dalla sezione io ho simulato una mossa epilettica, no? Perché se se ne accorgevano che io me ne volevo andare dalla sezione, io morivo là, cioè, là non ci voleva niente a prendere... anche se noi stavamo in una sezione speciale, non ci voleva niente a prendere le guardie in ostaggio e far succedere una rivolta... perché eravamo tutti cutoliani in quella sezione, era... a uccidermi. Io ho accettato di collaborare, dopo tre mesi mi hanno ucciso pure un fratello per la mia collaborazione».

Agli inizi degli anni Novanta viene arrestato Pasquale Galasso, braccio destro del boss Carmine Alfieri. Galasso parla e viene arrestato anche Carmine Alfieri, nascosto in una cascina nella campagna di Saviano. E anche Alfieri collabora e parla. Sono tanti i pentiti della Camorra. Boss come Umberto Ammaturo e Corrado Iacolare e anche Pasquale Barra 'o Animale, anche lui collabora e parla. Parlano di tante cose i pentiti della Camorra, e dicono anche altre cose oltre a stragi e omicidi.

Parlano di politica.

Che ci sia una connessione tra criminalità organizzata e politica a livello locale lo abbiamo visto, basterebbero a testimoniarlo le decine di amministrazioni comunali sciolte per mafia, alcune anche piú volte nel corso degli anni, come quella di Quindici o di San Paolo Belsito.

Ma ne parlano anche i pentiti. A parlarne, tra gli altri, è soprattutto Pasquale Galasso. Fa accuse precise a carico di esponenti politici.

Nel documento a colori passa in sovrimpressione la scritta: «2000. Deposizione di Pasquale Galasso alla corte d'assise di Napoli». Nell'aula di un tribunale sta andando una videotestimonianza. Nel monitor l'intero corpo del collaboratore di giustizia è nascosto da un ingrandimento dei pixel del monitor. Al suo posto si vedono solo dei grandi quadrati colorati. Alcuni avvocati stanno ascoltando.

L'uomo dice: «Signor presidente, per quanto a me mi consta, il politico e un po' tutti questi grossi malavitosi, quali Nuvoletta, Alfieri, Cutolo in tutta... e pochi altri, hanno avuto sempre contatti, e Gava, Antonio Gava, diciamo la corrente dorotea facente capo a Gava».

Antonio Gava, esponente di punta della corrente dorotea della Democrazia cristiana, è un uomo politico molto importante, che è stato anche ministro dell'Interno. I processi che nascono dalle dichiarazioni di Pasquale Galasso e altri pentiti si concludono con l'assoluzione di Antonio Gava.

Alcuni giornalisti intervistano Gava, che risponde: «Io Galasso non lo conosco, quindi lo domandi a lui».

Guerra, guerra tra gli opposti schieramenti delle famiglie della Camorra e guerra tra la Camorra e lo Stato. E anche in quella guerra ci sono delle vittime innocenti. Una di queste sicuramente è Enzo Tortora.

Vediamo il momento dell'arresto di Tortora, in manette tra due carabinieri. La foto successiva è in bianco e nero e molto sgranata. Ritrae Tortora con le mani in tasca e in camicia, nel cortile del carcere. Altre foto lo ritraggono con i capelli rasati e nel letto di un ospedale mentre sta per spegnere la luce dall'interruttore sopra il letto.

Il 17 giugno 1983 alle quattro del mattino, i carabinieri entrano in una stanza dell'hotel *Plaza* di Roma e arrestano Enzo Tortora, uno dei piú popolari conduttori televisivi, particolarmente noto per la trasmissione *Portobello*, quella del pappagallo che non parla, del Mercatino della Bontà e di «il Big Ben ha detto stop».

È finito in carcere nell'ambito di un'inchiesta che ha portato dentro ottocentocinquantasei persone, uno dei colpi dello Stato alla Camorra. Le accuse sono pesantissime: essere un camorrista e uno spacciatore di droga. Ad accusarlo sono due pentiti della Nuova camorra organizzata: Giovanni Pandico e Pasquale Barra, proprio lui, 'o Animale.

A Tortora non viene risparmiato niente, neanche la passerella in manette davanti ai giornalisti quando viene trasferito al carcere di Regina Cœli. Dopo sette mesi, perché sta male davvero, perché dopo qualche anno morirà di cancro, viene mandato agli arresti domiciliari.

Il 17 settembre 1985 Enzo Tortora è condannato a dieci anni e sei mesi. Ma le accuse contro di lui si basano su prove inconsistenti e su un vero e proprio scambio di persona. Il 15 settembre 1986 Enzo Tortora viene assolto con formula piena dalla corte d'assise d'appello di Napoli. Sentenza confermata dalla cassazione il 17 giugno 1987.

Con la Camorra, lo dicono i processi, Enzo Tortora non c'entra niente.

Enzo Tortora è seduto e parla al microfono in un'aula di tribunale. Ha dei fogli nella mano destra e gli occhiali nell'altra.

Dice deciso: «Io sono innocente! Io spero dal profondo del cuore che lo siate anche voi».

E oggi? La metafora piú in uso per definire la Camorra di oggi è quella del pulviscolo: il «pulviscolo criminale», decine e decine di clan che nascono, si sviluppano, muoiono e poi si riproducono, come pulviscolo, appunto, estremamente fluide sia dal punto di vista delle alleanze che della gerarchia interna.

Il collaboratore di giustizia.

Dice: «La Nuova camorra in se stessa non esiste piú. Esistono i Cutoliani. Ci sono ancora tanti Cutoliani, ex Cutoliani, che comandano a Napoli».

Non ci sono piú i grandi gruppi di una volta come la Nuova camorra organizzata o la Nuova famiglia, con i rituali di iniziazione e gli statuti. Napoli resta sempre divisa tra due gruppi opposti, due alleanze, l'alleanza di Secondigliano, che riunisce una ventina di famiglie, e il gruppo Misso-Mazzarella e Sarno, che ne riunisce una dozzina, ma non è piú la stessa cosa rispetto agli anni Ottanta.

La violenza però, quella, resta quella di sempre.

Viene intervistato un ragazzo in strada. Non si vede il volto perché sopra c'è una grossa macchia bianca, per nascondere la sua identità. Il ragazzo parla in dialetto stretto e in sovrimpressione scorre la traduzione delle sue frasi.

Il giornalista chiede: «Ma lei non è contro la Camorra?»

«Eh?»

«Non è contro la Camorra?»

«Eeh, e perché aggia essere contro la Camorra?»

«La Camorra uccide, traffica la droga».

«Eh, lo so, 'na vota s'adda muri' in mezze alla via, puo' muri' oggi, puo' muri' dimane, chille è nu file 'e corde, una volta che s'è spezzate... si' muorte».

«Ma non si vive in maniera onesta vivendo da camorristi».

«Ah, eeeh, vuo' fatica', nun te pigliano a fatica', 'a meglio cosa è... fanno bbuone...»

«Fanno bene a uccidere?»

«Ah».

«Ma la vita umana è sacra».

«Ma che sacra!»

«Non è sacra la vita umana?»

«Ma che me ne 'mporte d'a vita, no?»

«Quanti anni ha lei?»

«I' teng' sedici anni».

I sottotitoli recitano: «Ma che dobbiamo fare? Una volta si deve morire... puoi morire oggi, puoi morire domani... è un filo di corda, una volta spezzato sei morto... vuoi lavorare e non ti dànno lavoro, fanno bene... ma come, sacra...»

Dov'è don Peppino?

Sta uscendo dalla sagrestia, diretto verso l'altare, in chiesa, dove lo aspettano per la messa. Indossa i paramenti sacri e forse sta pensando alla Camorra, alla dittatura armata, a quello che si può fare per combatterla, o forse no, è concentrato sul rito della messa. Fuori dalla sagrestia, si trova di fronte un uomo. È un uomo sui trent'anni e ha in mano una Browning semiautomatica. La punta su don Peppino e gli spara quattro colpi in testa.

19 marzo 1994, ore sette e trenta. Cosí muore don Giuseppe Diana.

La vita non è niente. Non saranno gli anni Ottanta, ma per le strade di Napoli si muore lo stesso.

Muore anche chi non c'entra niente e si trova a passare di lí quando tutti gli altri cominciano a sparare. Come Fabio De Pandi. Non c'entra niente con la Camorra, Fabio, ha otto anni, ma nel 1991 si trova per mano ai genitori quando viene colpito da una pallottola vagante. O come Gioacchino Costanzo, che ha la sfortuna di trovarsi insieme allo zio pregiudicato quando inizia una sparatoria. E quando muore, Gioacchino ha due anni.

E Silvia? L'abbiamo lasciata in via Salita Arenella, con Francesco per mano, lui e il suo zainetto giallo, con Alessandra che li guarda dal terrazzo. Solo che è nel posto sbagliato, Silvia, lei non lo sa, ma si trova nel posto sbagliato al momento sbagliato.

Quartiere Vomero, Salita Arenella, ore dodici e cinquanta, dieci minuti prima dell'una. C'è una guerra per il controllo della zona collinare della città, c'è una faida tra due clan, gli Alfano e i Caiazzo, si cercano, e quando si trovano si sparano e si ammazzano tra di loro, ma questo Silvia non lo sa, lei non c'entra niente, sta solo tornando a casa con suo figlio per mano. Su per quella stradina stretta e in salita, la sua unica preoccupazione sono i motorini che sfrecciano velocissimi, cosí tiene stretto per mano Francesco, e non ci pensa che all'improvviso possa cominciare una sparatoria, proprio lí, Salita Arenella, quartiere Vomero, ore dodici e cinquanta, dieci minuti prima dell'una. Mitra, pistole, fischiano i proiettili, scappano tutti ma lei non ce la fa. Francesco vede sua madre cadere sul marciapiede e neanche si accorge di quello che è successo, perché è troppo piccolo.

11 giugno 1997, ore dodici e cinquanta. Cosí muore Silvia Ruotolo.

Un filmato a colori ci mostra una macchia di sangue sul lastricato e uno zainetto giallo e blu in terra sull'asfalto contro un muro. Un uomo in giacca e cravatta grigia indica con la mano ad altre persone alcuni segni scuri cerchiati con il gesso, sono proiettili di arma da fuoco che hanno colpito la strada, sono una decina, uno vicino all'altro.

Anche se la Camorra non è quella degli anni Ottanta, per ammazzare ammazza lo stesso. E anche i suoi traffici sono gli stessi. Traffico d'armi, traffico di stupefacenti, organizzato attraverso il controllo capillare di ogni piccolo spacciatore, contrabbando di sigarette, ma non piú per l'Italia, per l'estero, la Camorra acquista partite di tabacchi da paesi terzi e le fa passare attraverso l'Italia per rivenderle altrove. Lotto clandestino, scommesse sugli incontri di pitbull, smaltimento di rifiuti. Poi le estorsioni, le tangenti, il pizzo.

Tano Grasso, ex commissario antiusura.
Dice: «La regola principe per un estorsore è fare un danno all'imprenditore con un attentato ma non distruggerlo del tutto. Alle volte a Napoli si sono verificati alcuni attentati che hanno avuto la conseguenza di distruggere del tutto l'impresa. Allora quell'attentato non è un attentato che parla all'imprenditore, è un attentato che parla invece a tutti gli imprenditori, cioè serve

*per creare un clima di terrore sul territorio e quindi di afferma-
zione di forza».*

Tangenti sul traffico di opere d'arte rubate, tangenti sulle merci taroccate, sulle griffe false e i video e i Cd pirata,
tangenti anche sui frutti di mare venduti nei ristoranti. E
l'usura.

Tano Grasso, ex commissario antiusura.
*Dice:«L'usura è un flagello a Napoli. Dove vi è povertà, do-
ve vi è emarginazione sociale c'è sempre l'usura. Io penso al piccolo, piccolissimo bottegaio, al salumiere, alla piccola, piccolis-
sima famiglia monoreddito, questi sono i soggetti a rischio del-
l'usura, e l'usura nella stragrande maggioranza è praticata dalle
figure tradizionali degli usurai: il commerciante stesso che fa l'u-
suraio, il commercialista, la signora nel quartiere, figure purtroppo tutte conosciute. Poi c'è la Camorra che interviene come attività di secondo livello rispetto all'usura. Quando c'è bisogno,
quando i soldi diventano tanti e c'è bisogno di esercitare una capacità intimidatoria per avere la restituzione dei soldi, e soprattutto la Camorra interviene nell'usura quando è interessata ad
appropriarsi della proprietà di un'azienda. Allora a quel punto
l'usura è strumentale. Non è più l'interesse l'obiettivo del camorrista, avere l'interesse a strozzo, ma è avere la proprietà del-
l'azienda».*

Ma soprattutto, come il terremoto per la Camorra negli
anni Ottanta, per la Camorra di oggi ci sono le grandi opere
pubbliche, i grandi appalti come l'alta velocità, la terza corsia della Salerno-Reggio Calabria, il recupero della zona di
Bagnoli, la ricostruzione di zone colpite dai disastri naturali
come quella di Sarno...
Sono tutte cose che servono, cose di cui c'è bisogno, ma

se la Camorra ci mette sopra le mani costano di piú e poi non funzionano, come per il terremoto.

Tano Grasso, ex commissario antiusura.
Dice: «*Se la Camorra riuscisse a mettere le mani, a condizionare questi grandi investimenti di opere pubbliche, tu avrai un'ipoteca per i prossimi decenni sulle imprese e sull'economia napoletana. Cioè, tu non avrai piú imprese che potranno concorrere liberamente sul mercato. Qui la posta in gioco non è di tipo criminale, qui è in gioco la prospettiva economica di una comunità*».

C'è una commedia di Eduardo De Filippo che si intitola *Il sindaco del rione Sanità* e parla di un camorrista, un personaggio saggio e umano anche se feroce, che amministra la sua giustizia con un certo equilibrio. La realtà è diversa, almeno adesso. Stesso rione, rione Sanità, 19 maggio 1990, c'è una festa in famiglia a casa del signor Pandolfi, che ufficialmente fa il venditore ambulante ma in realtà è un camorrista del clan Giuliano. Un gruppo di killer all'improvviso sfonda a calci la porta a vetri dell'appartamento. Vogliono lui, il camorrista, ma il signor Pandolfi ha in braccio suo figlio Nunzio, i killer sparano e li ammazzano tutti e due. Nunzio aveva un anno e mezzo.

Tano Grasso, ex commissario antiusura.
Dice: «*Non si può pensare che la Camorra si possa vincere dall'oggi al domani o che basti una legge, un provvedimento. Purtroppo il punto di forza della Camorra non sono i camorristi. Il punto di forza della Camorra è una mentalità che purtroppo è molto diffusa nella comunità. Ed è quella mentalità che si chiama omertà ma è anche quella mentalità che ad esempio ti porta a vedere nel poliziotto un nemico, nello Stato qualcosa di*

cui non fidarsi, nel carabiniere il soggetto corrotto... Allora tu devi costruire una nuova mentalità».

La nostra storia non finisce qui. Dopo questi fatti ce ne sono tanti altri ancora, altre faide, altri morti, altri soldi, altri compromessi e altri problemi. C'è uno scrittore che si chiama Roberto Saviano che vive sotto scorta per averle scritte in un libro, queste cose. Ci sono altri scrittori e altri giornalisti che stanno cercando di farlo, e anche loro rischiano.

Noi però ci fermiamo qui. Abbiamo raccontato l'inizio, di questa storia.

Prima o poi vorremmo raccontarne anche la fine.

La storia della 'Ndrangheta

Questa è una storia che nessuno conosce.

È una storia misteriosa, fatta di uomini, di parole, di suoni che sembrano venire da un altro mondo, un mondo arcaico e violento, oscuro e silenzioso.

Potrebbe sembrare una storia dell'orrore, perché è una storia di morti, tanti morti ammazzati. Una storia di stragi, di teste tagliate usate per fare il tiro a segno.

Potrebbe essere la storia di una setta esoterica, fatta di segreti, di regole, di gradi dai nomi misteriosi, *supremo, santa, vangelo*, una setta che cresce e si muove nell'oscurità e nel silenzio.

E invece no.

È molto peggio.

Perché questa non è soltanto una storia che nessuno conosce. Questa è una storia che nessuno riuscirebbe a immaginare.

Questa è la storia della 'Ndrangheta calabrese.

Per raccontarla partiamo da tre cose.

Uno stato d'animo, una voce, e un uomo.

Lo stato d'animo è quello della paura. Di piú, è terrore.

C'è un uomo, fermo nel buio, e quello che prova è terrore. È un ingegnere e potrebbe essere in ufficio, a lavorare, oppure a casa sua con la famiglia, e invece è immobile nel buio, un'oscurità fredda e silenziosa, che l'avvolge. Nient'altro che quello, buio e freddo.

E terrore.

La voce. La voce è quella di un uomo distinto ed elegante che si chiama signor Bianchi. O almeno, dice di chiamarsi cosí. Il signor Bianchi è seduto in un salottino nella sede di una ditta a Lucernate di Rho, in provincia di Milano, e sta parlando con uno dei dirigenti dell'azienda. Sono soli, la segretaria è appena arrivata, ha portato il caffè e poi se ne è andata, perché il dirigente le ha chiesto di lasciarli soli.

In realtà non sono soli. Fuori, in un'altra stanza, c'è un capitano dei carabinieri della Direzione investigativa antimafia di Reggio Calabria, con i suoi uomini, che sta intercettando tutto, lo sta videoregistrando, parola per parola.

Perché il signor Bianchi non è un normale uomo d'affari venuto a discutere di lavoro, è un esponente della cosca mafiosa dei Piromalli e a quella ditta è venuto a chiedere «un contributo», come lo chiama lui. La ditta si occupa di importazioni e lui vuole un dollaro e mezzo per ogni container che viene sbarcato nel porto di Gioia Tauro.

Noi siamo là, dice il signor Bianchi. Noi viviamo là.

Abbiamo il passato, il presente e il futuro.

Questo dice la voce.

Abbiamo il passato, il presente e il futuro.

Ricordiamocelo.

Il terzo elemento per raccontare la nostra storia è un uomo. È un uomo di quasi settant'anni, un pensionato, perché dal 1982 prende regolarmente la pensione di invalidità civile come operaio forestale, cinquecentoventi euro al mese. Gli hanno anche assegnato una casa popolare ad Africo, in provincia di Reggio Calabria, vicino al paese in cui è nato.

Quell'uomo però non vive lí, ogni tanto sta in un casolare a Santa Venere, una montagna isolata, nel cuore dell'A-spromonte. È là che i carabinieri del Ros di Reggio Calabria vanno a prenderlo il 18 febbraio del 2004.

E lo arrestano.

In un filmato dai colori molto sgranati vediamo degli uomini con un passamontagna in testa che si avvicinano a una casa di campagna, si capisce che la ripresa è stata fatta da molto lontano e l'ingrandimento della scena ha diminuito la qualità delle immagini.

In un'altra scena al rallentatore vediamo un'automobile che si mette in movimento e passa vicino a un carabiniere. Alle sue spalle si intravedono un paio di uomini col passamontagna scuro. La macchina passa davanti alla telecamera che cerca di farci vedere l'interno.

Si intravede un uomo anziano con le mani unite sulle gambe. Ha lo sguardo molto serio e sembra non osservi nulla di particolare, assorto nei suoi pensieri.

Perché non è soltanto un pensionato di settant'anni, quell'uomo.

È un boss della 'Ndrangheta, la criminalità organizzata calabrese, è il boss di Africo, si chiama Giuseppe Morabito detto 'u Tiradrittu, ed è latitante da dodici anni.

È importante Giuseppe Morabito detto 'u Tiradrittu.

La sua storia è la storia della 'Ndrangheta.

Il passato, il presente e il futuro.

Un uomo in controluce, del quale si vede solo l'ombra nera che si staglia su uno sfondo blu chiaro. Si vede soltanto quella perché è un collaboratore di giustizia e non può essere ripreso.

Dice: «Controllata dalla 'Ndrangheta... anche l'aria che noi respiriamo. Le spiego: loro hanno in mano la maggior parte de-

gli esercizi piú grossi, commerciali, a loro conto ci sono dei pre-
stanome, poi i traffici internazionali di droga hanno portato un'e-
conomia non indifferente. Quindi una parte di quel ricavato vie-
ne investito sul territorio, quindi è tutto in mano loro».

'Ndrangheta.

È una parola misteriosa, quasi impronunciabile, cosí strana e cosí dura, troncata all'inizio da un apostrofo. Non è una
parola semplice e nota come Cosa nostra, o Camorra. Non
sembra neanche il nome di un'organizzazione criminale, sembra piuttosto il nome di una setta.

'Ndrangheta, una parola arcaica, di una lingua sconosciu-
ta, una di quelle che si potrebbero trovare in un rituale di
iniziazione.

Non si sa neanche bene che cosa voglia dire, o da dove
venga. Forse dal greco *andranghetos*, che significa «uomo coraggioso», oppure da *'ndranghete 'n'drà*, un verso che accom-
pagnava la tarantella.

E chi l'ha inventata? Forse l'hanno inventata a metà del
Trecento tre cavalieri spagnoli, Osso, Mastrosso e Carcagnos-
so, e non si chiamava neanche cosí, all'inizio, si chiamava
«picciotteria», «onorata società», «famiglia Montalbano».

Qualunque cosa sia in realtà, la 'Ndrangheta nasce a metà
dell'Ottocento e nasce per lo stesso motivo per cui nascono
la Camorra a Napoli e Cosa nostra in Sicilia. Coprire un buco lasciato aperto dallo Stato sfruttando una situazione di
estremo degrado e miseria.

Enzo Ciconte, storico.
Dice: «La 'Ndrangheta assume due ruoli sociali fondamen-
tali. Un primo ruolo è quello di difesa della povera gente, para-
dossalmente riusciva a dare risposte che lo Stato non riusciva a
dare e questo sistema invece lo faceva. Questo ruolo la 'Ndran-

gheta continuerà ad averlo anche per un lungo tempo. Dall'altra parte ha una funzione di mediazione dei conflitti difficilmente risolvibili. Pensiamo per esempio ai conflitti d'onore. Io ho notato come in quegli anni la 'Ndrangheta rispetto, per esempio, a un giovanotto che insidiava una ragazza e magari quella ragazza non lo voleva, o i genitori della ragazza non volevano quel matrimonio... il padre di quella ragazza non si rivolgeva al carabiniere dell'epoca. Il carabiniere cosa poteva fare nei confronti di quel giovane? Ma se quel genitore si rivolgeva a uno 'ndranghetista e lo 'ndranghetista chiamava il giovane, quello, quella ragazza, non l'avrebbe piú guardata. In realtà, parliamoci chiaro, era un sistema di controllo della società, però non c'è dubbio che svolgeva una funzione importante in quel momento lí.

La 'Ndrangheta è formata da piccoli nuclei famigliari che si chiamano «'ndrine». Famiglie, non gruppi di appartenenza, come quelli di Cosa nostra, che prendono il nome dal luogo in cui si trovano e sono formati da affiliati di varia provenienza. Famiglie anagrafiche, fatte di consanguinei, famiglie vere e proprie. Due o tre famiglie, due o tre 'ndrine che si trovano nello stesso luogo, ad Africo, a Platí o a San Luca, formano un'entità che si chiama «locale».

Nelle 'ndrine, nelle locali, ci stanno gli 'ndranghetisti, che hanno vari gradi, gerarchicamente definiti.

Nicola Gratteri, sostituto procuratore distrettuale antimafia di Reggio Calabria.
Dice: « E all'interno della locale c'è il capolocale che è colui il quale ha potere di vita e di morte su tutti, il contabile che è il ministro dell'Economia e colui il quale paga gli avvocati, colui il quale pensa ai famigliari dei detenuti, colui il quale amministra comunque i soldi, i proventi delle attività illecite. Poi abbiamo il crimine, che è il ministro della guerra e il mi-

nistro della Difesa che naturalmente organizza le modalità de-
gli omicidi e la difesa del locale quando questo viene attacca-
to. Prima di entrare nella 'Ndrangheta si è «contrasti onora-
ti». Il contrasto onorato, quindi, non è un soggetto affiliato al-
la 'Ndrangheta, potremmo dire un favoreggiatore. È un soggetto
che viene studiato anche un anno - due anni da altri affiliati per
capire, per stabilire se lo stesso può entrare a far parte del loca-
le di 'Ndrangheta».

Per entrare nella 'Ndrangheta c'è un rituale di iniziazione, proprio come nelle società segrete. O meglio, nelle sette
esoteriche.

L'aspirante 'ndranghetista, il contrasto onorato, viene
portato in un locale battezzato in nome dei tre cavalieri spagnoli del Trecento. Lo presentano almeno sette 'ndranghetisti, e uno di loro garantisce per lui con la vita.

Si dispongono tutti a ferro di cavallo, a «cerchio formato» si chiama, tutti disarmati tranne il capolocale, e tengono tutti le braccia conserte tranne uno, il «picciotto di giornata», che invece può muoversi e perquisire tutti gli altri.
Poi inizia il rito, in nome dell'arcangelo Gabriele e di santa Elisabetta.

«Prima della famiglia, dei genitori, delle sorelle e dei fratelli viene l'onore della società». E cos'è la società? «Una
palla di sangue che gira tutto il mondo, calda come il fuoco,
fredda come il ghiaccio e umile come la seta». E cos'è l'affiliato? «Un leone legato con una catena di ventiquattro maglie e venticinque anelli». E quanto vale? «Quanto una piu-
ma d'oro esposta al vento».

L'affiliato giura che non avrà rapporti con chiunque porti una divisa o una toga, un uomo dello Stato, un carabiniere, un prete, un magistrato, chiunque abbia giurato fedeltà
a qualcos'altro non sia la 'Ndrangheta. E alla fine il capolo-

cale incide una croce sul pollice della mano sinistra dell'affiliato, fa cadere alcune gocce di sangue su un'immagine di san Michele Arcangelo, ne taglia la testa e la brucia.

Ha un nome significativo il rito di affiliazione alla 'Ndrangheta. Si chiama «battesimo».

E dura tutta la vita.

Il collaboratore di giustizia, la sagoma nera in controluce.
Dice: «Allora tu vuoi emergere? Tu vuoi essere qualcuno? Allora questo ti porta ad affiliarti, a metterti in mostra che tu non hai paura di nessuno e fai qualunque cosa. Allora iniziano... come si inizia? Uno dei tanti modi di iniziare a far parte di questo mondo è con qualche viaggio al Nord, ti pigli il treno e porti qualche pacco. Allora lí ti arrivano i primi soldini e cosí lo fai e continui finché non entri nel mondo e inizi pure tu a fare qualcosina, sempre controllato, e poi inizi l'ascesa».

Africo è un paesino sull'Aspromonte, un «agglomerato di case grigie, verdine o gialle che s'impastano come un accampamento militare lungo la statale 106», come lo definisce Corrado Stajano in un bel libro che appunto cosí si chiama, *Africo*.

Vediamo il mare mentre la telecamera si sposta verso l'interno della regione, a scoprire un paese sulla collina, poco distante dalla spiaggia.
Le riprese fanno poi vedere alcune case di Africo, con immagini a colori. Ma subito dopo passano al bianco e nero e mostrano, per un momento, com'era Africo prima dell'alluvione.
C'è anche una carrellata di immagini che riguardano la gente del paese: una donna che spiana col matterello una sfoglia di pasta mentre un bambino si porta una mano in bocca, seduto sul tavolo, una signora anziana con in testa un fazzoletto nero,

un vecchio con la camicia sbottonata e l'aria trasandata che sta scendendo delle scale verso il fotografo, mentre altri compaesani guardano un punto sulla destra, un asino con due bambini che ne coprono la testa all'obiettivo, e una donna, dietro l'animale, che porta un cesto sopra il capo. Una fotografia riprende dall'alto le tegole di un tetto e in basso una strada in pietra con una madre e suo figlio in braccio, alcune donne che scendono per la via del paese con delle tavole di legno e delle grandi ceste tenute in bilico sopra la testa, mentre uomini alteri guardano verso l'obiettivo.

Africo è un paese di circa tremila e cinquecento abitanti ricostruito in fretta sul mare dopo che un'alluvione nel 1951 ha distrutto quello che si trovava in montagna. Povero, cotto dal sole, fatto di case quasi nuove ma già scrostate o finite a metà, con le pareti di forati senza intonaco.

È qui che negli anni Cinquanta Giuseppe Morabito detto Peppe entra nella 'Ndrangheta. Il giovane Peppe ha circa vent'anni ed è un tipo molto svelto e deciso. Ad Africo c'è una locale formata dalle 'ndrine delle famiglie Morabito, Bruzzaniti e Palamara. Il giovane Peppe ha le capacità e anche le conoscenze giuste perché è di famiglia. Cosí, entra nella sua 'ndrina e da contrasto onorato diventa picciotto.

Nicola Gratteri, sostituto procuratore distrettuale antimafia a Reggio Calabria.
Dice: «A dire il vero il padre di Morabito Giuseppe veniva chiamato 'u Tiradrittu, poi lui l'ha ereditato questo... Tiradrittu... Sparadritto, cioè che ha una buona mira. Morabito non ha titolo di studio, ufficialmente è un operaio forestale, ufficialmente è un uomo incolto, però detto uomo è estremamente intelligente, estremamente furbo».

Ricordiamoci di quell'uomo, quello che abbiamo visto all'inizio di questa storia.

Fermo nel buio, sempre, di giorno e di notte, che trema di freddo d'inverno e muore di caldo d'estate, esposto alla pioggia che filtra da un tetto di frasche.

Da quanto tempo è lí?

Giorno dopo giorno, settimana dopo settimana, mese dopo mese, quanto tempo?

Non lo sa.

È legato a una catena e dorme per terra, nella polvere, come un animale. Ha una famiglia, quell'uomo, una moglie e dei figli, ma non li può vedere. Le uniche persone che vede, o meglio, che non vede, perché quando le incontra hanno il volto coperto da un cappuccio, le uniche persone che entrano in contatto con lui per portargli da mangiare, non parlano molto, non aprono bocca, se non per dargli ordini, o minacciarlo.

Torniamo alla 'Ndrangheta.

San Michele Arcangelo, gli antichi cavalieri spagnoli… la 'Ndrangheta ha anche un santuario, è quello della Madonna di Polsi, sull'Aspromonte, dove ogni anno, in settembre, proprio per la festa della Madonna, i capi delle locali si riuniscono per risolvere problemi e litigi. Sembra davvero una setta, sembra qualcosa di esagerato e di pittoresco, però attenzione, perché la 'Ndrangheta non è pittoresca. La 'Ndrangheta è feroce. La 'Ndrangheta uccide.

Per esempio ci sono le faide.

Alcune foto ci mostrano dei corpi, uno di questi è steso supino con un braccio sollevato verso l'alto e uno ripiegato sul petto, c'è una grossa macchia scura che si espande sotto la testa e

*sul pavimento c'è una serie di cartellini con dei numeri stampa-
ti sopra: 12, 11, 8, 7...*

*Su un'altra foto è segnato un cerchio, evidenzia un punto
scuro sotto il mento di un uomo con la testa riversa su un pavimento di mattonelle bianche. L'uomo ha un sigaro nella mano
contratta e la maglietta macchiata di nero sul petto. In alto a de-
sta si intravede lo spicchio di un timbro circolare di qualche ufficio.*

*Seguono ancora alcune foto che ritraggono corpi privi di vi-
ta, buttati sull'asfalto o su pavimenti sporchi.*

I contrasti tra le varie 'ndrine, i litigi tra uomini d'onore, le questioni tra le famiglie che si spartiscono gli affari del
luogo, iniziano con un'offesa e finiscono nel sangue. E continuano, anno dopo anno, colpendo tutti, parenti, amici, consanguinei. È qualcosa di tribale. Bisogna continuare a uccidere finché l'ultimo maschio della famiglia non sarà morto.

*Il filmato è a colori, passa una cassa di legno e si sentono del-
le grida strazianti e acute. Una donna si butta a terra sfuggendo
alla presa di altre donne vestite di nero. Hanno tutte la faccia
deformata da una maschera di dolore. Quando la donna tocca
terra si solleva una nuvoletta bianca di polvere.*

Come la faida di Seminara.
Seminara è un paesino di tremila e cinquecento abitanti
ai piedi del massiccio dell'Aspromonte. Domenico Gioffré
e Pietro Pellegrino sono i capi delle 'ndrine di Seminara.
Hanno litigato per un appalto sui lavori dell'autostrada che
si sta costruendo. All'uscita di un bar, un uomo legato alla
'ndrina dei Pellegrino offende uno dei Gioffré, saltano fuori le pistole e ci scappa il morto.
Il primo.

Sette morti in otto mesi insanguinano le vie di Seminara.

In bianco e nero appare il cartello stradale del paese di Semi-
nara, perforato da una decina di buchi di proiettile.
Si sente la voce di un giornalista, fuori campo, che chiede:
«Signor Vincenzo Sorace, perché Rocco è stato ucciso?»
Vediamo un uomo che si porta la sigaretta alla bocca in ma-
niera nervosa. Sbuffa il fumo e dice: «Non mi sento di parlare».
Il giornalista insiste: «Non sa niente? Eppure lavora qui vi-
cino al distributore».
La telecamera ci fa vedere un distributore di benzina mentre
si sente dire: «Arrivederci» dall'intervistato.
La scena cambia e vediamo alcuni uomini. La telecamera si
muove a sbalzi in mezzo a loro. Si sente la voce del giornalista
che dice: «Ma è qui che fu colpito Pietropaolo?» Siamo in cam-
pagna, in un prato, tra alcuni alberi. La voce di una donna an-
ziana dice: «Vittu, non ho vittu». Le immagini ci fanno vedere
una serie di fori di proiettili lungo la corteccia di un albero. I fo-
ri sono stati cerchiati con del gesso. Il giornalista, Giò Marraz-
zo, dice perplesso: «Non sa nulla? Ma qui ci sono i segni dei col-
pi…» La donna esasperata insiste allargando le braccia: «Nien-
te sacciu io, se non sacciu…»

Faida di Cimino, i Barillaro contro i Reale, trenta morti.
Faida di San Luca, uno scherzo di Carnevale fa scoppia-
re un contrasto fra 'ndrine, sette morti.

Una serie di immagini e di riprese mostrano alcuni cartelli
autostradali crivellati di colpi. In questo caso si tratta di un car-
tello di divieto di accesso.
Vediamo parabrezza di automobili frantumati da proiettili,

*corpi stesi a terra, coperti da lenzuoli bianchi dai quali scivola
via un rivolo copioso di sangue.*

Faida di Cittanova, faida di Motticella.

Una delle ultime è la faida di Taurianova, diciassettemila abitanti, nel cuore della piana di Gioia Tauro. Da una parte le 'ndrine degli Zagari, degli Avignone, dei Giovinazzo e dei Viola. Dall'altra quelle degli Asciutto e dei Lampo. Dodici morti in quindici giorni.

Nel maggio del 1991 Rocco Zagari si sta facendo radere dal barbiere quando un killer lo inchioda sulla sedia con il volto ancora pieno di schiuma. Il giorno dopo la vendetta: quattro morti.

Tra questi c'è un salumiere che si chiama Giuseppe Grimaldi. Uno dei killer prende il coltello del salumiere e gli taglia la testa. Poi la lancia per aria, in mezzo alla strada, e gli altri si divertono a fare il tiro a segno. Siamo all'aperto, a due passi dalla piazza del paese, ci sono almeno venti persone, impietrite, che guardano quella testa mozzata volare per aria, colpita dai proiettili.

Sembra un film, sembra un film pulp di Quentin Tarantino, oppure un film dell'orrore di Dario Argento.

Invece è successo veramente.

Enzo Ciconte, storico.
Dice: «Tra gli anni Cinquanta e gli anni Sessanta la 'Ndrangheta si caratterizza come un'organizzazione che comincia a insediarsi e a mettere radici piú robuste di quelle di prima. Intanto comincia ad allargarsi, comincia a espandersi rispetto al proprio alveo tradizionale, ai punti di nascita. Poi le prime presenze sia nel campo dell'agricoltura, quindi nell'intermediazione agricola, sia nel campo dell'edilizia».

A metà degli anni Sessanta viene deciso di completare l'autostrada del Sole nel tratto Salerno-Reggio Calabria. Metà degli investimenti destinati alle autostrade vengono concentrati in quest'opera necessaria, indispensabile per una regione bellissima e degna di maggior fortuna come la Calabria.

Il problema è che arrivano le 'ndrine, che pretendono il pizzo per permettere i lavori, se no può sempre succedere qualche incidente, poi pretendono che uomini della 'Ndrangheta vengano assunti come guardiani e poi che i lavori di subappalto siano assegnati a ditte legate ai boss delle 'ndrine.

Giuseppe Lavorato, ex sindaco di Rosarno.
Dice: «Autorevoli personalità della commissione parlamentare antimafia hanno detto che nel bosco di Rosarno è avvenuta la ripartizione dei proventi che devono spettare alle cosche mafiose per la costruzione dell'autostrada Salerno-Reggio Calabria».

Alcune ditte del Nord non si pongono nessun problema: prendono contatto direttamente con le 'ndrine, si accordano sul prezzo e inseriscono questi costi nell'appalto, che in questo modo lievita sempre di piú, costando sempre di piú allo Stato. E la Salerno-Reggio Calabria resta quello che è.

Gli affari cominciano a diventare grossi e i soldi sono tanti. Ci sono gli appalti, c'è il pizzo sulle varie attività, c'è il contrabbando delle sigarette, ci sono sempre le faide, gli omicidi e gli ammazzamenti.

Intanto, le famiglie che si sono affermate nella 'Ndrangheta calabrese sono soprattutto tre. Una è quella di don Momo Piromalli, che domina la piana di Gioia Tauro. La seconda è quella di don Mico Tripodo, che governa Reggio Calabria, e la terza è quella di don Antonio Macrí, che sta nella Locride.

Don Mommo Piromalli, don Mico Tripodo, don Antonio Macrí, sono tutti personaggi da film o da romanzo, che sembrano usciti dal film *Il padrino* di Coppola, con l'unica differenza che invece di parlare in siciliano parlano in calabrese.

Enzo Speranza, già questore di Reggio Calabria.
Dice: «Io ho conosciuto don Mommo Piromalli a Messina nel 1978. Io dirigevo la squadra mobile di Messina e don Mommo era ricoverato in ospedale perché ammalato di cirrosi, è stato molto gentile come i vecchi mafiosi si sono sempre dimostrati, apparentemente, nei confronti della cosiddetta autorità, è una tecnica. Mi ha fatto i complimenti perché aveva letto sul giornale che ero venuto a dirigere la squadra mobile di Messina e alla mia richiesta, una domanda un po' provocatoria da parte mia, come mai in Calabria, c'erano stati negli anni precedenti episodi di sangue particolarmente efferati a Seminara, dove erano stati uccisi addirittura dei ragazzini in culla di sesso maschile perché nel presupposto che nel futuro avrebbero portato avanti il sistema della vendetta... Era molto dispiaciuto di questo fatto, si dimostrò... nel senso che neanche lui era riuscito a risolvere questo problema. Alla mia richiesta come mai insomma esiste ancora la 'Ndrangheta in Calabria, secondo un suo parere autorevole, sorridendo mi disse: la Mafia esiste e la 'Ndrangheta esiste perché in Italia non funziona la giustizia civile».

Un giorno vanno da don Mommo due fratelli che hanno un problema di eredità. Il padre gli ha lasciato un asino e una casa e non sanno come dividerli. Don Mommo assegna l'asino al fratello che fa il contadino e la casa a quell'altro. Giustizia rapida, e senza appello. Come si fa ad appellarsi a una sentenza di don Mommo Piromalli?

Su don Mico Tripodo, invece, c'è un fascicolo di piú di mille pagine, in cui le sue attività sono definite «vere e proprie opere d'arte della malavita».

Ma il vero padrino, quello dei film, è don Antonio Macrí. 'U zi' 'Ntoni, lo zio Antonio, come lo chiamano, ha contatti con Cosa nostra siciliana e ha rapporti con gli Stati Uniti, il Canada e l'Australia. Le sue attività vanno dall'agricoltura al contrabbando di sigarette, fino alle banche, agli appalti, all'assunzione di personale nelle strutture pubbliche. Allo zio Antonio non piacciono i sequestri di persona e non piace la droga, proprio come al padrino del film.

Ma la 'Ndrangheta non ha una struttura verticistica come Cosa nostra, non ha una Cupola. Ha una struttura orizzontale, tutte le 'ndrine sono piú o meno pari, però in quegli anni, quelle che hanno maggiore influenza sono le loro: i Macrí, i Piromalli, i Tripodo.

Poi succede qualcosa.

Lo zio Antonio è tranquillo. È a Siderno, nel cuore del suo regno, dove è temuto e rispettato. È il 20 gennaio 1975 e don Antonio Macrí ha appena finito di giocare a bocce, che sono la sua passione, non ha mai rinunciato a giocare nemmeno quando era latitante. Monta in macchina, dove lo aspetta la sua guardia del corpo, e in quel momento un'altra auto si affianca alla sua. Ne escono quattro uomini armati che cominciano a sparare. Diciotto colpi contro la fiancata della macchina di don Antonio, che muore sul colpo.

Hanno ammazzato lo zio Antonio.

Perché? Non è una cosa da poco. È l'inizio di una guerra. Perché l'hanno fatto?

Le cose stanno cambiando anche in Calabria. Gli affari sono cambiati. Adesso ci sono i grandi appalti, ci sono i lavori per la costruzione del quinto centro siderurgico di Gioia Tauro, un colosso immaginato in piena crisi della siderurgia e destinato a rimanere incompiuto, c'è la costruzione di un impianto chimico a Saline Joniche. E non ci sono solo gli appalti, ci sono le assunzioni nelle strutture pubbliche, con Catanzaro che è diventata capoluogo di regione e l'università che è arrivata a Cosenza.

Sono tanti soldi. I giovani delle cosche emergenti, soprattutto i De Stefano di Reggio Calabria, questi soldi li vogliono. Ma per far questo bisogna cambiare le regole, bisogna avere rapporti con gente importante, anche con le divise, con gli uomini dello Stato.

E per entrare in quegli affari ci vogliono soldi, soldi che si possono fare con la droga e i sequestri di persona. I vecchi però non vogliono.

E allora scoppia la guerra.

Enzo Ciconte, storico.
Dice: «*In quegli anni succede che alcuni vecchi della 'Ndrangheta accettano questo discorso. I Piromalli lo accettano. Altri, don Mico Tripodo, don Tony Macrí, non lo accettano e quindi vengono ammazzati*».

Don Mommo invece no, lui si mette d'accordo con i De Stefano, accetta di cambiare e infatti morirà di morte naturale, di malattia, nel suo letto, nel 1979. Al suo funerale la bara sarà seguita da una folla di almeno seimila persone sotto una pioggia battente.

Gli altri invece no, non accettano il cambiamento e uno dopo l'altro vengono ammazzati tutti. È una guerra generazionale, che vede una specie di ricambio, fuori i vecchi e dentro i giovani.

Don Antonio Macrí, lo abbiamo visto, è stato ammazzato fuori dal campo di bocce. Don Mico Tripodo, invece, muore lontano, a Napoli. È stato arrestato ed è nel carcere di Poggioreale. È tranquillo anche lui, è temuto e rispettato ed è difeso dai suoi guardaspalle. Ma a Poggioreale comanda Raffaele Cutolo e la sua Nuova camorra organizzata. E Raffaele Cutolo si è messo d'accordo con i De Stefano. I suoi killer si fanno aprire la cella di don Mico, lo sorprendono nel sonno e lo uccidono a coltellate.

Assieme con don Antonio Macrí e con don Mico Tripodo muoiono almeno trecento persone. Sembra una guerra, è una guerra, una guerra di mafia che per adesso, in Calabria, è ancora la prima.

Con la guerra gli equilibri all'interno della 'Ndrangheta cambiano. I Piromalli restano a dominare la piana di Gioia Tauro, anche se, naturalmente, don Mommo lo nega.

Si vede la mano di un giornalista che porta il microfono vicino a un uomo che lo osserva con sguardo serio e faccia dura, ha i capelli neri ed è steso in un letto d'ospedale, da sotto le lenzuola spunta fuori il pigiama arancione aperto sul petto che mostra una maglietta bianca. Il giornalista: «Si dice che nessuno può muoversi a Gioia Tauro, ottenere un posto, ottenere una prebenda senza l'okay di Mommo Piromalli».

L'uomo si tiene con il braccio destro alla testata del letto e risponde in maniera decisa e un po' contrariata: «E io manco, come le ripeto, da quattro anni. Allora tutta 'sta povera gente sono tutti seduti sul marciapiede, in mezzo alla strada perché Mommo Piromalli non c'è e non può assicurargli un posto».

A Reggio Calabria i Tripodo non ci sono piú. Adesso la 'ndrina piú forte è quella dei De Stefano, Giorgio De Stefano e suo fratello Paolo, Paolo De Stefano, che ha contatti con la Camorra per il traffico di droga e di sigarette.

E nella Locride? Don Antonio Macrí non c'è piú. Chi comanda nella Locride?

*Le immagini mostrano le strade del paese e la gente che lo
abita. Donne vestite di nero con il fazzoletto scuro sui capelli
camminano con delle fascine di legna in equilibrio sulla testa.
Dei bambini le seguono ridendo e guardano verso la telecamera.*

*Mentre la ripresa scorre attraverso le strade, si vedono case
semplici, in nudo mattone, e signori anziani con la coppola in
testa, seduti su delle panchine, che guardano verso l'operatore.
Alcune donne siedono fuori dell'abitazione, vicino all'ingresso.
Sono intente a cucire panni bianchi. Una rientra in casa proprio
in quel momento, forse disturbata dalla ripresa, un'altra guarda
verso l'obiettivo e si aggiusta un po' i capelli passandosi una mano sopra la tempia.*

Africo, in quegli anni, negli anni Settanta, è quasi ugua-
le a quella di vent'anni prima, quando si è spostata dalla montagna al mare. Manca l'acqua, le tubature della rete idrica sono rotte e la ditta romana che dovrebbe occuparsene non l'ha
mai fatto. Non c'è un piano regolatore. I cantieri edili sono
fermi. Ci sono cinquecento disoccupati e quattrocento emigrati, e il resto del paese vive sfruttato dai collocatori di ma-
nodopera clandestina o grazie alle pensioni di invalidità.

C'è chi protesta, ma non succede niente, e c'è la 'Ndrangheta, ci sono le nuove 'ndrine vincenti, quelle che sono usci-
te dalla guerra.

E Giuseppe Morabito? Peppe Morabito, che adesso chiamano 'u Tiradrittu, dov'è finito 'u Tiradrittu?

'U Tiradrittu è furbo. Ha capito come tira il vento e si è
adeguato.

Adesso, nella Locride, tra chi comanda c'è anche lui.

*Nicola Gratteri, sostituto procuratore distrettuale antimafia
a Reggio Calabria.*

Dice:«Lui ha avuto la capacità, ha avuto l'intelligenza, partendo da 'ndranghetista antico, di diventare 'ndranghetista moderno. Quindi di interessarsi di tutto ciò di cui la 'Ndrangheta si interessa oggi. Cioè, ha talmente carisma, altrimenti non avrebbe avuto seguito e credito».

La 'Ndrangheta è cambiata, ma a modo suo. Non è un'organizzazione criminale come tutte le altre, lo abbiamo visto, sembra quasi una setta esoterica che ai suoi riti, ai suoi segreti, alle sue formule che sembrano venire da un passato arcaico e feroce ci tiene, anche a costo della vita. Per concludere certi affari, bisogna parlare anche con le divise, anche con gli uomini dello Stato, ma questo la 'Ndrangheta non potrebbe farlo. E allora? Bisogna fare qualcosa.

È cosí che nasce la Santa.

Riti che sfiorano la magia. I «santisti» si riuniscono sempre in sette e in una notte di cielo stellato, perché loro sono «stelle».

«Questa santa sera, nella solitudine e nel silenzio di questa santa notte illuminata dalla luce delle stelle, – i santisti giurano, – sotto il nome di Gaspare, Melchiorre e Baldassarre e di nostro signore Gesú Cristo».

Possono fare tante cose, i santisti. Possono entrare in contatto con gli uomini dello Stato per creare quella zona grigia in cui si toccano istituzioni, imprenditoria e criminalità organizzata. Possono anche tradire, i santisti. Possono diventare confidenti della polizia e denunciare alcuni affiliati che sono diventati troppo scomodi. Hanno un gran potere, i santisti, hanno il potere sulla vita delle persone. Proprio come i grandi maestri di una setta esoterica.

La Santa ha tre protettori, tre cavalieri d'onore: Giuseppe Mazzini, Giuseppe Garibaldi e Giuseppe La Marmora. Strani protettori. Due di questi sono addirittura delle divise, sono dei generali, e come tutti quelli che portano la divisa, per la 'Ndrangheta sarebbero degli infami.

Però tutti e tre sono anche un'altra cosa.

Sono massoni.

Enzo Ciconte, storico.
Dice: «La 'Ndrangheta si trasforma e diventa un'altra organizzazione in virtú di una decisione che fu fondamentale. La decisione fu quella di partecipare alle logge massoniche della massoneria, logge importanti perché potevano garantire alla 'Ndrangheta la possibilità di entrare in contatto con magistrati, con uomini dell'esercito, con avvocati, con notai, con imprenditori con i quali non era possibile entrare in rapporto fuori».

C'è un uomo che può servire a raccontare tutto questo. Si chiama Pietro Marrapodi, e la sua è una strana storia che finisce con uno strano mistero.

Il dottor Pietro Marrapodi è un notaio di Reggio Calabria che si occupa di tanti affari e che a un certo punto si iscrive alla massoneria. Ma dicono che il notaio Marrapodi sia anche legato alla 'Ndrangheta, per la quale terrebbe relazioni importanti, con persone importanti e insospettabili.

Non sarebbe l'unico personaggio legato alla criminalità organizzata a far parte della massoneria calabrese. Ci sono anche don Antonio Macrí, don Mommo Piromalli e molti della 'ndrina dei De Stefano. Nella massoneria, però, ci sono persone a cui non piacciono questi ingressi. All'avvocato generale dello Stato Francesco Ferlaino, per esempio, non piacciono: quella non è la massoneria. La massoneria è un'altra cosa, semmai quella è massoneria deviata.

L'avvocato Ferlaino viene ucciso a Lamezia Terme il 3 luglio del 1975, da killer rimasti sconosciuti.

Coperto dalla loggia, il notaio Marrapodi manterrebbe i

contatti tra la 'Ndrangheta e certe persone che contano. Poi il suo nome salta fuori e finisce nell'operazione Olimpia, un'inchiesta condotta dalla magistratura di Reggio Calabria e che si occupa anche dei rapporti tra 'Ndrangheta e Massoneria. Il notaio Marrapodi finisce dentro e comincia ad avere paura. Si convince che è meglio parlare e qualche cosa la dice ai magistrati. Inizia a collaborare con il giudice Cordova, con la Direzione distrettuale antimafia di Reggio Calabria, e anche con quella di Messina, che indaga su alcuni magistrati calabresi finiti nelle inchieste.

Il notaio Marrapodi viene scarcerato e torna a casa. E lí, pochi giorni prima del processo, viene trovato morto, impiccato.

Un suicidio.

Forse. O forse no.

Vincenzo Macrí, sostituto procuratore, Direzione nazionale antimafia.

Dice:«La 'Ndrangheta ha un'anima istituzionale e un'anima mercantile. L'anima mercantile è quella che si dedica ai traffici internazionali di qualsiasi sostanza proibita, quindi il traffico di armi, il traffico di droga, il traffico di esseri umani, il traffico di scorie e rifiuti tossici e qualunque altra cosa. Poi c'è una 'Ndrangheta invece che ha una dimensione territoriale, potremmo dire istituzionale, quella cioè che occupa un determinato territorio e tende a controllare tutto quello che avviene sul territorio, soprattutto dal punto di vista economico. È una 'Ndrangheta quindi che si occupa di estorsioni a tappeto, che si occupa di usura, che si occupa soprattutto di appalti e tende a monopolizzare per avere il controllo totale di tutti i finanziamenti pubblici in questo settore, e questo le consente di avere un rapporto anche con il mondo politico e amministrativo che le dà ulteriormente forza perché poi, al momento delle consultazio-

ni elettorali, è in grado di influire pesantemente sull'esito delle elezioni».

La 'Ndrangheta è entrata in società e grazie alla Santa adesso può avere rapporti anche con i politici. Nonostante ci siano politici che dicono che la 'Ndrangheta non esiste, che la criminalità organizzata, in Calabria, non c'è, è soltanto un'invenzione per screditare il Sud.

Come il sindaco democristiano di Gioia Tauro Vincenzo Gentile, che lo ripete anche a un processo. Il sindaco Gentile verrà ucciso a Gioia Tauro nel 1987 dai killer della 'Ndrangheta.

La 'Ndrangheta propone anche direttamente i suoi candidati alle elezioni e li sostiene. Anche troppo. Come con l'avvocato Giorgio De Stefano, cugino del boss Paolo De Stefano, che alle comunali di Reggio Calabria rischia di superare con le preferenze il suo capolista della Democrazia cristiana ed è costretto a chiedere ai suoi elettori di non votarlo piú, primo e unico caso in Italia.

I boss della 'Ndrangheta, naturalmente, negano ogni rapporto con la politica.

Mommo Piromalli parla dal letto dell'ospedale, intervistato dal giornalista che gli chiede: «Comunque lei è un uomo che ha relazioni politiche con uomini importanti...»

«No, assolutamente no. Certamente che se un uomo politico mi incontra e mi conosce perché qua sono tutti del luogo i politicanti della Calabria, mi incontrano e mi salutano: buongiorno, Piromalli, io gli dico: buongiorno, onorevole. E se qualche volta ho avuto bisogno di qualcosa mi sono rivolto a loro, come lo fanno tutti. Non sono io il primo a rivolgermi a un parlamentare, a un politicante e dire ho bisogno di voi, mi trovo in difficoltà, datemi una mano d'aiuto».

Ma nelle relazioni della 'Ndrangheta con la politica c'è anche un aspetto meno chiaro e, se possibile, ancora piú inquietante. Sono i rapporti di alcune 'ndrine con l'estrema destra, soprattutto con quella del principe Junio Valerio Borghese.

In un documento dell'epoca vediamo Borghese da giovane con la divisa militare di quando prestava servizio nella X Mas. Subito dopo segue un'intervista a un Borghese molto piú anziano. Sulla ripresa appare in sovrimpressione la scritta bianca JUNIO VALERIO BORGHESE.

Alla voce dell'intervistato, che parla in francese, si sovrappone quella del traduttore in italiano che dice: «Oggi combatto contro degli italiani, oggi parlo contro degli italiani quando le dico che i nostri nemici piú pericolosi in Italia sono dei comunisti, quindi degli italiani, e non mi disturba affatto dirle che sono nemici, e se potessimo sterminarli sarei molto contento perché libereremmo il nostro paese da nemici che vivono insieme a noi e che costituiscono un eterno pericolo».

Verso la fine del documento appare la scritta: «Dalla Televisione svizzera (T.S.I.) 1971».

Nel 1970, a Reggio Calabria, succede qualcosa di importante, qualcosa che cambierà il volto dell'intera regione. C'è la rivolta dei «boia chi molla», ci sono i moti di Reggio.

In un documento dell'epoca, in bianco e nero, si vede una carica di militari che corrono verso sinistra armati di manganelli, scudi e caschi antisommossa. Ci sono i fumi dei lacrimogeni, jeep militari, gente che attacca o scappa e scontri in strada. Contro un muro un paio di agenti fermano qualcuno e subito accorrono altre guardie. Un uomo con una maglia bianca viene por-

tato a forza sorretto per le braccia da due militari mentre si avvicina un altro, minaccioso, sollevando il manganello nell'atto di colpirlo. L'uomo sta urlando qualcosa ma l'audio delle riprese non c'è.

La rivolta di Reggio Calabria inizia il 5 luglio 1970. Si è saputo che nella riorganizzazione della regione il capoluogo non andrà a Reggio Calabria ma a Catanzaro. È stato il sindaco Dc Piero Battaglia a renderlo noto, con quello che verrà chiamato «il rapporto alla città». I reggini lo sentono come un complotto, come una perdita, sia economica che morale, e scoppia la rivolta.

Vediamo un'automobile che brucia, rovesciata in mezzo alla strada. Alcuni passanti si voltano a guardarla per un momento, poi proseguono.
Si vede una carica di militari, le vetrine sono frantumate, è una vera e propria guerriglia, un militare con il braccio indica verso l'alto. La strada è piena di jeep. Vediamo altre macchine capovolte che stanno bruciando, escono delle fiamme anche da un'abitazione.

La rivolta di Reggio dura quasi un anno. Il 12 febbraio 1971, il presidente del Consiglio Emilio Colombo annuncia che in cambio del capoluogo e dell'università, che resteranno a Catanzaro e a Cosenza, a Reggio andrà il quinto centro siderurgico italiano con investimenti per diecimila e duecento posti di lavoro. I reggini accettano.

Le strade sono nel caos, arrivano delle jeep che procedono tra fumi densi di gas lacrimogeno. Sulla banchina del porto ci sono carri armati e militari ovunque. Delle jeep camminano in fila indiana lungo una strada devastata e piena di calcinacci. I mili-

tari hanno i lancialacrimogeni, uno di loro salta giú dalla jeep e si mette a correre.

Dieci giorni dopo i carabinieri, la polizia e l'esercito, coinvolto per la prima volta nella storia della Repubblica in questioni di ordine pubblico, entrano in città con i carri armati e sgomberano le ultime barricate.

All'inizio ai moti di Reggio partecipano molte forze politiche, compresi i comunisti. Poi la rivolta viene egemonizzata dalla destra, dall'Msi di Ciccio Franco, e ci sono anche alcuni uomini di Avanguardia nazionale e di Ordine nuovo.

C'è anche la 'Ndrangheta.

Vincenzo Macrí, sostituto procuratore, Direzione nazionale antimafia.

Dice: «È a quella data che bisogna far risalire il primo rapporto molto stretto fra 'Ndrangheta reggina e destra eversiva. È un rapporto che si protrarrà lungo tutto il corso degli anni Settanta, tanto è vero che nella metà degli anni Settanta un boss della 'Ndrangheta reggina come Paolo De Stefano trascorre a Roma la sua latitanza nello stesso nascondiglio di Pierluigi Concutelli e di Stefano Delle Chiaie».

La criminalità organizzata non ha mai avuto una parte politica. La Mafia sta con il potere, è quello il suo referente politico, e infatti la criminalità organizzata in Italia si è sempre appoggiata soprattutto a partiti di governo. Semmai la Mafia ha «simpatie».

La 'Ndrangheta, all'inizio, per la maggior parte simpatizzava per la sinistra, la persecuzione del fascismo nei confronti delle 'ndrine e l'invio di confinati antifascisti in Calabria avevano spostato le simpatie di parte della 'Ndrangheta verso il Partito comunista.

Poi però, poco prima che avvenga la rivolta di Reggio, succede qualcosa.

Nel 1969 la tradizionale riunione delle 'ndrine al santuario di Polsi, il santuario della 'Ndrangheta, viene rimandata. Perché? Perché a Reggio Calabria si deve tenere il comizio del principe Junio Valerio Borghese, l'ex capo della X Mas, e le 'ndrine vogliono sentire cosa dice per decidere da che parte stare. Ci sono i De Stefano, infatti, che premono per andare da quella parte.

Il comizio si tiene, la riunione invece viene interrotta dall'intervento della polizia. Alcuni, però, i De Stefano soprattutto, decidono di appoggiare l'estrema destra.

Nella notte tra il 7 e l'8 dicembre 1970, il principe Junio Valerio Borghese marcia su Roma assieme a militari e fedelissimi nel tentativo di realizzare un colpo di Stato. È una delle pagine piú oscure e controverse della nostra storia. Il tentativo di golpe fallisce, gli uomini del principe vengono richiamati indietro e tutto finisce lí. Ma secondo dei collaboratori di giustizia, assieme agli uomini del principe c'erano anche millecinquecento uomini delle 'ndrine, pronti a intervenire.

Poi c'è un'altra cosa. Durante la rivolta di Reggio, succede qualcosa di brutto.

Una strage, la strage di Gioia Tauro.

Un vagone è rovesciato sui binari, ne vediamo la parte inferiore nella quale spiccano diversi tubi metallici. L'inquadratura passa a riprendere il tetto dello stesso vagone, che è steso su un fianco e messo di traverso sopra un paio di binari. Delle persone si dànno da fare in un punto in cui i binari si intrecciano tra loro in una rete complessa. Lungo le traversine ci sono grossi pezzi di legno sparsi a terra. Alcuni uomini issano un palo della luce che era caduto sul tetto del vagone, dei ferrovieri parlano tra loro. L'ultima scena del documento fa vedere un'altra carrozza

*rovesciata, con sopra la fiancata cuscini e lenzuola saltate fuori
dai vagoni letto.*

Il 22 luglio 1970, alle cinque e dieci del pomeriggio, il di-
rettissimo Siracusa-Torino, la Freccia del Sud, sta correndo
sui binari all'altezza di Gioia Tauro. All'improvviso il mac-
chinista sente un colpo, un sobbalzo sotto la locomotiva. Capisce subito che cosa sta succedendo, cerca di azionare il freno ma non fa in tempo.

*C'è una serie di vagoni rovesciati sull'intreccio dei binari. Di
una di queste carrozze si vede il tetto deformato. In un punto c'è
un buco quadrato che lascia intravedere l'interno.*

Diciassette vagoni escono dai binari, schiacciandosi l'u-
no contro l'altro. Sei morti e settantasette feriti. A far dera-
gliare il treno è stata una bomba piazzata sotto i binari, e a
fornire l'esplosivo sarebbe stato un uomo della 'Ndrangheta, Giacomo Lauro, prima della 'ndrina di don Antonio Macrí, poi di quella di Pasquale Condello, come affermerà lui
stesso quando diventerà un collaboratore di giustizia.

Attenzione, adesso c'è una piccola parentesi da non dimenticare mai. A Reggio Calabria ci sono cinque ragazzi, cinque anarchici che dicono di avere scoperto qualcosa sulla strage. Dicono di avere messo assieme molti elementi e di averli scritti in un dossier che vogliono portare a un avvocato che
si occupa di controinformazione. I cinque ragazzi partono
per Roma con la loro Mini Morris, ma all'altezza di Frosino-
ne si schiantano contro un camion col rimorchio fermo in autostrada, e muoiono tutti e cinque. Fine parentesi.

E c'è Franco Freda, uno degli imputati della strage di piazza Fontana, avvenuta a Milano il 12 dicembre 1969, sedici
morti e ottantanove feriti.

Il filmato dell'epoca parte con una ripresa dall'alto che mostra l'atrio della Banca dell'agricoltura. Ci sono delle finestre che si affacciano sulla sala e hanno i vetri rotti. Come si sposta a filmare il pavimento, la telecamera riprende una tavola di legno in mezzo a detriti e calcinacci. Alcune sedie sono sparse in maniera disordinata. Il bancone è pieno di calcinacci, pezzi di lamiera e vetri. Vediamo l'interno degli uffici. Sulle scrivanie ci sono macchine da scrivere e calcolatrici. Due persone sollevano la tavola al centro della sala e scoprono un enorme buco profondo.

Franco Freda verrà riconosciuto, con sentenza passata in giudicato, come responsabile della strage di piazza Fontana assieme a Giovanni Ventura, ma tutti e due non sono piú processabili perché definitivamente assolti da altre sentenze. Allora però, quando il processo si sposta in Calabria, a Catanzaro, per un po' di tempo Freda sparisce.

Vincenzo Macrí, sostituto procuratore, Direzione nazionale antimafia.
Dice: «Verrà ritrovato soltanto dopo oltre un anno in Costarica. Per molti anni non si è mai saputo nulla circa il periodo da lui trascorso in latitanza fra la data della sparizione e quella del suo arresto in Costarica. Soltanto nel 1993 si è potuto accertare che Franco Freda trascorse quell'anno di latitanza a Reggio Calabria, ospite della 'Ndrangheta reggina. Per la precisione, egli fu ospite di tre distinte famiglie di 'Ndrangheta, ciascuna delle quali lo ospitò per alcuni mesi».

C'è quell'uomo fermo nel buio.
Da quasi un anno vive in un buco scavato per terra in una fiumara, il letto asciutto di un fiume, una specie di canyon

da qualche parte sull'Aspromonte, coperto da un tetto di frasche. Di notte l'unica luce che filtra è quella delle stelle, che si riflette su una catena corta che lo lega a un ceppo.

L'uomo si chiama Carlo De Feo, ed è un ingegnere. È stato rapito a Casoria, in provincia di Napoli, il 28 febbraio del 1983. Alcuni uomini armati l'hanno preso, gli hanno coperto la testa con un cappuccio e se lo sono portato via, fino a quel buco sull'Aspromonte, dove sta da quasi un anno, senza potersi muovere, senza potersi lavare, senza potersi cambiare.

Gli hanno fatto scrivere una lettera alla famiglia in cui si chiede un riscatto di piú di quattro miliardi.

Il collaboratore di giustizia.
Dice:«Gli anni Settanta-Ottanta sono stati anni atroci e brutti soprattutto per le famiglie che hanno subito quelle atrocità. Penso tuttora a quelle persone che non hanno fatto piú ritorno... che non conoscono neanche il posto dove poter piangere i loro cari. Tragico da ricordare, perché per la Mafia, per la 'Ndrangheta in modo particolare, è stata una stagione, quelle stagioni, che gli ha permesso di avere dei liquidi, quindi introiti non indifferenti, e investire sul mondo del narcotraffico».

Per fare soldi ci vogliono soldi. Per entrare nel ramo della droga, per esempio. L'eroina e la cocaina viaggiano sulle rotte delle sigarette, sbarcano sulle coste della Sicilia e della Calabria e da lí risalgono l'Italia, fino alle piazze ricche del Nord. Ma per venderla, la droga, bisogna prima comprarla, e per comprarla ci vogliono soldi, tanti soldi.

Poi ci sono gli appalti. Si possono ottenere facilmente con i concorsi truccati e una volta ottenuti si possono gonfiare i bilanci senza fare praticamente niente, ma per ottenerli ci vogliono le ditte, ci vogliono le macchine per smuovere la terra

e i camion per trasportarla, ci vogliono le betoniere. I terreni di Gioia Tauro passeranno da agricoli a industriali e var-
ranno un sacco di soldi, ma prima bisogna comprarli e per farlo ci vogliono contanti.

Le 'ndrine però non sono ricche e di soldi non ne hanno.
E allora come si può fare? Bisogna prenderli a chi li ha. Con
uno dei delitti piú odiosi che si possano immaginare.

Il sequestro di persona.

*Vediamo la ripresa di un ragazzo che si mordicchia le dita di
una mano, pensieroso. Ha i capelli lunghi che gli coprono parte
del viso.*

Paul Getty III junior è il figlio di un miliardario americano che vive in Italia. La 'Ndrangheta lo sequestra a Roma il
7 luglio 1973 e lo porta in Aspromonte. La 'Ndrangheta chiede al nonno del ragazzo un riscatto enorme per quel tempo,
quasi due miliardi, e per accelerare le trattative taglia un orecchio a Paul Getty e lo spedisce alla famiglia in una busta.

*Nello sgranato di una foto in bianco e nero, il ragazzo è vi-
sto da dietro la testa. Ha dei grossi cerotti bianchi che gli coprono il capo a partire dalla nuca.*

È una notizia che colpisce un'Italia non ancora abituata
a certe cose. Il signor Getty paga il riscatto, un miliardo e
settecento milioni, che sono davvero un sacco di soldi per
quegli anni, siamo agli inizi degli anni Settanta.

Con i soldi del riscatto la 'Ndrangheta compra pale mec-
caniche, ruspe e camion, e subito dopo costituisce ditte per
ottenere gli appalti. A Bovalino, nella Locride, c'è un quartiere che gli abitanti del luogo chiamano ufficiosamente
«quartiere Paul Getty».

Il collaboratore di giustizia.
Dice: «I sequestrati venivano venduti tra bande. Questa è
una delle cose che si è saputo e quindi quei periodi di sequestri
lunghi significavano proprio questo, c'era un passaggio da una
banda all'altra».

Mentre Cosa nostra siciliana proibisce ai suoi di fare sequestri in Sicilia per non attirare l'attenzione delle forze del-
l'ordine sull'isola, la 'Ndrangheta agisce anche in Calabria.
Ma soprattutto agisce al Nord, va a prendere le sue vittime
in Lombardia, in Piemonte, in Veneto, in Emilia, poi le porta sull'Aspromonte e ce le tiene tanto, tantissimo tempo.
Come Carlo Celadon. Nel 1988 Celadon è un ragazzo di
diciotto anni e vive ad Arzignano, in provincia di Vicenza.
Il 25 gennaio un gruppo di persone mascherate lo va a prendere nella villa dove vive con i genitori e lo porta in Aspromonte. La 'Ndrangheta lo chiude in un buco e ce lo tiene ottocentotrentuno giorni. Ottocentotrentuno giorni, sono quasi due anni e mezzo, sono un tempo infinito da passare chiuso
in un buco, senza sapere se il giorno dopo sarai ancora vivo.
I rapitori mettono in atto sul giovane Carlo una strategia
psicologica particolare. Lo tengono in condizioni infami,
chiuso in una cella molto stretta in cui è costretto a stare quasi sempre in piedi, e cercano di convincerlo che il padre non
vuole pagare il riscatto, che la famiglia si è dimenticata di lui.
Non è vero, il padre paga, cinque miliardi, e Carlo torna libero. Lo trovano nel cuore dell'Aspromonte, sotto un crocifisso di legno, il crocifisso di Zervò, che la gente chiama il
Cristo dei sequestrati.

Vediamo il ragazzo, sorretto da un carabiniere in divisa, e un
uomo. Indossa una tuta sportiva a righe orizzontali blu, bianche

*e azzurre. Alle loro spalle si intravede un aeroplano. C'è gente
ad accogliere il giovane che ha l'aria molto provata, i capelli sono lunghi fino alla nuca. Il giovane si è sbarbato da poco e ha lo
sguardo stanco. Davanti a sé ha diversi microfoni. Si allarga il
campo e si vede che indossa una tuta della polizia. Dice: «Ho
pianto per anni di notte, pregavo il Signore per avere una vita da
costruire con la mia fidanzata, e pregherò ancora».*

Cesare Casella, invece, resta nelle mani della 'Ndrangheta per settecentoquarantuno giorni, piú di due anni, cambiando spesso nascondiglio, a volte legato con una catena che
lo assicura a un paletto, come un animale, con catene alle ca-
viglie, esposto al freddo dell'Aspromonte senz'altra difesa
che alcuni maglioni.

*Vediamo una foto in bianco e nero che ritrae il ragazzo con
lo sguardo fisso verso l'obiettivo. Si vede una catena attorno al
collo e parte di un foglio bianco sul suo petto.*

Cesare ha diciannove anni. Lo prendono mentre sta in
macchina a Pavia, vicino a casa sua, il 18 gennaio 1988 e lo
rilasciano il 30 gennaio 1990.

*In un filmato a colori vediamo una sala con tre carabinieri
appoggiati a un mobile con vetrinetta. Una signora di spalle che
indossa una maglia celeste guarda verso la porta e si dondola nervosa tenendo le mani congiunte sul davanti. A un certo punto
le scappa un gemito di emozione e dalla destra appare un ragazzo che le butta le braccia al collo. Il ragazzo indossa la giacca di
un carabiniere e ha i capelli lunghi. La donna e il giovane si ab-
bracciano intensamente, poi la madre guarda il figlio e cerca di
spostargli i capelli per vedergli il viso. Sorridono, qualcuno applaude.*

Al suo rilascio ha contribuito la battaglia di sua madre Angela, che ha lanciato appelli, ha scritto lettere aperte, è arrivata a farsi incatenare al crocifisso di Zervò, il Cristo dei sequestrati, per mobilitare l'opinione pubblica perché facesse pressione sui rapitori, e anche sullo Stato, perché liberassero suo figlio.

Attorniata da diversa gente la madre di Cesare Casella ringrazia e bacia sulle guance alcune signore, parla con una signora anziana, un ragazzo ha in mano una macchina fotografica.
La scena cambia e si vedono dei ragazzi che camminano portando uno striscione bianco, sopra c'è scritto in rosso: LIBERATE CESARE. *Una bambina legge un suo comunicato ai rapitori, mentre la madre di Casella si asciuga gli occhi con un fazzoletto bianco. La bambina dice:* «*Uomini che tenete in ostaggio il figlio di questa madre addolorata, rendetevi conto che un giorno morremo e date la libertà al povero giovane*». *Un fotografo spinge dietro le spalle della ragazzina per mettere in posizione la macchina fotografica e scattare qualche posa. La signora, asciugatasi gi occhi, si accorge della telecamera e si gira verso l'obiettivo, poi torna ad ascoltare la ragazzina.*

Sono tanti i sequestri di persona compiuti dalla 'Ndrangheta tra gli anni Settanta e l'inizio degli anni Novanta. Sono centotrentanove. A compierli sono soprattutto le 'ndrine di Reggio Calabria e quelle della Locride: Platí, San Luca, Natile.

Vincenzo Macrí, sostituto procuratore, Direzione nazionale antimafia.
Dice: «*In quel periodo nel triangolo Platí - San Luca - Natile c'erano dieci, dodici sequestri contemporaneamente e questo na-*

*turalmente destava molta preoccupazione, allarme, nella 'Ndran-
gheta, perché l'opinione pubblica si ribellava, i giornali erano
costretti a scrivere. Chi amministrava in quel momento la giustizia, la sicurezza dello Stato, era costretto a intervenire. Hanno mandato massicciamente centinaia di uomini. Ricordo, sempre durante il sequestro Ghidini, in un raggio di quattro chilometri c'erano novecentosessantotto poliziotti».*

Mario Airaghi viene fermato da una macchina della guardia di finanza mentre sta tornando a casa. Scendono quattro finanzieri che gli chiedono i documenti e gli dicono di se-
guirli in caserma. Solo che non sono finanzieri, sono uomini della 'Ndrangheta, e non lo portano in caserma, ma in
Aspromonte.

Anche Mirella Silocchi viene sequestrata da uomini della 'Ndrangheta travestiti da militari della guardia di finanza. La prendono a Parma, la portano sull'Aspromonte e ce
la tengono per piú di cinquecento giorni. Le tagliano anche
un orecchio per accelerare i pagamenti.

Roberta Ghidini ha vent'anni. La fermano mentre è in
macchina vicino a casa, a Centenaro di Lonato, in provincia
di Brescia, e la portano a Roccella Jonica, dove la tengono
per un mese, incatenata per una gamba, prima di liberarla.

E poi ci sono Giuseppe Scalari, rapito a Trezzano sul Naviglio, Alfredo Cozzi rapito a Paderno Mugnano, Vincenzo
Medici rapito in Calabria, Rocco Surace, anche lui rapito in
Calabria, Domenico Paola, rapito a Locri, e Andrea Cortellezzi, rapito a Tradate.

In cinque mesi i famigliari di Andrea Cortellezzi ricevono una lettera, la sua patente e un orecchio. Poi piú niente.
Andrea non lo rivedono piú. Come Rodolfo Cartisano, rapito assieme a sua moglie Franca da sei banditi. Lei la lasciano subito in un buco, in Aspromonte. Lui non torna piú.

Il collaboratore di giustizia.

Dice: «Presumo che per quelle persone che non hanno fatto ritorno… o per via della malattia, qualcuno non stava bene di salute o perché alcuni avevano visto qualcosa. La 'Ndrangheta non ama farsi riconoscere, e quando qualcuno sa o vede qualcosa che non deve vedere, si parla sempre di cose illecite, viene fatto fuori».

Per convincere le famiglie a pagare in fretta, per scoraggiare allarmi e tentativi di fuga, per fare paura, la 'Ndrangheta tratta i sequestrati in un modo disumano, li picchia, li mutila, li violenta. Quando vengono liberati i sequestrati sono altre persone, traumatizzate, sconvolte, dimagrite, sembrano deportati usciti da un campo di concentramento.

Una serie di riprese mostra i rapiti dopo il sequestro. Vediamo un ragazzo senza l'orecchio destro, e sembra che la guancia prosegua fin dietro la nuca. Un uomo con capelli rossicci lunghi e una barba foltissima, ha lo sguardo spento, poi lo solleva un attimo, si accorge della telecamera, abbassa la testa e la gira. Una ragazza butta la testa all'indietro come per scrollarsi di dosso alcuni pensieri. Un ragazzo ciondola il capo all'indietro, poi guarda verso l'obiettivo, stanco, si porta una mano al viso e si stropiccia un occhio.

Fra tutti il sequestro piú brutto, quello piú infame e disumano, è sicuramente quello di Marco Fiora.

Il 20 marzo 1987, a Torino, c'è un'auto con tre persone a bordo, padre, madre e figlio. All'improvviso due auto la bloccano, una davanti e l'altra dietro. Escono alcune persone mascherate con le armi in pugno e spaccano i vetri dell'auto con una mazzetta da muratore. Afferrano il figlio e lo trascinano fuori, mentre la madre grida: «No!... Marco no!...»

Marco Fiora ha sette anni.

I banditi lo portano in Aspromonte e lo tengono per diciassette mesi.

Vediamo un bambino con delle ciabattine rosse. Indossa una maglietta gialla e un paio di pantaloncini blu. È tenuto per mano da un signore e cerca di camminare. Sembra molto spaesato e si muove a fatica, ha i movimenti disarticolati e fa delle smorfie con la bocca. Le sue gambe sono scheletriche, sembra davvero un deportato appena liberato da Auschwitz. Fa venire da piangere.

Non lo tengono e basta, lo tengono legato, senza che possa lavarsi, senza che possa cambiarsi, incatenato col polso destro a una branda, senza potersi muovere, come un piccolo animale, per diciassette mesi. Un bambino di sette anni. Verrà liberato il 2 agosto 1988, ma i segni di quell'esperienza disumana, sia fisici che psicologici, sarà difficile cancellarli.

Enzo Speranza, questore di Reggio Calabria.

Dice: «Questo è stato l'ultimo sequestro che ha indotto sostanzialmente, con il risultato, ha indotto la criminalità organizzata della zona a recedere da questo impegno, anche perché non diventava più remunerativo. La presenza sul territorio di forti numeri di polizia, di arma dei carabinieri, eccetera, impediva di continuare nei loro traffici illeciti che arrivavano dalla droga, dalla gestione del territorio, dagli appalti, eccetera, quindi non era più remunerativo».

C'è quell'uomo nel buio, legato in un buco sotto le frasche, nel letto asciutto di un fiume.

A volte succede che qualcuno riesca a liberarsi. I rapitori allentano la sorveglianza, oppure non chiudono le catene, o si diventa cosí magri da riuscire a sfilarsele.

L'ingegner De Feo si libera ed esce da quel buco in cui è stato rinchiuso per quasi un anno. Non sa dove si trova, è sull'Aspromonte, in una fiumara della valle del Butramo, ma lui non lo sa. Quello che sa è che deve andarsene in fretta da lí, scappare il piú lontano possibile prima che gli altri, i rapitori, tornino a prenderlo, deve trovare qualcuno che possa chiamare i carabinieri, aiutarlo, riportarlo a casa. Cosí comincia a camminare. È in montagna, non sa dove, ma cammina, finché non vede qualcosa.

Un ponte.

E dietro il ponte, un paese.

L'ingegner De Feo non riesce a chiedere aiuto. Si trova circondato da una piccola folla di donne e bambini che lo bloccano, chiamano i rapitori e lo fanno riportare indietro.

Perché quello è un paese poverissimo e anche il piccolo indotto che gira attorno ai sequestri può servire per non morire di fame.

Ma non è soltanto perché la 'Ndrangheta governa l'economia della miseria che l'ingegner De Feo viene riportato al suo buco nella fiumara del Butramo dove resterà per quasi un anno, fino al 19 febbraio 1988, quando verrà liberato dietro il pagamento di un riscatto di quattro miliardi e mezzo. È che la 'Ndrangheta fa paura. Fa di tutto per incutere terrore nella gente.

Giuseppe Lavorato, ex sindaco di Rosarno.
Dice: «Io sono stato eletto sindaco di Rosarno a fine novembre del 1994. Nei giorni successivi furono colpite le scuole del mio paese. Organizzammo subito una manifestazione di tutte le

*scuole contro i mafiosi e contro i delinquenti che avevano com-
piuto quegli atti e per la prima volta sfilarono a Rosarno inse-
gnanti, studenti, con i cartelloni che chiedevano sicurezza per le
scuole e iniziative per la legalità. La Mafia rispose nei giorni successivi, notte di Capodanno, colpendo tutti gli uffici pubblici che
c'erano a Rosarno, dell'amministrazione comunale, il municipio... finanche il cimitero. Colpí con la lupara, perché per una
notte intera il paese fu nelle mani di queste bande di mafiosi,
trentacinque negozi».*

La forza della Mafia sta nell'omertà. È l'omertà che permette il controllo del territorio, che permette di muoversi come se si fosse invisibili, di tenere un uomo dentro un buco
per quasi un anno senza che nessuno dica niente, di chiedere il pizzo senza che nessuno si lamenti, di rubare, di trafficare, di uccidere, quasi che nessuno se ne accorga.

E invece la gente se ne accorge. La gente non le vuole certe cose, la gente di Calabria è brava gente e non ce la vuole
in casa la Mafia, ma è difficile fare qualcosa.

Giuseppe Valarioti, per esempio. Valarioti è il segretario
della sezione del Partito comunista di Rosarno. In parecchie
occasioni ha denunciato la presenza della Mafia nella sua zona, soprattutto nel campo del commercio degli agrumi. Lo
uccidono la sera del 10 giugno 1980, gli sparano all'uscita di
un ristorante in cui è andato a cena con alcuni amici.

O Giovanni Lo Sardo. Lo Sardo è assessore comunale a
Cetraro ed è anche segretario capo della procura di Paola.
Anche lui ha denunciato cose che non tornano, cose che non
funzionano nella sua zona, rapporti tra 'Ndrangheta e politica, influenze della Mafia su certe strutture pubbliche. Lo
uccidono il 23 giugno 1980, due uomini in moto gli sparano
mentre sta tornando a casa.

Giuseppe Lavorato, ex sindaco di Rosarno.

Dice: «*Quando dopo tante iniziative noi siamo riusciti a ottenere che a Rosarno arrivasse un reparto di polizia, la notte successiva penetrarono nel comune e dentro il mio ufficio e scrissero che io sarei stato il primo a morire. Quando apprendemmo della confisca di beni mafiosi, lo stesso giorno io scrissi alle autorità preposte che naturalmente era da sostenere l'impegno della magistratura e delle forze dell'ordine e che quei beni volevo io averli per il mio comune, per farne strutture sociali, al servizio dei cittadini. Comparve l'articolo, il mio intervento, la mattina sui giornali, la notte spararono col kalashnikov contro il municipio e contro la finestra del mio ufficio*».

I miliardi dei sequestri vengono investiti nel traffico di droga e fruttano altri miliardi. Anche questi vengono investiti, entrano nell'affare degli appalti e fruttano ancora altri miliardi.

A Gioia Tauro, dove il «pacchetto Colombo» deciso per far cessare la rivolta di Reggio prevede la costruzione del quinto centro siderurgico, succede piú o meno la stessa cosa che è successa per la Salerno-Reggio Calabria. Arrivano le 'ndrine, che sono già pronte con le ditte per gli appalti, i camion e le macchine per il movimento terra. E arrivano anche le ditte del Nord, alcune delle quali prendono subito contatto con le 'ndrine, direttamente, quasi di loro iniziativa, e si mettono d'accordo. I costi degli appalti lievitano di un quindici per cento fisso, che è come una specie di tassa per la Mafia.

Tanti, tantissimi soldi. La 'Ndrangheta è diventata ricca. Di solito, quando arrivano i soldi cominciano i problemi, cominciano i litigi, i contrasti, su come spenderli, come dividerli, come farne di piú. Nelle aziende normali i contrasti

al vertice si risolvono con licenziamenti, con le buone usci-
te e con i cambi di ufficio.

Nella Mafia no, nella Mafia si risolvono col mitra.

È cosí che a metà degli anni Ottanta, nella 'Ndrangheta,
scoppia la seconda guerra di mafia.

Il generale Angiolo Pellegrini, dell'arma dei carabinieri.
Dice:«La seconda guerra di mafia scoppiò anche qui per mo-
tivi di interesse. Si dice che De Stefano Paolo era riuscito ad ac-
caparrarsi tutti i migliori affari di Reggio Calabria ed esercitava
un dominio pressoché incontrastato ma anche estremamente se-
vero nei confronti dei suoi dipendenti. C'era qualcuno che mor-
deva il freno…»

Chi morde il freno è soprattutto la 'ndrina di Antonino
Imerti. Antonino Imerti ha un soprannome, lo chiamano Nano feroce, sicuramente non in sua presenza. È stato annun-
ciato un progetto molto grosso, la costruzione di un ponte
sullo Stretto di Messina. Una delle estremità del ponte dovrebbe partire da Villa San Giovanni, che è nel territorio
della 'ndrina di Imerti. Anche la 'ndrina dei De Stefano vuole mettere le mani sull'affare, ma il Nano feroce non vuole.

L'11 ottobre 1985, azionata da un telecomando a distanza, esplode una bomba piazzata in un'auto parcheggiata sotto casa di Imerti, a Villa San Giovanni. È una tecnica tipi-
ca di Cosa nostra ed è la prima volta che viene usata in Calabria. Muoiono tre persone, ma Antonino Imerti si salva e
prepara la vendetta.

Archi è un quartiere di Reggio Calabria ed è il quartiere
di Paolo De Stefano, il boss della 'ndrina dei De Stefano. Piú
che un quartiere è un feudo, considerato impenetrabile sia
alla polizia, che fatica a entrarci se non in forze, che agli uomini delle altre 'ndrine. Il pomeriggio del 13 ottobre 1985,

Paolo De Stefano è su una moto di grossa cilindrata guidata dal guardaspalle Antonino Pellicano. Sta andando verso il centro ed è tranquillo, perché quello è il suo quartiere. Non immagina che per cercare di ucciderlo i suoi avversari hanno messo in piedi un agguato da Far West. Cinque uomini, uno che aspetta in strada, in macchina, e quattro sul balcone di una casa che si affaccia sulla strada. Gli sparano dall'alto con due fucili automatici, una lupara e una pistola di grosso calibro, massacrando sia lui che Antonino Pellicano.

Scoppia la guerra. Da una parte la 'ndrina dei De Stefano, alla cui guida adesso è salito Orazio De Stefano, fratello di Paolo, assieme alle 'ndrine dei Libri e dei Tegano. Dall'altra la 'ndrina degli Imerti, assieme ai Condello e ai Serraino. Entrano in campo anche i superstiti della vecchia 'ndrina di don Mico Tripodo, sterminata nella guerra precedente.

Vincenzo Macrí, sostituto procuratore, Direzione nazionale antimafia.

Dice: «Nella seconda guerra di 'Ndrangheta che dura dal 1985 fino al 1991 i morti ammazzati sono oltre settecento. È una guerra che si svolge per le strade, anche in pieno centro delle città di Reggio Calabria e di Villa San Giovanni. Gli omicidi si susseguono anche nell'arco della stessa giornata al ritmo di oltre duecento all'anno. In quegli anni la percentuale di morti ammazzati nella provincia di Reggio Calabria è di circa trenta omicidi per ogni centomila abitanti, una percentuale altissima».

Le chiamano guerre, le guerre di mafia, ma non è un'esagerazione giornalistica, sono guerre davvero. A Reggio Calabria soprattutto, ma anche nel resto della regione, si spara per le strade, e a terra in quegli anni rimangono novecentosessantasei morti. Un numero enorme.

Secondo la logica delle vecchie faide, la guerra non risparmia nessuno. I boss delle 'ndrine si chiudono nelle ville protetti da guardie armate e da sistemi di sicurezza, e allora la guerra si scatena contro chi si trova, parenti, amici, non importa se siano ancora dei ragazzi.

Davanti a un portone di legno aperto ci sono due persone che stanno parlando. Dietro di loro, a terra, c'è un corpo ricoperto da un lenzuolo che di lato è intriso abbondantemente di sangue.

In un'altra scena caricano una cassa da morto su un carro funebre, e a terra, in mezzo a un crocchio di persone, rimane un lenzuolo sporco.

Dietro una macchina rossa crivellata di colpi si vedono le luci del lampeggiante di un'auto della polizia. La telecamera si sposta e fa vedere a terra due corpi coperti da un sacco nero dell'immondizia, escono fuori solo le gambe. Se ne vedono tre, due sono coperte da pantaloni scuri e hanno scarpe da uomo, e la terza gamba la si vede scoperta fino al polpaccio nudo e calza una scarpa da donna.

C'è un aneddoto che serve per raccontare quel massacro e come la gente l'abbia vissuto proprio come una guerra, con l'abitudine quotidiana alla morte che la guerra comporta. Un giorno, a Reggio Calabria, in una famiglia normale, non una famiglia mafiosa, una famiglia comune, due adulti stanno leggendo il giornale mentre una bambina sta giocando lí accanto, da sola. Uno degli adulti legge la notizia della morte della vecchia attrice Greta Garbo. «Hai visto? – dice a quell'altro. – È morta Greta Garbo». «Ah, sí? – dice la bambina. – E chi l'ha uccisa?»

Vincenzo Macrí, sostituto procuratore, Direzione nazionale antimafia.

Dice: «La guerra si conclude nel 1991 senza vinti né vinci-
tori, ma con una pace alla conclusione della quale partecipano
sicuramente anche rappresentanti di Cosa nostra, rappresentan-
ti delle cosche calabresi residenti nel Canada e altrove».

La guerra finisce all'improvviso nel settembre del 1991.
Costa troppo, sia dal punto di vista economico che da quello umano, e c'è anche chi dice che ci sia stato un intervento
della politica.

La pace viene sancita secondo i vecchi riti della 'Ndrangheta. Per i De Stefano garantisce il boss Antonio Nirta, patriarca della locale di San Luca, dove si trova il santuario di
Polsi, che la 'Ndrangheta considera un luogo sacro. Per gli
Imerti garantisce don Antonino Mamoliti. Pace. Da piú di
novecento gli omicidi scendono a centosessantasette nel
1991 e a settantaquattro nel 1992.

C'è anche qualche omicidio eccellente.

C'è una conferenza. Lodovico Ligato è in piedi davanti a un
tavolo e parla al microfono. Al tavolo sono sedute altre quattro
persone e dietro di loro c'è un pannello rosso con scritto: «SI-
GNORI SI CAMBIA - Breda, esperienza per cambiare». Vediamo
una piccola porzione di una telecamera che reca impresso il mar-
chio del Tg2. Sta riprendendo Ligato che ha la testa china sullo
scritto che sta leggendo.

Lodovico Ligato, per esempio, è una persona molto importante. È l'onorevole Lodovico Ligato, deputato nelle file della Democrazia cristiana, ex presidente delle Ferrovie
dello Stato, da cui si è dimesso dopo che è scoppiato lo scandalo delle «lenzuola d'oro».

L'onorevole Ligato torna a Reggio Calabria, deciso a impegnarsi anche nella politica locale. Ma lo fa in un brutto momento. È in corso la seconda guerra di mafia.

Generale Angiolo Pellegrini, arma dei carabinieri.
Dice: «Già nel 1987 il Ligato doveva essere ucciso, e di fronte alla difficoltà di intervenire nel corso di una guerra di mafia che vedeva contrapposti i due schieramenti – da una parte dello schieramento De Stefano-Tegano-Libri e dall'altra parte lo schieramento dei Serraino-Condello e Rosmini-Imerti – c'era estrema necessità di colpire quest'uomo perché, per i precedenti collegamenti che egli aveva con il clan De Stefano, si pensava che una volta rientrato a Reggio Calabria e immesso nella politica e soprattutto nella parte economica che riguarda la politica, potesse portare dei vantaggi allo schieramento De Stefano».

L'onorevole Ligato sa cosa si rischia a Reggio Calabria e sta molto attento. Il 27 agosto 1989 è a Bocale di Pellaro, una frazione di Reggio Calabria in cui trascorre le vacanze. È l'una di notte e Ligato sta accompagnando alcuni amici al cancello della villa. Li saluta, aspetta che si allontanino lungo un sottopassaggio ferroviario, poi si volta per tornare indietro. In quel momento, dal buio, escono due uomini che gli sparano alla schiena. Ligato scappa, ferito, inseguito dai killer, arriva fino al pianerottolo di casa e lí cade, davanti alla porta blindata. La moglie sente i colpi, apre per vedere che cosa è successo, ma richiude subito, perché un proiettile la manca di poco e si schiaccia contro il muro, dentro casa. Poi i killer tornano da Ligato e gli scaricano addosso le pistole. In tutto trentaquattro colpi sparati.

La seconda vittima eccellente è una persona completamente diversa. Succede il 9 agosto 1991.

C'è un benzinaio che lavora sull'autostrada Salerno-Reggio Calabria, all'altezza di Villa San Giovanni. Verso le cin-

que e mezzo di sera sente un rumore, come una frenata molto brusca, poi vede un'auto che sbanda ed esce di strada finendo dentro una scarpata.

*È notte e siamo su una strada di campagna. La telecamera ri-
prende una colonnina in mattoni, poi gira verso le luci dei fari
di un'automobile bianca ferma sulla strada sterrata. La visuale
si sposta piano verso destra, dove vediamo subito che in un cespuglio sul bordo della via si è creato un varco scuro. La telecamera si avvicina e scorgiamo anche dei segni a terra fatti col gesso. C'è la scritta «PU». La sigla è cerchiata da un altro segno di
gesso. Nel varco tra i cespugli le piante sono piegate verso il basso e sulla vegetazione è posato qualcosa di metallico. La telecamera, avvicinandosi, fa vedere che quel ferro è una ringhiera.*

*La scena cambia. C'è un carro dei vigili del fuoco, e davan-
ti al mezzo un'automobile con il bagagliaio aperto e il muso interamente schiacciato, il parabrezza fracassato.*

Arriva subito il 113, che trova la macchina di sotto,
schiacciata contro un terrapieno. L'auto è danneggiata naturalmente, ma c'è qualcosa di strano, qualcosa che non sembra avere niente a che fare con un incidente, perché c'è il
buco di un pallettone sul telaio di un finestrino. Al volante
c'è un uomo e anche lui non sembra essere la vittima di un
incidente. Gli hanno sparato due colpi di fucile in testa, due
colpi di fucile calibro 12 caricato a pallettoni.

Ma chi è quell'uomo? È un magistrato della corte di cassazione. È il sostituto procuratore generale Antonino Sco-
pelliti. In quei giorni è in Calabria per trascorrere le vacanze, ma si è portato dietro un po' di lavoro. A casa ha alcuni
faldoni di un processo che sta preparando e nel quale deve
sostenere la pubblica accusa. È un processo molto importante che finalmente è arrivato all'ultimo grado di giudizio.

È il maxiprocesso a Cosa nostra, che vede coinvolti i principali boss della Mafia siciliana.

Uccidere un magistrato come Antonino Scopellitti non è una cosa che serve alla 'Ndrangheta, semmai è una cosa che fa piacere a Cosa nostra. Chissà, forse la 'Ndrangheta ha stabilito rapporti con altre organizzazioni, forse.

Di sicuro si è estesa, è arrivata anche molto lontano.

Africo continua a essere la stessa. Uno dei tanti centri della fascia ionica cresciuto col boom dell'edilizia degli anni Settanta e Ottanta. A mezza costa c'è il silos di una ditta che produce calcestruzzo. È il silos di Giuseppe Morabito detto 'u Tiradrittu.

Africo non è soltanto 'Ndrangheta, naturalmente, come non lo è la Calabria, Africo è tante cose, ma è anche Giuseppe Morabito, 'u Tiradrittu. È diventato importante, 'u Tiradrittu. Dopo la guerra di mafia la 'Ndrangheta ha deciso di dotarsi di un livello superiore, un po' come la cupola di Cosa nostra.

Tra i capi che fanno parte di questa specie di cupola, secondo gli investigatori della Direzione investigativa antimafia, ci sarebbe proprio lui, 'u Tiradrittu, una specie di Bernardo Provenzano della 'Ndrangheta. Le riunioni di questa specie di cupola non si terrebbero piú nel territorio del santuario della Madonna di Polsi, ma proprio lí, ad Africo.

Ha fatto carriera, 'u Tiradrittu, da quando era semplice contrasto onorato, negli anni Cinquanta. È riuscito a mettere assieme il rispetto per le vecchie regole della 'Ndrangheta, quell'idea quasi da setta esoterica, con lo spirito dei nuovi affari. Quando parla di lui, la gente dice «havi cchiú sòrdi d'u Statu», ha piú soldi dello Stato. E quando il capo della polizia Vincenzo Parisi va nella Locride per una riunione con gli investigatori, 'u Tiradrittu gli fa notificare da un messo comunale una diffida a indagare su di lui, come se fosse lui la vera autorità della zona.

Ora la sua influenza va oltre il paese, oltre la Locride, oltre la Calabria. La 'ndrina di Morabito, e non solo quella, tutta la 'Ndrangheta si è estesa anche nel Nord Italia, a Milano e in Lombardia, dove è diventata una delle organizzazioni piú potenti. E non solo, si è estesa anche all'estero, negli Stati Uniti, in Canada, in Australia.

Generale Angiolo Pellegrini, arma dei carabinieri.

Dice: «L'organizzazione internazionale della 'Ndrangheta deriva soprattutto da due fattori, un fattore famigliare, infatti ci sono molti emigrati appartenenti a famiglie calabresi e tra questi anche appartenenti a famiglie di 'Ndrangheta. Quindi è facile per chi vuole andare a stabilire dei rapporti in altre zone e soprattutto in altre nazioni, appoggiarsi a queste persone. Sarebbe estremamente difficile partire, arrivare sul posto e non trovare nessun appoggio. E poi per potere sviluppare i mercati. Certamente il mercato della droga va sviluppato a livello internazionale. Noi abbiamo un grosso mercato che viene dal Canada o che affluisce in Canada e abbiamo un grosso mercato con gli Stati Uniti e un grosso mercato, specialmente per la droga leggera, con l'Australia».

In Australia, per esempio, ci sono alcuni terreni che stanno vicino alla cittadina di Griffith e che vengono acquistati con soldi che arrivano da Platí. Sono soldi che vengono da alcuni sequestri compiuti in Lombardia. Alcuni di questi terreni vengono trasformati in grandi piantagioni di canapa indiana. C'è un deputato liberale, Donald McKay, che sembra mettersi in mezzo. Viene ucciso nel luglio del '75, a Griffith a colpi di lupara. E nel gennaio del 1989 viene ucciso anche Colin Winchester, vicecapo della polizia di Canberra.

E poi c'è il Siderno Group.

A chiamarlo cosí è stata la magistratura canadese. Perché la 'ndrina che domina il gruppo criminale che agisce soprattutto tra Canada e Stati Uniti viene da Siderno, ed è quella che una volta era comandata da don Antonio Macrí. I soldi dei sequestri arrivano in Canada in una banca di Toronto, vengono trasferiti negli Stati Uniti a una banca di Manhattan, e da lí servono ad acquistare cocaina in Colombia, che poi viene trasferita in Calabria, a Marina di Gioiosa Jonica.

Il giro di affari è enorme. Fra droga, traffico d'armi e appalti, il Siderno Group muove un giro di cinquanta milioni di dollari negli anni Novanta.

Non è che lo Stato resti con le mani in mano, in tutto questo tempo.

22 febbraio 2004. Il Parco Caserta è un complesso residenziale di lusso al centro di Reggio Calabria. In un appartamento del residence fanno irruzione gli agenti della squadra mobile di Reggio e si trovano di fronte un uomo che non oppone resistenza, anzi, si congratula con loro.

«Sono onorato di fare la vostra conoscenza», dice.

Vediamo un uomo, che si copre il viso con un foglio bianco, uscire da una palazzina beige. Dietro di lui seguono due uomini col passamontagna nero e un corpetto con sopra scritto POLIZIA. Altri uomini in borghese procedono al fianco dell'uomo che si copre il volto. Prima che entri in macchina, attorniato da agenti, giornalisti e fotografi, la telecamera riesce a riprendere per un momento il volto. Ha la testa calva e porta un paio di occhiali.

Quell'uomo è Orazio De Stefano, capo della 'ndrina dei De Stefano. È l'ultimo rimasto della famiglia, dopo che tutti gli altri sono stati uccisi.

Appunto, non è che lo Stato, in tutto questo tempo, sia rimasto con le mani in mano. Ci sono state tantissime operazioni compiute dalle forze dell'ordine e coordinate dalla magistratura calabrese, come l'operazione Armonia, l'operazione Primavera, l'operazione Olimpia, che nasce dalle dichiarazioni di due collaboratori di giustizia e che fa luce sulle guerre di mafia. Ci sono stati maxiprocessi con centinaia di imputati. E almeno ventisette amministrazioni comunali sciolte per mafia.

Vediamo cumuli di pacchetti rossi, gialli verdi e blu, accatastati su un tavolo sopra il quale ci sono anche tantissime mazzette di soldi tenute con degli elastici. La ripresa mostra sopra un altro tavolo sacchetti trasparenti che contengono una polvere marroncina. Sono tanti: sette, otto sacchetti in altezza e una ventina in larghezza. Si vede poi il dettaglio di una mano che ha rotto il bordo di un pacchetto avvolto da nastro da imballaggio. La mano sta scavando con un dito all'interno per far vedere cosa c'è dentro e tira fuori della polvere bianca.

Ci sono stati sequestri di centinaia e centinaia di chili di droga, quasi mille solo nel 2003.

E ci sono stati arresti di latitanti eccellenti, proprio come lui, Giuseppe Morabito detto 'u Tiradrittu, arrestato in quella cascina di Santa Venere, sull'Aspromonte, il 18 febbraio 2004. «Trattatemi bene», dice Morabito ai carabinieri del Ros che sono venuti ad arrestarlo.

Era latitante da più di dodici anni, 'u Tiradrittu. Stava sempre molto attento. Quando doveva incontrare qualcuno non lo faceva venire nel suo nascondiglio, andava lui a trovarlo, quando e dove voleva lui. E non parlava mai al telefono. Come per Bernardo Provenzano, la voce registrata di

Giuseppe Morabito detto 'u Tiradrittu, fino al momento del suo arresto, non esiste.

E allora? È stata sconfitta la 'Ndrangheta?

Vincenzo Macrí, sostituto procuratore, Direzione nazionale antimafia.

Dice: «Quello che colpisce l'osservatore esterno che si occupa della 'Ndrangheta, è di vedere come nonostante ci siano stati nel corso di questi undici anni centinaia di processi a carico di tutte le cosche della provincia di Reggio Calabria, con centinaia di ergastoli, migliaia di anni di reclusione combinati con varie sentenze e quindi l'arresto di oltre duemila appartenenti alla 'Ndrangheta... ripeto, sorprende che tutto questo non abbia provocato un vero e proprio indebolimento di questa organizzazione, che a dire di tutti gli osservatori è oggi la piú forte, la piú potente, la piú diffusa sia a livello nazionale che a livello internazionale. Colpisce, quindi, questa sorta di insensibilità della 'Ndrangheta alla repressione investigativa e giudiziaria. Quasi che tutto questo non riesca a scalfire il suo enorme potere, la sua struttura organizzativa di base. Tutto questo è dovuto sia alla particolare struttura organizzativa che la caratterizza e che le consente di essere presente in maniera capillare in tutto il territorio sia in Italia che all'estero, ma soprattutto ai suoi rapporti tenuti abbastanza occultati finora, sui quali non si è indagato sufficientemente, e soprattutto è dovuto all'enorme potere economico che ha accumulato attraverso il traffico internazionale di sostanze stupefacenti».

Lo abbiamo detto dall'inizio, questa è una storia che nessuno conosce. La storia di un'organizzazione misteriosa, dal nome difficile, che nel silenzio diventa l'organizzazione criminale piú forte che ci sia oggi in Italia e una delle piú forti nel mondo. Nel mercato della droga, in Sud America, in Colombia, la 'Ndrangheta ha soppiantato Cosa nostra, e a volte succede che un esponente di una cosca siciliana con difficoltà di pagamento venga sequestrato dai narcotrafficanti colombiani e rilasciato soltanto su garanzia della 'Ndrangheta.

Perché i calabresi delle 'ndrine sono considerati piú affidabili, perché pagano in fretta e soprattutto non parlano.

Enzo Ciconte, storico.
Dice: «Quando è arrivata la tempesta dei collaboratori di giustizia, questa si è abbattuta fondamentalmente su Cosa nostra, ma ha lasciato quasi indenne, quasi intatta la 'Ndrangheta. I collaboratori di giustizia della 'Ndrangheta sono una sparuta minoranza e tra questi non c'è nessun capobastone, non c'è nessun 'ndranghetista di peso. Ancora oggi la cosca piú potente di Reggio Calabria, quella dei De Stefano, ha un solo collaboratore di giustizia, uno solo».

Se Cosa nostra e la Camorra hanno ormai centinaia di collaboratori di giustizia, i pentiti della 'Ndrangheta sono soltanto una trentina e fra loro c'è un solo capolocale. È per via del vincolo famigliare. I componenti delle 'ndrine sono consanguinei, e pentirsi, parlare, significa far finire in galera padri, fratelli e cugini, e non è facile. Già è difficile per gli uomini delle 'ndrine infrangere un giuramento che è stato fatto quando erano ancora in culla, come succede ai figli dei capi, che vengono «battezzati» quando sono appena nati e possono sposarsi soltanto con donne di altre famiglie mafiose, scelte dalla 'ndrina per rafforzare il suo potere, come nel Medioevo. Ci sono paesi in cui nello stesso secolo, le stesse due famiglie si sono già incontrate almeno quattro volte.

La provincia di Reggio Calabria resta divisa in tre zone, la Città, la Piana di Gioia Tauro, la Locride. Ma si sono aggiunte anche le 'ndrine di Catanzaro e quelle della Piana di Sibari.

Si vedono degli uomini con il passamontagna e una tuta militare avvicinarsi a una veranda ed entrare. Nel salotto ci sono dei fogli di giornale attaccati l'uno all'altro per coprire una finestra, un divano e un tavolo. Sopra il tavolo ci sono delle scatole di pasta, una radio, un pupazzo di stoffa... Lo sportello del mobiletto sul quale poggia il televisore è aperto, e dentro ci sono diversi oggetti che sono stati spostati di fretta. Mentre la telecamera continua a riprendere l'interno della casa, si intravede uno dei militari che si aggira per l'ambiente.

I boss latitanti posseggono ville che sembrano bunker con sotterranei nascosti come le segrete di un castello. A volte fatti costruire a spese del comune.

Sono tanti gli uomini della 'Ndrangheta. Solamente nella zona di Reggio Calabria, secondo gli investigatori, su mezzo milione di abitanti gli uomini delle 'ndrine sono cinquemila.

Poi c'è un'altra cosa. Questa è una storia che nessuno conosce, lo abbiamo detto. Ma è anche una storia che nessuno riuscirebbe a immaginare. Nessuno per esempio riuscirebbe a immaginare una cosa come questa:

Vincenzo Macrí, sostituto procuratore, Direzione nazionale antimafia.
Dice: «Un chilo di pasta di coca costa venti euro. Raffinata, da un chilo di cocaina se ne possono fare quattro chili e mezzo, perché fino al ventitre-ventiquattro per cento ha effetto stupefacente. Quando arriva la cocaina in Italia arriva pura al novantotto per cento, poi si può tagliare fino ad arrivare al ventitre-ventiquattro per cento, ha sempre effetto stupefacente. Quindi

*la cosiddetta eroina... o la cocaina da strada, che sulla piazza di
Milano, di Torino, di Roma costa settantacinque euro al grammo. Questi sono i guadagni del traffico di droga. Consideran-
do... noi dalle nostre indagini abbiamo calcolato che la 'Ndrangheta, l'organizzazione che noi conosciamo, possono portare in
Europa in media, tremila, quattromila chili di cocaina al mese.
E allora facendo un po' i conti, un calcolo matematico, vediamo quali sono gli affari della 'Ndrangheta, cioè i guadagni sono
tali e tanti da mettere in crisi il bilancio di uno Stato».*

Abbiamo capito bene?
Facciamo il calcolo. Quattromilacinquecento chili sono
quattro milioni e cinquecentomila grammi. A settantacinque
euro al grammo sono trecentotrentasette milioni e cinquecentomila euro. Sono quasi seicento miliardi di lire. Al mese. In un anno diventano quasi una manovra finanziaria degna di uno Stato. È una potenza economica enorme, una
quantità di soldi che spaventa.
C'è un'intercettazione telefonica in cui un uomo della
'Ndrangheta dice a un altro che ha recuperato duecentottan-
ta miliardi di lire in contanti che avevano sepolto sottoter-
ra. Purtroppo però la confezione non era sigillata bene e ne
sono marciti otto, otto miliardi di lire.
Non importa, dice quell'altro, buttiamoli via, come se fosse niente.
Sono tanti, tantissimi soldi. Ma cosa ci fa la 'Ndrangheta con tutti quei soldi?

*Vincenzo Macrí, sostituto procuratore, Direzione nazionale
antimafia.*
*Dice: «Il problema è investire. La 'Ndrangheta sta investen-
do soprattutto nel terziario e soprattutto negli immobili. Nel terziario con le grandi catene di distribuzione alimentare, negli im-*

mobili soprattutto acquistando esercizi commerciali dove è facile, dove è possibile una sovrafatturazione, cioè paradossalmente il commerciante 'ndranghetista fa l'opposto del commerciante onesto. Paradossalmente, cioè per il commerciante onesto è normale, tende a fatturare meno possibile per pagare meno tasse. L'affiliato alla 'Ndrangheta, commerciante prestanome o formalmente proprietario di un supermercato, ha interesse a fatturare di piú, per giustificare la ricchezza, per giustificare ancor di piú quel venti per cento di guadagno sul prodotto. Piú fattura piú può giustificare il venti per cento in piú di guadagno. Quindi ora la 'Ndrangheta sta comprando molto nel Nord Italia, in Europa ad esempio, soprattutto in Germania, la Germania dell'Est».

L'economia mafiosa droga e avvelena il mercato. Ci sono paesi in Calabria in cui non viene piú chiesto neanche il pizzo perché tutte le attività commerciali sono di proprietà della 'Ndrangheta. E non è soltanto un problema calabrese. C'è un'intercettazione telefonica in cui un uomo dice a un altro di smettere di comprare case in una cittadina della Germania. Perché posseggono già tre quartieri.

Non è soltanto un problema criminale, è un problema economico. E non è soltanto un problema dello Stato, è un problema della gente.

Giuseppe Lavorato, ex sindaco di Rosarno.
Dice:«Abbiamo, come comune di Rosarno, iniziato il procedimento civile per il risarcimento economico dei danni morali e materiali prodotti dalla Mafia al nostro paese, alla nostra terra, e basta leggere quello che dice il Censis per quantificare in decine, centinaia di miliardi di danni economici prodotti dalla Mafia alle nostre terre. Noi riteniamo che tutti, gli amministratori comunali, quelli provinciali e soprattutto la regione debba costituirsi parte civile in tutti i processi contro la Mafia».

Chi la vince questa guerra? Bastano i carabinieri e i poliziotti? Bastano i magistrati?

C'è quella voce, quella frase inquietante, quell'intercettazione all'inizio della nostra storia, l'uomo della 'Ndrangheta che parla con l'imprenditore: «Noi viviamo là, noi siamo là, noi abbiamo il passato, il presente e il futuro».

Il passato, il presente e il futuro.

Perché non finisce qui la storia della 'Ndrangheta, e nel frattempo sono successe tante cose. A Locri, il 16 ottobre 2005, la 'Ndrangheta ha ucciso il vicepresidente della regione Calabria Francesco Fortugno. A Duisburg, in Germania, il 15 agosto 2007, sei persone vengono uccise all'uscita di un ristorante nell'ambito della faida di San Luca. Non sono i soli a essere uccisi in questi anni, e continua il fiume di droga e denaro sporco che avvelena la vita di tutto il paese con il pizzo e la corruzione.

Però sono nate anche le associazioni antiracket, e associazioni spontanee di giovani come quella dei ragazzi di «Adesso ammazzateci tutti», solo per citarne una.

Perché c'è un'altra intercettazione. Sono le voci di due uomini che parlano di una faida che in un paese sta mietendo vittime su vittime.

«Che si dice?» chiede uno dei due.

«Si dice che state rovinando il paese, – risponde quell'altro. – La gente è stanca di tutto questo, e se la gente si ribella noi siamo finiti».

Ecco: se la gente si ribella, loro sono finiti.

Terra e libertà

C'è un film di Pietro Germi che si intitola *In nome della legge*. È una storia di mafia, una delle prime raccontate dal nostro cinema, ed è girato nelle campagne di Sciacca, una cittadina in provincia di Agrigento, nel 1948. Mostra un paesaggio impervio, stradine che salgono e scendono tra case dai muri bianchi, cotte dal sole.

Ecco, restiamo a Sciacca. Togliamo la macchina da presa, la troupe, gli attori, il regista e rimaniamo tra quelle stradine strette, tra quelle piazzette, tra quelle case dai muri bianchi che sono sempre le stesse, non più nella fantasia del cinema, adesso, ma nella realtà.

Il filmato è in bianco e nero e mostra una barca che galleggia sull'acqua. La telecamera si sposta e ci fa vedere una serie di pescherecci ormeggiati nel porto.

La scena cambia e vediamo una fontana scarna in mezzo alla via di un paese, fatto di case semplici, e la strada è fangosa e terrosa. Dietro la fontana c'è un carretto. Un altro fa il giro della fontana passando davanti alla visuale. Su quest'ultimo carro c'è un uomo col berretto in testa e un frustino in mano. Tira le briglie, e come il carretto gira attorno al basamento della fontana, la ruota di legno sale leggermente sul rialzo di pietra e fa ballare la carrozzella. Lungo la via si vedono delle galline razzolare.

In una di quelle stradine strette e tortuose ci sono cinque uomini che camminano. Hanno le mani in tasca e si stringono addosso le giacche e i cappotti, si calcano la coppola sulla testa, perché siamo in gennaio, è il 4 gennaio 1947 e fa freddo, a Sciacca, molto freddo.

Gli uomini sono appena usciti dalla sezione locale del Partito comunista e stanno tornando a casa, sono le nove e mezzo di sera. Parlano tra loro, c'è appena stata una riunione importante, tutto è importante in quei giorni, il movimento contadino sta lottando per l'assegnazione delle terre, parlano tra loro e intanto camminano per quelle stradine strette, quelle salite e quelle discese che girano attorno alle case dai muri bianchi.

Dopo pochi passi Silvestro Interrante si ferma, una di quelle case bianche è la sua, saluta gli altri e se ne va. Ancora qualche passo ed è arrivato anche Felice Caracappa, che rientra in casa. Fuori, sulla strada, rimangono soltanto Antonino La Monica, Tommaso Aquilino e il segretario della sezione di Sciacca del Partito comunista, Accursio Miraglia.

Continuano a parlare, il movimento contadino, l'occupazione delle terre, ci sono quei lotti scorporati dai latifondi della baronessa, del marchese e del cavaliere che devono essere assegnati alla cooperativa Madre Terra, bisogna parlarne, discuterne, però non questa sera, questa sera è tardi, domani.

Ancora pochi passi e c'è la casa di Accursio Miraglia, proprio dietro l'angolo, in fondo alla piazza. Antonino e Tommaso salutano Accursio e tornano indietro. Delle terre da occupare parleranno domani. Accursio si avvia verso casa, le mani nelle tasche del cappotto e il cappello ben calato in testa, e loro due dall'altra parte.

Ma fatti pochi passi, succede qualcosa. Tommaso e An-

tonino sentono qualcosa. A Sciacca la notte, e le nove e mezzo di un gennaio cosí freddo è già notte, c'è silenzio, non si
sente volare una mosca.

Quella sera, invece, c'è l'inferno.

C'è la guerra. Quello che sentono Antonino e Tommaso
sono spari.

Tommaso si spaventa e scappa, va a infilarsi sotto un portone. Antonino, invece, capisce subito quello che sta succedendo. Stanno sparando oltre la piazza. Stanno sparando ad
Accursio.

Torna indietro e vede un uomo. È un uomo dalla corporatura esile, con il cappotto e un berretto. Sta sotto un lampione, perfettamente illuminato, e imbraccia un mitra. Spara. Spara in direzione di via dell'Orfanotrofio, proprio dove c'è la casa di Accursio. Poi smette di sparare e scappa verso
via Santa Caterina, che porta fuori dal centro, e fuori dal
centro, a Sciacca, in quegli anni, è già campagna. Lo precede un altro uomo, che scappa anche lui, e con loro ce n'è un
terzo.

Arriva anche Tommaso, e insieme, lui e Antonino, corrono verso casa di Accursio Miraglia e lo trovano sulla soglia,
steso sul pianerottolo. È rimasto bloccato sulla soglia dagli
spari, diranno poi i testimoni, un uomo è sbucato fuori da
dietro il muro, gli ha sparato un colpo di pistola sotto l'ascel-
la, un colpo che gli ha perforato l'esofago e gli è uscito dalla
clavicola, dall'altra parte. A terra, accanto a lui, c'è anche il
suo cappello, forato da un proiettile.

Un attimo dopo arrivano quattro carabinieri che stavano
pattugliando le strade del paese, attirati dagli spari. Ma per
Accursio Miraglia non c'è piú niente da fare.

È morto.

In tasca Accursio aveva una pistola, una piccola pistola a
tamburo.

Perché? Perché portava la pistola Accursio Miraglia? E perché lo hanno ammazzato cosí, sulla porta di casa?

Nicolò Miraglia è il figlio di Accursio.
Dice: «Accursio Miraglia era un sindacalista che ha dedicato la sua vita, oltre che alla famiglia, a tutti i poveri della Sicilia, in modo particolare ai contadini. Li organizzò in cooperativa proprio per poter utilizzare la legge Gullo-Segni che vi era negli anni '45, per dare le terre incolte e mal coltivate a tutti i contadini che si unissero in cooperativa, che praticamente in questo modo potevano usufruire delle terre incolte nelle zone ovviamente della Sicilia».

Quando viene ammazzato sulla porta di casa, Accursio Miraglia ha cinquantuno anni. Era nato proprio lí, a Sciacca, e se n'era andato a vent'anni, col diploma di ragioniere, per andare a lavorare in banca, a Milano. Non ci resta molto a lavorare in banca, Accursio Miraglia, perché è un anarchico e ha delle idee in testa che con quelle della banca proprio non coincidono. Cosí il Credito italiano di Milano lo licenzia per «contrasti di natura politica», e Accursio se ne torna a Sciacca.

Lí si dà da fare, apre un negozio, fa il rappresentante di ferro e di metalli e mette su una piccola industria per la conservazione del pesce, che diventa molto importante per Sciacca.

Ha conosciuto una bella donna, una russa, Tatiana. Figlia di un cugino dello zar, scampata alla rivoluzione. Tatiana gira l'Europa con una compagnia di attori, va a Palermo, conosce Accursio Miraglia e si sposano.

Poi c'è la guerra, Accursio fa parte del Comitato di liberazione nazionale, si avvicina al Partito comunista e diventa segretario della camera del lavoro, il sindacato. Non solo, fa restaurare a proprie spese l'orfanotrofio, diventa presidente dell'ospedale e anche amministratore del teatro.

Si dà da fare, Accursio Miraglia. La sua è sempre una giornata piena.

Nicolò Miraglia, figlio di Accursio.
Dice: «La sua giornata era tutto un susseguirsi di eventi. Iniziava la mattina presto andando al magazzino di pesce salato, verso le sette saliva, andava in ospedale, controllava i malati, chiedeva loro se avessero bisogno di qualcosa, poi si sedeva sui gradini del ricovero dei vecchi che allora era tipico negli ospedali nostri, cioè i vecchi che non avevano famigliari venivano riuniti in un'ala dell'ospedale dove venivano accuditi e seguiti dagli inservienti dell'ospedale stesso, e con loro passava più di un'oretta. Diceva sempre ai suoi amici che la maggiore cultura, le cose più belle, le riceveva da quei vecchietti che avevano molta più esperienza di lui e che avevano sofferto molto più di lui. Dopo andava in banca, si sedeva con gli amici, sia i poeti che i pittori, e in seguito ritornava giù all'industria di pesce conservato. A volte rientrava a pranzo, a volte continuava a lavorare fino alla sera. Dopo aver lavorato andava alla camera del lavoro dove insegnava ai contadini analfabeti a leggere e a scrivere. Insegnava loro principalmente, oltre a leggere e a scrivere, quello che era il Codice di procedura civile perché voleva che i suoi contadini conoscessero la legge, in modo da poterla rispettare nella piena coscienza di cosa significasse aiutare la legge ed essere all'interno della legalità».

Chi l'ha ucciso, uno così? Chi poteva voler morto un uomo come Accursio Miraglia? E perché?

Ci sono dei sospetti, e fino dalle prime ore dopo l'omicidio. Un uomo, un uomo di Sciacca, un bracciante agricolo. Si chiama Calogero Curreri. Secondo Antonino, che l'ha visto, era lui l'uomo di corporatura esile con il cappotto e il berretto che sparava col mitra verso la casa di Accursio Miraglia, sotto la luce di un lampione.

Il commissario di pubblica sicurezza Giuseppe Zingone e il capitano dei carabinieri Carta vanno a casa sua nel cuore della notte e lo trovano a letto. Calogero dice di essere tornato già da parecchie ore e ci sono anche la madre e il fratello che lo confermano, è tornato a casa verso le otto di sera, si è messo a letto e non si è mosso di lí.

Non gli credono. Perquisiscono la casa e gli trovano venticinque cartucce per pistola automatica. Calogero dice che gliele aveva date un carabiniere, durante la guerra, perché non le trovassero i tedeschi. Nel 1943. Ma sul fondello delle cartucce c'è un'altra data, il 1944. Calogero viene arrestato.

Nei giorni successivi gli uomini del commissario Zingone e i carabinieri del capitano Carta interrogano altri testimoni. Interrogano Antonino e Tommaso, che erano presenti la sera in cui Accursio è stato ucciso, e interrogano un contadino, Paolo Lo Iacono, che gli racconta di una sera in cui stava tornando a casa dalla campagna, a cavallo, perché siamo in quegli anni, alla fine degli anni Quaranta, le strade sono quello che sono e non ci sono molte macchine.

Lo Iacono sta tornando a casa quando sulla strada trova due persone, due uomini armati di fucile da caccia, che lo fermano e lo fanno scendere da cavallo. Gli dicono una cosa strana, gli dicono: «Siete voi il famoso che fate per quarantotto?»

Che cosa significa? Significa che qualche giorno prima Paolo Lo Iacono aveva accompagnato Accursio Miraglia assieme alla commissione che si occupa dell'assegnazione delle terre ai contadini. Significa che lo stanno minacciando, perché gli dicono di farsi gli affari suoi, di non fare confusione, altrimenti avrebbe pagato con la vita il suo attivismo a favore del movimento contadino.

Paolo Lo Iacono racconta tutto ad Accursio Miraglia, che della commissione è un membro importante, e Miraglia racconta tutto al tribunale. Chi sono quei due? Lo Iacono non lo sa. Le minacce devono aver avuto effetto, perché si ricorda che sono due paesani ma non sa chi sono.

Sono due paesani, due di Sciacca, ma non sa chi sono.

Non è l'unico episodio simile di cui polizia e carabinieri riescono ad avere notizia. C'erano state delle lettere, una delle quali, scritta a macchina, viene letta da Miraglia a un compagno di partito. È una lettera piena di minacce e la maggior parte delle intimidazioni sono rivolte proprio a lui, Accursio Miraglia.

Saltano fuori anche altri nomi. Accursio Miraglia aveva litigato violentemente e molte volte con un proprietario terriero, un latifondista, un uomo molto importante, il cavalier Enrico Rossi. Non solo, aveva litigato praticamente con tutti i proprietari terrieri della zona, con gli amministratori dei fondi della baronessa Martinez, del barone Pascutta, del cavalier Patti. Litigato ferocemente, tanto che lo aveva detto alla moglie Tatiana e alle sorelle Eloisa e Brigida. «Gli agrari, – aveva detto Accursio Miraglia, – mi vogliono morto».

Perché?

Vito Lucio Lo Monaco, presidente del centro studi Pio La Torre.

Dice: «La terra rappresentava il potere, ed era una lotta per il potere. Con la legge della riforma agraria... la spartizione del feudo... scompare quello che era stato l'elemento di dominio durato tanti secoli da parte di una classe che era quella dei baroni».

In Sicilia la guerra, quella vera e propria, con bombardamenti e mitragliamenti, finisce nel 1943, quando gli alleati sbarcano sull'isola e cacciano via tedeschi e fascisti.

In un filmato dell'epoca vediamo passare, vicinissimo alla cinepresa, un carro armato americano. Si vede una stella bianca circondata da un cerchio, impressa sul fianco del tank. Come il mezzo sgombera la visuale, si vedono sulla soglia della loro casa una ragazza che batte le mani e poco piú in là un uomo che guarda la sfilata aggrottando la fronte per il sole che gli va negli occhi. Dietro di lui c'è un bambino che, appena il carro armato passa oltre, si affaccia da dietro l'uomo per guardare il carro allontanarsi. Altri bambini sono lí vicino, uno di loro viene da sinistra tenendosi le mani sulle orecchie, la faccia contratta da una smorfia per il fastidioso rumore. Vediamo altri carri passare veloci poi, dall'alto di uno di questi, la gente ai bordi della strada che guarda verso l'abitacolo. C'è chi si para gli occhi per vedere meglio, chi ha le braccia conserte e chi tiene un bambino in braccio. I soldati continuano a passare, in jeep, sui carri, e la gente sorride. Qualcuno saluta e qualcun altro riesce a stringere la mano ai soldati.

Nel 1943, il quaranta per cento dei terreni agricoli della Sicilia è costituito da latifondi, grandi proprietà terriere in mano a poche persone, ricchi professionisti, nobili, quelli che venivano chiamati «i baroni».

Su un campo brullo, lontano all'orizzonte, vediamo procedere un carretto tirato da un cavallo. Poi, piú da vicino, si vede un cavallo avanzare verso la cinepresa e, dietro di lui, un uomo traballare e sospingere l'aratro con forza in un terreno scosceso e difficile.

Un'altra scena ci mostra un carretto appoggiato per le stanghe sul terreno mentre il cavallo si riposa, e poco piú un là dei contadini seduti in cerchio che mangiano.

Un'ultima immagine ci fa vedere un contadino seduto con la schiena appoggiata alla ruota di un carretto. Ha la coppola in testa, la faccia cotta dal sole e sta masticando qualcosa.

Male sfruttati con coltivazioni estensive prive di qualunque innovazione tecnica, quasi abbandonati dai baroni che se ne restano in città e si accontentano delle rendite che hanno sempre prodotto, i latifondi non funzionano, non hanno spazio in un'economia moderna come quella che si sta affermando in Italia. E i contadini che ci lavorano sopra, legati a patti agrari quasi feudali, con una divisione del raccolto svantaggiosa per loro, a malapena ci campano, e neanche sempre.

In Italia, in quella parte che è stata liberata, c'è un governo di unità nazionale, formato dalle varie forze politiche che partecipano alla guerra di liberazione e presieduto dal maresciallo Pietro Badoglio.

Due soldati salutano mostrando il fucile, mentre degli ufficiali varcano l'ingresso di un edificio. Vediamo poi Badoglio seduto su una sedia, tra vari militari, che parla con un altro ufficiale seduto vicino a lui. Badoglio si porta una mano sul petto.

Nella scena successiva c'è una stanza con una grande scrivania alla quale è seduto un uomo. Fausto Gullo parla tenendo alcuni fogli in mano e dietro di lui c'è una grande cartina geografica dell'Italia.

Il ministro dell'Agricoltura è un comunista, un calabrese che si chiama Fausto Gullo. Nell'ottobre del 1944 riesce a far approvare alcuni decreti. I decreti Gullo, li hanno chiamati. Dicono che le terre incolte o mal coltivate devono essere scorporate dai latifondi e divise in piccoli appezzamenti che vanno assegnati a cooperative agricole. A guidare l'assegnazione sono le camere del lavoro, i sindacalisti, socialisti, comunisti o democristiani.

Quello di Sciacca è Accursio Miraglia.

Vito Lucio Lo Monaco, presidente del centro studi Pio La Torre.

Dice: «Accursio Miraglia fu uno dei piú intelligenti... ritenuto tale da testimoni dell'epoca, ma anche dagli storici che hanno lavorato sulla sua figura, che organizzò un movimento intelligente per la conquista del feudo, non solo l'occupazione ma anche la costruzione di un forte movimento cooperativo per l'utilizzazione in senso cooperativo della terra».

«Gli agrari mi vogliono morto».

Il commissario Zingone e il capitano Carta raccolgono anche altre testimonianze. Ce ne sono alcune che vanno in una direzione molto particolare e molto inquietante.

Dicono che Accursio Miraglia era stato minacciato anche da un'altra persona che gli aveva detto di lasciar perdere con l'assegnazione delle terre ai contadini, soprattutto quelle del cavalier Rossi e della baronessa Martinez. È da allora che Accursio Miraglia aveva cominciato a girare con una pistola in tasca, e addirittura a tenerla in mano quando rincasava la sera, e aveva anche detto alla moglie Tatiana di aprirgli subito quando bussava, per non lasciarlo lí, davanti alla porta, allo scoperto.

Chi è quella persona le cui minacce fanno cosí paura?

È un uomo che lavora per il cavalier Rossi, amministra per conto suo parte del latifondo. Si chiama Carmelo Di Stefano. È di Sciacca anche lui, e lo conoscono tutti, anche se non ne parla nessuno.

Perché Carmelo Di Stefano è la Mafia, o meglio, come si diceva allora negli anni Quaranta, la Maffia, con due effe. Carmelo Di Stefano è il capo della Mafia di Sciacca.

Ma cosa c'entra la Mafia con la morte di Accursio Miraglia?

Umberto Ursetta, storico.

Dice: «Lo scontro, tra sindacalisti da una parte e mafiosi dall'altra che difendono gli interessi dei proprietari terrieri, avviene perché in Sicilia abbiamo una proprietà terriera di tipo latifondistico, come d'altronde era un po' tutto il Meridione. Con la differenza che, mentre nelle altre regioni meridionali, tipo la Calabria, è la polizia, sono le forze dell'ordine a sparare sui contadini, in Sicilia ad assumersi il compito di reprimere le lotte contadine è la Mafia, la Mafia che agisce come braccio armato dei latifondisti, del latifondo».

I baroni stanno lontano, stanno a Palermo, stanno in città, e per controllare le proprietà fondiarie c'è bisogno di gente. Ci sono tanti pericoli che le minacciano. Ci sono i briganti e i banditi, naturalmente, ci sono i contadini che vogliono altri accordi, ci sono le cooperative che vogliono occupare le terre, ci sono i sindacalisti dalla testa calda come Accursio Miraglia e adesso ci sono anche le leggi.

Per farlo, per proteggere i feudi, c'è bisogno di gente, ma di gente particolare. Non di ragionieri o di periti agrari, non è di emettere fatture o di progettare sistemi di irrigazione che c'è bisogno. C'è bisogno di gente che sappia comandare, che sappia usare un fucile, che sappia anche uccidere.

C'è bisogno della Mafia.

Che proprio in quei giorni, alla fine della guerra, grazie all'aiuto dato agli alleati per l'invasione della Sicilia e all'affidabilità politica dimostrata, ha lasciato il carcere e i luoghi di confino per arrivare fino alla testa delle amministrazioni pubbliche. I mafiosi vengono assunti dai baroni. Diventano amministratori, diventano gabelloti, cioè concessionari di parte dei feudi, diventano campieri, cioè guardiani armati del feudo, vero e proprio esercito mafioso messo a difesa e a controllo del territorio. E piano piano i mafiosi finiscono per impadronirsi di tutto.

Come don Calogero Vizzini, boss di Villalba, in provincia di Caltanissetta, nel Vallone, il cuore della Sicilia. Don Calogero diventa sindaco di Villalba e amministratore del feudo della principessa di Trabia, a Butera. Genco Russo, boss di Mussomeli, sempre nelle campagne di Caltanissetta, diventa amministratore del feudo Polizzello dei principi Lanza. Luciano Leggio, detto Liggio, boss di Corleone, diventa amministratore del feudo di Strasatto. E Carmelo Di Stefano, boss di Sciacca, diventa gabelloto del cavalier Rossi.

Carmelo Di Stefano viene interrogato dal commissario Zingone l'8 gennaio. Conferma di lavorare come gabelloto per il cavalier Rossi e la baronessa Martinez, conferma di essere stato condannato piú volte per associazione a delinquere e conferma di conoscere anche Calogero Curreri, il bracciante accusato di essere l'uomo esile che sparava con il mitra contro la casa di Accursio Miraglia, illuminato da un lampione.

Ma Carmelo Di Stefano nega di aver fatto mai minacciare nessuno, e tantomeno uccidere. La notte del 4 gennaio lui era in ospedale, a farsi operare di appendicite. Strano, pensano gli investigatori. Non è che ne soffrisse in forma grave, era un'operazione che prima o poi avrebbe dovuto fare. E allora perché farla proprio sotto le vacanze di Natale? Non è che lo ha fatto per costruirsi un alibi?

Carmelo Di Stefano nega. Lui, con la morte di quella testa calda di Accursio Miraglia, dice, non c'entra niente.

Nicolò Miraglia, figlio di Accursio.

Dice: «Praticamente quando cominciarono a nascere le cooperative non sempre ovviamente riuscivano ad avere le terre incolte perché i latifondisti cercavano in tutti i modi, visto che allora i tribunali erano sempre governati e controllati dagli uomini politici... cercavano tutti i cavilli per evitare che queste terre andassero ai contadini. Allora mio padre dopo aver parlato e istruito i suoi amici e i contadini decise di fare una cavalcata che doveva avere solo il significato simbolico di un'occupazione delle terre. E vennero a Sciacca nel novembre del '45 decine e decine di persone, ne contarono più di diecimila, i quali ovviamente erano pronti a sfilare per le vie di Sciacca per questa grossa manifestazione».

Per far attuare i decreti, per ottenere le terre, non basta chiederle in base alla legge. Bisogna anche fare qualcosa, fare pressione, manifestare, occupare.

Sono tantissimi, centinaia, migliaia, i braccianti che si vedono camminare lungo un sentiero, una decina per riga, uno di fianco all'altro, in una fila interminabile che si snoda nella campagna. Tengono i badili sollevati in alto con la pala bene in vista. Sembra un'onda che balla al ritmo della terra, che appare da un orizzonte lontano e si srotola davanti allo sguardo dello spettatore per proseguire fino oltre la visuale. I contadini guardano verso l'obiettivo, fieri e sorridenti.

Nel settembre del 1946, Accursio Miraglia raccoglie migliaia e migliaia di contadini a Sciacca. È nata una cooperativa, Madre Terra si chiama, che reclama l'assegnazione delle terre abbandonate e mal coltivate dai baroni. Accursio Miraglia ha anche un motto che ha fatto scrivere sulle pareti della camera del lavoro.

«Meglio morire in piedi che vivere in ginocchio».

Su una cartolina si vedono impresse due foto. Quella a sinistra mostra il sindacalista seduto sullo schienale della panchina di un parco, vestito a festa con una giacca nera, il fazzoletto bianco nel taschino e un bel cappello in testa. Ha una gamba ripiegata sulla panchina e l'altra che tocca terra. Le mani sulle gambe a reggere il bastone da passeggio. La foto a sinistra lo ritrae mentre guarda verso l'alto. Ha i capelli neri e vaporosi, due baffetti sottili sopra le labbra, una cravatta nera. Sulla foto, poco sotto la congiunzione della chiusura a V della giacca, è scritto in bianco: «Meglio morire in piedi che vivere in ginocchio». E la firma: «A. Miraglia».

Quella mattina, è una domenica mattina, si riuniscono a Sciacca piú di diecimila persone, provenienti da Menfi, Santa Margherita, Sambuca, Villafranca, tutti i comuni del circondario.

Si vede un cartello bianco con una scritta vergata a mano in stampatello, di colore nero: TERRA AI BRACCIANTI E AI DISOC-CUPATI AFFAMATI.

Accursio Miraglia li fa radunare nel campo sportivo e gli fa lasciare giú tutto quello che può sembrare un'arma. Sull'erba rimangono bastoni, spranghe, coltelli, ma anche fucili, pistole e bombe a mano. La gente sa che c'è pericolo, che dall'altra parte c'è la Mafia, e la Mafia spara, ma Miraglia vuole che sia una manifestazione pacifica, deve essere cosí.

Sopra cavalli e muli i braccianti cavalcano su un sentiero che compie delle ampie e lunghe serpentine sul terreno brullo. Un cavaliere che regge una bandiera corre fuori dalle righe per raggiungere veloce una parte e l'altra della sfilata. Gli uomini reggono bandiere e cartelli, cavalcano sui loro animali o sono raggruppati su alcuni carretti. Hanno il baschetto calcato in testa e qualcuno guarda fiero verso l'operatore che riprende la scena. Si vedono sventolare diverse bandiere italiane. Ora la ripresa è dietro la sfilata e nel panorama si vede la linea bianca della stradina sterrata perdersi lontana all'orizzonte, tagliando la vallata in due.

La Cavalcata, cosí è stata chiamata, si dispone in due file, uomini a piedi, uomini sui muli, ce ne sono almeno cinquemila, e uomini a cavallo, e attraversa il paese, rumorosamente. Accursio Miraglia è davanti, e nei ricordi di chi ha partecipato «pareva Orlando a cavallo».

La Cavalcata assume toni epici nei ricordi ma effetti pratici nell'immediato. Dopo la Cavalcata, il tribunale comincia le assegnazioni delle terre.

Come nel dipinto Il quarto Stato di Pellizza da Volpedo, si vedono i contadini procedere verso la cinepresa. C'è una donna che tiene per mano un bambino, un ragazzo che cammina con le stampelle, un uomo che sventola una bandiera scura con il simbolo del Partito comunista e un ragazzo a petto nudo con una vanga sulle spalle. Nel documento visivo viene mostrata la scena dell'occupazione delle terre. Un gruppo di persone si è accalcato attorno a un uomo che pianta nel terreno, sorreggendolo con delle grosse zolle di terra, un cartello con su scritto: TERRA OCCUPATA. *I contadini applaudono e sorridono, uno di loro porta un cartello bianco che dice:* LA TERRA AI CONTADINI VUOL DIRE PANE PER TUTTI.

È per questo che è stato ucciso Accursio Miraglia?

L'11 gennaio, dopo nove giorni di indagine e una ventina di interrogatori, il commissario Zingone e il capitano Carta fanno arrestare Carmelo Di Stefano, boss di Sciacca, e il cavalier Rossi, che, come Di Stefano, dice di non avere niente a che fare con l'omicidio di Accursio Miraglia, anzi, di averlo saputo dal suo autista soltanto il giorno dopo.

Per la polizia e i carabinieri il caso è chiaro. Il cavalier Rossi e Carmelo Di Stefano sono i mandanti dell'omicidio e Calogero Curreri uno degli esecutori materiali.

Nicolò Miraglia, figlio di Accursio.
Dice: «Ucciso Accursio Miraglia, immediatamente, poche ore dopo, si mise in funzione la macchina della giustizia. Tra le altre cose il commissario e i poliziotti erano tutti amici di mio padre, anche perché Accursio Miraglia era sempre vicino a tutti ed era benvoluto da tutti. Nel giro di poche ore iniziarono le ricerche e in pochissimo tempo arrestarono gli esecutori materiali».

È a questo punto che succede qualcosa di strano.

A coordinare le indagini arriva da Palermo un ispettore generale di pubblica sicurezza, il braccio destro del ministro degli Interni Mario Scelba in Sicilia, un pezzo grosso, che si chiama Ettore Messana.

L'ispettore generale Messana ha un passato discusso: nell'ottobre del 1919, a Riesi, durante una manifestazione per la riforma agraria, ha ordinato alla polizia di sparare sui manifestanti e a terra sono rimasti undici contadini. Ma l'ispettore generale Messana ha anche un presente molto discusso. Diventa uno dei responsabili della lotta al banditismo in Sicilia, ma ci sono molti dubbi sul suo operato, soprattutto su alcuni suoi confidenti che restano membri attivi della banda di Salvatore Giuliano. Ma questa è un'altra storia.

La procura della Repubblica di Palermo chiede il trasferimento del cavalier Rossi al carcere dell'Ucciardone. L'ispettore Messana si offre di accompagnarlo, ma sulla strada per Palermo il cavalier Rossi dice di sentirsi male. L'ispettore lo fa ricoverare all'ospedale piú vicino, quello di Corleone. Dove gli viene diagnosticata un'ulcera perforante e la necessità di un intervento immediato.

Attenzione però, c'è un dettaglio importante. A dirigere l'ospedale c'è un altro personaggio molto discusso, un medico che si chiama Michele Navarra.

Michele Navarra è il capo della Mafia di Corleone.

Raccolti tutti gli atti, sentiti tutti i testimoni, il giudice istruttore di Palermo conclude le indagini il 17 febbraio. Passa tutto nelle mani del procuratore generale che esamina le carte e decide che non ci sono abbastanza prove sugli imputati, e cosí li fa scarcerate tutti.

Il cavalier Rossi, che nel frattempo si è fatto trasferire in una clinica privata, passa direttamente dai letti degli ospedali a casa sua. Le cure devono avergli fatto bene, perché per la sua ulcera gravissima non è stato piú necessario nessun intervento.

Assieme agli imputati il procuratore generale rimanda a Sciacca anche la richiesta di nuove indagini. Con alcune indicazioni molto precise. Lasciar perdere questa storia della Mafia e delle terre occupate, vedere se dietro la morte di Accursio Miraglia c'è qualcos'altro.

Umberto Ursetta, storico.
Dice: «A questo punto riprendono le indagini dopo la scarcerazione dei tre indagati… Riprendono le indagini e questa volta ripartono da un tentato omicidio che era avvenuto due anni

prima a danno di tre comunisti che non avevano rivelato gli autori del tentato omicidio per paura. Ecco, uno di questi rivela che a sparare su di lui era stato Curreri».

A occuparsi delle indagini è di nuovo il commissario Zingone, affiancato da un funzionario arrivato da Agrigento, il vicecommissario Cataldo Tandoj. Del gruppo, che diventa un vero e proprio pool antimafia, forse il primo, fanno parte anche altri funzionari di polizia e sottufficiali dei carabinieri.

Il pool batte anche le altre piste, ma non trova niente. Nessun problema con l'attività di commerciante di Accursio Miraglia e nessun problema con il suo lavoro di dirigente dell'ospedale, anzi. Accursio Miraglia è cosí amato dalla gente del paese che quando muore e lascia la moglie Tatiana alle prese con l'industria della conservazione del pesce la gente di Sciacca e i lavoratori dell'industria si offrono di aiutarla. La signora Tatiana è russa, parla male l'italiano e di pesce non ne capisce niente, sarebbe facile ingannarla al mercato e rifilarle soltanto gli scarti. Invece i pescatori di Sciacca si mettono d'accordo e decidono che per due anni la vedova di Accursio Miraglia avrà soltanto il pesce migliore, senza neanche doverlo scegliere. Due anni, finché non imparerà a cavarsela da sola.

No, i motivi per cui Accursio Miraglia è stato ucciso sono altri.

Il pool del commissario Zingone indaga e trova qualcos'altro. C'era stata un'altra sparatoria, a Sciacca, due anni prima.

Il 6 maggio 1945, a Sciacca questa volta fa caldo. È sera. Ci sono tre contadini iscritti al Partito comunista e alla camera del lavoro che stanno tornando a casa. All'improvviso, dal buio escono alcuni uomini alle loro spalle e cominciano a sparare. Un contadino cade sulla strada, ferito gravemente, un altro riesce a infilarsi in casa e un terzo si butta a terra. Da lí alza la testa e vede scappare uno di quelli che hanno sparato.

Lo riconosce, è un bracciante di Sciacca che si chiama Diego Capraro, Pasarello lo chiamano in paese. Sta per inseguirlo quando vede che ce n'è un altro che sta ricaricando la pistola. Conosce anche lui, è un altro bracciante di Sciacca. Si chiama Calogero Curreri.

Allora, per paura, i tre contadini non avevano detto quasi niente, ma adesso parlano. L'agguato era legato alla loro attività per il movimento per l'occupazione delle terre che già da allora iniziava, e che aveva Accursio Miraglia come protagonista.

Non solo. Il pool raccoglie anche altre testimonianze che parlano di un'altra sparatoria. Quella in cui è stato ucciso Accursio Miraglia.

Umberto Ursetta, storico.
Dice: «Si trovano dei testimoni che chiamano in causa uno degli imputati. Una donna dichiara di aver visto Curreri mentre si allontanava dal luogo del delitto qualche minuto dopo avere sparato su Miraglia. Quindi c'è una testimonianza molto precisa. C'è la testimonianza del padre di questa donna che conferma quanto detto dalla figlia, e c'è addirittura la testimonianza di un vicino di casa a cui il padre della donna aveva riferito quanto dettole dalla figlia. Quindi ci sono dei testimoni che confermano quantomeno la presenza di Curreri sul luogo del delitto nel momento in cui Miraglia veniva ucciso».

Curreri però non c'è piú, è scappato in Veneto, a Lonigo, ma i carabinieri lo trovano laggiú e lo arrestano.

Se Curreri c'entra, allora c'entra anche Di Stefano, perché Curreri è uomo suo. Gli uomini del commissario Zingone arrestano Di Stefano e gli trovano anche una pistola Beretta calibro 9. Di Stefano è un boss della Mafia, è un uomo di un certo carattere. Continua a negare, lui non c'entra niente, non ha fatto niente, non sa niente.

Curreri no. Curreri confessa.

Se fosse un film sarebbe *Il giorno della civetta*, di Damiano Damiani, nella scena dell'interrogatorio. Curreri è negli uffici della questura di Agrigento, circondato da poliziotti. È notte fonda e sono lí da ore. All'inizio Curreri ostenta una sicurezza che in realtà non ha. Le prove che gli stanno mettendo davanti, le testimonianze, i fatti lo stanno cacciando nei guai. Il commissario Zingone e il vicecommissario Tandoj sono bravi, gli fanno credere che ormai è incastrato, è finita, tanto vale che confessi. Curreri ci casca, crolla e confessa.

È stato alla fine di dicembre del 1946. Curreri si è incontrato in piazza con un altro uomo, Pellegrino Marciante, un contadino. Marciante gli aveva detto che le lettere spedite a Miraglia non avevano avuto effetto e che bisognava fare un'altra cosa. Cosa? Glielo aveva detto due giorni dopo, in campagna, e con lui c'era un altro uomo, un mafioso, Bartolo Oliva.

Che fare con Accursio Miraglia? Ammazzarlo. Se Curreri ci stava per lui c'erano una mula, attrezzi agricoli e un pezzo di terra in affitto. Per Marciante e Oliva un milione, da dividersi in due.

Il 3 gennaio, Marciante, Oliva e Curreri si appostano dietro la piazza, davanti alla casa di Accursio Miraglia. Sono armati con pistole e mitra tedeschi della guerra, ma quando Accursio Miraglia arriva è accompagnato da troppa gente che lo segue fin sul pianerottolo e quindi, a meno di non fare una strage, bisogna rimandare tutto alla sera dopo.

La sera dopo Accursio Miraglia sulla porta di casa è solo.

Pellegrino Marciante viene arrestato, e confessa anche lui. L'incarico lo aveva avuto ai primi di dicembre. Era andato a Ribera in corriera a due passi da Sciacca e si era seduto a un caffè in piazza, dove erano arrivati altri due uomini che lo avevano portato in una casa. Lí c'era il boss Di Stefano, e c'erano anche il cavalier Rossi e altri due proprietari terrieri, il cavalier Vella e il cavalier Pascutta, che avevano tutti, come gabelloto, il boss Di Stefano. L'incarico era quello di ammazzare quella testa calda di Accursio Miraglia.

I carabinieri vanno ad arrestare tutti, tranne il cavalier Rossi e il cavalier Pascutta, che sono già spariti, come se sapessero degli arresti imminenti.

Il 16 aprile 1947 il pool chiude l'istruttoria e trasmette gli atti alla magistratura. Le indagini accusano dieci persone, tra cui Curreri, Oliva e Marciante come esecutori materiali, il boss Di Stefano come organizzatore e i cavalieri Rossi, Pascutta e Vella come mandanti.

Poi, però, succede un'altra cosa.

Umberto Ursetta, storico.
Dice: «Intanto bisogna dire che, come spesso avviene nei delitti di mafia, dopo aver confessato ci sono sempre le ritrattazioni. Non a caso gli stessi imputati, una volta che sono portati davanti all'autorità giudiziaria, la prima cosa che fanno è inven... cioè, dire che sono stati torturati e quindi che tutto quello che avevano sottoscritto gli era stato imposto dalle forze dell'ordine. In piú anche i testimoni... almeno la donna e il padre della donna che aveva visto Curreri allontanarsi dal luogo del delitto... dice che era stata costretta a dichiarare di aver visto l'imputato allontanarsi dal luogo del delitto, ma che in realtà non era vero».

Il primo è Curreri. Il 18 aprile, due giorni dopo che gli atti sono passati alla magistratura. Curreri prende carta e penna e dal carcere di Agrigento scrive al procuratore della Repubblica. Ha confessato il falso, e lo ha fatto perché è stato torturato dagli uomini del commissario Zingone e del vicecommissario Tandoj. Tutto quello che c'è scritto sul verbale, dice, gli è stato dettato da un agente di pubblica sicurezza.

Quattro giorni dopo ritratta anche Marciante. Attraverso il suo avvocato fa avere un memoriale al procuratore generale di Palermo. Ci sono scritte le stesse cose, lui non c'entra niente, si è inventato tutto, lo ha fatto perché lo hanno torturato.

Poi arriva anche la signora che aveva visto Curreri fuggire dopo l'omicidio di Accursio Miraglia. Anche lei dice di essere stata forzata dalla polizia e alla fine aveva firmato il verbale con una X, anche se sapeva scrivere. Dice di averlo fatto apposta per poterlo poi contestare.

Ma il commissario Zingone e il vicecommissario Tandoj non sono gli unici a fare indagini in quei giorni. Non sono gli unici a voler sapere chi ha ucciso Accursio Miraglia. C'è anche un'altra persona, una donna, una giovane donna di Sciacca.

Eloisa Miraglia, la sorella di Accursio.

Eloisa si dà da fare, chiede, interroga, confronta voci e testimonianze. Scrive memoriali che invia al giudice istruttore di Sciacca. Gli indica piste e testimoni da interrogare, proprio come un poliziotto. È in gamba, Eloisa Miraglia.

Marciante aveva detto che il giorno dell'omicidio si trovava a Padova e che c'era rimasto fino al 6 gennaio, due giorni dopo la morte di Accursio Miraglia. A Padova, effettivamente, in quel periodo c'era stato, ma nel registro dell'albergo si trovano alcune irregolarità, e poi Eloisa trova un testimone, l'avvocato Sammaritano, che dice di aver visto Marciante a Sciacca fino dal 2 gennaio. Eloisa trova anche un altro testimone, una donna che dice di aver visto Marciante a Sciacca, mentre riportava in casa una giara, un grosso vaso di terracotta che aveva lasciato fuori dalla porta, ad asciugare al sole.

Eloisa raccoglie le testimonianze, fa pressione sul giudice istruttore perché le ascolti, ma quando il giudice istruttore interroga i testimoni, questi ritrattano e dicono di non sapere niente.

Tutti gli atti arrivano sul tavolo del procuratore generale di Palermo. Che li esamina e conclude che l'alibi di Marciante regge, che le ritrattazioni sono valide, che sugli imputati non c'è niente e che devono essere tutti prosciolti.

Il 27 dicembre 1947 la sezione istruttoria della corte d'appello di Palermo conferma la sentenza, e il processo sulla morte di Accursio Miraglia, ucciso sulla porta di casa una fredda sera di gennaio, si chiude.

Umberto Ursetta, storico.
Dice: «L'accusa oltre a chiedere il proscioglimento degli imputati chiede anche l'invio degli atti presso il suo ufficio per procedere nei confronti dei poliziotti accusati di tortura. Le indagini vengono svolte dalla procura di Agrigento, la quale a conclusione proscioglie gli indagati, i poliziotti che erano stati indagati. E qui si apre una grossa contraddizione perché o diciamo le torture c'erano state e allora, a quel punto, i poliziotti dovevano rispondere del reato di tortura, oppure le torture non c'erano state e allora vuol dire che se l'erano inventate gli imputati».

Non finisce qui. Passano anni, tanti anni, più di venti, e succede ancora qualcosa.

Nel novembre del 1969 muore un deputato siciliano, Antonio Ramirez. Il figlio, rovistando tra le carte trova una lettera datata 9 dicembre 1951. È indirizzata a un deputato comunista, l'onorevole Giuseppe Montalbano, e sulla busta c'è scritto: «Da consegnarsi a lui per il caso in cui dovessi morire».

Dentro c'è una lettera.

Cosa c'è scritto in quella lettera?

C'è scritto che a uccidere Accursio Miraglia sarebbe stato Pellegrino Marciante su ordine di due deputati monarchici. C'è scritto anche qualcosa di piú. Che gli stessi esponenti monarchici sarebbero i mandanti della strage compiuta dal bandito Giuliano a Portella della Ginestra il 1° maggio 1947. L'onorevole Montalbano unisce la lettera a un dossier scritto da un esponente del Partito comunista inviato a suo tempo a Sciacca per fare delle indagini e spedisce tutto alla magistratura.

Che nel 1971, per la terza volta, scrive la parola fine su questa vicenda. Non ci sono elementi nuovi, per cui, articolo 402 del Codice di procedura penale, le indagini restano chiuse.

Vito Lucio Lo Monaco, presidente del centro studi Pio La Torre.

Dice: «Cambia il volto della Sicilia. La Sicilia diventa moderna nel momento in cui scompare, non solo il retaggio del feudalesimo, ma scompare praticamente un tessuto produttivo che escludeva la Sicilia dal mercato moderno, europeo, mondiale. Miraglia è uno che si inserisce in questo processo. Organizza i contadini, fa la cooperativa. Esponente proveniente anche dal ceto medio, diciamo, oggi diremmo ceto medio produttivo. Bene, è un uomo che capisce che deve allargare lo schieramento delle alleanze. Questo lo rende ancora piú pericoloso agli occhi della

*Mafia, agli occhi che difendono se stessi, ma difendono il feudo
come elemento appunto di conservazione e di reazione sociale».*

Sono tanti i film ambientati a Corleone, uno degli ultimi
si chiama *Placido Rizzotto* e lo ha girato Pasquale Scimeca
nel 2000. In quasi tutti i film Corleone è un paesone di campagna, dalle stradine strette e fangose e dalle case con le finestre chiuse, le imposte serrate. Se si fa un film a Corleone, quasi sempre è un film di mafia.

Oggi Corleone è tante cose, non è soltanto mafia, è un
paese della Sicilia, con tutte le sue contraddizioni e i suoi di-
fetti ma anche tutto il resto, tutte le sue potenzialità. Non è
mai stato soltanto mafia. A Corleone fin dai tempi di Cri-
spi, fin dalla fine dell'Ottocento, è sempre stato fortissimo
il primo movimento contadino organizzato, i fasci siciliani.

Ma adesso, al momento della nostra storia, nel 1948, Corleone è soprattutto ancora un paese in bianco e nero. Quin-
dicimila abitanti, tremila analfabeti, quattromila disoccupati.

Il 10 marzo 1948, a Corleone, fa ancora freddo, lo fa sempre in quella stagione, e sono già quasi le otto di sera. Dalla
camera del lavoro escono tre uomini. Uno è il segretario della Cgil locale ed è un signore di trentaquattro anni, alto, distinto, con un paio di baffi ben curati. Si chiama Placido Rizzotto.

Con lui ci sono due suoi compagni, Ludovico Benigno e
Giuseppe Siragusa. Lo accompagnano fino a casa e non perché debbano discutere ancora, lo hanno già fatto, la riunione è finita tardi proprio per quello. Lo accompagnano perché hanno paura.

Placido Rizzotto ha ricevuto delle minacce. Sono in tanti ad aver ricevuto delle minacce, e anche di peggio. Perché
sono tempi difficili quelli. Tra meno di un mese ci saranno

le elezioni, e non soltanto in Sicilia, in tutto il paese, le elezioni del 18 aprile 1948, le prime elezioni politiche in Italia dai tempi del ventennio fascista.

Le riprese sono in bianco e nero e ci mostrano una grossa stele, poggiata su un basamento in pietra, che ha dei gradini per accedervi e delle statue che rappresentano leoni accovacciati. La stele è completamente tappezzata, fino a un'altezza di più di tre metri, di manifesti elettorali. Su uno di essi si riescono a leggere alcune parole. Si distinguono: PIAZZA DEL POPOLO *e* SCELBA. *Tutti gli altri fogli recano impresso il simbolo del partito della Democrazia cristiana.*

Segue una serie di immagini che ci fanno vedere i vari manifesti che tappezzano le città. Si legge: VOTATE LISTA STATI UNITI D'EUROPA, VOTA GARIBALDI, DEMOCRAZIA CRISTIANA, ASCOLTATEMI!, VOTATE ITALIA, FRONTE POPOLARE, IL FRONTE VINCE, VOTATE, PACE LIBERTÀ LAVORO, LIBERTAS, DEMOCRAZIA CRISTIANA, VOTATE BLOCCO NAZIONALE, SALVATI!, DEMOCRAZIA CRISTIANA, PER UNA VITA LIBERA E SERENA. *Le immagini stampate su questi manifesti elettorali mostrano il volto di Giuseppe Garibaldi oppure un uomo che corre con le braccia alzate, un uomo e una donna che camminano tenendo le mani di una bambina che procede tra loro, infine, una coppia che sorride.*

Vediamo in seguito delle persone, che indossano cappotti e berretti, che applaudono e urlano. Il vapore del loro respiro si condensa nell'aria fredda in dense nuvolette.

In Sicilia è già successo qualcosa. Il 20 aprile del 1947 il blocco del popolo, la coalizione di sinistra che riunisce comunisti e socialisti, ha vinto le elezioni regionali. Non se lo aspettava nessuno, si pensava che avrebbe vinto la Democrazia cristiana e invece la gente ha votato diversamente e hanno vinto le sinistre.

Pochi giorni dopo, il 1° maggio del 1947, succede qualcosa. Un gruppo di fuoco formato da alcuni appartenenti alla banda Giuliano, ex membri della X Mas di Junio Valerio Borghese e mafiosi, spara con armi da guerra su una folla di contadini riunita nella piana di Portella della Ginestra per festeggiare il Primo maggio.

Mentre il filmato ci mostra le pietre commemorative che ora sono a Portella della Ginestra per ricordare i caduti di quella strage, si sente l'audio originale del discorso di un rappresentante di partito dell'epoca che viene interrotto da scariche di mitragliatrice, colpi di fucile, urla di contadini e grida di donna.

Tre minuti di fuoco, undici morti e cinquantasei feriti. Una strage.

I documenti di repertorio ci mostrano una donna anziana vestita di nero che prega e si inginocchia vicino a una croce di legno. Un'altra donna piú giovane, con un panno nero in testa, sta dicendo qualcosa. Il vento le sposta un lembo del fazzoletto usato come copricapo e lei lo sistema leggermente con la mano mentre continua a recitare delle frasi. Nel cielo volano uccelli neri.

Ha un nome una cosa del genere. Si chiama «strategia della tensione», e piú avanti si capirà bene in che cosa consiste.

Intanto sono giorni tesi, giorni pericolosi, soprattutto per chi fa politica. Soltanto otto giorni prima, a Petralia Soprana, un paese sulle montagne delle Madonie, viene ucciso un sindacalista. Epifanio Li Puma è il capo della lega dei braccianti e sta lavorando nel suo campo assieme ai figli quando arrivano alcune persone e gli sparano.

Ecco perché i compagni stanno assieme a Placido Rizzotto finché non è arrivato a casa, perché non gli succeda niente.

A casa, però, Placido Rizzotto non ci arriva.

Placido Rizzotto è il nipote di Placido Rizzotto il sindacalista.

Dice:«Si capí immediatamente la sera del 10 marzo, si sa come è scomparso, lo hanno sequestrato e lo hanno ucciso. Quando la mattina successiva i famigliari si sono accorti che non era rientrato in casa, mio nonno, al quale avevano piú volte fatto capire – ma perché tuo figlio non si ritira prima, stia attento, non lo fare camminare solo... – ha capito chiaramente che era successo qualche cosa».

A casa c'è la cena che si fredda, ma Placido Rizzotto non arriva. Vanno a letto tutti, avrà fatto tardi al partito, ma non sono tranquilli. Il padre, il signor Carmelo, resta sveglio tutta la notte. La madre resta alzata ad aspettarlo.

Appena fa luce, il signor Carmelo va assieme al genero dai compagni di Placido per chiedergli che cosa sia successo.

Niente è successo. Giuseppe Siragusa lo ha lasciato assieme a Benigno appena sono arrivati sotto casa sua. Allora il signor Carmelo va da Benigno. Che cosa è successo a Placido? Niente. Benigno lo ha lasciato proprio sotto casa, in compagnia di un altro amico.

Chi?

È uno del paese, uno di Corleone. Pasquale Criscione.

Il signor Carmelo comincia a preoccuparsi. Perché lui lo sa chi è Pasquale Criscione. È l'amministratore di un feudo le cui terre sono state richieste in assegnazione da una cooperativa di contadini. Ma soprattutto, Pasquale Criscione, è un'altra cosa.

È Mafia.

Il signor Carmelo lo sa. Prima di mettere la testa a posto e rompere definitivamente con quell'ambiente, prima di farsi quattro anni di carcere, preso in una retata a Corleone fatta dal prefetto Mori ai tempi del fascismo, il signor Carmelo era un mafioso anche lui.

Il signor Carmelo va da Pasquale Criscione e gli chiede cosa sia successo a Placido. Niente è successo. Criscione dice che è rimasto sotto casa sua a parlare con lui fino alle dieci, poi se ne è andato e l'ha lasciato lí.

Il signor Carmelo va anche alla stazione a vedere se Placido non abbia preso il treno per Palermo, per motivi di lavoro, ma no, non lo hanno visto neanche lí. Allora va dai carabinieri a denunciare la scomparsa del figlio e descrive esattamente come era vestito: pantaloni blu, giacca chiara, cappotto verde e berretto grigio.

Iniziano le ricerche. Non solo da parte di polizia e di carabinieri, ma anche da parte dei compagni di Placido Rizzotto e anche di molta gente di Corleone. Placido Rizzotto, infatti, non è uno qualunque. Placido Rizzotto è una persona molto particolare.

Vito Lucio Lo Monaco, presidente del centro studi Pio La Torre.

Dice:«Placido Rizzotto era un giovane che veniva fuori dallo sfascio del paese, aveva partecipato alla guerra partigiana, quindi già viene... da contadino povero emigrato che partecipa alla lotta di liberazione del paese, già animato appunto da idee di riscatto. Organizza i contadini poveri che avevano avuto già grande esperienza nel primo dopoguerra per la divisione e la coltivazione dei fondi, che avevano avuto la grande esperienza storica dei fasci siciliani che ancora era presente nella loro memoria, che avevano eletto il primo sindaco socialista, Bernardino Verro, sindaco di Corleone prima del fascismo, quindi che avevano, nella

loro memoria collettiva, una grande storia di lotta per l'eman-
cipazione, per eliminare il servaggio dalla dipendenza dal feudo,
che avevano conquistato il primo contratto sindacale che era
quello per la ripartizione dei prodotti. Il famoso accordo di Bi-
sacquino, durante i fasci siciliani, era frutto appunto di questo
grande impegno che vedeva Corleone, Bisacquino, tutta la zo-
na. Rizzotto si inserisce in questo contesto storico».

Placido Rizzotto aveva cominciato a lavorare a undici anni, quando suo padre era finito in galera per mafia. Aveva
lasciato la scuola alla terza elementare e si era messo a lavorare nei campi per aiutare la famiglia. Poi c'era stato il servizio militare, in Veneto, e la guerra. Dopo l'8 settembre,
quando l'esercito italiano si sfascia, Placido Rizzotto va in
montagna con i partigiani. A Corleone ci torna soltanto dopo la fine della guerra e inizia la sua attività politica e sindacale, fino a diventare segretario della camera del lavoro. Di
Corleone.

Placido Rizzotto, nipote di Placido Rizzotto.
Dice: «In casa non stava moltissimo perché il suo era un im-
pegno veramente totale, fuori, era nell'associazione dei reduci
combattenti, si occupava di tantissime cose, tra l'altro lui non
era fidanzato, non era sposato, non aveva una famiglia cui dedi-
carsi, quindi per quello che ne so io non trascorreva molto tem-
po a casa. Una persona estremamente buona, questo si ricorda-
no i famigliari. Lui non pensava mai per sé, tutto il suo impegno
era per aiutare gli altri».

Dov'è finito Placido Rizzotto? Che cosa gli è successo?
Ci sono voci, ipotesi, piste. Aveva litigato con della brutta gente che gliel'ha fatta pagare. No, è stata la Mafia, si è
voluta vendicare di tanto tempo fa quando padre Calogero

aveva lasciato Cosa nostra. No, è una storia di donne, Placido Rizzotto non voleva piú sposare una ragazza e lo hanno ammazzato.

C'è anche un parere autorevole, è del ministro degli Interni Mario Scelba, che risponde all'interrogazione parlamentare dell'onorevole Pajetta. Placido Rizzotto è stato ammazzato dai suoi stessi compagni comunisti, perché non si erano messi d'accordo sull'assegnazione delle terre.

In documenti dell'epoca, in bianco e nero e graffiati dal tempo, vediamo alcuni contadini che arano la terra sollevando le zolle con un aratro di legno trascinato da un paio di buoi. Dietro il contadino che spinge a fatica l'attrezzo, segue un altro uomo che regge un grosso cesto dal quale prende dei semi e li sparge sul terreno. Altri contadini zappano con forza il campo. Uno di loro conduce un somaro con un carico di rami secchi sul groppone. Un contadino, intabarrato in un mantello nero che svolazza nel vento, si allontana da uno spaventapasseri costruito con una croce di legno alla quale è stata annodata della stoffa, sopra al tutto è stato posato un cappello nero. Alcuni braccianti camminano in gruppo con le vanghe sulle spalle. Altri contadini sono inginocchiati a terra e strappano con le mani delle erbacce.

Invece lo sanno tutti perché è stato ammazzato Placido Rizzotto. Per lo stesso motivo per cui otto giorni prima è stato ammazzato Epifanio Li Puma, e per cui nemmeno un mese dopo verrà ammazzato Calogero Cangialosi, segretario della camera del lavoro di Camporeale.

Ci sono le elezioni e non solo, c'è anche qualcos'altro in ballo. C'è la riforma agraria da completare, ci sono le terre da assegnare alle cooperative. Gli agrari combattono con fior di avvocati la battaglia legale contro i decreti Gullo che assegnano la terra e i prodotti ai contadini. Nel frattempo portano avanti una strategia sotterranea di intimidazioni e minacce affidata ai fucili dei mafiosi e dei campieri.

In quei giorni la Cgil fa affiggere un manifesto con sopra trentasei croci.

Tante quanti sono i sindacalisti uccisi dalla Mafia.

In una foto in bianco e nero ci viene mostrato un manifesto scuro con il volto di Scelba e una serie di croci e scritte bianche: VITA! VITA! VITA!, « "Amico" SCELBA, Ti auguriamo trentasei segretari di camere del lavoro e di leghe contadine assassinati in SICILIA».

Giuseppe Carlo Marino, storico.

Dice:«Gli ultimi tre anni del decennio degli anni Quaranta sono tra i piú conflittuali, tra i piú duri dello scontro tra latifondisti, baroni, proprietari terrieri, gabelloti e quindi il mondo della Mafia nel suo complesso da una parte e il mondo contadino dall'altra. Abbiamo la chiara visione di un'azione terroristica della Mafia che aveva certamente l'obiettivo di bloccare la riforma agraria ma anche, nella particolare situazione politica nazionale del paese, dello scontro in atto tra forze che puntavano verso una soluzione diciamo socialista e forze che invece la consideravano come il pericolo da abbattere. La Mafia poneva la sua candidatura a rappresentare, per cosí dire, una forza politica ombra che, nell'offrire il suo apporto ai nemici del comunismo, che era il nemico da abbattere in quel momento, definiva anche il prezzo del suo impegno a loro favore e il prezzo era in pratica quello di bloccare la riforma agraria».

Voci, ipotesi, piste. I carabinieri di Corleone le raccolgono tutte e nell'aprile del 1948 denunciano cinque persone per il sequestro di Placido Rizzotto. Tra questi c'è un personaggio molto noto, conosciuto da tutti in paese. Lo chiamano 'u Sciancatu, «lo zoppo», ma sicuramente non in sua presenza.

Per gli amici è Lucianeddu.

Per tutti gli altri è Luciano Leggio.

Sono spariti tutti, Luciano Leggio è scappato il giorno dopo il sequestro di Placido Rizzotto, appena ha incontrato una pattuglia di carabinieri. E comunque, su di loro non c'è nulla, a parte qualche voce, e cosí il giudice istruttore li proscioglie tutti, e le indagini sul sequestro di Placido Rizzotto si fermano lí.

Per il momento. Perché a Corleone arriva una persona.

La storia è fatta di individui e cambia a seconda se in un certo luogo, in un certo momento, ci sia oppure no una certa persona. Per la storia di Placido Rizzotto questa persona è un giovane capitano dei carabinieri. Viene da Torino, e ha fatto anche lui il partigiano come Rizzotto. È arrivato in Sicilia, a Corleone, per dirigere il Raggruppamento squadriglie antibanditismo. Ha chiesto lui di andare in Sicilia, in prima linea, e piú avanti lo farà ancora.

Si chiama Carlo Alberto Dalla Chiesa.

La prima cosa che fa il capitano Carlo Alberto Dalla Chiesa appena arrivato alla caserma dei carabinieri di Corleone è riprendere in mano il fascicolo sulla scomparsa di Placido Rizzotto. Chiama anche il signor Carmelo, il padre di Placido, e glielo dice. Troverà chi ha fatto sparire suo figlio.

Il capitano Dalla Chiesa ricomincia da Criscione e Leggio, che in un rapporto dei carabinieri viene indicato erroneamente come Liggio, e che da allora verrà chiamato sempre cosí, Luciano Liggio.

Criscione è l'ultimo ad aver visto Placido Rizzotto ancora in vita e ha un alibi poco chiaro, che ha già cambiato piú volte. Luciano Leggio, invece, è Luciano Leggio. Gli hanno già attribuito diversi omicidi, ed è il braccio destro del capo della Mafia locale, un medico, il cui nome lo abbiamo già sentito.

Si chiama Michele Navarra e dirige l'ospedale di Corleone, quello in cui era stato ricoverato il cavalier Rossi ai tempi dell'omicidio di Accursio Miraglia. È potente, il dottor Navarra. È anche il capo della Coldiretti, l'associazione di agricoltori legati alla Democrazia cristiana. A Corleone lo chiamano 'u Patri nostru.

Su un documento dell'epoca appare la scritta bianca: «1961 - GIANNI BISIACH INTERVISTA GIUSEPPE DI PALERMO VICESIN-DACO DI CORLEONE».

Il giornalista, che ha i capelli lisciati all'indietro e indossa un impermeabile stretto alla vita dalla cintura, è ai bordi di una strada, vicino a un uomo con la coppola in testa e una sciarpa a quadrettoni che spunta dal gilet chiuso dentro un cappotto. Dietro di loro ogni tanto si intravede un signore anziano con una coppola in testa, sta pulendo la zona dalle erbacce.

Bisiach parla con il vicesindaco di Corleone e gli fa delle domande: «Senta, si dice che Michele Navarra, il medico che è stato ucciso alcuni anni fa, fosse implicato in queste organizzazioni, è vero, particolari... lei ne sa qualche cosa?»

«Quello che si dice è che lui, almeno dicono i giornali, si dice nel paese, che lui era capomafia».

«Lei lo conosceva?»

«Sí».

«Personalmente».

«Sí».

Il capitano Dalla Chiesa è bravo, lo sappiamo. Fa ricercare Criscione e Leggio e intanto mobilita gli informatori, spreme le sue fonti. Cosí, dal carcere dell'Ucciardone, a Palermo, arriva una soffiata. Un detenuto racconta una cosa.

Quella sera del 10 marzo, attorno alle dieci, al caffè *Alaimo* che sta proprio davanti alla casa di Placido Rizzotto, c'era Luciano Leggio. Che appena ha visto passare Criscione e Rizzotto li ha chiamati, ad alta voce.

C'è anche un'altra soffiata. Quella sera Lucianeddu era stato visto assieme a un altro uomo. Vincenzo Collura, un altro mafioso.

Il capitano Dalla Chiesa è bravo, e quando cerca qualcuno poi finisce che lo trova. Criscione è nascosto a casa dello zio e quando vede arrivare i carabinieri di Dalla Chiesa scappa dalla finestra che dà sulle campagne, ma i carabinieri lo prendono. Lo portano in caserma dove trova anche Collura che è stato arrestato a casa sua.

Il primo a crollare è Criscione. Davanti al capitano Dalla Chiesa, a un brigadiere e a un carabiniere che verbalizza, racconta un sacco di cose.

Racconta che quella sera attorno alle otto-otto e mezzo si era fermato a parlare con Placido Rizzotto davanti a casa sua, proprio di fronte al caffè *Alaimo*. Là c'era Leggio, che lo aveva chiamato e gli aveva detto di portare Rizzotto fuori Corleone, in una strada in campagna.

Criscione convince Placido Rizzotto a fare un giro con lui, a passeggiare, parlando. Corso Bentivegna, verso la villa comunale, angolo via Marsala. Luciano Leggio fa cenno a Criscione che va bene cosí, che proseguano.

Placido Rizzotto e Criscione hanno appena imboccato via Sant'Elena quando Rizzotto si sente affiancare da un uomo che lo prende sottobraccio. È Luciano Leggio, che gli pianta una pistola nel fianco e gli dice di stare tranquillo, che vuole solo parlare. Intanto si è aggiunto un altro uomo, Collura, che ha preso Placido Rizzotto per l'altro braccio e gli ha piantato anche lui una pistola nel fianco.

Arrivati in campagna, Leggio rimanda indietro Criscio-

ne, e torna nel buio della notte, dove lo attendono Collura
e Placido Rizzotto.

Il secondo a crollare è proprio Collura, che conferma il
racconto di Criscione e prosegue. Anche lui, arrivati in campagna, era stato mandato indietro da Leggio, che aveva continuato a camminare verso la montagna, con Placido Rizzotto sottobraccio.

Dopo pochi minuti Collura aveva sentito tre spari.

Collura e Criscione sanno anche dove Luciano Leggio ha
lasciato il corpo di Placido Rizzotto. È un brutto posto, in
montagna, un posto da lupi, pieno di buche e crepacci. Si
chiama Rocca Busambra ed è quasi sempre avvolta dalla nebbia. Là vicino c'è un bosco, il bosco della Ficuzza.

C'è una foiba sulla montagna, un crepaccio profondissi-
mo, così stretto e buio che non se ne vede il fondo. Un carabiniere scende giú con l'aiuto di una carrucola. Scende venti, trenta, quaranta metri, poi si sente male e lo devono ritirare su. Alla luce della torcia elettrica ha visto qualcosa, ma
non ha capito bene cosa.

Otto giorni dopo ci riprovano. Scendono un carabiniere
e un vigile del fuoco e arrivano fino in fondo. E lí alla luce
delle torce elettriche vedono cosa c'è.

Placido Rizzotto, nipote di Placido Rizzotto.
Dice: «Arrivando là sotto si è trovato un cimitero, non sol-
tanto di persone, c'erano anche molte pecore e quindi c'erano
un po' di ossa, di resti chiaramente anche in stato di decompo-
sizione. Però tra i cadaveri piú freschi c'erano i resti di tre uomi-
ni. Sono stati tirati fuori alcuni pezzi di cadavere e da alcuni se-
gni, dai capelli, dalle scarpe, dall'elastico delle calze, uno di que-
sti cadaveri era sicuramente stato riconosciuto dai famigliari per
quello dello zio».

Il signor Carmelo e la famiglia di Placido Rizzotto vanno dai carabinieri a vedere che cosa hanno portato fuori dalla foiba. C'è un pezzo di stoffa verde, quella del cappotto di Placido Rizzotto. C'è uno scarpone militare dalla suola americana, e anche quello è di Placido. E c'è anche un elastico, di quelli che allora gli uomini usavano per tenere su i calzini, di Placido anche quello.

Il cerchio si chiude. C'è il corpo, ci sono le confessioni e ci sono i colpevoli. Criscione, Collura e Leggio hanno ucciso Placido Rizzotto e l'hanno buttato nella foiba di Rocca Busambra, vicino al bosco della Ficuzza. Criscione e Collura sono in galera, Leggio non si sa dov'è.

Nel gennaio del 1950 il giudice istruttore va a interrogare Criscione e Collura.

Che cambiano tutto. Negano, ritrattano. Quello che c'è scritto sul verbale lo hanno inventato i carabinieri.

Sí, però ci sono i resti di Placido, in quella foiba, proprio quella indicata da Criscione e Collura.

Ma il giudice istruttore non crede che quei pochi resti estratti dalla foiba possano essere attribuiti con certezza a Placido Rizzotto. Certo, si potrebbe tornare là dentro ed estrarne ancora per fare un esame piú completo, ma i periti del tribunale stimano che per allargare la bocca della foiba ed entrare con piú facilità ci vogliono un milione e settecentocinquantamila lire, troppi per il tribunale. Cosí Placido Rizzotto, se è davvero in quella foiba, resta là.

Sul filmato appare la scritta: «1961 - GIANNI BISIACH INTERVISTA IL FRATELLO DI PLACIDO RIZZOTTO». I due sono su una collina di cui non si vede la cima perché avvolta da una fitta nebbia. Il giornalista fa le domande: «Suo fratello dov'è stato ritrovato?»

«*È stato sequestrato a Corleone, poi è stato ritrovato sulla Rocca Busambra*».

«*Lassú?*»

«*Lassú verso quella parte, c'è una buca che c'erano tanti cadaveri, tanti bovini buttati laggiú che...*»

«*E adesso la salma di suo fratello dove si trova?*»

«*Una parte si trova dentro la buca e una parte alla corte d'assise di Palermo*».

Il signor Carmelo lo sa chi è stato a uccidere suo figlio. E lo dice, anche, in pubblico. Durante il primo anniversario della scomparsa di Placido Rizzotto, sale sul palco e lo dice, lo urla.

«Sapete chi se lo portò mio figlio? Pasquale Criscione!» E non solo, aggiunge anche altro. «È stato sicuramente Luciano Leggio a tappare col piombo la bocca di mio figlio, ma il mandante è quella brava persona del dottore Navarra».

Non serve a niente.

Il 12 dicembre 1952 inizia il processo a carico di Collura, Criscione e Leggio, che è ancora latitante. Il 30 dicembre arriva la sentenza. Tutti assolti per insufficienza di prove.

Il padre di Placido Rizzotto, il signor Carmelo, non ci sta. Non ci sta il capitano Dalla Chiesa. Non ci stanno i compagni di Placido Rizzotto. Il pubblico ministero ricorre in appello e ottiene un nuovo processo.

L'11 luglio 1959 arriva la sentenza. Tutti assolti. Per insufficienza di prove.

Carmelo Rizzotto è seduto a un tavolo e fuori campo c'è il giornalista che pone le domande: «Assolto per insufficienza di prove».

«*E adesso c'è un terzo procedimento in corso*».

«*La cassazione*».

La cassazione conferma. Tutti assolti. Condanna invece il padre di Placido Rizzotto, il signor Carmelo. Al pagamento delle spese processuali.

Giuseppe Carlo Marino, storico.
Dice: «Il dato complessivo è che la magistratura era ancora in gran parte, almeno cosí mi pare, allineata alla tesi prevalente del tempo, secondo la quale la Mafia non esiste. Si immaginava che l'essere mafiosi fosse tutt'al piú una corrente culturale che poteva al massimo determinare nei soggetti coinvolti qualcosa di simile a un cattivo carattere. In altri termini, se i mafiosi non venivano trovati col coltello in mano tutt'al piú la magistratura avrebbe potuto considerarli dei cittadini afflitti da un pessimo carattere».

La Mafia non esiste, è soltanto un'invenzione dei comunisti per screditare la Sicilia. La Mafia è un fatto culturale, buono piú per le conferenze che per le aule del tribunale, come dice il procuratore generale della cassazione Tito Parlatore. Oppure è soltanto un comportamento, un sentimento, come dice il procuratore generale di Palermo di allora Emanuele Pili.

Il 2 agosto 1958 il dottor Navarra è nella sua 1100 e sta tornando a Corleone da Lercara Friddi, un paese vicino, assieme a un amico, il dottor Giovanni Russo. Fa caldo, la polvere della statale 118 ribolle, e il dottor Navarra ha i finestrini abbassati quando la sua macchina all'altezza di Sant'Isidoro viene speronata da un'Alfa 1900 che la blocca.

Un attimo dopo l'auto del dottor Navarra viene investita da una tempesta di fuoco. Centododici colpi che infrangono il parabrezza, inchiodano il dottor Russo al sedile e stendono il dottor Navarra sul fondo della macchina.

*Una foto in bianco e nero mostra un'automobile scura cri-
vellata di colpi. All'interno c'è un uomo col capo appoggiato al
finestrino, il cofano dell'auto è sollevato e il muso della vettura è stato schiacciato dall'impatto contro qualcosa. In dettaglio,
attraverso il vetro del finestrino esploso, vediamo un foro di
proiettile e un rivolo scuro che cola dalla tempia di Navarra.*

A sparare a 'u Patri nostru è stato Lucianeddu, Luciano
Liggio, in una delle prime guerre di mafia che porteranno al
potere i Corleonesi e renderanno tristemente famosa Corleone.

*Vediamo alcuni titoli di giornali dell'epoca, leggiamo su uno
di questi: LA FEROCE UCCISIONE DEL DOTT. NAVARRA IN CORTE
D'ASSISE. «"Non ho sospetti", dichiara il fratello del medico-ma-
fioso. E il presidente irritato: "Se ne vada!"» Su un altro foglio
è scritto: «Non si costituiscono parte civile i famigliari di Navarra e Russo», e piú in basso sulla stessa pagina: «Nessuna traccia
degli autori della sparatoria di Gibellina».*

C'è un aneddoto per raccontare quegli anni. Un giorno il
giornalista Gianni Bisiach va a Corleone per realizzare un
servizio televisivo sul paese. Va al cimitero di Corleone e intervista il becchino.

*Il giornalista Bisiach parla con il custode del camposanto:
«Senta, ma ne muoiono molti in questa maniera?»
«Come?»
«Molti ne vengono uccisi?»
«Eh che vuole? Ogni tanto succede qualche cosa, no?»
«Sí, quindi di questi morti che riposano in questo cimitero
quanti pensa, quale percentuale, possono essere morti di morte...»*

«Io credo che sarà... il venti per cento ci sarà».
«Morti di morte violenta».
«Sí».
«Venti per cento».
«Sí».

L'intervista viene ripetuta piú volte, per avere diverse inquadrature e diverse risposte tra cui scegliere. Mentre l'operatore sta voltando la cinepresa arrivano due uomini, che prendono da parte il becchino, gli parlano brevemente e se ne vanno. Quando la macchina è pronta Bisiach ripete la domanda, ma la risposta questa volta è un po' diversa.

«Ne muoiono molti in questo modo?»
«Ma no, in questo modo raramente, che è stata, che so... una rissa è stata piú che altro».
«Capisco».

C'è una scena in un film di Valentino Orsini e di Paolo e Vittorio Taviani che si intitola *Un uomo da bruciare*. È la scena finale. C'è un personaggio che si chiama Salvatore Carnevale e ha il volto appassionato di Gian Maria Volonté. Ha visto qualcosa, Salvatore Carnevale, qualcosa che l'ha spaventato, resta un momento immobile poi all'improvviso si mette a correre, poi si sente un colpo di fucile e l'uomo cade a terra. È la scena finale ma il film avrebbe potuto continuare anche dopo la parola fine con l'immagine del vero Salvatore Carnevale, che aveva trent'anni e faceva il sindacalista a Sciara, in provincia di Palermo.

L'immagine di un uomo steso nella polvere.

Alle otto del mattino del 16 maggio 1955 un contadino bussa alla porta della caserma dei carabinieri di Sciara. Dice che stava percorrendo una stradina in una località che si chiama Cozze secche, quando all'improvviso il suo mulo si era imbizzarrito e non ne aveva piú voluto sapere di proseguire.

Per terra, in mezzo alla stradina, c'era un uomo.

I carabinieri prendono la Campagnola e corrono sul posto. C'è un uomo a terra. È morto, è stato ucciso a colpi di fucile. E non solo. Non è stato soltanto ucciso. Lo hanno massacrato. Gli hanno sparato sei colpi con due fucili diversi, colpi a pallettoni, al fianco, alla schiena, in testa e in faccia. E i colpi in faccia gli sono stati sparati cosí da vicino, che le borre, quei dischetti di cartone che nelle cartucce tengono compressi la polvere e i pallini e che vengono espulsi dalla canna al momento dello sparo, gli sono finiti in testa. Sono colpi particolari, quelli. Sono colpi di grazia.

L'uomo è un giovane di Sciara che lavora in una cava di pietra, un giovane molto conosciuto perché fa attività politica e sindacale.

Si chiama Salvatore Carnevale.

Mario Filippello, ex sindaco di Sciara.
Dice: «Sciara è un piccolo paese che agli inizi degli anni Cinquanta vede per la prima volta in campo un movimento contadino organizzato che si batte per alcuni diritti elementari, prima di tutto il diritto al lavoro, poi il diritto ad avere anche assegnata la terra, la terra che in gran parte è di proprietà delle famiglie nobiliari, della famiglia nobiliare, la famiglia Notarbartolo, che da secoli è insediata nel territorio. Un movimento contadino che ha alla testa dei braccianti, che ha soprattutto alla testa un autodidatta che è Salvatore Carnevale».

Salvatore Carnevale arriva a Sciara da un paese in provincia di Messina assieme alla madre. Salvatore Carnevale fa il bracciante ma è anche molto impegnato politicamente, nel movimento contadino e nel partito socialista. La legge ha stabilito che i raccolti devono essere divisi tra proprietari e contadini, quaranta per cento ai proprietari e sessanta ai contadini, ma per farla applicare bisogna trattare con gli amministratori della principessa Notarbartolo, che possiede tutte le terre, millequattrocento ettari che circondano un paesino di duemilacinquecento abitanti. E poi ci sono le terre da assegnare secondo i decreti Gullo e la riforma agraria, e anche lí bisogna trattare, manifestare, occupare. Sono occupazioni simboliche, ma già costano a Salvatore Carnevale un arresto da parte dei carabinieri.

Allora Salvatore se ne va, emigra, va ad Arezzo, dove lavora come muratore e si mette anche a studiare. Quando torna a Sciara riprende l'attività di sindacalista e l'occupazione delle terre.

Salvatore Siragusa, amico di Salvatore Carnevale.
Dice: «Diceva le cose per come erano. Se ci difendiamo guadagniamo, se non ci difendiamo perdemu d'ogni diritto».

C'è un'impresa di costruzioni di Reggio Emilia che ha aperto un cantiere a Sciara. Si serve di una cava di pietra che si trova sulle terre di proprietà della principessa Notarbartolo. È lí, alla cava della ditta Lambertini, che Salvatore si fa assumere come operaio. Le condizioni di lavoro non sono buone. Undici ore, mal pagate e mai regolarmente, tanto che a volte bisogna aspettare mesi per ricevere il salario. E naturalmente non si può dire nulla.

Salvatore organizza una commissione interna tra i lavoratori della cava e assieme decidono uno sciopero al quale aderiscono trenta operai su settantadue.

Lo sciopero avviene il 13 maggio.

Tre giorni dopo, il 16 maggio, Salvatore sta andando a lavorare alla cava la mattina presto quando viene ammazzato.

Vediamo la prima pagina del quotidiano «Avanti!» che recita: «Barbaramente ucciso dalla Mafia un sindacalista socialista in Sicilia».

A Sciara arrivano il vicequestore Ribizzi della polizia e il tenente colonnello Giannone dei carabinieri. La prima cosa che fanno è fermare otto persone, otto compagni di lavoro di Salvatore Carnevale. La tesi infatti è che l'omicidio sia maturato nell'ambiente di lavoro di Salvatore, che a ucciderlo insomma siano stati i suoi stessi compagni, che non erano d'accordo con lo sciopero.

Non è vero, gli uomini fermati hanno tutti un alibi e con l'omicidio di Salvatore Carnevale non c'entrano niente.

Salvatore Siragusa, amico di Salvatore Carnevale.
Dice: «Mischinu, perché l'ammazzaru? L'ammazzaru perché era solo. Sí, tanti compagni erano, ma il giorno che lui si nni jeva a lavorare aveva a 'n autru assieme. La povera mamma chianceva. Mio figlio, dice, lavorava e lottava assieme ai contadini, a tutti i braccianti, per un diritto. Mio figlio dice niente niente, mio figlio solo n'ebbe che l'ammazzaru. Prima ci spararu 'nto sangu, poi ci spararu qua per sfigurare, tutto questo non esisteva cchiú». E fa un gesto con la mano attorno al viso.

C'è una testimonianza. È un compagno di lavoro di Salvatore che si chiama Filippo Rizzo. Rilascia la sua testimonianza in diverse occasioni ai carabinieri, contraddicendosi per paura e reticenza.

Rizzo dice di essere uscito da Sciara alle cinque e venti in compagnia di un amico, tutti e due sullo stesso mulo. C'è un uomo che cammina piú avanti, nella penombra dell'alba. Arrivati a un abbeveratoio, l'amico si ferma col mulo e Rizzo

prosegue verso la cava. Ma all'improvviso sente sparare, cinque o sei colpi, in rapida successione. Vede anche scappare
un uomo con una giacca chiara, dei pantaloni scuri, un berretto con la visiera e una benda nera sul viso. L'uomo corre
curvo e Rizzo non riesce a vedere chi sia. Rizzo torna indietro e incontra l'amico con il mulo che gli chiede cosa sia successo, e allora Rizzo gli dice che hanno ammazzato l'uomo
che avevano visto davanti a loro. Turiddu, lo chiama, Salvatore, Salvatore Carnevale.

Ma c'è un'altra testimonianza che viene da una persona
molto importante in questa storia. La madre di Salvatore,
Francesca Serio.

Francesca Serio è arrivata a Sciara da Messina con Salvatore dopo essersi separata dal marito. Separata dal marito, è una cosa strana per l'Italia di allora, e soprattutto per
la Sicilia, ma Francesca Serio è una donna forte e decisa. Di
lei c'è un ritratto fatto dallo scrittore Carlo Levi che la racconta come una donna di «una bellezza dura, asciutta, violenta, opaca come una pietra, spietata, apparentemente disumana».

Si vedono delle immagini del funerale di Salvatore Carneva-
le. In una di queste uno degli uomini che portano a spalla la ba-
ra guarda verso la macchina fotografica. Dietro il feretro c'è il
corteo nel quale appaiono molte donne con la testa coperta da
un fazzoletto nero.

È una donna appassionata, la signora Francesca, e vuole
sapere chi ha ucciso suo figlio Salvatore. La prima cosa che
fa è un esposto alla procura generale di Palermo e al comando della legione dei carabinieri. Nell'esposto chiede che le
indagini passino a Palermo, perché né la polizia né i carabinieri di Sciara ce la faranno mai a superare omertà e pressio-

ni. Poi ricostruisce tutta la storia di Salvatore, la sua militanza politica e la sua attività sindacale.

Ma soprattutto la signora Francesca parla di minacce, minacce ricevute da lei per conto di suo figlio e minacce ricevute direttamente da Salvatore.

Al cimitero si vede la lapide del sindacalista con scritto sopra il suo nome e alcune scene della madre che piange e si dispera guardando in alto verso la tomba del figlio. Poi si appoggia a una colonnina di cemento e piange portandosi le mani, che stringono il fazzoletto, alla bocca che singhiozza.

Un giorno a Salvatore si avvicina un uomo che lo prende da parte e gli dice che è meglio che la smetta con l'attività politica, perché se insiste finirà per riempire una fossa. Salvatore gli risponde che se devono ucciderlo lo facciano pure, ma chi ammazza lui ammazza Gesú Cristo. Risponde duramente, Salvatore, ma la minaccia lo ha spaventato, e anche molto.

La madre di Carnevale è seduta su una sedia e parla al cronista in siciliano. È vestita tutta di scuro e ha sulla testa un fazzoletto nero. In sovrimpressione passa la traduzione in italiano che recita: «Allora mio figlio arrivò a casa, certo, arrivò un poco agitato. Gli chiesi: che cosa hai? Questo dissi: che cosa hai? È pronto da mangiare? No, un altro poco, gli dissi. Ma che cos'hai? Niente. Hai litigato con qualcuno? No, io non litigo mai con nessuno finché non fanno con le mani. Allora, mentre mangiava... dice: aaah, a me non mi convince nessuno, dice. Certo, una povera madre avendo questo povero figlio solo... Ma che cos'hai? Lo posso sapere io che cos'hai? No, niente. E allora domani che ti succede qualcosa, se io non so niente, cosa debbo dire? Niente! E mi raccontò questo fatto, che questo lo ha chiamato al ponte del paese e ci disse queste parole...»

Alla fine del suo esposto la signora Francesca dice una cosa molto chiara.

Suo figlio Salvatore è stato ammazzato per la sua attività di sindacalista alla cava.

E ad ammazzarlo è stata la Mafia.

Mario Filippello, ex sindaco di Sciara.
Dice: «Siamo agli inizi degli anni Cinquanta quando vi è il passaggio della Mafia dal feudo ad altri interessi. Carnevale infatti quando viene ucciso ha già attraversato la stagione della battaglia per la terra e ha iniziato una nuova campagna, una nuova battaglia, che è quella per i diritti sindacali dentro la cava. Paga e muore per questo, paga e muore al momento in cui la Mafia si sta trasformando da mafia che era legata agli interessi agrari in una mafia che è legata ai nuovi interessi all'edilizia, agli appalti pubblici...»

Sciara è un piccolo paese di duemilacinquecento abitanti, ma ha una sua mafia, che dipende dalle famiglie piú importanti di Caccamo. A capo della Mafia di Sciara c'è Giorgio Panzeca, che lavora come gabelloto nel feudo della principessa Notarbartolo. Sotto di lui ci sono Luigi Tardibuono, Antonio Mangiafridda e Giovanni di Bella, tutti e tre dipendenti del feudo in cui si trova la cava.

La procura di Palermo crede alla signora Francesca Serio e comincia a indagare sulla pista mafiosa. È sospetta la dinamica dell'omicidio, con quei colpi di grazia. È sospetta la presenza di Panzeca alla cava quella mattina, a chiedere notizie del delitto. I carabinieri scoprono che proprio il giorno prima del delitto, Panzeca e gli altri tre si erano riuniti in un baglio, un casolare di campagna nel fondo Notarbartolo. Tra l'altro nel baglio si trova la caserma dei carabinieri di Sciara. Perché si erano riuniti i Panzeca e gli altri? Per parlare degli affari della cava, dice Panzeca.

Salvatore è stato ucciso alle sei del mattino. Lo stabiliscono i carabinieri. C'è un testimone che lo ha visto uscire dal paese alle cinque e venticinque, lo sa perché stava controllando l'orologio, e da lí alla cava, i carabinieri fanno la prova piú volte, ci vogliono trentasei minuti.

Panzeca ha un alibi. All'ora del delitto si trovava alla cava a controllare l'uscita dei camion. Ma è un alibi strano, perché dice che ci si trovava fino dalle quattro, un'ora prima che i camion cominciassero a uscire.

Anche Di Bella dice di avere un alibi. Era al bar a fare colazione. Ma il suo alibi non regge, perché il barista dice di non averlo visto prima delle otto. E anche Tardibuono dice di avere un alibi. Era a casa, con i muratori, ma pure il suo alibi non regge. I muratori lo hanno visto soltanto alle sette.

E Mangiafridda? Mangiafridda un alibi proprio non ce l'ha.

Saltano fuori anche dei testimoni che cominciano a parlare. C'è Rizzo, l'operaio che stava andando alla cava col suo amico sul mulo e che diceva di aver visto un uomo correre curvo dopo gli spari.

Adesso Rizzo lo dice il nome di quell'uomo. È Tardibuono. E c'è anche un altro testimone, Salvatore Esposito, che dice di aver visto due persone con il fucile scappare dal luogo del delitto: Tardibuono e Di Bella.

Il processo inizia il 18 marzo 1960 e, come succedeva spesso per i processi di mafia, per legittima suspicione non si tiene a Palermo ma da un'altra parte, a Santa Maria Capua Vetere, in Campania. Dietro le sbarre ci sono i quattro campieri del fondo Notarbartolo.

Il processo però si ferma subito per una perizia su un fucile, che ci impiega un anno e mezzo ad arrivare.

Quando riprende, Rizzo ha già cambiato piú volte la sua versione. Infatti è successo qualcosa di strano quando ha rilasciato la sua deposizione nella stazione dei carabinieri di Termini Imerese. Dopo aver rilasciato la deposizione in cui accusa Tardibuono, Rizzo è stato messo in cella, ma proprio assieme a Tardibuono. Quando ne è uscito ha cambiato tutto. Le prove però reggono.

Il 21 dicembre 1961 la corte d'assise condanna Panzeca e Mangiafridda come i mandanti dell'omicidio di Salvatore Carnevale e condanna Di Bella e Tardibuono come gli esecutori materiali.

Stampato sulla pagina di un giornale leggiamo: «Condannati alla pena dell'ergastolo gli autori del delitto Carnevale».

C'è l'appello però, e in appello le cose cambiano. Al processo ci vanno soltanto Panzeca, Mangiafridda e Di Bella, perché Tardibuono nel frattempo è morto in carcere.

Il processo si tiene il 21 febbraio del 1963 presso la corte d'assise d'appello di Napoli.

I difensori degli imputati dicono che si tratta di una montatura politica architettata dalla sinistra per screditare i loro assistiti e che il vero movente dell'omicidio Carnevale va ricercato in un affare di cuore, una donna di cui Salvatore era innamorato e che era anche la donna di un mafioso che poi è morto. Se invece si tratta di un affare politico, allora sono stati i compagni di Salvatore, che non erano d'accordo sullo sciopero.

I giudici non credono né a Rizzo né a Esposito e li ritengono poco attendibili. Non solo. Dicono che pensare che la riunione al baglio di Notarbartolo sia stata fatta per decidere l'omicidio di Salvatore è un atto di fantasia. Come è fantasia pensare che i baroni abbiano affidato l'incarico di gabelloti a dei mafiosi.

Ma soprattutto, si chiedono i giudici, cos'è un mafioso? Chi è mai un mafioso?

Giuseppe Carlo Marino, storico.
Dice: «Sembra difficile all'opinione pubblica stabilire un rapporto organico tra i grandi proprietari e la Mafia che viene rappresentata nella comune opinione come pura e semplice delinquenza. Quindi la gente si domanda: ma come fanno degli onesti, presumibilmente onesti, proprietari, per giunta dotati talvolta di cultura e di certa, di sicura autorevolezza sociale, ad avere collegamenti così pericolosi e così turpi con un mondo che esprime ed esercita soltanto violenza? Cosa lega questi due elementi, la proprietà da una parte e dall'altra il tessuto delinquenziale della Mafia? Be', io dico che li lega una originaria complicità di cui l'opinione pubblica stenta a rendersi conto. Soprattutto in certe fasi della storia siciliana la Mafia è stata la proprietà e la proprietà è stata la Mafia, cioè le due realtà sono state fortemente legate da interessi indivisibili».

Il 14 marzo arriva la sentenza. Tutti assolti per insufficienza di prove.

Appare la foto di un giornale dell'epoca che titola: «I campieri di Sciara assolti con formula dubitativa».

A questo punto a non starci è la procura, che ricorre in cassazione. E la signora Francesca, che continua a voler sapere chi ha ucciso suo figlio Salvatore.

La madre di Carnevale parla con cadenza dialettale e sullo schermo passano i sottotitoli in italiano. Dice: «E allora, cosa ne viene a me di potermi confortare, di potermi rassegnare? La morte solo, quando muoio allora sí, non sono piú qua, allora mi rassegno. Ma mentre sono viva non mi posso rassegnare nemmeno».

In cassazione, al processo per la morte di Salvatore Carnevale in un certo senso c'è la storia d'Italia. Non della Sicilia o della Mafia o di quelli che le si sono opposti e che sono morti come Salvatore Carnevale, Accursio Miraglia o Placido Rizzotto, c'è anche qualcosa di piú, simbolicamente.

Al processo sono presenti due futuri presidenti della Repubblica. Panzeca, Mangiafridda e Di Bella sono difesi dall'avvocato Giovanni Leone. Sui banchi della parte civile, come osservatore della direzione nazionale del Psi, c'è Sandro Pertini.

Vince Giovanni Leone. Il sostituto generale della cassazione è Tito Parlatore, quello che dice che la Mafia non è argomento da tribunale, ma da conferenze. Che è un fatto culturale, insomma.

Il 13 febbraio 1965 vengono assolti tutti per insufficienza di prove.

Salvatore Siragusa, amico di Salvatore Carnevale.
Dice: «Quel mascalzone che gli era accanto a Salvatore 'i vitti in faccia cu fu che ci sparò... no, non posso parlare. Niente. Si vede che... ma comunque tutta questa gente sono tutti deceduti, non ci sta nessuno piú».
In un filmato si vede la mamma di Carnevale che dice: «Io li perdono? E chi sono, Dio? Dio li deve perdonare. La giustizia del mondo ha la compassione, io non ho compassione. Fino al punto di morte io non li perdono».

La signora Francesca, che non si è mai tolta dalla testa il velo nero del lutto, è morta senza vedere in galera chi ha ucciso suo figlio Salvatore, chi lo ha finito sparandogli due colpi in testa e uno in faccia mentre stava morendo sulla strada per la cava di pietra.

E anche il signor Carmelo è morto senza aver visto dietro le sbarre chi aveva preso suo figlio Placido e lo aveva portato via nel buio della campagna di Corleone, per ammazzarlo e gettarlo in quel buco a Rocca Busambra, dove si trova ancora adesso.

E la signorina Eloisa Miraglia non ha mai visto in galera quelli che hanno aspettato suo fratello Accursio nella piazza di Sciacca, una sera fredda di gennaio, per ammazzarlo sulla porta di casa.

Non sono i soli a non aver avuto giustizia. Ci sono anche i parenti di quegli undici morti della strage di Portella della Ginestra, due erano bambini, e anche di tanti altri, tanti altri ancora.

Le vittime di questa piccola guerra, di questa strategia della tensione che ha insanguinato la Sicilia in quegli anni spazzando via contadini, operai, sindacalisti, militanti politici, sono tante, tantissime. Sono trentasei morti in tre anni. Dal 1945 al 1948.

E poi ce ne sono altri cinque, dal 1955 al 1966.

Quarantuno morti.

Una strage.

Guglielmo Epifani, segretario generale Cgil.
Dice: «Con queste repressioni, con questi omicidi si volle sostanzialmente dividere il movimento di protesta, il movimento di lotta, colpirne la sua grande estensione politica e morale, e isolare soprattutto le personalità piú combattive di questo mo-

vimento dal resto delle comunità locali. Inizialmente furono scioperi e proteste assolutamente unitari, tutte le componenti politiche, le idealità, i religiosi, i civili concorsero. Fu una lotta di popolo come si usava e si usò per molti anni nel Mezzogiorno del paese dove si stava assieme, comunisti, socialisti, cristiani, democristiani, cattolici, laici... un grande movimento plurale. Naturalmente colpendo in questo modo si cercò di isolare la parte piú combattiva dalla parte che si sapeva avrebbe potuto resistere meno. E questo in parte si ottenne. Difficilmente andrà sulle pagine dei giornali nazionali, ma noi ancora oggi assistiamo a intimidazioni verso i sindacalisti, verso lavoratori, verso delegati, i quali hanno il solo torto di difendere le condizioni di legalità quando si tratta di aggiudicare, ad esempio, un appalto che non viene aggiudicato secondo le norme di legge, quando si tratta di impedire assunzioni di carattere clientelare, quando si tratta di chiudere gli occhi su processi e fenomeni criminali, e invece tante persone coraggiose della nostra organizzazione non solo non chiudono gli occhi, ma si battono perché queste cose non avvengano».

Qui finisce la nostra storia, la storia di uomini che sono morti per quello in cui credevano e di altri uomini che li hanno ammazzati.

Di una mafia che comincia a impadronirsi dei campi dei baroni e poi finirà per mettere le mani sulle industrie e sugli appalti.

Trapani, coppole e colletti bianchi

A settembre in Sicilia è ancora estate piena e si va al mare come in agosto. È cosí anche quel giorno, 14 settembre 1992, sono le due del pomeriggio, e sul lungomare di Mazara del Vallo, in provincia di Trapani, c'è il sole e fa caldo. La strada corre proprio lungo la spiaggia, affollata di macchine che si incrociano.

Ce n'è una, una piccola Panda, che sta passando davanti a una chiesetta estiva. Dentro c'è un uomo che sta portando la macchina a Trapani per far controllare i freni, che hanno le pastiglie da cambiare. È settembre, è ancora estate, lo abbiamo detto, ma nonostante il caldo quell'uomo porta la giacca.

È per coprire la pistola che tiene infilata nella cintura dietro la schiena.

Perché è un poliziotto, quell'uomo. È un commissario, si chiama Rino Germanà e dirige il commissariato di Mazara del Vallo.

Cambiamo scena. Cambiamo città, andiamo a Roma.

Fa caldo perché anche lí è estate, è il 26 luglio 1992. In un appartamento al penultimo piano di una palazzina in viale Amelia, nel quartiere Tuscolano, c'è una ragazza, una bella ragazza di diciassette anni, quasi diciotto. Si chiama Rita, è siciliana ed è nata a Partanna, in provincia di Trapani. Se ne sta lí, nel suo appartamento al penultimo piano di quella tranquilla palazzina rosa, da sola. Accanto ha un diario, grandi pagine a righe, scritte con una grafia veloce e nervosa, a lettere ampie, in inchiostro blu.

Davanti ha una finestra. Aperta.

Cambiamo ancora scena. Torniamo in Sicilia, è il 2 aprile 1985 e siamo sulla strada costiera che attraversa la frazione di Pizzolungo, vicino a Trapani. È una litoranea, di qua le case e di là il mare, ed è molto frequentata perché è quella che si fa per andare in città da Valderice, e a quell'ora, sono le otto e cinquanta del mattino, ci sono moltissime macchine.

Ce n'è una, una macchina bianca, che sta viaggiando verso Trapani. Dentro c'è una donna di trent'anni, Barbara si chiama, e ci sono anche i due figli, che si chiamano Salvatore e Giuseppe e hanno tutti e due sei anni, perché sono gemelli. Li sta portando a scuola e i bambini giocano, ridono, scherzano, non stanno mai fermi, come fanno tutti i bambini a quell'età.

Barbara guida piano, sta per imboccare una curva e c'è anche un'auto, una Golf, parcheggiata sul ciglio della strada accanto a un muretto di cemento, proprio alla fine della curva.

Basta, fermiamoci qui e andiamo in un altro posto, l'ultimo.

Questa volta è quasi notte, perché sono le undici di sera, ed è molto buio, perché siamo in campagna, a Triscina, fra Mazara del Vallo e Castelvetrano, sempre in provincia di Trapani. C'è un uomo, fermo nel buio della campagna. È strano quell'uomo, è anziano, ha quasi ottant'anni, ed è vestito con un pigiama, pulito e in ordine. Se ne sta seduto a terra, appoggiato a un cancello, le mani incrociate sul petto, immobile, con gli occhi chiusi, come se stesse dormendo.

Ma non dorme. È morto.

La polizia che arriva di corsa dall'autostrada, avvertita da una segnalazione, lo vede subito che è morto, di morte naturale, perché era molto malato quell'uomo, da un pezzo viveva con un rene solo e stava male. La polizia questo lo sa, e sa anche perché l'hanno lasciato lí, non lo hanno abbandonato, l'hanno appoggiato a quel cancello e poi hanno chiamato per farlo ritrovare, perché gli venisse fatto il funerale, dal momento che chi l'ha tenuto in casa non poteva dirlo a nessuno che era morto, perché quell'uomo, appoggiato a quel cancello, in pigiama, era latitante da almeno dieci anni, dal 1988.

La polizia le sa tutte queste cose, perché lo conosce bene, quell'uomo.

Si chiama Francesco Messina Denaro ed è il capo della famiglia mafiosa di Castelvetrano, una delle famiglie piú potenti della Mafia della provincia di Trapani.

Sul filmato, in sovrimpressione, scorre la scritta: «Dal Tg2 dell' 1/12/98». In studio, durante il notiziario, un giornalista della Rai annuncia: «Francesco Messina Denaro, vecchio boss corleonese di Trapani è morto dopo una lunghissima latitanza e il suo corpo è stato fatto trovare dai famigliari nelle campagne di Castelvetrano. Vediamo...»

La scena cambia e appare la scritta nera LA MORTE DEL BOSS *all'interno di una striscia rossa sopra la rappresentazione grafica della Sicilia. Mentre il cronista dice la notizia, appaiono sulla cartina le scritte* CASTELVETRANO *in alto, a nord della parte sinistra della regione, e* MAZARA *in basso, sotto la punta sinistra dell'isola. Il giornalista dice: «Le mani incrociate sul petto, il vestito scuro dell'ultimo viaggio e per camera ardente la campagna, la sua campagna di Triscina tra Mazara del Vallo e Castelvetrano, latitante fino all'ultimo, Francesco Messina Denaro, settantotto anni, patriarca della Mafia che fu».*

Non è una famiglia da sottovalutare, quella di Castelvetrano. Come non è da sottovalutare la Mafia di Trapani.

C'è un boss mafioso, uno dei piú importanti, uno dei luogotenenti di Totò Riina, Antonino Giuffré si chiama, che
quando diventa collaboratore di giustizia parla, e parla anche della Mafia di Trapani. Lí, dice, c'è lo «zoccolo duro» di
Cosa nostra, e dice che per Totò Riina, dopo le batoste dei
pentiti e i colpi inferti dallo Stato a Cosa nostra, bisognava
tornare alle origini, tornare come i mafiosi di una volta e fare tutti come fanno quelli di Trapani.

E infatti, la storia della Mafia trapanese è una storia particolare, complessa e inquietante. Perché è una storia che
parla di Mafia, sí, di estorsioni, di omicidi, di corruzione, di
traffici, ma è anche una storia che parla di politica, di economia, di massoneria e di servizi segreti.

La storia di Cosa nostra trapanese è una storia antica, vecchia come la Mafia. E non è soltanto una storia italiana. Joe
Bonanno, detto Joe Bananas, il padrino, uno dei boss piú potenti delle cinque famiglie di New York della Mafia degli anni Cinquanta, viene proprio da lí, da Castellammare del
Golfo, in provincia di Trapani.

Gianfranco Garofalo, ex procuratore della Repubblica.
Dice: «La Mafia di Trapani ha costituito sempre una parte
importantissima di Cosa nostra siciliana e anche di Cosa nostra
americana. Basti pensare negli anni Quaranta, Cinquanta, l'im-
portanza dei mafiosi castellammaresi a New York, che costitui-
vano la famiglia piú importante delle cosiddette cinque famiglie,
cioè la famiglia di Bonanno, e non a caso, ad esempio negli an-
ni Cinquanta, scoppia quella terribile guerra di Mafia a New
York chiamata la guerra castellammarese. Ma questa importan-
za e soprattutto la fiducia che Cosa nostra americana ripone sul-

la Mafia trapanese e in particolare sulla Mafia di Castellamma-
re viene da una notizia fatta pervenire all'epoca dall'Fbi ameri-
cano dopo l'arresto del boss John Gotti, in cui Cosa nostra ame-
ricana si preoccupava di reclutare cinquemila picciotti provenien-
ti dalla provincia di Trapani, in particolare da Castellammare del
Golfo, quindi di sicura affidabilità, proprio per evitare le possi-
bili future infiltrazioni da parte dell'Fbi».

Come tutta la Sicilia, anche la provincia di Trapani è divisa in mandamenti. Un mandamento è una porzione di territorio che riunisce alcune famiglie mafiose, che prendono il
nome dalla località in cui risiedono. Ci sono i Rimi di Alcamo, i Buccellato di Castellammare del Golfo, a Santa Ninfa
c'è il boss Peppe Palmeri detto Carvuneddu, perché è scuro
di pelle. A Salemi c'è un uomo d'onore che si chiama Salvatore Zizzo. Quando gli chiedono che cos'è la Mafia, risponde come rispondono anche molti rappresentanti delle istituzioni.

Che non esiste.

Salvatore Zizzo, dal Tg2 Dossier del 27 novembre 1977.
Dice: «Per me la Mafia non esiste... Non esiste perché io so-
no un uomo votato al bene, io sono un grande lavoratore, e la
mia vita, quando mi hanno dato del tempo, ho lavorato tutte
le mie attività perché ho avuto un'azienda, un'azienda che ri-
chiede la presenza costante dell'interessato e che sappia insom-
ma seguire e condurre».

Anche se non esiste, la Mafia in provincia di Trapani chiede il pizzo, ricatta, corrompe, uccide e controlla i traffici illeciti. Prima quello delle sigarette di contrabbando, poi qualcosa di molto, molto piú redditizio: la droga.

C'è un albergo, a Palermo, che si chiama *Grand Hôtel et*

des Palmes. È un bellissimo albergo, uno dei piú noti in città, ci hanno soggiornato anche il musicista Richard Wagner e lo scrittore Raymond Roussel. È lí che secondo i rapporti della polizia e le relazioni delle commissioni antimafia nell'ottobre del 1957 si incontrano i boss di Cosa nostra siciliana e anche di quella americana, con nomi del calibro di Joe Bananas e Genco Russo. Stanno cinque giorni a discutere senza che nessuno li disturbi e alla fine si mettono d'accordo. La droga diretta alle piazze degli Stati Uniti e dell'Europa passerà proprio di lí, dalla Sicilia, e al centro di questa rotta che vede incrociarsi eroina, cocaina e denaro sporco da riciclare c'è proprio Trapani.

Gianfranco Garofalo, ex procuratore della Repubblica.
Dice: «*Marino Mannoia racconta uno sbarco nel '75, proprio nel porto di Trapani, da un bastimento, di cento chilogrammi di eroina base destinata alla raffinazione che era di pertinenza di Stefano Bontate, fino ad arrivare poi allo scarico di seicento chilogrammi di cocaina dalla famosa nave* Big John *che proveniva dalla Colombia e al rinvenimento nel 1985, nel maggio '85, della raffineria nella contrada Virgini di Alcamo. Raffineria, la quarta delle cinque raffinerie di cui si diceva fosse in possesso Cosa nostra nella Sicilia occidentale, e considerata in termini di produzione la piú grande d'Europa. Quindi con una capacità di raffinazione… Ricordo che all'epoca i procedimenti di raffinazione dell'eroina siciliana erano talmente particolari che veniva denominata con un nome proprio, cioè la Sicilina, perché era un'eroina che aveva un grado di purezza del novanta per cento, destinata al mercato americano e che serviva proprio per poterla tagliare innumerevoli volte e quindi ricavare moltissimi soldi*».

Poi, negli anni Ottanta, succede qualcosa. Anche a Trapani, come a Palermo, c'è il colpo di Stato dei Corleonesi.

La guerra di mafia che insanguina la Sicilia all'inizio degli anni Ottanta arriva anche qui e si combatte «alla corleonese», sterminando con logica militare tutti gli avversari, uno per uno.

Il documento ci mostra il parabrezza di un'automobile crivellata di colpi. Appena la visuale si sposta verso l'interno dell'abitacolo, si vede che anche il bordo superiore del sedile è stato raggiunto da alcuni proiettili che hanno sbucciato la stoffa. Tutti i vetri della vettura sono stati distrutti.

In un'altra scena ci sono un motorino rovesciato a terra e un paio di lenzuoli che coprono due corpi allungati, uno di seguito all'altro, quasi a costituire un lungo cadavere. Alcune persone, tra le quali un carabiniere che regge con la mano destra una radiotrasmittente e con la sinistra cerca di aiutare, sollevano da terra una persona che si era buttata su un corpo privo di vita e steso sull'asfalto.

In una piazza, a una certa distanza l'uno dall'altro, ci sono tre corpi su cui sono stati buttati altrettanti lenzuoli bianchi. La gente è tenuta lontana con un nastro di plastica a strisce bianche e rosse. Oltre un filo di metallo teso tra colonnine di cemento, è riverso tra l'erba un altro corpo. I carabinieri e gli inquirenti gli girano intorno parlando e osservando la scena.

I vecchi boss della Mafia trapanese, quelli che stanno con i nemici dei Corleonesi di Totò Riina o che non si sono alleati con loro, vengono spazzati via. Al loro posto prendono il potere famiglie nuove, che si sono alleate fin da subito con i Corleonesi. Si forma un gruppo di fuoco costituito da giovani che vengono da Alcamo, da Mazara del Vallo, da Castelvetrano, da Marsala, rinforzato con alcuni Corleonesi e che fa quella che viene definita una vera e propria «pulizia etnica».

Non sono soltanto i vecchi boss a cadere per lasciare il posto a quelli nuovi. Sono eliminati anche tutti gli indipendenti, «stiddari» si chiamano, le bande che non fanno parte di Cosa nostra, come gli Zicchitella di Marsala, o i Greco di Alcamo, che vengono sterminati con una guerra che per due anni trasforma la cittadina in un Far West continuo, sia di giorno che di notte.

Un filmato ci mostra il susseguirsi di alcune scene di morte violenta. Mentre un carabiniere osserva la scena, alcuni uomini infilano un corpo in una cassa, in strada. All'interno di un'auto due persone sono sedute in maniera scomposta e hanno le pance imbevute di sangue. Un uomo solleva il lembo di un lenzuolo all'altezza della testa di una donna stesa sull'asfalto. Un uomo al volante ha il capo chino e una tovaglietta bianca sulla nuca, il sedile del passeggero è reclinato in avanti. Alcuni parenti piangono mentre vengono spinti contro un muro da una guardia. In terra c'è un corpo. Una macchia di sangue esce da sotto il lenzuolo che lo copre. Un altro corpo è circondato dal segno del gesso sull'asfalto, la linea del gesso segue anche le anse del rivolo di sangue che si allontana dal cadavere. Un uomo dietro un bancone ha le mani sullo stomaco, sembra una tartaruga rivoltata.

Alla fine il territorio di Trapani viene diviso in quattro mandamenti, e cosí è ancora adesso. Quello di Trapani, quello di Alcamo, quello di Mazara del Vallo e quello di Castelvetrano. I boss che li reggono sono tutti alleati dei Corleonesi e restano al potere finché non esprimono il loro dissenso.

Come Totò Minore, il boss di Trapani, che sparisce e viene considerato latitante per dieci anni, finché non si scopre che è stato ucciso e sciolto nell'acido nel 1982.

Anche Vincenzo Milazzo, che regge il mandamento di Alcamo, viene ucciso. Il capo della famiglia di Castellammare del Golfo, che fa parte del suo mandamento, gli dà un appuntamento in una casa in campagna vicino a Calatafimi. Milazzo ci va credendo di trovare solo lui, e invece c'è un gruppo di fuoco corleonese. Non fa in tempo a scendere dalla sua Clio bianca che Antonino Gioè, che sarà uno degli armieri della strage di Capaci in cui morirà il giudice Falcone, gli spara alla testa con la sua .38, e Leoluca Bagarella, il braccio destro di Totò Riina, gli dà il colpo di grazia con la sua .357 magnum.

Ma non basta. Vincenzo Milazzo ha una fidanzata che si chiama Antonella Bonomo. Vincenzo le racconta sempre tutto e si dice che lei abbia anche un parente nei servizi segreti. Cosí il capo della famiglia di Castellammare la va a prendere, le dice che Vincenzo le deve parlare e la porta a casa sua. Lí ci sono anche gli altri. Antonella viene strangolata, infilata in un sacco nero di quelli grandi della spazzatura, come anche Vincenzo, e tutti e due vengono sotterrati con una scavatrice.

È la Mafia, è Cosa nostra, a Trapani come a Palermo e a Corleone. A capo di tutta la provincia di Trapani viene messo il capo del mandamento di Castelvetrano, uno degli alleati piú fidati dei Corleonesi, Francesco Messina Denaro.

«Grazie ai suoi insegnamenti, – dirà Antonino Giuffré, – ho aperto gli occhi, ho capito tante cose che spesso non vengono dette verbalmente ma soltanto con uno sguardo, un sorriso, un gesto».

È la vecchia Mafia, è la Mafia di Trapani.

Andrea Tarondo, sostituto procuratore di Trapani.
Dice: «*Certamente il vertice assoluto di Cosa nostra è il vertice corleonese, Riina, Provenzano, eccetera, però il ruolo dei boss mafiosi trapanesi, soprattutto quelli storici come il capo del-*

la famiglia mafiosa di Mazara del Vallo, Agate Mariano, il capo della famiglia mafiosa di Castelvetrano, Francesco Messina De-naro, e oggi, dopo il suo decesso, del figlio Matteo, sono rapporti paritari, sono rapporti in cui Riina soprattutto, i Corleonesi, riconoscono un grosso spessore, una grossa dignità ai vertici tra-panesi».

C'è quell'uomo in auto, sul lungomare di Castellammare del Golfo, in quel settembre che è ancora piena estate, quel commissario che sta andando a Trapani a far rimettere a po-sto i freni della macchina e che intanto passa accanto alla spiaggia.

Fino a poco prima per girare aveva usato il motorino, ave-va accompagnato al mare la figlia e poi era andato a lavora-re, e adesso sarebbe andato dalla suocera con quello, perché erano già le due ed era ora di pranzo. Dalla suocera verrà a prenderlo un'auto di servizio che lo porterà fino a Trapani, dal questore.

Ma il commissario ha appena acceso il motorino che ar-riva un collega, un sovrintendente, che ha bisogno di un mez-zo agile e veloce per sorprendere alcuni sospetti, cosí il com-missario spegne il motorino e lo dà a lui. Prenderà la Panda di servizio e andrà direttamente a Trapani dal questore, e in-tanto approfitterà per farle sistemare i freni.

Lasciamolo lí, sul lungomare, nella Panda e non sul mo-torino, in quel settembre che è ancora piena estate.

C'era anche quella ragazzina, Rita, in quell'appartamen-to al penultimo piano di quella palazzina di viale Amelia.

È sola. Prima viveva con la cognata, poi si è trasferita là, in quella palazzina rosa al quartiere Tuscolano, che non è pro-prio casa sua, perché non l'ha comprata, non l'ha affittata, le è stata assegnata. Gliel'ha assegnata il ministero degli Inter-ni perché Rita è una collaboratrice di giustizia, e gliel'ha data il ministero perché possa conviverci con il fidanzato, in attesa del processo.

Adesso però è sola. Non c'è neanche la madre, che se ne sta al suo paese, a Partanna, e che con quella figlia che ha deciso di collaborare, di parlare con gli sbirri, non vuole avere niente a che fare. Cosí Rita se ne sta lí, da sola, davanti a quella finestra da cui si vedono i tetti delle case di fronte.

Non dimentichiamoci che c'erano anche i due gemelli, Salvatore e Giuseppe, che saltano e scherzano sul sedile di dietro dell'auto, mentre Barbara li sta portando a scuola su quella strada che ha fatto decine e decine di volte, perché per andare a Trapani c'è solo quella.

Ce ne sarebbe un'altra, ma è piú lunga e piú scomoda, e allora bisogna per forza passare di lí, davanti allo spiazzo dell'hotel *Tirreno*, e poi c'è la curva e il muretto di cemento. Attenzione, perché c'è quella Golf parcheggiata proprio sulla strada, e dietro, inquadrate nello specchietto retrovisore, ci sono due auto che stanno arrivando di corsa, e sembra che vogliano sorpassare.

Fermiamoci qui, ancora. Torniamo alla nostra storia, che sembra soltanto una storia di mafia e invece è qualcosa di piú.

Torniamo alla storia di Cosa nostra nella provincia di Trapani.

Gianfranco Donadio, sostituto procuratore nazionale antimafia.

Dice: «È la posizione geografica di Trapani nel Mediterraneo, probabilmente, che ha consentito a Cosa nostra trapanese di gestire in prima persona i grandi traffici, certamente quelli dell'eroina con numerosi sbarchi, e nell'entroterra con procedure di raffinazione della morfina».

Sulle coste di Trapani sbarcano migliaia e migliaia di chili di pasta di coca, di morfina base e di hashish. Arrivano dal Nord Africa con i motopescherecci, arrivano dal Venezuela, dalla Colombia e dal Brasile con le navi, a carichi a volte anche di due-tremila chili. Parte di questi se ne vanno e parte restano lí per essere lavorati nelle raffinerie nascoste nell'interno.

Sono miliardi e miliardi di lire, che da qualche parte devono andare. Non possono essere reimpiegati nel traffico degli stupefacenti, perché questo comporterebbe un aumento della domanda e dell'offerta e farebbe esplodere il mercato.

E poi sono soldi sporchi, e per essere usati devono essere ripuliti, devono essere riciclati. E a Trapani, che pure ha un'economia ancora arretrata, ci sono sei banche regionali, ventotto banche provinciali e centinaia di casse rurali che concentrano il quaranta per cento dei depositi bancari di tutta la Sicilia.

C'è un magistrato che di queste cose se ne intende. È un sostituto procuratore presso il tribunale di Trapani. Si chiama Giangiacomo Ciaccio Montalto.

È bravo il sostituto procuratore Ciaccio Montalto. Lo chiamano la memoria storica della procura di Trapani. Conosce cosí bene le cosche mafiose che è in grado di sapere cosa sta succedendo sia da un omicidio che da un semplice litigio in famiglia. Ed è in grado anche di leggere i movimenti bancari, di correre dietro i soldi dei mafiosi attraverso le tracce lasciate dai conti correnti.

Ciaccio Montalto è in strada, intervistato da un giornalista. Si sentono i rumori delle vetture che si muovono nel traffico. Indossa una maglia nera dal collo alto e porta un paio di occhiali

dalla montatura scura. Sul filmato appare sovrimpressa la scrit-
ta: G. CIACCIO MONTALTO, SOST. PROCURATORE TRAPANI.

Dice: «Vede, l'indagine è partita sui documenti, e quindi i
reati, che allo stato sono contestati, sono reati che hanno delle
prove documentali, quindi una prima conferma non poteva non
esserci anche tenuto conto della macroscopicità delle cifre che
sono costati gli alloggi».

È anche in grado di rivedere appalti e finanziamenti, come quelli che seguono al disastro del Belice, e a volte sono
conti che non tornano. È uno che va dritto al sodo e che non
guarda in faccia a nessuno.

È uno bravo, Ciaccio Montalto.

Per qualcuno anche troppo.

Bernardo Petralia, procuratore della Repubblica.

Dice: «La sua intransigenza, la sua vicinanza alla legalità, il
suo modo di fare un po' rude a volte, un po' burbero e un po',
ripeto, intransigente, creava delle antipatie. Non gradiva questa
città il suo modo di fare particolarmente deciso e incisivo, e non
gradiva una magistratura, se allarghiamo un po' il discorso, che
andava dritto al cuore dei rapporti Mafia e politica o dei rap-
porti Mafia e società civile ed economia come Giacomo sape-
va fare».

È bravo il sostituto procuratore Ciaccio Montalto, ha un
rapporto diretto con le sue fonti confidenziali e lavora a stretto contatto con gli investigatori, in strada, quasi fosse anche
lui un poliziotto.

Il sostituto procuratore Ciaccio Montalto è convinto che
ci sia una raffineria di droga nel territorio di Alcamo, e infatti c'è, verrà scoperta più avanti, ed è la più grande d'Europa. Studia i movimenti dei mafiosi mandati al confino in

Nord Italia e si convince che in Toscana, soprattutto nella provincia di Siena, si sta impiantando una base per il traffico degli stupefacenti, ed è vero, e infatti verrà scoperto.

Ma dopo. Perché il sostituto procuratore Ciaccio Montalto ne è cosí convinto che chiede il trasferimento in Toscana, ma non fa in tempo ad arrivarci.

Rino Giacalone, giornalista del quotidiano «La Sicilia».
Dice: «Il boss Totò Minore è il boss che in assoluto è quello che a Trapani non vuole che succeda nulla perché la Mafia trapanese si è sviluppata, ha fondato le sue radici con una regia particolarissima, quella di non essere mai eclatante, quella di non superare mai i toni. D'altra parte la convinzione di molti trapanesi è quella che quando succedono gli omicidi, si diceva qui, si ammazzano tra di loro. Totò Minore è quello che un giorno si scontra con i boss mafiosi di Corleone e coi mafiosi della vecchia famiglia di Alcamo che vogliono uccidere il giudice Giangiacomo Ciaccio Montalto. Ciaccio Montalto venne ucciso il 25 gennaio del 1983, è di recente che un pentito ha raccontato che quell'omicidio andava fatto sette anni prima. Totò Minore viene ucciso nel novembre del 1982, una settimana dopo il boss Mariano Agate, che era allora detenuto in carcere, passò per un corridoio e rivolgendosi a un altro mafioso di Alcamo, Giuseppe Ferro, è quest'ultimo che lo racconta poi in un verbale, disse: "Ciaccino arrivau a' stazione". Il 25 gennaio 1983, poco prima di prendere possesso del suo nuovo ufficio a Firenze, Ciaccio Montalto viene ucciso».

Un giornalista annuncia la notizia della morte di Montalto dallo studio Rai di Palermo. Sullo schermo appare la scritta: IN DIRETTA DA PALERMO. *Durante il filmato scorre un'altra scritta in sovrimpressione che recita:* «Tg1 Palermo, Nino Rizzo Nervo, dal Tg1 del 25/01/1983». *Il cronista dice: «Dunque ancora un magistrato assassinato in Sicilia. La vittima, come avete sentito, è il sostituto procuratore di Trapani Giangiacomo Ciaccio Montalto. Aveva quarantadue anni, lascia la moglie e tre figlie, la più piccola ha quattro anni, la più grande dodici».*

Il sostituto procuratore Ciaccio Montalto ha una casa a Valderice. È lí che la notte del 25 gennaio 1983 lo aspetta un gruppo di fuoco inviato da Mariano Agate, il capo del mandamento di Mazara del Vallo, su ordine di Totò Riina. Il sostituto procuratore Ciaccio Montalto si è appena fermato sotto casa, da solo, senza scorta e senza auto blindata, quando la sua Golf bianca viene crivellata di proiettili che sfondano i vetri dei finestrini e uccidono il giudice. Poi gli assassini scappano con un'Alfasud, che verrà ritrovata carbonizzata nella zona di Pizzolungo.

Bernardo Petralia, procuratore della Repubblica.
Dice: «Giacomo Ciaccio fu ucciso il 25 gennaio del 1983. Non potrò mai dimenticare il giorno in cui fu ucciso ovviamente, ma il modo in cui lo seppi, e lo seppi con una telefonata fatta da un carabiniere il quale mi disse… materialmente lo sento risuonare ancora dentro le orecchie… "Hanno fatto fuori il suo collega Ciaccio Montalto". Ci mettemmo subito immediatamente in contatto con polizia e carabinieri che era tutta indistintamente concentrata sul luogo e mi precipitai sul luogo dell'omicidio che era davanti alla villetta di Valderice dove Giacomo Ciaccio in quel periodo risiedeva da solo, e vidi un uomo diverso da quello che io avevo conosciuto. Un uomo stravolto in viso, contratto in una smorfia del viso, delle mani e del corpo come solo la morte può fare».

È la prima volta che la Mafia trapanese uccide un uomo dello Stato. Non era mai successo prima.

*All'interno di uno stretto corridoio una lunga coda di perso-
ne si dispone in tre file accalcandosi mentre procede. In un'altra
scena si vede una bara aperta attorno alla quale sono alcuni carabinieri e la gente gira intorno commossa, qualcuno si fa il segno della croce.*

*L'ultima scena ci mostra la cassa aperta e ai quattro angoli
ci sono altrettanti carabinieri immobili. La telecamera si avvicina verso l'interno della bara per strappare un'ultima immagine, e si riesce a malapena a scorgere, oltre il legno della cassa e
la bianca imbottitura interna, un naso pallido.*

*La voce del cronista dice:«A Trapani una folla sinceramen-
te commossa rende l'ultimo saluto alla salma del sostituto procuratore della Repubblica Giangiacomo Ciaccio Montalto, ucciso ieri in un agguato mafioso alla periferia di...»*

Ai funerali del magistrato partecipano molte persone, se
ne ricorda l'integrità, l'onestà, lo spirito di servizio, e intanto, come tutte le volte che la Mafia uccide un magistrato, un
investigatore, un uomo dello Stato, iniziano le dicerie, le voci, i veleni. Qualcuno parla di una doppia vita, qualcuno parla di donne.

Ma non è vero. Come dice lo scrittore Vincenzo Conso-
lo, se Giangiacomo Ciaccio Montalto è stato ucciso è soltanto perché stava facendo il suo dovere.

Bernardo Petralia, procuratore della Repubblica.
*Dice:«Quello fu un evento che determinò tutta la mia vita
e che tuttora racconto ai miei figli quando possibile perché con-
sidero l'omicidio di Ciaccio Montalto uno degli omicidi peggio-
ri nella storia delle vittime della magistratura, perché si colpí un
uomo solo in una maniera assolutamente vile. Pensi, e questa è
cronaca, che il corpo rimase crivellato di colpi fino alla mattina*

in una zona di una densità abitativa tale per cui non una, ma decine e decine di persone, non solo avranno sentito i colpi, ma si saranno affacciate alle finestre per guardare cos'era successo, e nessuno ha parlato, nessuno ha detto nulla, nessuno ha riferito. Si aspettò l'indomani mattina per scoprire casualmente quell'orrendo fatto e quella figura che mi resterà per sempre conficcata, incastonata nella mente e nel cuore, di una persona trasfigurata nei tratti, nel viso, nel gesto e negli occhi come quella di Ciaccio crivellato di colpi dentro la sua Volkswagen Golf bianca».

Parte delle indagini del sostituto procuratore Montalto passano nelle mani di un altro magistrato. E anche lui è uno che di certe cose se ne intende. Si chiama Carlo Palermo.

Il giudice Palermo è arrivato in Sicilia da poco. Prima era a Trento, e lassú si era occupato di un'inchiesta che piano piano era cresciuta, fino a diventare qualcosa di molto complesso e interessante. Il giudice Palermo era partito dal sequestro di alcuni carichi di morfina base nella zona di Trento, Verona e Bolzano, tanta morfina base, quasi quattromila chili in due anni.

Di chi è quella morfina? Della Mafia turca, che la fa entrare in Italia dal Nord, dove non ci sono molte indagini in quel senso, e la consegna alla Mafia siciliana che la lavora nelle raffinerie di Trabia, di Carini e di Alcamo. Poi finisce tutto a Milano e da lí va negli Stati Uniti o in Francia.

Attraverso la Mafia turca Cosa nostra entra in contatto con la Mafia bulgara e con quella iugoslava. Al traffico di stupefacenti si aggiunge il traffico d'armi e questo finisce per coinvolgere i servizi segreti, i cui vertici, in quegli anni, sono tutti iscritti alla P2.

La faccenda si complica. Le indagini del giudice Palermo ipotizzano il coinvolgimento di finanzieri, faccendieri e società legate al Psi. A questo punto è lo stesso giudice a venir messo sotto inchiesta dal Consiglio superiore della magistratura, che lo accusa di varie irregolarità, tra cui aver indagato senza autorizzazione su alcuni parlamentari. C'è anche una lettera dell'allora presidente del consiglio Bettino Craxi, pubblicata dall'«Europeo», che si augura che il giudice Palermo venga condannato.

Cosí il magistrato chiude in fretta l'inchiesta, consegna tutto alla procura generale e al parlamento e si fa trasferire a Trapani.

Perché a Trapani? Perché durante la sua inchiesta aveva incontrato molti collegamenti con Cosa nostra trapanese, e aveva anche conosciuto un magistrato di Trapani, uno bravo, Giangiacomo Ciaccio Montalto.

2 aprile 1985, ore otto e trenta del mattino. Il giudice Palermo è a casa sua a Bonagia, vicino a Trapani, e aspetta che vengano a prenderlo per portarlo in tribunale. Due macchine, un'Argenta blindata e una Ritmo con la scorta.

Il giudice sale sull'Argenta, ma siccome l'autista ha parcheggiato troppo attaccato al muro, invece di salire dietro a destra sale a sinistra, proprio dietro il guidatore. Poi partono tutti per Trapani. Prima il giudice dormiva all'aeroporto militare e da lí per andare a Trapani c'erano quattro strade diverse, che cambiavano tutti i giorni, per motivi di sicurezza, perché è a Trapani da appena cinquanta giorni, il giudice, ma già l'hanno minacciato piú volte. Poi l'hanno spostato a Bonagia, e da lí a Trapani c'è una sola strada, una litoranea che passa da Pizzolungo, di qua le case e di là il mare. Di solito ci mettono dieci minuti, ma bisogna correre, perché rimanere fuori in strada è pericoloso, e non si può neanche usare la sirena, vietata da una circolare perché disturba la gente.

Sono le otto e cinquanta, l'Argenta del giudice ha imboccato il rettilineo di Pizzolungo. C'è una curva, c'è un'auto laggiú, davanti, e ce n'è un'altra parcheggiata accanto a un muretto.

L'autista sorpassa, veloce, e all'improvviso esplode tutto.

Il magistrato è in un letto d'ospedale. Indossa un pigiama celeste e si è tirato su appoggiandosi alla testata del letto per poter parlare alla cornetta di un telefono. L'apparecchio è di quelli degli anni Ottanta, di un colore tra il grigio e il verde oliva. L'uomo ha degli occhiali dalla grossa montatura e capelli e baffi di color castano scuro. Mentre parla al telefono in sovrimpressione scorre la scritta: CARLO PALERMO INTERVISTATO DA ENZO BIAGI A «LINEA DIRETTA» IL 2/04/1985.

Dopo un po' che parla con una voce leggermente distorta, perché la registrazione è stata fatta attraverso il telefono, appare la scritta: CARLO PALERMO, SOSTITUTO PROCURATORE DELLA REPUBBLICA DI TRAPANI.

Dice: «Io mi trovavo sul sedile posteriore di sinistra e sono stato praticamente sbalzato fuori della macchina, e quindi questo è stato forse il motivo per il quale sono riuscito a rimanere praticamente incolume, insomma».

Fuori campo si sente la voce di Enzo Biagi che chiede: «Delle immagini convulse di quei momenti quale si è impressa maggiormente nella sua mente?»

La risposta: «Embe', l'immagine immediatamente successiva, che è stata quella per la quale prima mi sono reso conto, ed è stato proprio immediatamente, del fatto che vi erano parti, ma frammenti piccolissimi, di oggetti metallici che si vedeva non appartenevano alle nostre vetture. Quindi erano segni sintomatici della presenza di altri, di altri mezzi che si trovavano lí di cui non esisteva altra traccia se non, ripeto, degli oggetti piccolissimi».

Il giudice Palermo è illeso, sedeva dalla parte opposta all'esplosione, dietro l'autista, e lo spostamento d'aria l'ha fat-

to uscire dalla macchina, in piedi, come se fosse sceso da solo. L'autista e gli agenti di scorta sono feriti, anche gravemente, ma sono tutti vivi.

Però ci sono quelle tracce, i frammenti di un'altra auto.
Quale?

*Margherita Asta, figlia di Barbara e sorella di Salvatore e Giu-
seppe, i due gemellini.*

Dice: «*Io il 2 aprile del 1985 ero andata a scuola come ogni
mattina, solo che a differenza delle altre mattine sono scesa, sono andata a scuola, quindi da Pizzolungo a Trapani, con una
mia vicina di casa che anche la figlia era compagna mia di scuola, e quindi mi trovavo lí quando è successo il tragico episodio
che ha sconvolto la mia vita, e infatti poi c'è stata la segretaria
di mio padre che è venuta a prendermi a scuola e mi hanno portato qui a casa. La cosa che mi ha insospettita è stata che per venire da Trapani a Pizzolungo c'è un'unica strada breve che è la
litoranea, invece quella mattina abbiamo fatto un giro molto lungo e quindi chiedevo perché. Non mi rispondevano, vedevo dei
posti di blocco, mi hanno detto che c'era stato un incidente, però
non piú di tanto. Poi soltanto quando sono arrivata a casa ho saputo. La sorella di mia madre mi ha chiamata un po' a solo e mi
ha detto che mia madre e i miei fratelli non sarebbero piú tornati... non sarebbero piú tornati. Che erano morti*».

Ci sono quei due bambini, Salvatore e Giuseppe, i gemelli, sei anni, in quell'auto che sta andando verso Trapani, la
mamma li sta portando a scuola. C'è quella Golf in fondo alla curva, accanto al muretto, e ci sono quelle altre due auto,
l'Argenta e la Ritmo, che vengono da dietro, veloci.

Barbara allarga per superare la Golf, l'Argenta allarga per
superare tutte e due, e dietro arriva anche la Ritmo.

In quel momento qualcuno aziona un telecomando e la Golf, imbottita con venti chili di esplosivo, salta per aria.

L'auto di Barbara fa da scudo alle altre due che stavano sorpassando e viene disintegrata. Barbara, Salvatore e Giuseppe vengono fatti a pezzi dall'esplosione, strappati fuori dalla macchina e lanciati lontano sui muri delle case, sugli alberi, sulla strada, il corpo di Barbara cento metri piú lontano, sventrato e senza un braccio, il piede di un bambino nel cortile di una casa, il lobo di un orecchio su un comodino di una signora che aveva la finestra aperta, e c'è anche il volto di uno dei due bambini, non si sa se Salvatore o Giuseppe, perché c'è soltanto quello, come svuotato dall'interno.

Perché raccontiamo queste cose?

E perché le raccontiamo cosí?

Per non dimenticarcele piú.

Margherita Asta.

Dice: «Di mia mamma ricordo il saluto fatto quella mattina, però il saluto... ogni figlia saluta la propria madre, raccomandandogli... l'indomani dovevo partire per una gita scolastica e quindi mi ha chiesto cosa volevo preparato, cosa non volevo preparato, se doveva comprare qualcosa. Quindi mi ricordo questo di mia mamma. Mi posso ricordare le carezze che una mamma fa a una bambina e che mi mancano, mi continueranno sempre a mancare... be', questo è il ricordo, e proprio per questo non ce la dobbiamo dare vinta, dobbiamo cercare di fare in modo che le cose cambino e non dev'essere soltanto un'utopia, perché mia madre e i miei fratelli sono stati ridotti a brandelli».

Perché è successo? Chi voleva la morte del giudice Palermo e della sua scorta, e anche di Barbara, Salvatore e Giuseppe? Perché in questa lotta tra lo Stato e la Mafia ci sono anche loro, anche loro sono lo Stato, l'Italia, la gente, come i giudici, e quando muoiono in questa guerra vanno ricordati anche loro.

La telecamera riprende una statua che rappresenta una donna alla quale si aggrappano due bambini. Poggia su un lungo basamento di marmo vicino alla spiaggia, in lontananza si vedono le onde del mare. L'obiettivo scende lungo il monumento, e sulla base si legge:

RASSEGNATI

ALLA MORTE

NON

ALL'INGIUSTIZIA

LE VITTIME

DEL 2-4-1985

ATTENDONO

IL RISCATTO

DEI SICILIANI

DAL SERVAGGIO

DELLA MAFIA

BARBARA

GIUSEPPE

E SALVATORE ASTA

Si vede la macchina bianca distrutta sopra un terreno dissestato. L'auto ha il tetto scoperchiato, le portiere aperte e il cofano divelto.

Segue la ripresa di una serie di titoli su giornali dell'epoca.

IL GIORNALE DI SICILIA
Attentato mafioso a Trapani
Auto-bomba contro il giudice Carlo Palermo
Il magistrato salvo per miracolo
Feriti cinque agenti di scorta, uno è in coma
Strage di innocenti

Dilaniati una mamma e i suoi due bambini
Questo esercito armato che non risparmia nulla

IL MESSAGGERO
Attentato al giudice Carlo Palermo
È terrorismo mafioso
La bomba uccide madre e due gemelli, vittime casuali

Si vede il basamento di cemento della strada, al quale manca un grande pezzo come se fosse stato morso da un enorme animale. Sul muro di una casa color beige, in alto, al disopra della finestra del secondo piano, quasi verso il tetto a terrazza, c'è una larga macchia di sangue, sbattuta fin là dal basso. Tra le chiazze rosse mancano dei pezzi di muro.

Perché è successo? Per le indagini che il giudice aveva fatto a Trento? Oppure per quelle che stava facendo a Trapani? Oppure per intimidire gli altri giudici e impedire altre indagini, in corso o ancora da fare?

Per la strage di Pizzolungo sono stati condannati con sentenza definitiva come mandanti Totò Riina e Vincenzo Virga, il boss del mandamento di Trapani.

Il giorno dopo la strage di Pizzolungo, il sindaco di Trapani, Erasmo Garuccio, rilascia subito una dichiarazione alla stampa.

Si vedono alcune pagine di giornale:

Il sindaco: «La Mafia? Qui non l'ho mai vista...»

DAL NOSTRO INVIATO A TRAPANI – *I mafiosi? Saranno a Castellammare, Erice, Mazara, insomma nella provincia ma non a Trapani, il capoluogo, dove semmai si può parlare di «infiltrazioni». L'attentato al giudice Montalto? Non è avvenuto a Trapani ma a dieci chilometri dalla città. La bomba per il giudice Palermo? Sarà gente venuta da lontano. Erasmo Garuccio, 49 anni, maestro elementare, dal maggio '82 sindaco dc di Trapani.*

La Mafia non esiste. Ha già ucciso un magistrato, e ne ucciderà un altro nel 1988, quando Alberto Giacomelli, un magistrato in pensione, verrà ammazzato con quattro colpi di pistola mentre se ne sta fermo sul ciglio della strada a seguire i lavori in un campo di sua proprietà.

La Mafia non esiste. Ha fatto una strage ammazzando una mamma con due bambini, e ha fatto anche una guerra che ha provocato piú di una cinquantina di morti, eppure la Mafia a Trapani continua a non esistere, e questa sembra essere l'impressione generale anche nel resto dell'Italia.

A Palermo sí che c'è la Mafia, là uccide, fa le stragi, controlla il territorio.

A Trapani la Mafia non c'è, o se c'è non è poi cosí importante.

Ma anche se non esiste, la Mafia a Trapani fa affari e controlla strettamente il territorio. È proprio lí, nel trapanese, che si nascondono alcuni dei latitanti piú ricercati di Cosa nostra, come Totò Riina, Bernardo Provenzano e Giovanni Brusca, e anche i boss della Mafia trapanese, come Francesco Messina Denaro e suo figlio Matteo, che diventerà il capo della Mafia di Trapani alla morte del padre.

Massimo Russo, sostituto Dda a Palermo.
Dice: «La provincia di Trapani ha assicurato, ha dato sicurezza alla presenza dei capi di Mafia nel periodo topico dello scontro con lo Stato e questo è l'evento che dovrebbe far riflettere. Ci hanno detto i collaboratori che qui, in provincia di Trapani, si sentivano protetti perché avevano i giusti canali, le giuste informazioni, per conoscere in anticipo le informazioni di polizia e probabilmente non soltanto quelle».

Per fare quello che fa, la Mafia ha bisogno di alleati, consapevoli, inconsapevoli o anche soltanto indifferenti. Se fosse soltanto una storia di aggressioni e di omicidi, la storia di Cosa nostra sarebbe una storia di briganti, e adesso, probabilmente, sarebbe soltanto sui libri. Ma non è solo questo, la Mafia non può solamente uccidere e mettere le bombe, la Mafia deve anche convincere, corrompere, scambiare favori. E per farlo deve entrare in contatto con la società civile, con l'economia, con la politica e con le istituzioni.

Ha bisogno di una «zona grigia».

Gianfranco Donadio, sostituto procuratore nazionale antimafia.

Dice: «Cosa nostra trapanese tradizionalmente ha osservato un'attenta politica di alleanza. Lo ha fatto nella sua fase agraria legata al mondo della produzione agricola, quando appunto manifestava la sua forza nei confronti dei ceti più abbienti, per esempio nei confronti del ceto dei latifondisti. E qui vi è una tradizionale ambiguità nel rapporto vittima e oppressore, vittima ed estorsore. Molto spesso questi rapporti sono evoluti in una chiave di collaborazione, di intesa, di collusione. Questo ha voluto dire che più di una relazione si è stabilita e ha determinato utilità per entrambe le parti. Partendo da questa premessa, Cosa nostra è entrata nel mondo dei salotti perbene».

Uno dei punti di contatto tra Mafia e società civile è il latifondo. I proprietari terrieri stanno lontano, stanno in città e hanno bisogno di qualcuno che amministri le loro terre, magari usando il pugno di ferro. È così che molti mafiosi diventano campieri e gabelloti, guardie campestri e amministratori, e riescono a stringere un legame così stretto con i proprietari terrieri che a volte, magari spaventandoli con un sequestro, finiscono per prenderne il posto.

A volte i proprietari terrieri se ne accorgono e riescono a cacciare via i mafiosi, altre volte è troppo tardi, altre volte invece questo legame si stringe consapevolmente. Sono tanti i mafiosi sui latifondi. Nel palermitano, sulle terre della principessa di Trabia, ci sono Luciano Leggio e don Calogero Vizzini. Nel trapanese, sulle terre dei D'Alí, c'è Francesco Messina Denaro.

Il senatore Antonio D'Alí, Forza Italia.
Dice: «*Negli anni Cinquanta la mia famiglia aveva circa seicento dipendenti sparsi in tutta la provincia di Trapani, essendo la famiglia che aveva la piú cospicua possidenza agraria. Tutta una serie di situazioni naturalmente hanno smembrato in maniera pesante questo patrimonio. Tutta una serie di leggi sicuramente tese all'evoluzione sociale della classe contadina, ma nella quale spesso si è anche annidata la strumentalità dell'organizzazione mafiosa. La sostanza del fatto è che oggi quel patrimonio fondiario, che era della mia famiglia, è quasi completamente disperso. Esistono piccoli scampoli rispetto a quello che era una volta. Abbiamo subito anche un rapimento. Il fratello di mio padre è stato rapito negli anni Cinquanta e abbiamo subito tutta una serie anche di danneggiamenti dal punto di vista patrimoniale, tutti regolarmente denunciati all'autorità giudiziaria. Quindi che ci possano essere state delle presenze nell'ambito del numerosissimo gruppo di dipendenti e anche di persone che poi successivamente si siano rivelate, a seguito di indagini della magistratura, delle forze dell'ordine, appartenenti alla criminalità organizzata, questo credo che in Sicilia sia difficile poterlo evitare e soprattutto poterlo prevedere*».

Antonino Giuffré, braccio destro di Totò Riina e collaboratore di giustizia, dice che mentre a Palermo i rapporti tra Mafia e politica negli anni Ottanta e Novanta si erano un po' guastati, a Trapani erano ancora integri, ancora saldi.

Sono legami importanti. A Trapani ci sono i cugini Nino e Ignazio Salvo, esattori delle tasse regionali, grandi elettori della Democrazia cristiana e uomini d'onore della famiglia di Salemi.

Sono rapporti complessi quelli tra Mafia e politica a Trapani. A volte molto drammatici.

Vito Lipari è il sindaco di Castelvetrano, ha sulla scrivania carte importanti che riguardano la ricostruzione della zona tra Castelvetrano e Gibellina devastata dal terremoto del Belice. È un appalto importante, con molti finanziamenti e un sacco di soldi, ma c'è un problema: le ricostruzioni sono soltanto sulla carta e i soldi sono spariti. Il 13 agosto 1980 il sindaco Lipari è in macchina e sta andando verso il municipio, quando un'altra auto lo stringe in curva e lo chiude contro il ciglio della strada. Il sindaco Lipari viene crivellato di colpi e due killer escono anche dall'auto per finirlo con il colpo di grazia.

Una notizia dal telegiornale dell'epoca. Appare sul video la scritta gialla CASTELVETRANO, *mentre il cronista dice: «Il delitto è avvenuto stamattina mentre il sindaco a bordo della sua auto percorreva la strada che collega Tricina a Castelvetrano, sette chilometri in tutto. Nessun testimone oculare».*

Poco dopo i carabinieri fermano un'auto con quattro persone a bordo. Sono quattro uomini, sono armati e addosso hanno tracce di polvere da sparo, come se le armi le avessero usate. Dicono di essere cacciatori, e di essere stati a cac-

cia nella tenuta di Gaetano Graci, di Catania, costruttore
edile e cavaliere del lavoro. Un capitano dei carabinieri controlla l'alibi. È tutto a posto, e cosí Mariano Agate, capo del
mandamento di Mazara del Vallo, Nitto Santapaola, capo
della Mafia di Catania, e altri due uomini che fanno parte di
Cosa nostra catanese vengono rilasciati e se ne vanno indi-
sturbati.

E anche recentemente nella provincia di Trapani ci sono
consigli comunali sciolti per mafia e uomini politici di livello regionale e nazionale coinvolti nelle operazioni antimafia,
indagati, rinviati a giudizio e a volte condannati.

*Gianfranco Donadio, sostituto procuratore nazionale anti-
mafia.*
*Dice:«E a Trapani ormai la letteratura giudiziaria, e non so-
lo la letteratura giudiziaria, ha dimostrato con chiarezza che negli anni Cosa nostra è penetrata nei ceti piú abbienti ma soprattutto ha stabilito solide alleanze avvalendosi di legami di tipo
massonico. Molti esponenti di Cosa nostra sono stati individuati all'interno di logge coperte».*

Il progetto di inserire uomini di Cosa nostra nella massoneria risale alla fine degli anni Sessanta. A pensarci è il boss
di Palermo Stefano Bontate. È lí, protetti dalla riservatezza
e a volte dalla segretezza delle logge massoniche, che gli uomini di Cosa nostra possono incontrare gli uomini delle istituzioni e della società civile. È lí che può nascere la «zona
grigia». A Palermo ci pensa Stefano Bontate, ma ci pensano
anche quelli di Trapani.
Nella primavera del 1986 arriva alla questura di Trapani la segnalazione di un cittadino che fa parte di una loggia
massonica e che si è stancato di vederla frequentare da stra-

ni personaggi, uomini di Cosa nostra, boss del calibro di Mariano Agate, il capo della famiglia di Mazara del Vallo. Dopo alcune insistenze la segnalazione viene presa in considerazione. Il commissario Saverio Montalbano fa irruzione insieme con alcuni agenti nella sede di un circolo culturale, il circolo Scontrino, e sequestra dei documenti. Tra questi ci sono gli elenchi di alcune logge massoniche di rito scozzese, sette logge.

Ma ce n'è anche un'altra, coperta, cioè segreta.

Si chiama Iside 2.

Gianfranco Garofalo, ex procuratore della Repubblica.

Dice:«La particolarità e peculiarità di questa loggia coperta è non soltanto uno stranissimo e inusuale regime di affiliazione che ricorda moltissimo quello dell'affiliazione di Cosa nostra. Infatti la procedura per l'ammissione dei fratelli avviene attraverso un'incisione, quindi l'uscita del sangue, e il bacio in bocca, che è tipico più che altro del rituale mafioso, ma che stranamente ritroviamo nella cerimonia dell'iniziazione della loggia Iside 2. Strana, perché vede la presenza contemporaneamente a questa loggia di appartenenti a tutti i settori delle istituzioni di Trapani, imprenditori, politici, funzionari pubblici, poliziotti e mafiosi, tra cui Agate Mariano è il principale. Questa loggia Iside 2 peraltro aveva direttamente collegamenti con Licio Gelli, quindi aveva una dipendenza... e viene istituita all'indomani del rinvenimento nella casa di Licio Gelli dell'elenco della iscrizione alla P2, quindi come se fosse stata immediatamente aperta e fondata una loggia coperta che dovesse servire da riferimento per le attività per il maestro venerabile».

Ma a Trapani c'è qualcos'altro. Lo aveva detto anche Antonino Giuffré ai magistrati che lo stavano interrogando: Trapani e Castellammare del Golfo sono un punto strategico, un punto d'incontro con il mondo arabo, una miniera di informazioni. Per Cosa nostra naturalmente, ma anche per qualcun altro.

Vicino a San Vito lo Capo, tra Castellammare del Golfo e Trapani, c'è un paesino che si chiama Castelluzzo. Lí c'è un piccolo aeroporto, con una pista d'atterraggio. Lo gestisce un aeroclub che si chiama Penguin, «Pinguino», e che ha la sua sede amministrativa a Trapani, in via Virgilio 123. L'aeroclub ha un solo aereo, un ultraleggero di fabbricazione francese, usato soprattutto dai servizi segreti francesi per operazioni di infiltrazione. Perché non è soltanto un aeroclub, quello, è il Centro Scorpione, una base dei servizi segreti.

Gianfranco Garofalo, ex procuratore della Repubblica.
Dice: «È l'ultimo dei centri della Gladio a essere istituito in Italia, non ha nessun rapporto con il Sismi ufficiale. La peculiarità di questo Cas Scorpione è quella, da quello che emerge dagli atti, sia della commissione parlamentare sui servizi segreti, sia dalle indagini fatte a Trapani sulla Gladio, è la assoluta apparente inutilità di questo Centro Scorpione».

A cosa serve il Centro Scorpione? Per il colonnello Paolo Fornaro che lo dirige serve per la lotta alla Mafia, serve per infiltrarsi in Cosa nostra e raccogliere informazioni. Ma negli anni della sua attività il Centro Scorpione non ha mai prodotto un rapporto su Cosa nostra, e anche l'ammiraglio Fulvio Martini, che in quegli anni dirige il Sismi, il servizio segreto militare, nega che il Centro Scorpione sia mai stato operativo in questo senso. Anche il maresciallo Vincenzo Licausi, che comanda il Centro Scorpione dopo il colonnello, afferma che il centro non è mai stato utilizzato per la lotta alla Mafia.

E allora a cosa serviva il Centro Scorpione? E c'è un altro personaggio che viene messo in relazione con il centro, un poliziotto di Palermo che si chiama Antonino Agostino. L'agente Agostino racconta di far parte dei servizi segreti e va spesso a Trapani, ma a fare cosa non lo dice a nessuno, neanche al padre. Adesso non può piú dirlo, perché è stato ammazzato assieme alla moglie, sulla porta di casa dei genitori, nell'agosto dell'89.

Sembra una storia da romanzo di spionaggio quella del Centro Scorpione, ma non è l'unica che sia avvenuta nella provincia di Trapani.

Il 27 gennaio del 1976 qualcuno penetra nella foresteria della caserma dei carabinieri di Alcamo Marina. È qualcuno che certe cose le sa fare, perché sorprende nel sonno i due carabinieri che stanno nella casermetta, Salvatore Falcetta, di trentacinque anni, e Carmine Apuzzo, di diciannove, e li uccide tutti e due. Poi porta via divise, armi e tesserini di riconoscimento. Ma è proprio quello il motivo? Si ammazzano cosí due carabinieri, per rubare quelle cose?

Le indagini puntano sulla pista politica. Erano gli anni Settanta, gli anni del terrorismo, e viene arrestato un uomo che confessa e fa il nome di altri quattro. Confessano tutti e vengono condannati in via definitiva, tranne il primo, che dopo aver confessato ritratta, ma prima di essere sentito dal giudice viene ritrovato impiccato in cella. Adesso le indagini si sono riaperte, dopo che uno dei carabinieri che hanno partecipato agli interrogatori ha parlato di torture e di false confessioni estorte con la forza. Ma perché?

È un caso oscuro quello della casermetta di Alcamo Marina, Alcamàr, nel gergo tecnico dell'Arma.

Non è l'unico. Nel 1993 c'è un poliziotto del commissariato di Alcamo che mentre sta cenando in un ristorante viene avvicinato da un uomo. «Vuole fare una scoperta interessante?» chiede l'uomo al poliziotto, e lui naturalmente dice di sí. Si dànno appuntamento per una sera successiva, l'uomo gli mostra un appartamento e gli dice di fare attenzione quando tornerà con la polizia, perché ci sono delle trappole esplosive. Gli dice anche di stare attento a una cassa che si troverà sulla destra appena entrato, una cassa con sopra il simbolo che serve per segnalare la presenza di sostanze radioattive.

Il poliziotto riferisce tutto ma passa un po' di tempo prima che si possa fare la perquisizione, e quando questa viene fatta della cassa non c'è piú traccia.

Però c'è qualcos'altro.

Gianfranco Garofalo, ex procuratore della Repubblica.
Dice: «Il rinvenimento sempre in località di Alcamo di un deposito contenente un quantitativo impressionante di armi e munizioni e soprattutto di materiale atto a fabbricare munizioni. A seguito di una consulenza che venne disposta dalla procura, si accertò che era possibile realizzare un numero di munizioni da guerra tali da poter armare una polizia di un piccolo paese, di un piccolo Stato. Questi due soggetti interessati alla gestione di questo deposito, che si chiamavano Vincenzo La Colla e tale Bertotto, erano due carabinieri, un appuntato e un brigadiere dei carabinieri, e giustificarono la presenza di questo arsenale con la loro passione per le armi, la loro passione di esercitarsi al tiro, anche se era assolutamente sproporzionato e inverosimile. Si accertò che il Bertotto per un certo periodo di tempo… nel ruolino della sua carriera di brigadiere dei carabinieri aveva dei periodi di assenza, e di solito in questi periodi di assenza si capisce se il soggetto ha fatto parte o meno di altri apparati perché viene annotata, ad esempio, «destinazione ambasciata», oppure «distaccato consolato estero», e quindi si capí che il Bertotto per un periodo della sua vita, e probabilmente anche nel perio-

do in cui era stato trovato in possesso di questo arsenale, aveva fatto parte dei servizi come addetto alla sicurezza delle ambasciate estere e dei consolati italiani».

E c'è un'altra cosa strana che avviene in quel periodo. Strana e brutta.
L'omicidio di Mauro Rostagno.

Alcune foto ritraggono Mauro Rostagno in vari momenti della sua vita. In uno scatto in bianco e nero guarda verso l'obiettivo, ha i capelli lunghi neri e la barba folta. La foto successiva ce lo mostra insieme ad altri ragazzi. Si intravede anche la testa di un cavalluccio di legno, di quelli a dondolo o delle giostre. Rostagno indossa gli occhiali e un baschetto e i capelli lunghi gli toccano le spalle.

Arriva un'altra immagine e lo vediamo con un casco da operaio in testa e un fazzoletto bianco che gli copre il volto da sotto gli occhiali in giú, mostra il pugno sinistro alzato e nella mano destra tiene un libretto scuro in bella vista. Ancora una foto e lo vediamo seduto al pianoforte con grossi occhiali da sole e cappello di lana in testa.

Alcune riprese a colori ci mostrano alcuni ragazzi vestiti con delle tuniche di tonalità rosa e arancione che, seduti per terra, portano le mani congiunte davanti alla testa e si inchinano fino al pavimento. Rostagno, tunica rosa, capelli e barba lunghi, saluta e sorride verso un uomo vestito di rosa con i capelli legati dietro la nuca. Su un cartello bianco si legge COMUNITÀ TERAPEUTICA, SAMAN, ENTE AUSILIARIO, REGIONE SICILIANA.

Laureato in sociologia all'Università di Trento, Mauro Rostagno era stato uno dei fondatori dell'Università Negativa, l'università della contestazione, assieme a Renato Curcio, e soprattutto di Lotta continua. Alla fine degli anni Settanta aveva fondato a Milano uno dei primi centri sociali italiani, il Macondo. Poi era andato in India, era diventato un seguace di Rajneesh, «arancioni» si chiamavano allora, e aveva fondato a Trapani una comunità per il recupero dei tossicodipendenti, la comunità di Saman.

È un personaggio particolare, Mauro Rostagno, molto attivo, molto impegnato in campo politico e sociale, e anche in quello della controinformazione.

Un filmato ci mostra la console di un mixer e poco piú in alto un monitor nel quale appare Rostagno con una tunica bianca, mentre parla dietro un tavolo chiaro. Sopra ci sono un microfono e un cartellino con scritto M. ROSTAGNO. Lo vediamo poi seduto in mezzo a un'aula mentre parla al microfono a diverse persone sedute davanti e di fianco a lui. Dietro le sue spalle dondolano le gambe di qualcuno seduto su una cattedra.

Mauro Rostagno, infatti, ha una rubrica in una televisione privata di Trapani, Rtc, Rete Tele Cinema. Dovrebbe parlare soltanto di tossicodipendenze e invece si occupa di tutto con estrema libertà, denunciando quello che non funziona, senza guardare in faccia a nessuno. Nei programmi di Mauro Rostagno su Rtc si parla di pubblica amministrazione, di corruzione, di Mafia, con nomi e cognomi. È un personaggio particolare, Mauro Rostagno. È un personaggio scomodo.

In sovrimpressione passa la scritta: «Settembre 1988, uno degli ultimi interventi di Mauro Rostagno alla televisione Rtc di Trapani». Rostagno parla al microfono di una Tv privata.

Dice: «Noi sottolineiamo invece che da trentacinque anni la Mafia trapanese, della provincia di Trapani, di Cosa nostra, ha iniziato la commercializzazione del traffico di droga, che è sempre stata in testa in questo programma, e che soltanto recentemente i palermitani hanno avuto un ingresso in questa direzione».

Il 26 settembre 1988, Mauro Rostagno esce dagli studi televisivi assieme a una ragazza ospite della comunità che collabora alla sua trasmissione. Montano in macchina e vanno verso la comunità. È buio, perché sono le otto e venti di sera ed è già tornata l'ora solare. E i lampioni sulla strada che porta alla comunità di Saman sono spenti, come se si fossero fulminati tutti per un improvviso black-out.

È strano. Forse. Sarà un caso, ma come si scoprirà piú avanti, il tecnico dell'Enel incaricato proprio di quel settore è l'autista di Vincenzo Virga, il capo del mandamento di Trapani. E sarà ucciso anche lui, otto mesi dopo.

È su quella strada buia, all'altezza di un ponticello, che una sventagliata di colpi, sparati da due fucili a pompa calibro 12 e da una pistola calibro 38, inchioda Mauro Rostagno al sedile della sua auto, massacrato. La ragazza, invece, resta praticamente illesa.

Chi l'ha ammazzato Mauro Rostagno? Anche le indagini sul movente sono piuttosto confuse. Pista interna, dice qualcuno, contrasti interni alla comunità di Saman. No, dice qualcun altro, è politica, sono stati i suoi ex compagni di Lotta continua perché sapeva chi aveva ammazzato il commissario Calabresi. No, è Mafia, dice il commissario Rino Germanà che dirige la squadra mobile di Trapani. E c'è anche qualcuno che pensa che dietro l'omicidio di Mauro Rostagno ci sia qualcosa di piú, oltre alla Mafia.

Gianfranco Garofalo, ex procuratore della Repubblica.
Dice: «Cosa, in sostanza, emerse dall'attività investigativa e dalle dichiarazioni che vennero rese dai testi e dai suoi collabo-

ratori? *Che in un certo momento, che si colloca all'incirca un mese prima della morte di Mauro, in un'occasione in cui si trovava vicino all'aeroporto di Chinisi, poggiato ai bordi della pista, un aeroporto abbandonato, all'imbrunire, ed era in possesso di una piccola macchina da presa che si era fatto prestare perché era stato a Marsala per fare un servizio, aveva notato una cosa assolutamente inverosimile, e cioè l'atterraggio di un aereo militare che era stato immediatamente circondato da camion e da autovetture militari, da cui erano state scaricate delle casse ed erano state caricate altre casse. La teste e i testi, ai quali Mauro aveva raccontato questa storia, dicono che lui avrebbe avuto modo di notare che, quando era stata aperta una di queste casse per un controllo, aveva visto che all'interno vi erano delle armi. Mauro aveva filmato tutta questa operazione e immediatamente si era recato agli studi della televisione per riversare questa cassetta, questa minicassetta, in una cassetta formato per la trasmissione via televisione. Cosa che aveva voluto fare personalmente, secondo quello che ci racconta l'operatore, perché voleva vederla solo lui, dicendo solamente: manderò un servizio stasera in onda che farà tremare l'Italia».*

Il servizio Mauro Rostagno non lo manda in onda quella sera. Chi gli sta vicino si ricorda che aveva una videocassetta dentro una borsa che teneva sempre con sé. Ma dopo la sua morte quella cassetta sparisce.

Proprio mentre Mauro Rostagno viene ucciso qualcuno entra negli studi di Rtc e fruga tra le sue cose. E nelle fotografie che riprendono la macchina di Rostagno dopo l'omicidio, si vede la sua borsa, aperta, il contenuto rovesciato tra i sedili.

Mafia e politica, Mafia e massoneria, Mafia e servizi segreti.

È molto particolare la storia di Cosa nostra a Trapani.

Come sono particolari gli uomini della Mafia trapanese, lo «zoccolo duro di Cosa nostra», i picciotti di una volta, come quelli di Castellammare del Golfo che piacevano tanto ai boss americani, ma anche gli esponenti delle nuove generazioni, che finiscono per somigliare di piú a giovani manager rampanti che a mafiosi con la coppola e la lupara.

C'è un personaggio che riassume tutto questo. È il capo della Mafia trapanese. Matteo Messina Denaro, il figlio del boss Francesco.

Massimo Russo, sostituto Dda a Palermo.
Dice: «Messina Denaro Matteo viene alla ribalta soltanto, e questa è la cosa incredibile, nel gennaio del '93 subito dopo l'inizio della collaborazione di Balduccio Di Maggio. È soltanto lui il primo a fare il nome di Messina Denaro Matteo come del vero capo dell'organizzazione mafiosa, nonostante in provincia di Trapani e procura di Marsala in particolare avessero delineato un po' la presenza mafiosa su quel territorio. Quindi gli investigatori, i magistrati, hanno notizia di lui soltanto con Balduccio Di Maggio. Saranno poi gli altri collaboratori e le indagini successive che delineeranno lo spessore mafioso di Messina Denaro Matteo, che è condannato per decine e decine di ergastoli per diversi omicidi commessi oltre che appunto nei fatti di strage. Messina Denaro Matteo si rende latitante nel giugno del '93 e da quel momento, appunto, si è sottratto alla cattura».

Quando diventa capo della Mafia nella provincia di Trapani alla morte del padre nel 1998, Matteo Messina Denaro ha trentasei anni, ma capo lo era già da un pezzo.

Ci sono due episodi che lo raccontano bene, e sono due omicidi.

Il primo. Siamo negli anni Ottanta, gli anni del riflusso, del divertimento e dei giovani rampanti. C'è un ragazzo di

Castelvetrano che si chiama Lillo Santangelo. Lillo ha venti anni, studia medicina a Palermo ed è un tipo goliardico, uno che si sa divertire, che conosce molte ragazze, che va alle feste, un tipo simpatico. Non c'entra niente con Cosa nostra, non è un mafioso, anche se suo padre è molto amico, è compare, quindi quasi parente, di un signore che si chiama Francesco Messina Denaro, ma non importa. A Trapani, a Castelvetrano, ci sono famiglie «intise», chiacchierate, che si sa che sono mafiose, ma questo non fa scandalo, perché sono famiglie importanti, famiglie altolocate, di elevato rango sociale.

Lillo ha un amico che si chiama Matteo, un altro ragazzo giovane che ha una gran voglia di divertirsi. C'è una festa, ci sono molte ragazze e Lillo invita il suo amico Matteo, che ci va e si diverte moltissimo. Gli piace molto quell'ambiente goliardico, le feste, i divertimenti, la bella vita. Solo che Matteo non è semplicemente Matteo, è Matteo Messina Denaro, il figlio del capo della Mafia del Trapanese, avrà un ruolo in Cosa nostra, sarà il capo dello «zoccolo duro», e Cosa nostra non può permettere che venga «guastato», corrotto tra feste e divertimenti.

Cosí, un giorno, Lillo sta tornando al suo appartamento di Palermo dal policlinico dove studia quando arrivano alcuni uomini e lo ammazzano a colpi di pistola.

Il secondo episodio. A Selinunte, in provincia di Trapani, c'è un albergo. È un albergo di lusso, frequentato da bella gente, e c'è questo gruppo di giovani, giovani manager sembrano, giovani imprenditori, eleganti, ricchissimi, che si divertono molto, champagne a fiumi, belle donne, bellissime. All'albergatore però non piacciono. Fanno troppa confusione, troppo chiasso. Cosí decide di buttarli fuori e nel farlo si lascia scappare anche qualche parola di troppo su quelle donne bellissime.

Lui non lo sa, ma quelli non sono giovani manager, sono mafiosi, e tra loro quello piú allegro e piú brillante è proprio Matteo Messina Denaro. Cosí, dopo qualche tempo, l'albergatore viene ucciso.

Andrea Tarondo, sostituto procuratore di Trapani.
Dice: «Matteo Messina Denaro nel contesto trapanese è un capo assoluto. È un boss giovane che eredita un impero dal padre, un impero gestito col pugno di ferro, e che però ha le caratteristiche generazionali di un soggetto che ha poco piú di quarant'anni e quindi ha degli interessi diversi, anche uno stile di vita diverso, rispetto al mafioso tradizionale, cioè rompe un po' gli schemi classici nel rapporto, per esempio, con l'altro sesso, nel rapporto con gli stili di vita, per cui lui, per quello che sappiamo, ha praticato anche uno stile di vita diverso da quello del padre, piú amante anche delle piacevolezze della vita. D'altra parte, però, da quando ha assunto le redini della famiglia mafiosa della provincia di Trapani, quindi di tutti e quattro i mandamenti della provincia di Trapani, è diventato una figura quasi mitica per i mafiosi, che lo vedono come un punto di riferimento sicuro, un soggetto forte. Un soggetto forte che anche emblematicamente rispecchia l'esuberanza della Mafia trapanese rispetto anche a quella palermitana».

Questo è Matteo Messina Denaro, un mafioso che sembra un imprenditore, capo assoluto della Mafia della provincia di Trapani, alleato fedelissimo dei Corleonesi di Riina, tanto che partecipa all'organizzazione di alcune delle stragi degli anni Novanta, che proprio lí nascono, nel suo territorio, in una riunione che si tiene a Castelvetrano, in un fondo di proprietà di Totò Riina. Ed è proprio da lí, dalla provincia di Trapani, che vengono gli uomini che gestiscono la logistica delle stragi del 1993, che preparano l'esplosivo e lo trasportano a Firenze, a Roma e a Milano.

Tra le altre cose Matteo Messina Denaro viene incaricato di preparare una serie di attentati a Roma che hanno come bersaglio il giudice Falcone, il ministro della Giustizia Claudio Martelli e il giornalista Maurizio Costanzo, e lui, il giovane Matteo, esegue con scrupolo l'attività preparatoria. Che poi però viene sospesa perché intanto, a Palermo, si sta già preparando qualcosa di grosso.

La strage di Capaci.

La telecamera si muove su un terreno devastato, dissestato. Ci sono delle persone che parlano tra loro, si vede un'auto sopra un mucchio di terra. La telecamera si concentra sulla targa di una vettura che affiora tra un tendone beige che copre quasi interamente l'automobile e un mucchio di terra. Si legge ROMA OE4837. *Un'altra auto ha le portiere spalancate, la parte anteriore senza piú carrozzeria e il cofano accartocciato. Vigili del fuoco e altre persone in borghese si muovono saltando da un mucchio di terra all'altro, il guard-rail è divelto. C'è una macchina rossa girata su un fianco. La telecamera si avvicina verso la parte posteriore e si sofferma sul lunotto esploso. Si legge la targa:* PA A53642. *Un uomo di schiena sul bordo di un guard-rail contorto guarda in giú.*

Ma c'è un'altra cosa che serve a raccontare chi è Matteo Messina Denaro e qual è il suo ruolo all'interno di Cosa nostra.

È una cosa che accade l'11 aprile 2006, a Corleone.

Da molto lontano, probabilmente da una collina, si vede una serie di fabbricati bassi. C'è una casa a un piano, e poco distante una stalla con dietro un gregge di pecore che pascolano. In al-

to sulla ripresa scorre una scritta bianca che ci informa sulla data e l'orario:«11/04/06 11.21.42». Dall'unica stradina che raggiunge quei fabbricati, arriva a tutta velocità una jeep e subito dietro un furgoncino. Fanno appena in tempo a fermarsi tra la casa e la stalla che ne scendono correndo diversi uomini dal volto coperto da un passamontagna nero. È un attimo e sono dappertutto, dentro la casa, nella stalla, a controllare la zona intorno al caseggiato.

C'è una masseria in un posto che si chiama Montagna dei Cavalli e sta nelle campagne di Corleone, un anonimo gruppo di casette con un ovile, dove all'improvviso, alle undici e ventuno della mattina, arrivano una jeep bianca e due furgoni, di corsa. Il padrone del casolare, che si chiama Giovanni Marino, è fuori, davanti all'ovile, ma non fa in tempo a muoversi che un uomo gli salta addosso e lo getta a terra, mentre altri uomini che indossano il mephisto, il passamontagna, calato sul volto, e hanno giubbotti antiproiettile e armi in pugno, entrano nel casolare.

Sono gli agenti della squadra mobile di Palermo e dello Sco, il Servizio centrale operativo della polizia, che, coordinati dal vicequestore Renato Cortese, da piú di trenta giorni stanno tenendo d'occhio quel casolare con una telecamera piazzata a un chilometro e mezzo di distanza.

Perché in quel casolare c'è un uomo importante, che non bisogna assolutamente farsi scappare. È il capo di Cosa nostra, il fantasma di Corleone, il latitante piú ricercato di tutta l'Italia.

È Bernardo Provenzano.

La telecamera cerca degli spazi per riprendere il volto di Provenzano. L'uomo ha un'aria serena e muove la testa chinandola o guardando in alto verso degli uomini che gli si muovono in-

torno. È seduto su una sedia e indossa una camicia nera con un
crocifisso che gli pende sul petto, attaccato al collo con una ca-
tenina. Porta occhiali legati da una cordicella che gli gira intor-
no alla nuca e ha i capelli tagliati corti. Stringe la mano a qual-
cuno, lo guarda bene, poi abbassa la testa.

Quando lo arrestano dopo quarantatré anni di latitanza,
seguendo un pacco di biancheria pulita inviatogli dalla moglie, i poliziotti trovano nel casolare ventimila euro in contanti e due pistole, ma soprattutto trovano i «pizzini», i bi-
gliettini coi quali Bernardo Provenzano comunicava con Cosa nostra e con la sua famiglia.

Gli investigatori guardano sotto delle imbottite posate su un
armadio. Si muovono poi attorno a un tavolo mentre Provenza-
no li guarda calmo e seduto, reggendosi il volto con la mano. Sul
tavolo ci sono vari oggetti tra i quali un lumino con l'effigie di
padre Pio, dei fogli, delle audiocassette e delle bottiglie scure, un
crocifisso e dei libri. Dietro i volumi c'è una macchina da scri-
vere con degli occhiali ripiegati posati sopra, diversi rotoli di na-
stro adesivo. Dentro una cassetta di legno ci sono dei rotolini di
carta. In un'altra scatola ci sono dei fogli, bianchi e gialli, aper-
ti e messi a scaletta. Si riesce a leggere: «Carissimo, con l'augu-
rio che...» «Con gioia...»

Scritti a macchina, con una Brother elettrica o con una
vecchia Olivetti lettera 32, a caratteri fitti e perfettamente
incolonnati, tagliati con un bisturi, incollati e minuziosamen-
te divisi tra quelli destinati alla famiglia e quelli destinati a
Cosa nostra.
Ci sono tante cose in quei pizzini. C'è la contabilità di
Cosa nostra, ci sono gli elenchi delle ditte che devono pagare il pizzo, ci sono le richieste di pareri per risolvere pro-

blemi interni a Cosa nostra, ci sono anche i rapporti con la politica e la società civile, «Caro zio, ha qualche preferenza per le prossime elezioni? Ci dica come ci dobbiamo comportare».

Ci sono i messaggi indirizzati alla moglie Benedetta Saveria, «Amore mio», quelli scambiati con i figli, «Caro papà», «Mio carissimo figlio». Ci sono quelli che fanno capire il timore di Bernardo Provenzano per il tumore alla prostata che lo aveva colpito.

Sono tutti scritti con lo stile arcaico e un po' sgrammaticato dei vecchi emigrati siciliani negli Stati Uniti. Nei verbali, alla voce titolo di studio per Bernardo Provenzano c'è scritto «Seconda elementare non finita», però sono gli ordini di un capo che governa l'impero di Cosa nostra, con i suoi traffici, le sue estorsioni, la sua corruzione e gli omicidi.

Non ci sono nomi nei pizzini di Bernardo Provenzano, soltanto numeri, iniziali e a volte pseudonimi. Ce n'è uno che ricorre molto frequentemente: Alessio. È lo pseudonimo di Matteo Messina Denaro.

«Lei dice che sono migliore di lei? – scrive Matteo Messina Denaro a Bernardo Provenzano. – No, non sono migliore, io mi rivedo in lei e credo nella nostra Causa, – lo scrive con la C maiuscola, – sono cresciuto in questo e cosí sarà fino alla morte».

Sono importanti quei pizzini, i pizzini di Alessio, da quelli emerge un altro lato del carattere di Matteo Messina Denaro, capo della Mafia del trapanese, latitante fino dal 1998. Brillante, esuberante, moderno ma anche ligio alle regole di Cosa nostra che conosce e che rispetta, e che applica, fino in fondo.

«Con le persone che ho ammazzato, – sembra abbia detto ai suoi, una volta, quand'era giovane, – ci si potrebbe fare un cimitero».

Massimo Russo, sostituto Dda a Palermo.

Dice: «Nonostante sia conosciuto come uno dei piú efferati criminali, oltre che uno dei piú intelligenti mafiosi, Messina Denaro Matteo gode del consenso della gente non soltanto sul suo territorio, e questa è la cosa piú incredibile. Questo non lo dice il dottore Russo, lo dicono le intercettazioni ambientali, c'è una sorta di mitizzazione nei confronti di questo personaggio che viene visto come una specie di deus ex machina, *un soggetto capace di risolvere i problemi, a volte si avverte nettamente che è amato dalla gente e questo dovrebbe far riflettere proprio sull'essenza della Mafia».*

Vi ricordate di quella ragazza, Rita si chiama, quella che se ne stava da sola in quell'appartamento al penultimo piano di quella palazzina rosa in viale Amelia, a Roma?

Rita se ne sta ferma davanti alla finestra aperta a guardare i tetti delle case di fronte. È importante la storia di quella ragazza, è molto particolare. Perché è una storia che fa capire cos'è Cosa nostra, l'essenza della Mafia, soprattutto nella provincia di Trapani.

Quella ragazza si chiama Rita Atria e viene da Partanna, in provincia di Trapani. La sua è una famiglia mafiosa. Suo padre ha un ruolo importante a Partanna, don Vito fa il «paciere», mette a posto le cose perché la situazione resti sempre tranquilla. E anche Nicola, il fratello di Rita, ha un ruolo in Cosa nostra.

Rita queste cose le sa e non le sa. È una bambina e vive come vive una bambina, anche in una famiglia «intisa» come la sua.

A Partanna, però, scoppia la guerra. Da una parte la famiglia mafiosa degli Ingolia, dall'altra quella degli Accardo, detti Cannata. Si contendono il dominio mafioso della valle del

Belice, ma i Cannata sono piú forti, sono gli alleati dei Corleonesi e alla fine vincono loro, lasciando sulle strade di Partanna e dintorni decine di morti tra il 1987 e il 1991.

Nel documento a colori intravediamo, oltre un nastro bianco e rosso, una mano inerme stesa a terra, vicino a una pistola. Una scarpa esce da sotto delle lenzuola che coprono qualcosa. Si vede del sangue che cola da un gradino in maniera copiosa e lí vicino, messa in bilico su un marciapiede, una bara di legno chiusa con una croce sopra. Una signora vestita di scuro è inginocchiata a terra accanto a un lenzuolo. Un uomo le corre incontro e la tira su mentre arriva anche un carabiniere.

Tra questi morti c'è il signor Vito, il padre di Rita, il paciere di Partanna.

Un uomo ha la testa riversa dentro un'autovettura, sul fianco sinistro del viso gli cola un liquido scuro. La foto è in bianco e nero.

Il signor Vito viene ucciso due giorni dopo il matrimonio di suo figlio Nicola con una ragazza che si chiama Piera. Nicola però non ci sta. Dice a tutti che vuole vendicarsi.
Ma non fa in tempo a fare niente.

L'immagine è in bianco e nero. Steso a terra c'è il corpo di un uomo. Al posto dell'occhio ha una macchia scura dalla quale si diramano diversi rivoli neri.

Il 24 giugno 1991, due uomini entrano nella casa di Nicola con un fucile a canne mozze. Nicola fa appena in tempo a spingere lontano la moglie Piera prima che i due si mettano a sparare.

Rita ha un diario, su cui scrive tutto quello che pensa. Sono parole disperate e parlano di una vita che non le piace e che le sembra senza via d'uscita.

«Attendere chi? O cosa? – scrive. – Forse l'illusione di una speranza. Puoi gridare, piangere, soffrire ma nessuno ti ascolterà».

Poi però succede qualcosa. Piera, la moglie di Nicola, la vedova di Nicola, inizia a collaborare con la giustizia.

In un'aula di tribunale vediamo il giudice Paolo Borsellino con la toga, che si porta una sigaretta alla bocca. Dietro di lui si intravede una bandiera italiana. Il giudice china la testa per accendersi la sigaretta, poi dà un tiro e per un attimo guarda verso l'obiettivo.

C'è questo giudice, questo magistrato, Paolo Borsellino si chiama, che è bravo, e le dà sicurezza. Non è una decisione facile per una ragazza come Rita, che ha diciassette anni ed è sempre vissuta in quel contesto, a Partanna, padre mafioso, fratello mafioso, la madre che ha accettato la situazione e si è chiusa in un silenzio omertoso, anche il fidanzato. Non è facile per una come lei prendere la decisione di parlare con gli «sbirri».

«Io sono solo una ragazzina, – scrive Rita nel suo diario, – che vuol fare giustizia, mentre i mafiosi di Partanna continuano ad uccidere, a rubare, a truffare interpretando benissimo la parte di onesti cittadini».

Il 5 novembre 1991 Rita esce di casa. «Vado a scuola», dice alla madre, invece prende la corriera per Sciacca, va in procura e si presenta al magistrato. «Mi chiamo Rita Atria, – dichiara, – e mi presento alla signoria vostra per fornire notizie e circostanze legate alla morte di mio fratello e all'uccisione di mio padre».

Rita parla, e dice un sacco di cose interessanti, perché in quell'ambiente, l'ambiente di Cosa nostra, c'è nata e cresciuta. Rita parla e il giudice Borsellino l'ascolta con estremo interesse. Sono tanti i mafiosi di Partanna che finiscono in manette.

Paolo Borsellino fa trasferire Rita a Roma, assieme a Piera, la moglie di suo fratello, già nascosta da un programma di protezione.

Non è facile per Rita. Non si è mai mossa da Partanna, non è mai stata in una grande città come Roma. Il giudice Borsellino le ha detto di prendere la cartina dell'Italia, di ritagliare il triangolino della Sicilia e di buttarlo via, di scordarsela.

Poi Rita è sola. C'è Piera, ma Rita si sente sola lo stesso. Avrebbe bisogno di sua madre, ma la signora Giovanna è rimasta al suo paese, a Partanna, e di quella figlia che sta parlando con gli sbirri proprio non ne vuole sapere. Anzi, ha denunciato il giudice Borsellino per sottrazione di minore. A Rita dice che se continua cosí farà la fine di suo fratello Nicola.

Nel documento filmato a colori vediamo un paio di mani che spuntano da dietro uno stipite. In sovrimpressione passa la scritta: GIOVANNA CANNOVA MADRE DI RITA ATRIA. Le mani sono nervose e richiudono un fazzoletto bianco. Si intravedono le maniche di una vestaglia pesante celeste. Messo via il fazzoletto, le mani si contorcono l'una con l'altra in un massaggio nervoso. La donna dice: «Una ragazza esemplare che nei sentimenti è stata coinvolta da lei e a lei va tutta la colpa per mia figlia fare questa strada».

Anche la voce del giornalista arriva fuori campo: «Quindi lei non pensa che Rita sia stata coraggiosa a fare questa denuncia, collaborare con la giustizia...»

«*Non è stata volontà sua, è stata troppo pressata dalle telefo-*
nate di Piera Aiello».

«*Ma sua nuora si è visto uccidere il marito, non è cosa da po-*
co...»

«*E io che cosa ne so? Io non parlavo con loro*».

«*Ma lei ha qualche cosa da rimproverare a Rita?*»

«*Perché la debbo rimproverare mia figlia? Io non ce la por-*
terò mai a rubare, mia figlia».

Rita, invece, non molla. «L'unica speranza, – scrive nel
suo diario, – è non arrendersi mai».

Non si arrende, Rita, e continua a parlare.

Mentre sentiamo la voce di un avvocato, entrano in aula al-
cune persone ammanettate e accompagnate dai carabinieri. I lo-
ro volti sono appositamente offuscati. Sul filmato appare una
scritta in sovrimpressione: «Ferruccio Marino, avvocato difen-
sore dei mafiosi». L'avvocato ha dei fogli in mano e si accalo-
ra mentre parla a una giuria di cui non si vedono i volti, an-
ch'essi offuscati dalla ripresa. L'avvocato posa gli occhiali sul
tavolo e dice: «Si tratta di una ragazzina, vi è stato detto poco
fa e non vorrei insistere, ma si tratta di una ragazzina dalla per-
sonalità talmente preoccupante e talmente patologica che in-
tanto impone una pausa di riflessione. Ma quando queste cose
comportano anni e anni di carcere e soprattutto comportano
che voi dovete crederci in nome del popolo italiano questo non
cammina più».

Poi succede qualcosa. C'è la strage di Capaci in cui muoiono il giudice Falcone e la sua scorta.

E cinquantacinque giorni dopo, muore anche Paolo Borsellino.

*Le immagini di repertorio mostrano un fumo nero sollevar-
si da dietro alcuni alberi. Una vettura dei vigili del fuoco passa
veloce davanti alla telecamera. Alcune auto posteggiate hanno
gli sportelli aperti e bruciati. Sulla strada piena di detriti si muovono dei poliziotti, e alcuni vigili del fuoco srotolano un tubo
lungo l'asfalto coperto di calcinacci e schiuma bianca. Si vede
un'automobile completamente nera e bruciata, brucia lo sche-
letro in un denso fumo bianco. Alcune persone si muovono agi-
tate vicino a una serie di macchine distrutte. Passa veloce un'au-
topompa dei vigili del fuoco.*

Rita apprende la notizia dalla televisione, assieme a Piera. Non riesce a parlare. Per lei Paolo Borsellino era diventato come un padre.

*Vediamo uno dei fogli del testo scritto a mano e lasciato dal-
la ragazza prima di morire. Si legge: «Ora che è morto Borsellino nessuno può capire che vuoto ha lasciato nella mia vita. Tutti hanno paura ma io l'unica cosa di cui ho paura è che lo Stato mafioso vincerà e quei poveri scemi che combattono contro
i mulini a vento saranno uccisi. Prima di combattere la Mafia
devi farti un'autoesame di coscienza e poi dopo aver sconfitto
la Mafia dentro di te, puoi combattere la Mafia che c'è nel giro
dei tuoi amici».*

Scrive cosí, Rita, nel suo diario: «Ora che è morto Borsellino nessuno può capire che vuoto ha lasciato nella mia
vita».

In viale Amelia, in quella stanza al penultimo piano, Rita è sola davanti alla finestra aperta. Ci abita da poco in quella casa, gliel'ha assegnata lo Stato perché ci possa convivere
con il ragazzo che ha conosciuto, in attesa di deporre in al-

tri processi. Intanto studia per il diploma di maturità, all'esame le hanno fatto fare un tema, *La morte del giudice Falcone ha riportato all'attualità il tema della Mafia.*

Ma è sola, Rita, è sola in quella stanza davanti a quella finestra aperta, da cui si vedono i tetti delle case.

Il 26 luglio 1992 Rita viene trovata sul selciato sotto quella finestra aperta al penultimo piano.

È morta, la caduta l'ha uccisa.

La bara viene portata da alcune donne lungo il viottolo di un cimitero. La gente applaude e dietro di essa si vedono delle lapidi e una piccola statua bianca che rappresenta la Madonna. Un uomo con un sigarino in bocca si avvicina alla cassa e vi poggia sopra un mazzo di fiori bianchi dallo stelo lungo.

Qualche tempo dopo, a Partanna, la madre prende un martello e fracassa la lapide sulla sua tomba.

Nel filmato vediamo alcuni frammenti della lapide. Una mano cerca di rimetterli insieme e si riesce a leggere alcuni pezzi: «1974, 7 - 1992, VERITÀ».

È la Mafia, è l'ombra di Cosa nostra, che arriva dappertutto, anche nelle famiglie, anche nei rapporti tra una madre e una figlia.

Andrea Tarondo, sostituto procuratore di Trapani.
Dice:«A Trapani, soprattutto nel passato, è stato molto difficile fare indagine e arrivare alla verità sui fatti piú eclatanti, piú gravi, commessi da Cosa nostra. Le spiegazioni possono essere tante. Da un lato appunto la difficoltà che si incontra nell'approccio col tessuto sociale e quindi nella collaborazione delle indagini, dall'altro lato io ricordo una delle dichiarazio-

*ni del pentito Giuffré su Trapani, lui indica la provincia di Tra-
pani come una delle province, delle roccaforti di Cosa nostra,
e dice anche che uno dei motivi per cui Trapani era cosí apprez-
zata anche dai latitanti, soprattutto negli anni Ottanta, era perché a Trapani avevano i "cani attaccati", cosí diceva, i cani sarebbero gli investigatori o le istituzioni. In qualche caso erano
controllabili da Cosa nostra e questo chiaramente ha creato situazioni di grossa difficoltà per chi ha voluto, e ce ne sono stati tanti, ha voluto fare indagini seriamente e spesso è stato emar-
ginato o eliminato».*

Mafia e massoneria, Mafia e servizi segreti, Mafia e politica, Mafia e società civile, non sono facili le indagini a Trapani.

Ne sa qualcosa il capo della squadra mobile di Trapani,
che un giorno, all'inizio degli anni Ottanta, fa irruzione in
una villa in cui si sospetta sia nascosta una bisca clandestina.
La bisca c'è, però poco dopo il commissario che ha fatto l'irruzione viene trasferito a Palermo, perché ha agito senza l'autorizzazione del questore.

Il commissario si chiama Ninni Cassarà, e sarà uno dei
poliziotti piú attivi, intelligenti e brillanti nella lotta alla Mafia, uno dei nemici piú pericolosi di Cosa nostra, che finirà
per ucciderlo il 6 agosto 1985.

*Un uomo è seduto con le gambe accavallate davanti a una
corte in un'aula di tribunale. Ha i baffi scuri e porta gli occhiali. Parla con sicurezza al microfono. Vediamo un portone sulla cui arcata è scritto:* QUESTURA DI PALERMO - SQUADRA MO-
BILE.

Gli sparano dal palazzo di fronte con un kalashnikov, sotto gli occhi della moglie affacciata al balcone con la figlia pic-

cola, uccidendo lui e il suo autista, l'agente Roberto Antio-
chia.

*Attraverso le sbarre di una finestra vediamo un cerchio di ges-
so che evidenzia un buco di proiettile su un muro. Una mano
indica all'operatore, attraverso una finestra aperta, il palazzo di
fronte.*
*La telecamera si affaccia oltre il davanzale e inquadra un por-
tone in basso. Una ragazza con una lunga treccia di capelli legata dietro la schiena è inginocchiata su una cassa, la visuale si allarga e si vedono diverse persone accalcate attorno alla bara, al-
l'interno di una chiesa.*

Ne sa qualcosa l'agente di custodia Giuseppe Montalto,
in servizio presso il carcere dell'Ucciardone di Palermo. L'a-
gente Montalto intercetta un pizzino che si scambia il boss
Mariano Agate, capo del mandamento di Mazara del Vallo,
con altri due importanti boss della Mafia corleonese. L'agente Montalto sa quello che rischia ma fa lo stesso il suo dovere. Sequestra il pizzino e lo consegna. Viene ucciso il 23 dicembre 1995 mentre si è appena fermato con la macchina
davanti alla casa dei suoceri in contrada Palmi, una frazione
di Trapani, sotto gli occhi della moglie, che gli siede accanto, e del figlio che sta sul sedile di dietro.

*Dina Montalto, madre di Giuseppe, parla trattenendo a sten-
to il pianto al microfono di un giornalista: «Perché mio figlio
ucciderlo? Non ha fatto niente. Come è successo a mio figlio un
domani può succedere a qualche altro figlio di mamma, e non
devono succedere più e basta».*

Ne sa qualcosa la dottoressa Anna Maria Mistretta, che
dirige l'Ufficio misure di prevenzione a Trapani e che si ri-

trova con la casa che salta per aria. E ne sa qualcosa anche il commissario Rino Germanà, che dirige il commissariato di Mazara del Vallo.

Quel giorno, è settembre ma è ancora piena estate, il commissario Germanà sta percorrendo il lungomare di Mazara con la Panda di servizio. Avrebbe dovuto usare il motorino, ma c'era da andare anche fino a Trapani, c'erano i freni da far rivedere, quindi niente motorino. La Panda, sul lungomare di Mazara.

All'altezza della chiesetta estiva di Santa Chiara il commissario Germanà alza gli occhi verso lo specchietto retrovisore e si accorge che c'è un'auto che lo sta seguendo, no, anzi, accelera, punta sulla Panda e la sorpassa, e intanto dal finestrino sbuca un fucile. Il fucile spara, il finestrino della Panda esplode, il commissario viene ferito alla testa, ma riesce a reagire, scende dalla Panda e comincia a sparare contro quella macchina, che intanto è passata avanti e sta facendo marcia indietro per tornare da lui.

In quella macchina non c'è gente qualunque. C'è un gruppo di fuoco dei Corleonesi. Ma forse non si aspettavano quella reazione. Neanche il commissario Germanà è uno qualunque, è uno bravo, è solo, è ferito, è fermo sul limitare della spiaggia, ma riesce a mantenere il sangue freddo, urla in dialetto siciliano, li sfida, con la pistola in mano, tanto che questi decidono di andarsene, fanno un centinaio di metri, poi però ci ripensano, tornano indietro, scendono e si mettono a sparare con un mitra, un kalashnikov. Sembra la scena di un film, ma neanche un film di mafia, un film western, solo che è successo davvero, e non in America, a Mazara del Vallo.

Il commissario Germanà riesce a evitare la raffica e corre lungo la spiaggia, verso il mare, mentre i killer si piazzano dietro un muretto e sparano ancora. Il commissario si getta in acqua, tra i bagnanti, i killer sparano col kalashnikov, poi rinunciano e se ne vanno. Il commissario allora si rifugia a casa di un signore e da lí chiama rinforzi, che vengono a prenderlo.

Sul filmato passa la scritta in sovrimpressione: «Rino Germanà dal Tg1 del 14/9/1992». L'uomo ha i capelli rasati sopra l'orecchio e alcuni cerotti bianchi e quadrati applicati sulla fronte, sulla tempia e sopra l'orecchio. Ha i capelli brizzolati e porta degli occhiali. Parla al microfono di un giornalista che lo intervista lungo un corridoio. Dice: «Hanno sparato otto, nove, dieci colpi e poi sono andati via».

«Secondo lei l'attività che ha svolto a fianco del giudice Borsellino potrebbe avere un risvolto in questo agguato?»

«Questo come lo faccio a dire? Occorrono approfondimenti e... come si fa a dire subito? Non si può dire, ecco. Le cose della Mafia sono cosí, guardi. Lei pensa che non gli faranno del male e invece...»

Ma nonostante gli attentati, nonostante i trasferimenti, nonostante pressioni di tutti i generi, anche a Trapani la lotta alla Mafia continua.

Alcune autovetture dei carabinieri escono da un cortile e si immettono nel traffico. Degli agenti sporgono la paletta dal finestrino verso una macchina che sta procedendo lungo una strada.

Nella scena successiva ci sono degli uomini col passamontagna nero che accompagnano altri uomini verso un furgone dei carabinieri.

Grazie a funzionari decisi e brillanti, a poliziotti e carabinieri, a «sbirri» che sanno fare il loro mestiere con passione e coraggio, nonostante gli organici limitati e fondi sempre più ristretti.

Grazie ai giudici «ragazzini», ai giovani magistrati che si fanno mandare a combattere la Mafia come se andassero al fronte e tengono duro nonostante tutto, nonostante per quattro anni a Trapani sia mancato il procuratore della Repubblica e nonostante la carcassa dell'auto del sostituto procuratore Carlo Palermo distrutta nella strage di Pizzolungo sia rimasta per anni dimenticata nel cortile del Palazzo di giustizia, anch'esso per anni fatiscente e disastrato.

Grazie a cittadini perbene che non accettano di essere sudditi della Mafia, nonostante la lapide sul luogo della strage di Pizzolungo se la sia dovuta mettere il signor Asta, il marito di Barbara e il padre dei due gemellini, da solo e a spese sue.

E nonostante siano pochissimi i collaboratori di giustizia. Ma siamo a Trapani, lo zoccolo duro di Cosa nostra.

Massimo Russo, sostituto Dda a Palermo.
Dice: «In provincia di Trapani, che è stata una provincia in cui non vi sono stati molti collaboratori di giustizia, e questo è estremamente significativo, l'ultimo collaboratore organico all'organizzazione mafiosa risale alla fine degli anni Novanta. Gestione degli appalti: tutto quello che sappiamo è frutto, mi permetto di dire, del sacrificio, dell'abnegazione di pochi poliziotti e pochi carabinieri e di ancor pochi magistrati che peraltro, per effetto di una singolare decisione del Csm, dopo otto anni dovranno lasciare il posto, quell'osservatorio che consente di dirigere le indagini, perché si creerebbero incrostazioni di potere, per cui un turn-over anche tra colleghi dilapida il patrimonio di conoscenza con un rallentamento nella conoscenza del fenomeno che è preliminare, fondamentale, nell'azione di contrasto».

Le operazioni antimafia, le indagini delle forze dell'ordine, i processi della magistratura hanno nomi suggestivi, da film giallo, ma che fotografano una realtà che esiste davvero. Si chiamano «Prometeo», «operazione Belice», «Halloween», «operazione RINO», «Peronospera», «Arca», ma parlano di omicidi e di attentati, parlano di estorsioni, parlano di contatti con il cartello colombiano di Medellín per il traffico di droga, parlano di incontri con gli imprenditori, di voti di scambio con i politici. Parlano di Mafia.

E poi ci sono i latitanti. Nelle varie squadre mobili ci sono le squadre catturandi, gruppi di poliziotti che si occupano apposta della cattura dei latitanti. Ne studiano i movimenti, ascoltano le intercettazioni, indagano finché non riescono a prenderli. Ce n'è una anche a Trapani, e sono molto bravi, perché ne hanno presi tanti di latitanti.

Andrea Mangiaracina, per esempio, il capo del mandamento di Mazara del Vallo. Sta nascosto a Sant'Anna in un villino, un villino anonimo, circondato da un muro e nascosto dagli alberi. Se ne sta lí con un killer della famiglia di Mazara del Vallo e non sa che da tempo la polizia lo sta sorvegliando, riprendendolo anche con le telecamere. Poi, la notte del 31 gennaio 2003, gli agenti penetrano nel villino. Mangiaracina è seduto sul letto, e quando vede i poliziotti infila una mano sotto il cuscino, dove c'è una .38, ma viene bloccato.

Oppure Vincenzo Virga, il capo del mandamento di Trapani. Se ne sta nascosto in una casa in campagna a Fulgatore, assieme a una famiglia di contadini che lo «bada» e gli porta da mangiare. Nel febbraio del 2001 gli uomini della catturandi fanno irruzione nella casa e li arrestano tutti.

Andrea Tarondo, sostituto procuratore di Trapani.

Dice: «*Nessuno ha piacere di dover ospitare a casa propria un latitante, in astratto, però poi questo, lo abbiamo visto nel caso del boss Vincenzo Virga... la famiglia che lo ospitava era composta da un capofamiglia che è stato arrestato e sua moglie che è stata sottoposta a processo e condannata per favoreggiamento, che fu intervistata dalla televisione e disse: io lo rifarei perché il signor Virga mi ha fatto vari regali, mi sono trovata bene, era gentile... Ha detto: io terrei ancora un latitante, perché no? E purtroppo questa semplicità di ragionamento impressionava, ma è il dato più significativo di questa vicenda. Che a fronte del pericolo che si percepisce nel rifiutare una richiesta di Cosa nostra e dei vantaggi che si ottengono, perché li si è ottenuti anche in quel caso, il potere deterrente dello Stato è molto limitato, soprattutto in questi casi. Il favoreggiamento di un boss latitante... costa spesso, come in questo caso, una pena sospesa, quindi... non si fa neanche un giorno di carcere, eh?*»

Ci sono stati sequestri di beni mafiosi messi a disposizione delle collettività dallo Stato, secondo la legge.

La telecamera si avvicina a un cancello per metà aperto. Sulla metà chiusa c'è un cartello. Vi si legge: ISTITUTO PROFESSIONALE DI STATO PER L'AGRICOLTURA, G. P. BALLATORE, BISACQUINO, SCUOLA COORDINATA CORLEONE. *Si vede un campo erboso con un capannone e don Luigi Ciotti che, camminando, parla al microfono di un cronista.*

Terreni agricoli, fabbriche, case, come quella che era appartenuta al boss Vincenzo Virga e che diventerà invece la sede trapanese di Libera, l'associazione antimafia fondata da don Luigi Ciotti.

Decine e decine di mafiosi sono finiti sotto processo o in galera. Ma basta? Come dice il capo della squadra mobile di Trapani, Giuseppe Linares, uno bravo, a Trapani sono stati raggiunti i risultati di una Ferrari, ma per mezzi investigativi siamo su una 500, e se si rompe quella rimaniamo a piedi.

Andrea Tarondo, sostituto procuratore di Trapani.
Dice: «A Trapani le operazioni antimafia nel settore delle estorsioni si susseguono quasi ogni anno con arresti, in tutto, di centinaia di mafiosi, ma si tratta di schiere che vengono immediatamente ricostituite. Per questo il problema della lotta alla Mafia è un problema legato al fatto che non ci si può accontentare di piccoli risultati, non ci si può accontentare di un colpo dato ogni tanto, dev'essere un approccio serio, continuativo. Occorre essere, occorre che la giustizia sia piú veloce della capacità di rigenerarsi di Cosa nostra. È tutto qui il problema».

A Trapani, come nel resto della Sicilia, Cosa nostra non uccide quasi piú, e se lo fa, lo fa in silenzio e senza compiere omicidi eccellenti, senza colpire gli uomini dello Stato, che però a volte nelle intercettazioni sentono fare il loro nome, con la richiesta di poterli uccidere e la risposta «Per ora no», che fa capire quanto sia vulnerabile la posizione di chi fa un certo mestiere e quanto coraggio ci voglia per continuare a farlo.

A Trapani, come nel resto della Sicilia, la Mafia si è inabissata, è diventata «invisibile», ma c'è, e chi lavora nel campo dell'economia o dell'amministrazione pubblica se ne accorge. Non solo perché deve pagare il pizzo, ma perché si trova a far fronte alla concorrenza fortissima di chi controlla un'attività economica e ha a disposizione un flusso infinito di capitale, quello che viene dalle attività illegali, ininterrotto e non tassato. E che decide chi deve lavorare e chi no.

Massimo Russo, sostituto Dda a Palermo.
Dice: «Non ci risulta che le imprese si siano sottratte al giogo mafioso, anzi, constatiamo come talvolta gli imprenditori sono i primi a ricercare il giusto contatto per mettersi in regola. Mancano forti spinte in provincia di Trapani nella costituzione di organismi associativi per denuncia del racket. Constatiamo dal nostro osservatorio che invece la situazione è abbastanza immutata, nonostante gli straordinari successi che pure sono stati conseguiti in questa provincia».

C'è un esempio che racconta bene questa situazione. Al boss Vincenzo Virga viene sequestrata una fabbrica di calcestruzzo che controlla attraverso un prestanome. Lo Stato mette a dirigere la fabbrica un commissario. Ma è come se non ci fosse, perché gli imprenditori che vanno a comprare il calcestruzzo si trovano di fronte un uomo del boss in cortile e devono trattare con lui e poi vengono emesse due fatture, una ufficiale, da parte dell'impianto, e un'altra virtuale da parte della Mafia, e di solito la prima si finisce per non pagarla ma la seconda sí, e puntualmente.

Quando Virga, che è latitante, viene arrestato e lo Stato si decide a controllare meglio la situazione, allora a comprare il calcestruzzo in quell'impianto non ci va piú nessuno, e il fatturato crolla di colpo.

È una situazione complessa e difficile, che richiederebbe la mobilitazione di tutta la società civile.

Massimo Russo, sostituto Dda a Palermo.
Dice: «Rappresento lo Stato e sono orgoglioso di farlo in questa terra dove peraltro ha lavorato Paolo Borsellino, dal quale ho

avuto tanti insegnamenti, e quindi questo Stato, che è qui al suo cospetto, dice che la situazione è molto difficile, che si coglie bene quello, che al di là delle intenzioni, qualcuno ha detto, che con la Mafia bisogna convivere. Noi ci ostiniamo ancora a praticare l'altra opzione, quella di Giovanni Falcone: la Mafia è una vicenda umana, ha un inizio e avrà una fine. E questa fine la dobbiamo perseguire con impegno, con dedizione, con abnegazione, anche nei momenti particolarmente difficili come questi».

A Trapani i mafiosi continuano a trafficare in droga come quelli di una volta, con un volume di affari che fa paura. Migliaia di chili di cocaina, e c'è anche un'intercettazione in cui un boss mafioso dice tranquillamente che per far fronte alla prima partita in arrivo fino a cento miliardi di lire, in contanti e subito, non c'è problema.

A Trapani la Mafia controlla il territorio e chiede il pizzo, poco, una cifra accettabile, ma non importa, perché serve a stabilire il concetto che quel territorio è «cosa loro» e non dello Stato.

C'è un ambulante che vende la frutta con un banchetto all'angolo di una strada di Trapani. Si sposta un po' piú in là, ma è già un'altra zona e gli viene bruciato il banchetto. Ma come, Cosa nostra controlla miliardi di lire e si preoccupa per un banchetto di frutta? Sí, perché non c'entrano i soldi. C'entra il potere. Un potere che è militare, economico ma anche politico.

Massimo Russo, sostituto Dda a Palermo.
Dice: «Se non ci fosse questo legame con la politica, l'imprenditoria, insomma il potere politico, economico, amministrativo, forse non saremmo qui a parlare di Mafia. Cosa nostra, ancora oggi, gode della possibilità di spostare masse di voti su

questo o quel candidato, e quindi il candidato che ricerca il contatto con il mafioso sarà un candidato in debito con l'organizzazione mafiosa ed è facile pensare come vengano saldati poi i debiti. I debiti vengono saldati consentendo ai mafiosi di gestire di fatto il settore degli appalti, di intervenire in scelte della comunità, e questo è il nodo centrale del problema della lotta alla Mafia. Fino a quando la politica non dichiarerà guerra alla Mafia, noi faremo ancora, purtroppo per tanto tempo, queste trasmissioni».

Ma è davvero questa la situazione? È davvero cosí inquietante?

Senatore Antonio D'Alí, Forza Italia.
Dice:« È una presentazione, come dicevo, che non rende giustizia della città di Trapani, che ha una sua strutturazione economica e imprenditoriale molto più sul mare che sull'entroterra. Che poi nella provincia possano esistere di questi enclavi, questo è nei fatti documentali, quindi sarebbe assolutamente sciocco dirlo. Che però da questo poi si debba passare a una generalizzazione del fenomeno mafioso come se fosse invasivo di tutte le attività della provincia, questo non rende giustizia sicuramente alla provincia di Trapani. Ma non debbo essere io a dirlo, debbono essere gli operatori che vengono per un motivo o per l'altro a lavorare e a operare in provincia di Trapani. La Mafia ha bisogno di essere intercettata nelle sue specifiche attività e nei suoi specifici componenti e per questo perseguita e per questo eliminata. Le cortine di fumo che invece si sollevano e che vorrebbero accreditare anche la teoria che in Sicilia non val la pena investire perché tutti i denari finiscono nelle casse della Mafia danneggiano solamente la società siciliana. Società siciliana che debbo dire comunque negli ultimi tempi si è di molto mi-

gliorata nella sua cultura della legalità e forse questo è stato anche un effetto delle stragi. Attenzione, l'effetto delle stragi... hanno danneggiato la Mafia in maniera palese non tanto e non solo per la reazione delle forze dell'ordine, dello Stato, colpiti nelle loro istituzioni piú essenziali, magistratura e forse dell'ordine e quindi giustamente reattive, ma anche perché hanno suscitato una reazione dell'opinione pubblica che ha innescato secondo me quel processo di riscatto culturale che è alla base poi della definitiva sconfitta della Mafia».

Oggi nessuno ha piú il coraggio di dire che la Mafia non esiste, come affermavano procuratori della Repubblica, sindaci e rappresentanti delle istituzioni fino a pochi anni fa. Che la Mafia ci sia, di piú o di meno, a seconda delle opinioni, lo ammettono tutti. La Mafia, finalmente, esiste.

Ma oggi si dice un'altra cosa: la Mafia esiste, sí, ma ci si può convivere. Ci si deve convivere. È un'affermazione molto piú pericolosa, con la Mafia non ci si può convivere. Non è un male minore, è un male che si espande e finisce per uccidere, come un cancro.

Chi la vince questa guerra? La vince lo Stato, gli investigatori, i magistrati, i politici onesti, gli imprenditori corretti, la gente perbene, gli operatori delle associazioni antimafia che rischiano tutti la pelle, la casa, il negozio, la macchina, e anche il resto dell'Italia, della gente, che non rischia fisicamente ma è parte lo stesso di questa guerra?

Oppure la vince la Mafia, quella del pizzo e delle tangenti, degli omicidi, della strage di Pizzolungo, che ammazza una mamma con due bambini?

Non c'è una grande alternativa.

Dobbiamo vincerla noi questa guerra.

Per forza.

Margherita Asta.

Dice: «Perché secondo me in effetti questi mafiosi non è che siano molti. È purtroppo la nostra mentalità, il nostro pensare che è invincibile. Però in realtà 'sta Mafia sono pochi. Quindi se noi, tutti, cerchiamo di cambiare, cerchiamo di migliorare e di non restare sottomessi, soggiogati, stare un po' piú a testa alta, anche perché la Sicilia è nostra, non dei mafiosi».

Ringraziamenti.

Se a scrivere questo libro non sono stato solo, avendo avuto la cura paziente e appassionata dell'amico e collaboratore Mauro Smocovich, nonché dello staff di Einaudi Stile libero, figuriamoci se avrei potuto esserlo nel fare il programma da cui questo libro è nato. Io avevo scritto i testi e stavo davanti alla telecamera a parlare, ma dietro, sopra e attorno c'erano autori, redattori, registi, montatori, musicisti e scenografi, la produzione di Etabeta, Rai Tre, e poi tanti bravissimi tecnici del suono, elettricisti, macchinisti e operatori, sia negli studi Rai di Napoli che fuori. E, naturalmente, un gruppo di straordinari e noti giornalisti che hanno fatto le ricerche per i miei testi e di avvocati che li hanno controllati.

E alla fine, se ci fossero stati soltanto tutti questi, comunque non avremmo combinato niente, e forse neppure questo libro, senza tutti quelli che hanno fermato il dito sul telecomando o hanno aspettato fino a tardi per guardarci e che poi hanno anche scritto, in parecchi. Soprattutto quelle lettere e quelle e-mail molto preoccupate e spesso anche davvero arrabbiate per cose che sapevano ma che avevano dimenticato, o non sapevano così a fondo, o non sapevano per niente e neanche le avevano sentite nominare, ma erano comunque così, molto preoccupati e anche arrabbiati, per come sono potute andare e ancora vanno le cose in questo strano e assurdo Paese di misteri e di segreti.

Se un po' di quella rabbia e di quella preoccupazione nascono anche da questo libro, io sono contento.

L'ho scritto anche per questo.

C. L.

Indice

Stampato per conto della Casa editrice Einaudi
Presso Mondadori Printing S.p.a., Stabilimento N.S.M., Cles (Trento)
nel mese di novembre 2008

C.L. 19502

Edizione   Anno

   1   2   3   4   5   6   2008   2009   2010   2011